外国文学研究丛书

利维斯文学批评研究

孟祥春 著

本书由 教育部社科基金资助项目（13YJC752015） 资助出版
苏州大学优势学科建设经费

苏州大学出版社

图书在版编目(CIP)数据

利维斯文学批评研究/孟祥春著. — 苏州：苏州大学出版社，2018.11
（外国文学研究丛书）
ISBN 978-7-5672-2528-2

Ⅰ.①利… Ⅱ.①孟… Ⅲ.①利维斯（Leavis, F. R. 1895-1978）-文学评论-研究 Ⅳ.①I561.065

中国版本图书馆 CIP 数据核字（2018）第 236142 号

书　　名：	利维斯文学批评研究
著　　者：	孟祥春
责任编辑：	汤定军
策划编辑：	汤定军
装帧设计：	刘　俊
出版发行：	苏州大学出版社 Soochow University Press
社　　址：	苏州市十梓街 1 号　邮编：215006
印　　装：	虎彩印艺股份有限公司
网　　址：	www.sudapress.com
E - mail：	tangdingjun@suda.edu.cn
邮购热线：	0512-67480030
销售热线：	0512-65225020
开　　本：	700mm×1 000mm　1/16　印张：18.25　字数：281 千
版　　次：	2018 年 11 月第 1 版
印　　次：	2018 年 11 月第 1 次印刷
书　　号：	ISBN 978-7-5672-2528-2
定　　价：	58.00 元

凡购本社图书发现印装错误，请与本社联系调换。服务热线：0512-65225020

目录

- **导论** / 001
  - 第一节 弗·雷·利维斯的生平 / 001
  - 第二节 英国文学与批评传统中的利维斯 / 006
  - 第三节 中西方的利维斯研究 / 017
  - 第四节 本研究的缘起、思路、价值与基本内容 / 032
- **第一章 利维斯的文化批评** / 036
  - 第一节 追忆逝去的乡村:"有机统一体"思想 / 038
  - 第二节 "少数人文化"思想 / 051
  - 第三节 "技术功利主义"批判与"文学文化"的高扬 / 060
  - 第四节 文学、教育与理想读者 / 067
- **第二章 利维斯的文学批评观** / 074
  - 第一节 文学批评的本质、功能与标准 / 076
  - 第二节 文学批评与理论及哲学问题 / 085
  - 第三节 利维斯的语言观 / 095
- **第三章 利维斯的诗歌批评** / 103
  - 第一节 利维斯"重估"英诗200年(17世纪初—19世纪初) / 104
  - 第二节 英诗新方向的构建(19世纪20年代以来) / 118
  - 第三节 利维斯诗歌批评的维度与得失 / 155

- **第四章 利维斯的小说批评 / 168**
  - 第一节 《伟大的传统》与"伟大的传统" / 169
  - 第二节 利维斯的小说观及小说批评的
    维度 / 179
  - 第三节 利维斯评判小说家 / 199
- **第五章 利维斯批评的定性、贡献、历史地位及当下
  意义 / 232**
  - 第一节 利维斯批评的定性、贡献与历史地位 / 232
  - 第二节 利维斯批评的当下意义 / 256
- 结　语 / 265
- 参考文献 / 270
- 附录一 / 280
- 附录二 / 282
- 后　记 / 284

导 论

第一节 弗·雷·利维斯的生平

弗·雷·利维斯(Frank Raymond Leavis)1895年7月14日出生于英国剑桥,比T. S.艾略特(T. S. Eliot, 1888 – 1965)、詹姆斯·乔伊斯(James Joyce, 1882 – 1941)、D. H.劳伦斯(D. H. Laurence, 1885 – 1930)与埃兹拉·庞德(Ezra Pound, 1885 – 1972)晚出生了十年左右。其父在剑桥经营一家自行车店铺,家境颇为殷实。利维斯在著名的佩斯私立学校度过了他的中学时代,受到了以直接法教授古典希腊语而闻名的时任校长W. H. D.罗斯(W. H. D. Rouse)的影响。利维斯颇具语言天赋,曾学习希腊语、法语、德语,晚年曾学习意大利语,试图读懂意大利伟大诗人埃乌杰尼奥·蒙塔莱(Eugenio Montale, 1896 – 1981)的诗歌作品。利维斯把英语作为民族传统文化与精妙思想的载体与媒介,借此连接着过去与当下、现在与未来。他的这种思想或许与他的语言学习经历有着某种关联。

第一次世界大战爆发后,利维斯中断学业,毅然参军。但是,他不愿杀戮,只愿救生,于是加入了英军的"友谊急救队"(Friends' Ambulance Unit),成了一名担架手。他对战争和杀戮的反对出于他本能的良心,而非出于宗教理由,因为他继承了父亲有教养而世俗的世界观。当然,在自己的著作中,利维斯曾提及生活有其宗教根基,但这种宗教只不过是宗教信仰衍生的道德根基而已,或者准确地说,"宗教"在利维斯那里就是对生活的极端虔诚。利维斯在前线抬伤员时遭受过毒气侵袭,身心受到了巨大的伤害。那段战争经历不堪回首,利维斯极少提及,但它影响了利维斯的后半生,已经深入他的血液和骨髓,并深深地镌入了利维斯的潜意识之中,这也促使他对当时的文化与文明进行批判,追寻健康的文化与人类目的。具有传奇色彩的是,当时在血雨腥风的战场,利维斯的口袋里总是装着一本袖珍的弥尔顿诗集,这似乎预示了他在 20 世纪 30 年代初进行的诗歌批评。

1919 年,利维斯重返剑桥,后来在剑桥大学伊曼纽尔(Emmanuel)学院学习历史,一年之后又攻读剑桥的新兴学科英国文学,正式成为成立于 1917 年的英语学院的一名学生。英语学院的教员大多来自历史研究、古典研究等领域,由此可见,成立英语学院的目的便是以当代的批评视角去解读文学。

利维斯文学批评思想的形成背后有着诸多重要的传统。除了英国文学批评一贯的"求真"和"尚德"传统,有一些重要人物对其思想的催生作用不得不提,如马修·阿诺德(Matthew Arnold)等。除此之外,亨利·詹姆斯(Henry James)、I. A. 瑞恰兹(I. A. Richards)、T. S. 艾略特等作为批评家对他的影响亦不可低估,而他本人又影响了雷蒙·威廉斯(Raymond Williams)、莱昂纳尔·特里林(Lionel Trilling)、特里·伊格尔顿(Terry Eagleton)等批评家。1920 年,艾略特的《神圣的树林:诗歌与批评论文集》(*The Sacred Wood: Essays on Poetry and Criticism*)出版以后,利维斯随即买回一本,潜心阅读。另外,他还受到了福德·麦道克斯·福德(Ford M. Ford)的《英国文学评论》(*Literary Review*)的影响。利维斯从 1912 年的学生时代就开始订阅该杂志,并因此了解了 D. H. 劳伦斯的作品《普鲁士军官》(*The Prussian Officer*)。福德接受了这样一种观点:在当时不可逆转的现代工业文明的现状下,对"高等文化价值观"的关注必须局限于高校的群体,同时这种关注不能对"矫揉造作、昏庸愚蠢和审美主义(Aestheticism)的精神"做出丝毫的让步。[①] 这给利维斯留下了深深的烙印,直接影响了其"少数人文化"思想的诞生。这一理念也成了利维斯后来创办的《细察》(*Scrutiny*)杂志的思想基石。在剑桥的英文学院,利维斯受到了曼斯菲尔德·福布斯(Mansfield D. Forbes)、瑞恰兹等人的激发,于 1924 年完成了博士论文,题为《新闻与文学的关系:英格兰报业的兴起与早期发展》(*The Relationship of Journalism and Literature: The Origin and Early Development in England Press*),主要探讨 18 世纪的英国文学,其中大量引证了约瑟

---

① 参见 Edward Greenwood, *F. R. Leavis*, Burnt Mill: Longman House, 1978, p.7.

夫·艾迪生(Joseph Addision)所创办的《旁观者》(*The Spectator*)杂志中的内容。一份期刊的精神基调不但能反映而且能塑造广大读者的文化与文学追求,利维斯对此十分关注。利维斯十分景仰爱德格尔·里奇沃德(Edgell Rickword)主编的期刊《现代文学记事》(*The Calendars of Modern Letters*)。该杂志1925年创办,1927年停刊。利维斯后来认为,这份期刊没能够赢得更多读者的兴趣与忠诚,因此归于消亡,这反映了文化的沦丧,而如何维持批评的标准便成了他后来主编《细察》的重要目标之一。《现代文学记事》认为当时一些著名作家的声望过于夸张,名不副实,如威尔斯(H. G. Wells)、巴里(J. M. Barrie)、切斯特顿(G. K. Chesterton)等。后来,主编里奇沃德把这些文章编成一辑,取名为《审视》(*Scrutinies*)。这也直接影响了利维斯,于是利维斯把1932年自己参与创办的期刊稍易名字,定为《细察》(*Scrutiny*)。

1927年,利维斯成了剑桥的见习英语助教,但不隶属于任何学院。他语言犀利、思维敏捷,讲座中常常一语惊人,吸引了众多学生,其讲堂每每爆满。教学之余,他经常在《剑桥评论》(*Cambridge Review*)发表书评。利维斯在剑桥地位卑微,"博士"成了利维斯的头衔,因为他穷其一生,也未能晋升到教授一职。学者和受教育的公众大多认为利维斯代表了剑桥的批评传统和精神,这与他的身份关联起来看,着实显得有些滑稽。更饶有兴味的是,到了21世纪的今天,剑桥更加重视挖掘利维斯的批评遗产。2003年剑桥举行唐宁"重读利维斯"学术会议,2009年也有类似活动,2010年更是成立了"唐宁利维斯研究会"[1]。剑桥的一位讲师在死后能获得这样的殊荣,实属罕见。

利维斯特立独行,且敢于打破陈规。他在伊曼纽尔学院教授英国文学,居然冒剑桥之大不韪,在课堂上给学生讲授禁书《尤利西斯》(*Ulysses*),这招致了剑桥与英文学院的极大不满。1930年,英文学院的图书管理员批准了禁止向本科生出借劳伦斯与帕维斯(T. F. Powys)的作品的规定,而利维斯当年就出版了名为《劳伦斯》(*D. H. Lawrence*)的小册子,向伟大小说家劳伦斯致敬。20世纪30年代,利维斯在讲授当代文学时,甚至开始教授瑞恰兹的学生威廉·燕卜荪(William Empson)的诗歌。在利维斯的课堂,学生们居然被教授自己

---

[1] 感谢"重读利维斯"大会的主席、"利维斯研究中心"的组织者克丽丝·乔伊斯(Chris Joyce)博士提供最新的信息。

同学的诗歌作品,这在剑桥是前所未有的"荒唐事",堪称思想出格,行为乖张。利维斯敏锐的批评视角与卓尔不群的傲骨由此可见一斑。

在剑桥,利维斯也有幸运女神眷顾的时候。正如鲁迅1923年在北大讲授《中国小说史略》时赢得许广平的芳心一样,利维斯几乎以同样的方式在课堂上赢得了才华横溢的昆妮·多萝茜·罗斯(Queenie Dorothy Roth)的好感,并于1929年与之成婚,成为"一櫓双笔,经文同心"①的批评伉俪。利维斯夫人对利维斯的批评有着重要的影响,她小说阅读广泛,对女性作家尤为关注,利维斯对小说不断增长的兴趣当部分地归功于此,而利维斯小说批评的著作也有她的重要贡献,二人因此被称作"历史性的合作伴侣"②。继利维斯1930年发表的《大众文明与少数人文化》(Mass Civilization and Minority Culture)及《劳伦斯》之后,利维斯夫妇在文学批评领域双双取得丰收,1932年更是"奇迹之年"。是年,利维斯发表了《英诗新方向》(New Bearings on English Poetry),主要探讨霍普金斯(Gerard Hompkins, 1844 – 1889)、叶芝(Yeats)、庞德、艾略特等人的诗歌,旨在发现英国现代诗歌的新方向;同年又发表了《如何教授阅读:埃兹拉·庞德入门》(How to Teach Reading: A Prime for Ezra Pound)。利维斯夫人则发表了《小说与读者大众》(Fiction and the Reading Public)。利维斯还参与了《细察》的创办,而促成该杂志的创办是利维斯对英国文学批评的重大贡献之一。他在《细察》第1期发表了题为《文学大脑》("The Literary Mind")的长文,同时还有书评;第2期则发表专论文学批评的文章《批评怎么了?》("What's Wrong with Criticism?"),追问当时文学批评的问题,他重塑英国批评的理想初露端倪;从第3期开始,他就成了主编之一,一直持续到1952年杂志停刊。正是利维斯给了该杂志以鲜明的特色与批评的基本精神,而他最重要的几部著作主要来自他曾在《细察》上发表过的评论。1933年,利维斯发表《薪火传承》(For Continuity)与《文化与环境》(Culture and Environment)。同年,他编辑出版了《通向批评的标准》(Towards Standards of Criticism),其中部分文章来自1925—1927年间《英国文学纪事》刊登的论文。1936年他的重要著作《重估:英国诗歌的传统与发展》(Revaluation: Tradition and Development in English Poetry)出版,阐述

---

① 这是笔者为利维斯夫妇二人撰写的对联。
② 参见 P. J. M. Robertson, *The Leavises on Fiction*, London: The Macmillan Press, 1981.

了英国的诗歌传统,同时书写了英国诗歌的新历史。该书不是编年史,而是批评史,侧重于第一手的判断并对诗歌进行甄别区分。

1943 年,利维斯发表《教育与大学》(Education and the University)。1948 年,他发表了自己最重要的著作《伟大的传统》(The Great Tradition)。该书堪称批评性的小说史,具有强烈的人生—人性—道德味关怀,但其意义远不止于此。1952 年,《共同的追求》(The Common Pursuit)出版,涵盖了利维斯在《细察》发表的部分最有分量的文章。1955 年,他发表《小说家劳伦斯》(D. H. Lawrence: Novelist),该书有大量的引文,又充满褒奖之词,从中可以看出劳伦斯思想与利维斯思想在很多方面的契合。此后的 12 年,利维斯并没有著作问世,但这并不意味着他批评的消歇,而是蛰伏。1962 年,他发表《两种文化?查帕·斯诺的意义》(Two Cultures? The Significance of C. P. Snow),直斥斯诺爵士代表的"技术功利主义",大加弘扬"文学文化"与"文学主义"。其犀利、嘲讽、深刻和暴怒让英伦震惊,其影响在大西洋彼岸亦能感受到。英国各大报纸如《泰晤士报》(The Times)和美国的《纽约时报》(The New York Times)等多次给予重点关注,"两种文化"论战成为当时的批评与文化盛事。1967 年,他发表《安娜·卡列尼娜及其他论文》(Anna Karenina and Other Essays)。1969 年,他的《我们时代的英国文学与大学》(English Literature in Our Time and the University)出版,探讨较为宏观的文化健康问题。同年,他与夫人赴美演讲,并发表《美国演讲集》(Lectures in America)。此后,他的批评热情与才思重新高涨,1970 年与其夫人共同完成了《小说家狄更斯》(Dickens: The Novelist),1972 年出版了《我的剑不会甘休》(Nor Shall My Sword)。1975 年出版的《活用原理:英语作为一种思想学科》(The Living Principle: "English" as a Discipline of Thought)与 1976 年发表的《思想、言语与创造性:劳伦斯的艺术与思想》(Thought, Words and Creativity: Art and Thought in Lawrence)是利维斯的晚期著作,其中的小说与诗歌批评尤为老道。

正因为特立独行,利维斯在剑桥英文学院树敌颇多。他才华非凡,视角敏锐,并且创办《细察》,影响深远,居功至伟;有着深刻的文化与文明批评思想;弘扬了"英文学科";臧否文学人物,使"文学批评"成为"显学";重构了英国的诗歌史与小说史,其批评关注道德,肩负时代责任,充满人文情怀,深刻影响了英国批评图景。尽管如此,其卑微的地位一直未能根本改观,从 1927 年至 1936 年一直是一名"渺小的"尘埃般的助教。1936年,已过不惑之年的利维斯终于成了讲师,同年又成为唐宁学院的院士。但利维斯一生郁郁不得志,这或许是他后半生痛苦的又一根源。1960年,利维斯被聘为剑桥高级讲师,1962年从此职退休。1965—1968年,利维斯曾任约克大学客座教授(这也是2010年10月国际利维斯研讨会在约克大学举行的原因①),之后又担任威尔士大学和布里斯托大学的客座教授。他被利兹大学、约克大学、贝尔法斯特皇后大学、德里大学、阿伯丁大学授予文学博士头衔。

1978年4月14日,利维斯溘然长辞,标志着一个更加多元的批评时代的到来。《泰晤士报》与《卫报》都刊登了利维斯的讣告②,两相比读,十分精彩,可粗线条地了解利维斯的生平。在利维斯逝世的当年,他被英国王室册封为荣誉勋爵(Companion of Honor)。这对他或许是一种安慰。其实,"像他那样伟大的文化美酒,并不需要酒旗飘扬"③。

第二节 英国文学与批评传统中的利维斯

如果只能用一个词语来概括利维斯的文学批评,相信学界不少人会毫不犹豫地祭出"道德批评"这张大标签。其实,这一标签很不全面,甚至十分偏狭(后文将详细论述)。但从另一方面讲,它很"方便"地传达了利维斯的文学批评对"道德"的倚重。要探讨利维斯的文学批评,"道德"或许是十分有效的起点。为此,我们必须把利维斯置于英国文学的创作与批评语境中审视他的个体与传统的关系,并以此为宏观背景,过渡他的文化批评与文学批评。

在英国源远流长的文学与批评中,"求真"与"尚德"是最为显著的两大传统,直到20世纪初依然如此。

---

① 克丽丝·乔伊斯博士给笔者发来邀请,并发送关于会议的详细信息和后续情况。
② 在中国,讣告除了告知死讯,还要颂其生平、功绩与美德,字里行间哀怨流露,但鲜有一字不尊,以告慰生者,并向逝者表达敬意。在西方的各大报纸,如英国的《泰晤士报》与《卫报》、美国的《纽约时报》与《华盛顿邮报》等,其讣闻栏一般由资深记者或专栏作家撰稿,讣告非但没有沉郁悲伤之气,反而往往轻松有趣。无关功利的读者多以愉悦的心情去阅读一个人的生平,正史与逸事编织,臧否功过,十分磊落坦荡。撰写者不需着对死者,更不必愧对自己良心。对名人来讲,要上天堂,先上讣告。利维斯的讣告见附录2。
③ 见1978年4月18日英国《卫报》由John Ezard撰写的利维斯讣告。文中出现的引文,除了引自中文文献的部分,其余皆为笔者译文。下文不再逐条标明"笔者译"。

英国是"诗歌王国",它的诗歌不仅吟唱夜莺与玫瑰、湖畔与田园、古希腊的荣光、英雄的壮举,也吟唱我们想象力所及的一切,但同时又处处守着或者创造着英国的诗歌传统。从英雄史诗《贝奥武甫》(*Beowulf*)诞生以来,英伦的土地孕育了难以胜数的伟大诗人,如文艺复兴时期的莎士比亚,古典主义时期的多恩、琼森、德莱顿、弥尔顿,18世纪的感伤诗人布莱克,19世纪的湖畔诗人华兹华斯,后期浪漫派的拜伦、雪莱、济慈,难以归类的柯尔律治、丁尼生、勃朗宁夫妇,20世纪初的叶芝、T. S. 艾略特等。与丰盛的诗歌相对应的是同样丰盛的诗歌批评。英国的诗歌批评有一个显著的特点,即诗歌批评家与诗人的身份往往是同一的。与丰盛的诗歌批评不同的是,英国的小说批评兴起得相对较晚,而且在 20 世纪之前总是略显单薄。在西方文学批评中,英国的小说批评长期以来一直不受重视。亨利·詹姆斯(Henry James)可算是英国小说批评界的翘楚,但其"英国性"还是"美国性"问题至今仍是一个争论话题。T. S. 艾略特认为詹姆斯是属于两个国家的公民,笔者也认同詹姆斯民族身份的"双重性"。埃德蒙德·威尔逊(Edmund Wilson)曾断言:"英国在詹姆斯出现之前并没有自己的小说理论。"①这一论断掷地有声,但有失偏颇。英国小说的批评史从严格意义上讲应始自 1692 年。是年,威廉·康格里夫(William Congreve)发表小说《匿名人》(*Incognita*),该小说的前言被誉为"小说批评领域第一份重要文件"②。若要寻根溯源,英国小说的批评源头可一直追溯到西方中古文论和古希腊与古罗马的文艺思潮,其传统之一便是"求真",抑或说是"现实主义的传统"。安妮特·鲁宾斯坦(Annette Rubinstein)认为,"英国文学的伟大传统是那些莎士比亚称之为'能从现在洞察未来'的伟大作家的传统。未来总是在现在的心脏底下搏动着。因此,最贴近时代心脏的人也最能把握未来生活的脉搏。英国文学的伟大传统是伟大的现实主义作家的传统。也就是说,代表这一传统的作家能透过生活表面的无数漩涡和逆流,看到永不止息的时代主流,并密切加以关注。"③这一论断较好地说明了英国文学,尤其是小说

---

① M. J. Hoftman, *Essentials of the Theory of Fiction*, New York: Duke University Press, 2005, p.6.

② Irene Simon, Early Theories of Prose Fiction: Congreve and Fielding, in Maynard Mack and Ian Gregor, eds., *Imagined Worlds*, London: Metheun, 1968, p.19.

③ [美]安妮特·鲁宾斯坦:《英国文学的伟大传统》(上卷),第1页。

的"现实主义"情结。对"求真"传统的阐述更为清楚的是殷企平的《英国小说批评史》,其中写道:

> 回顾 18 世纪以前的英国文艺批评史,我们发现亚里士多德(Aristotle, 384 – 322BC)的"摹仿说"在英国古典文论中一直占着主导地位——当然,亚氏的学说还可以追溯到赫拉克利特(Heracleitus, 500BC – ?)坚持的艺术摹仿现实的主张;在亚氏之后,该学说又由贺拉斯(Horace, 65 – 08BC)等人继承并发展。无论是锡德尼(Sir Philip Sidney, 1554 – 1586)关于诗是一种"摹仿的艺术"的论点,还是莎士比亚(William Shakespeare, 1564 – 1616)著名的"镜子说",无论是德莱顿(John Dryden, 1631 – 1700)在《悲剧批评的基础》(*The Grounds of Criticism in Tragedy*, 1679)中阐述的悲剧"永远有必要酷似真实"的观点,还是爱迪生(Joseph Addison, 1672 – 1719)、杨格(Edward Young, 1683 – 1765)、约翰逊(Samuel Johnson, 1709 – 1784)等人对艺术作品必须真实地描写生活的本来面貌这一观点的认同,都表现出了一种倾向,即以追求真实为最高的创作艺术境界。这一传统深刻地影响了英国 18 世纪和 19 世纪的小说批评,即使到了 20 世纪,仍然以各种形式显示出了强大的生命力。①

从本质上讲,"求真"关涉的是小说家对小说文本与外在的客观现实之间的关系问题。我们必须认识到,英国小说家对"求真"的理解并非等同于追求僵硬的现实,或者认可小说文本与外在现实有着绝对的同一性。英国 18 世纪和 19 世纪的小说家和理论家都以各自的方式阐释小说与人生、小说与外在世界的关系。

英国小说的成熟发生在 19 世纪,但兴盛则始于 18 世纪。英国第一位有重大影响的小说家非丹尼尔·笛福(Daniel Defoe, 1660 – 1731)莫属。他是英国启蒙时期现实主义小说的奠基人,被誉为"英国和欧洲小说之父"。其代表作《鲁滨孙漂流记》(*Robinson Crusoe*)据信是以一个真实的事件为素材写成的。有一个苏格兰人塞尔柯克在一艘英国海船上做水手。1704 年 9 月的一天,塞尔柯克因与船长发生冲突,被遗

---

① 殷企平等:《英国小说批评史》,第 3—4 页。

弃在古拉丁美洲的一个荒无人烟的海岛上。塞尔柯克从消沉失落到逐渐适应了岛上的环境与生活。他捕捉山羊做食物,用木头和羊皮盖了两间小房子,拿钉子做针,把破袜子拆开来做线,用来缝东西。他在荒岛上生活了四年四个月。1709年2月12日,塞尔柯克的命运彻底改变,一位英国航海家把他救离了海岛,他回到苏格兰后经常在酒馆里向人们讲述他不平凡的经历。后来,笛福就根据这个故事写成了《鲁滨孙漂流记》。正如他在该书的序言中说的那样,"编者相信,这部自述是事实的忠实记录,其中绝无虚构之处"①。笛福把"真实"或者"呈现现实的世界"作为小说写作的原则,同时也表明,他对小说艺术的理解尚不深刻,远未达到"虚构"的层面,或者"标榜"真实本身就是一种小说策略。笛福后来的小说《辛格顿船长》(*Captain Singleton*)、《杰克上校》(*Colonel Jack*)、《罗克查娜》(*Roxana: The Fortunate Mistress*)、《伦敦大疫记》(*A Journal of the Plague Year*)、《一个骑士的回忆录》(*Memoirs of a Cavalier*)等都不同程度地体现了作者的小说"现实"观。

亨利·菲尔丁(Henry Fielding, 1707—1754)有着较为系统的小说理论,他对小说定义、形式、读者作用等问题进行了阐述。他延续了"再现说",认为小说可再现古往今来、万象人生。他认为,《汤姆·琼斯》(*Tom Jones*)一书的真实性与外在世界相比并不逊色,该作品甚至可以称之为历史。但这并不意味着他拒斥虚构,恰恰相反,他认为真实必须与虚构相融合,才能造就小说佳作,吸引读者,使之陶醉。

英国小说创作以及批评的另一大特点则是浓厚的"道德批评"的传统。我们有必要先界定"道德"的意义。ethics(伦理学)一词在希腊语中是 ethikos,其字面意思关涉 ethos(希腊语,指"品格"与"气质"),而该希腊词 ethos 与英文词 ethos(社会习俗、习惯)密切相关。古罗马哲学家西塞罗(Marcus Tullius Cicero)曾用 moralis 这一拉丁词来翻译 ethikos。moralis 的字面意思与 mores(拉丁语,意为"作风""品格""风俗""习惯")相关。因此,从词源学上讲,"伦理(学)"与"道德(学)"是同一的,虽然从20世纪中叶开始,出现了一种把伦理与道德区分开来的倾向。

"道德"可以指体现在文化和历史传统中的、支配人们的品格和行为的社会准则。道德的最重要的目标是保持社会的和谐,虽然不同的

---

① Daniel Defoe, *Robinson Crusoe*, Harmondsworth: Penguin Books, 1965, Preface.

社会道德可能会大不相同,而且同一社会不同时期的道德也往往差异巨大,甚至有互相冲突的可能。道德关涉正当、正义、公平、职责、义务、德性、价值、自由等人类的核心关注,同时也确立了相对稳定的人们应当遵循的道德原则与规范。道德与伦理今天已经成为一门浩大的学问。"道德感"是利维斯的批评体系中的一个重要用词。它类似于美感,被认为是直觉性的、无关利害关系的官能,它使我们能够从我们所感觉到的东西认识诸如善恶等道德性质。道德感能推动我们迈上道德上正当的和有德性的行为。道德是感觉到的,而不是推理得到的。①

回到"道德"本身,根据《斯坦福哲学百科全书》,"道德"一般有"描述性"与"规定性"两种用法。②就其"描述性"意义而言,"道德"指的是一个社会或其他群体提出的或者个体所接受的行为规范;从其"规定性"意义上讲,"道德"指的是所有理性的人考虑到具体的情况所提出的行为规范。因此,所谓"道德的"是指能够评价为善或恶、对或错的人类行为。这些行为是我们能够控制的,也是我们能够负责的。如果一个人的行为符合道德上正当的原则,该行为就可以被称作"道德的",反之就是"不道德的"或者在道德上是错误的,抑或是"无关道德的"(amoral)。"道德"是人生的核心问题之一,因为"道德带来关于我们如何生活和该成为什么样的人的期望与规定。"③由此,哲学家安东尼·卡宁汉姆(Antony Cunningham)说:"我们必须知道在人生中该做什么,不管我们是考虑人生的大手笔还是造就日复一日的生活的具体选择和行为。我们的选择、思想、经历和努力不可避免地把我们塑造成此种而非另一种人。"④

如果"文学即人学"成立,而"道德"又是人生的核心关注之一,那么文学与道德便有了必然的内在联系。退一步讲,即使我们不认可"文学即人学",也无论我们是否认可文学的"表现说""再现说""模仿说",抑或其他样态的文学观,文学必然与"文学外"发生联系,而这种

---

① 关于"道德感"的阐释,参见 Nicholas Bunnin, Yu Jiyuan, eds., *Dictionary of Western Philosophy*, Beijing: People's Press, 2001, p.646.
② 参见斯坦福网络版哲学百科关于"道德"的条目。http://plato.stanford.edu/search/searcher.py?query = morality +
③ Anthony Cunningham, *The Heart of What Matters: The Role of Literature in Moral Philosophy*, University of California Press, 2001, pp.9 – 10.
④ Anthony Cunningham, *The Heart of What Matters: The Role of Literature in Moral Philosophy*, p.9.

联系必定关乎人的体验、情感、意趣、活动与生活,简言之,必定关乎"人生"与"人性",因此又必然和道德发生联系。由此可见,文学与道德的关系是内在的、必然的,因此无法割裂。欧洲自古就有重视道德的传统,重视文学与道德的姻亲,甚至"道德批评"欧洲雄踞2000年,成为主宰性的批评思想,直到19世纪以来,随着审美主义等思潮的兴起,它才逐渐式微。

在英国,绅士风度、骑士精神、公共的"善""平等""自由""博爱""正义""道德责任""宗教道德"等观念或精神都植根于欧洲浓厚的道德传统。也正是在这样的传统中,英国才会诞生出盛极一时的"道德剧",也才会诞生出英国小说批评的"尚德"倾向。需要指出的是,"求真"与"尚德"(即对外在世界的呈现与道德关注)在很多小说家和小说批评家身上往往也是合二为一的,纯粹的批评家直到20世纪才正式出现,利维斯就是其中的一位。

笛福的小说观除了"求真",还有"尚德"倾向。他生活在资产阶级兴盛的时代,崇尚理性、追求"平等""自由""博爱"等新兴价值。《鲁宾孙漂流记》的主人公体现了新兴资产阶级的精神和道德。同样,其《罗克查娜》的同名主人公不幸沦为妓女,却不愿沉沦、不愿丢掉人格独立,断然拒绝富商的求婚。在笛福看来,她具有深刻的道德意义。与此类似,《摩尔·弗兰德斯》(*Moll Flanders*)的女主人公弗兰德斯,出身低贱,生于监狱,孩提时期被人收养。她生性善良而真诚,对生活充满了幻想。但她自小追求自立,渴望用诚实正直的劳动实现"贵妇人"梦想。可她命运多舛,为仆、遭奸、做妓、多嫁、私通、扒窃、入狱、发配弗吉尼亚。流放8年后,弗兰德斯最终成为诚实的妇人,生活富足,并真诚地忏悔以前的罪恶。笛福认为弗兰德斯对社会的抵抗同样有着深刻的道德寓意。笛福宣扬17世纪英国批评家莱梅(Thomas Rymer)创造的"理想正义"(poetic justice)一词,即文学中的扬善惩恶,但反对僵硬的说教。他自己的做法是通过人物形象呈现外在的现实,在叙事的过程中通过读者的情感和鉴赏力以一种"无言"的方式来完成小说的道德功能。

保守派作家塞缪尔·理查逊(Samuel Richardson, 1689 – 1761)以其小说《帕梅拉》(*Pamela*)一夜成名。他对婚姻道德问题十分关注,善写人物情感和心理,开创了此后英国家庭小说模式。同笛福一样,他也关注"理想正义"。理查逊把帕梅拉作为美德和正义的化身,从《帕梅拉》的副题"美德有报"便可窥见一斑。理查逊的贡献在于他"创造了一种集叙事样式、情节、人物和道德主题于一体的文学结构"①。在《帕梅拉》的前言,理查逊列出了小说的诸多益处,多为言行规范与道德教诲,包括父子职责、钱财观、倡导公正、珍视名誉等。正如王国维试图以美学来让20世纪初的羸弱国民坦然面对死亡一样,也如蔡元培"以美育代宗教"一样,理查逊试图以小说为媒介对异教徒的时代进行改良,以让那些异教徒们走向温暖的基督怀抱,"在一种时髦消遣的幌子下悄悄加入基督教的伟大学说"②。

亨利·菲尔丁十分"尚古",推崇古典文论,这或许源于他早年上伊顿公学接受古典教育的经历。菲尔丁"尚古"的实质是"尚德"。他希望以道德改善社会,以达到和谐之目的。他在自己的作品中谴责所谓文明世界的庸俗与虚伪,赞扬纯朴之人的良善。菲尔丁关于小说道德功能的论述常常被人引征,他说:"运用全部的才智与幽默,通过嬉笑怒骂拯救人们于惯常的愚昧和邪恶。"③

在维多利亚时期(1836—1901),乔治·爱略特(George Eliot, 1819 – 1880)在创造中融合悲剧与现实主义,其《弗洛斯河上的磨坊》(*The Mill on the Floss*)便是证明;狄更斯(Charles Dickens, 1812 – 1870)深刻反映了英国复杂的社会现实,描写了小人物的种种遭遇,如《雾都孤儿》(*Oliver Twist*)与《艰难时世》(*Hard Times*),开拓了英国的"批判现实主义";勃朗特三姐妹(C. Bronte, 1816 – 1855;E. Bronte, 1818 – 1848;A. Bronte, 1820 – 1849)短命却永生,通过传神地刻画人物描摹了社会现实;威廉·萨克雷(William Thackeray, 1811 – 1863)"真实"地描绘了1810—1820年间摄政王时期英国没落贵族和资产阶级暴发户等各色人等的丑陋面貌和"丛林法则",这集中体现在《名利场》(*Vanity Fair*)中;托马斯·哈代(Thomas Hardy, 1840 – 1928)的性格与环境小说力求还原真实的人生。他们显著的共同点就是注重再现社会现实,强调文学的功用,针砭时弊,教诲读者,而这往往是该时期小说家进行创作的或隐或显的目的之一。

19世纪的英国小说批评家逐渐走向成熟。但英国文学一脉相承的

---

① 转引自伊恩·瓦特:《小说的兴起》,高原等译,北京:三联书店,1992,第196页。
② 伊恩·瓦特,《小说的兴起》,第244页。
③ Henry Fielding, *Tom Jones*, Harmondsworth: Penguin Books, 1966, p.436.

传统一直是小说批评的最强音之一,即小说的实用功能,尤其是其中的道德教益。布尔沃·利顿(Bulwer Lytton,1803 – 1873)1838 年发表《论小说中的艺术》(*On Art in Fiction*),讨论构思、情感、情节、场景、素材等重要问题。他认为构思在小说创作中至关重要,但受"道德目的"(moral end)的主宰。他甚至把道德看成艺术的内在特性,可见他对文学中道德的重视。莫瓦(George Moir,1800 – 1870)推崇现实主义,同时认为伴随现实主义小说的必然有某种道德目的。詹姆斯·斯蒂芬(James Stephen,1829 – 1894)1855 年发表了颇具影响力的《小说与人生之关系》,其中阐述了小说的道德功能,尤其是阅读小说与读者道德行为之间的关联性,但他已走出了"善有善报,恶有恶报"的"理想正义"。次年,威廉·罗斯科(William Roscoe,1823 – 1859)发表了《艺术家兼道德家萨克雷》(*W. M. Thackeray: Artist and Moralist*),探讨小说如何实现道德目的。大卫·梅森(David Masson,1822 – 1907)的小说道德观更具有哲学思辨精神。他认为小说创造中价值判断不可避免,因为题材问题就必然涉及道德判断。从今天的语言学、哲学来看,语言是对世界的过滤,而作者在使用语言实现题材的时候就已经进行了道德选择甚至很多貌似简单的词汇选择,已经在无意识间融进了道德因素。刘易斯(George Lewes,1817 – 1878)主张小说的"戏剧式呈现",同时认为小说的道德教益能唤起读者的同情心。显然,在 19 世纪的大部分时间里,小说创作和小说批评中的"道德关注"一直是因因相袭的显著传统。

  19 世纪英国小说批评的集大成者、深刻影响了利维斯的亨利·詹姆斯又有着怎样的思想呢?他于 1884 年发表了《小说的艺术》("Art of the Fiction")一文。该文有着深刻而持久的影响力,标志着英国小说理论走向了孕育已久的成熟,堪称 19 世纪英国小说批评的巅峰。詹姆斯身上兼有经典性和现代性,是栖于传统与现代性之间的小说批评家。[①] 他认为当时英国批评的弊病主要是缺乏艺术鉴别意识、缺乏时代的批评意识和批评家作为职业的使命感。他笔耕四十载,著作丰盛,批评文章也洋洋大观。我们不必纠缠于他的美国籍或英国籍问题,但我们必须清楚地认识到他的美国性和英国性,这是稳妥而理智的做法。詹姆

---

  ① 参见代显梅:《传统与现代之间:亨利·詹姆斯的小说理论》,北京:社会科学文献出版社,2006。

斯的小说创作与小说批评都是在这种双重身份与视野的影响下进行的。他的小说主题往往是美国人和欧洲人之间的沟通交往、成人的罪恶如何摧残纯洁的儿童、物质与精神之间的龃龉、艺术家的孤独及其生活等。他对个人的德行有着浓厚的兴趣,洋溢着深刻的人文与现实主义。其实,小说在18世纪的英国地位并不高,小说家的地位自然也颇为卑微。19世纪小说批评家还背负着为小说正名的重任,显然他们做到了。詹姆斯的批评著作包括《法国的诗人与小说家》(*French Poets and Novelists*, 1878)、《霍桑评传》(*Hawthorne*, 1879)、《未完成的画像》(*Partial Portraits*, 1888)、《写于伦敦诸地的论文集》(*Essays in London and Elsewhere*, 1893)、《小说家漫评》(*Notes on Novelists and Some Other Notes*, 1914)。另有死后出版的两卷论文集。但影响力最大的还是他1884年发表的长论《小说的艺术》。前文提到利顿1838年发表《论小说艺术》,单从题名上看,便可窥见其中的某种传承关系,但是詹姆斯的小说批评远远超越了利顿。顺便提及,20世纪的大卫·洛奇(David Lodge)的小说批评文集《小说艺术》(*The Art of Fiction*)似乎又从詹姆斯那里汲取了批评营养。詹姆斯曾说:"艺术的生存依靠讨论、实验、好奇心、各种尝试、观点的交流与比较,我们相信,在一个人人对艺术都无话可说的时代或者并没有理由来实践或者喜好的年代,那很可能是乏味无聊的年代。"[①]这就为批评家的批评提供了足够的正当性和必要性,而他的确认为一个公开讨论、批评小说的年代已经来临。"小说是艺术之一种,值得拥有和音乐、诗歌、绘画和建筑艺术职业一样的地位。"[②]这便大大提高了小说家的地位,到了20世纪,小说甚至变成"最高"的文学形式了。詹姆斯认为,"一部小说存在的唯一理由是它的的确确试图再现生活与人生。如果这种尝试——如画家在帆布上作画的再现尝试一样——止息了,小说就会到达一个奇怪的关隘。画家不期望自己的画平庸从而被人遗忘,画家的艺术和小说家的艺术在我看来是一致的。"[③]从詹姆斯对小说所下的定义中我们同样可以看出他的批

[①] Henry James, The Art of Fiction, in Morris Shapira, *Henry James: Selected Literary Criticism*, Harmondsworth: Penguin Books, 1968, p.79.

[②] Henry James, The Art of Fiction, in Morris Shapira, *Henry James: Selected Literary Criticism*, Harmondsworth: Penguin Books, 1968, p.81.

[③] Henry James, The Art of Fiction, in Morris Shapira, *Henry James: Selected Literary Criticism*, Harmondsworth: Penguin Books, 1968, pp.79 – 80.

评观:"在宽泛意义上,小说是生活和人生个人化的直接印象,首先它决定了小说的价值,而价值的大小取决于印象的强度。但如果不能自由地感觉和表达,就不会有任何印象强度,因此也没有任何价值。"①他特别强调,"不言而喻,不具备现实感(sense of reality),则不会写出好的小说,但我开不出方子来以获得现实感。人类是复杂的,而现实也有多重的样态……现实感对我而言是小说最为可贵的品质,其他一切品质都无助而谦卑地依赖于此(包括拜森特所说的有意识的道德目的)。"②另外他还强调说:"现实感是小说家的灵感、失望、奖赏、折磨、开心的源泉。正是在真实性上,小说家可以与生活竞争,也正是在真实性上,小说家同其兄弟画家竞争如何传达事物的面貌,而其面貌又传达了事物的意义,捕捉人类画卷的颜色、解脱、表现、表层及实质。"③这些论述不但表现了詹姆斯对"现实"的重视,更是突出了小说"真实性"在小说家的智慧与情感参与下与外在生活竞争的问题。如果前者胜过后者,其原因在于小说家头脑的加工,即"想象"(imagination),这一用词是以前的小说批评家很难想象到的,也是没有勇气使用的。詹姆斯说:"体验是无限的,永远不可穷尽,它是无穷的情感,是用细细的丝线织成的巨大的蛛网悬挂在意识的厅堂之中,在其细丝上捕捉空中飞来的任何东西……如果大脑具有想象力……天才往往更富有想象力……它便可抓住生活最细微的信息。"④另外,詹姆斯把小说看成一个有机体,这种概念直接影响到了后来利维斯的"有机统一体"(Organic Community)观念的形成。我们必须意识到,在强调"现实"与"想象"的同时,詹姆斯同样有着深刻的道德关注。但是,跟很多前辈不同的是,詹姆斯没有一味地借鉴古典的文学道德论,而是首先明确文学艺术和道德是两种不同的东西,但同时认为,"浅薄的大脑不会诞生优秀的小说,于小说家而

---

① Henry James, The Art of Fiction, in Morris Shapira, *Henry James: Selected Literary Criticism*, Harmondsworth: Penguin Books, 1968, p. 83.

② Henry James, The Art of Fiction, in Morris Shapira, *Henry James: Selected Literary Criticism*, Harmondsworth: Penguin Books, 1968, p. 87.

③ Henry James, The Art of Fiction, in Morris Shapira, *Henry James: Selected Literary Criticism*, Harmondsworth: Penguin Books, 1968, p. 87.

④ Henry James, The Art of Fiction, in Morris Shapira, *Henry James: Selected Literary Criticism*, Harmondsworth: Penguin Books, 1968, p. 85.

言,这似乎是一条准则,涵盖必要的道德基础"①。

在20世纪初,福特(Madox Ford, 1873 – 1939)、卢伯克(Percy Luddock, 1879 – 1965)、乔伊斯、劳伦斯、福斯特(E. M. Forster, 1879 – 1970)等人同样强调文本与外在现实之间的一致性。他们再次强调,"一致性"并非是小说"现实"与外在世界的完全等同,而是主张小说要尽可能地获得"现实感"或"真实感"。

没有一个"社会人"可以与社会割裂而依然是"社会人",也没有人可以割断民族的文化与语言传统而他同时还被认为是属于那个群体的一分子。正如韦勒克所追问的那样,"批评是否显示出某种统一性、焦点、延续性?"韦勒克的回答是肯定的。"批评家决不可仅仅视为'个案'来看待。"②言外之意是,批评家并不是孤立存在的,他的背后必然有着"传统"之网,深刻塑造着他。毫无疑问,利维斯的前辈小说家的创作思想与小说批评家的批评思想会在他的脑海里编织出一张错综复杂的网。而他个人独特的经历、教育、情感、文化、文明、社会以及语言观以及个体与现实的互动等都会让他对那张业已存在的传统之网进行修补、添加或者拆掉,编织自己新的东西,但是他所用的必定有着旧网的材料。对有着浓厚"传统"情结的利维斯而言,他自然不愿、也不可能把这张网扯得一片狼藉。正相反,他欣然继承了英国文学与批评中"求真"与"尚德"的倾向,并在此基础上添加诸多新的要素,编织更为丰腴与绚烂的批评图景,其批评实践清晰地表明了这一点。

学界容易忽视的是,利维斯强烈的"道德"关注除了有英国批评传统的巨大沾染力,还有着更为深层次的驱动。这是每一个研究者都不能回避的问题。利维斯以"道德关注"与其他要素如"有机统一体"一道作为反制文明危机与文化沦丧的武器,引导工业革命的科学态度以及与之相应的技术处于变革的核心位置,这是利维斯特别关注的。利维斯生活在重大的历史节点上,他"身处现代文学世代与英国本土的文化批评的交错点上"③。利维斯坚信文学与社会之间的紧密联系,关注现实则要求关注道德。他作为担架手经历了第一次世界大战枪林弹雨

---

① Henry James, The Art of Fiction, in Morris Shapira, *Henry James: Selected Literary Criticism*, Harmondsworth: Penguin Books, 1968, p.96.
② 勒内·韦勒克:《近代文学批评史》(第5卷),杨自伍译,前言,第7—13页。
③ Michael Bell, *F. R. Leavis*, p.111.

的洗礼,目睹了第二次世界大战的残酷与破坏力,对文明的沦丧有着切身的体会。与此同时,经济发展与科技进步似乎并没有给人们带来福祉。在《当代大学的功用》中,利维斯列举了当时富足社会的一些病态,其社会生活本身似乎是一片混乱,"暴力、任意破坏、毒品威胁、青少年性乱、放纵"①,如此等等,皆是由物质主义的社会与政治思想所造就并扩散的。在利维斯看来,文学本身可以作为疗救的希望之一。当然,除此之外,还有大学、"文学文化"(亦即"少数人的文化")、有能力的读者群体等。其疗救的途径之一便是诉诸智力与情感、凸显道德情怀、以传统和语言为媒介,构建一种有机的"文化统一体"。另一途径是,通过文学批评,塑造当代情感,通过"影响人"而影响社会。显然,利维斯的这份人文情怀也成了他在文学批评中关注"道德"的驱动力。利维斯批评中"道德"关注带有明显的时代特征、历史印记与个人情怀。

必须指出,利维斯强烈的"道德关注"并不意味着其批评可简单地称之为"道德批评"。要真正把握其批评体系,还必须超越其文学批评中的"道德关注"。虽然"道德"是利维斯诗歌批评和小说批评中非常重要的批评维度,但只是众多维度中的一种,这在后文将详细论述。所以,我们必须正本溯源,深刻把握其文化批评、诗歌批评与小说批评。实际上,学界正试图走出对利维斯所谓"道德批评"的片面判定,并逐渐走向了深入、体系化。

第三节 中西方的利维斯研究

一、利维斯研究在西方

利维斯于20世纪30年代初发表《大众文明与少数人文化》《英诗新方向》等影响深远的著作,与志同道合者创办文学批评杂志《细察》,从而坚实地登上了英国的批评舞台,围绕他的评论也随之出现。在过去的80年里,西方的利维斯研究活动表现出鲜明的阶段性特征,其总体上是一个逐渐拓展、深化与体系化的过程。把握利维斯研究的过去、

---

① F. R. Leavis, *Letters in Criticism*, London: Chatto & Windus, 1974, p.15.

现在及趋势,对全面深入地研究利维斯、把利维斯置于英国的历史文化语境与批评传统、厘清其宏大驳杂的批评思想并整合成统一的体系、对其批评贡献和历史地位与当下价值的判定都至关重要。西方利维斯研究有以下特点:

1. 传记式的批评研究层出不穷,这已成为利维斯研究的一个传统。从1976年至今,这一直是一个活力点。研究者在前人的基础上往往融合当时的历史语境与批评思潮,阐述利维斯一生的批评成就与缺憾。利维斯对由家庭之外的人叙述其一生深感怀疑。他曾非常不情愿地允许自己以前的学生威廉·沃什(William Walsh)为自己作传。后来黑曼(Hayman)出版了名为《利维斯》(*F. R. Leavis*)的传记。最完整、最具广度和细节的传记是伊恩·麦基洛普(Ian MacKillop)1995年出版的近500页的著作《利维斯:批评的一生》(*F. R. Leavis: A Life in Criticism*)。麦基洛普虽然承认自己的著作"并非授权的传记,或许算不上传记"①,但它翔实公正,把利维斯看成"非常活跃的人物""有魅力的教师"和"深刻影响了其他学术领域的人"。目前关于利维斯的传记与类传记研究型著作已有十几部,这构成了利维斯研究的基础性材料。

2. 形成了一系列研究热点与核心问题,热点包括小说传统、文化批评、"有机统一体"思想、大学教育思想、诗歌批评、《细察》生涯、论战研究(如利维斯与韦勒克、利维斯与C.P.斯诺等)、批评者与批评对象的组合研究(如利维斯与狄更斯、利维斯与D.H.劳伦斯)。

3. 对利维斯"判定"的复杂性和多样性。学界对利维斯的批评如同文学批评本身一样复杂,而且"人格判断"与"批评判断"往往糅合一起。利维斯经常被描述成"最有创造力""率直""坦诚""有责任感""敏感""好战"(belligerence),或者"权威""神经质""不可能地高尚";他表现出"被压抑的歇斯底里",是"发疯的偏执狂"等。而对利维斯批评的本质判定,则有"道德批评""道德形式主义""表现现实主义""人文主义""阿诺德式批评""实用批评""新批评""细读批评""社会历史批评""反哲学的批评""反理论的批评""精英主义""保守主义""激进主义""理想主义""经验主义""民族主义""有机审美批评"等,几乎任何批评标签都可以堂而皇之地贴在利维斯身上。孤立起来看,这每一个判断几乎都是以偏概全,而有些判断则是对利维斯的重大误读;合并

---

① Ian MacKillop, *F. R. Leavis: A Life in Criticism*, The Penguin Press, 1995, p.8.

起来看,这些标签互相冲突,根本无法呈现利维斯批评的本质。

4. 研究阵地与形态多样化。20世纪六七十年代前,研究形式主要体现为书评与少量的期刊文章;70年代以后至20世纪末,传记、专著、博士论文不断出现;21世纪以来利维斯的研究更加丰富与多样化,除了传记式系统研究、专著、博士论文与期刊论文的继续繁盛,专门的研究会、研究中心也陆续成立。另一个现象则是英美两国最具影响力的报纸《泰晤士报》和《纽约时报》从20世纪30年代以来对利维斯的批评活动一直保持着一份敏感与关注。时至今日,两报关于利维斯的散论或"语录式"评论依然时有出现。

5. 研究逐渐深入、体系化,新的视角不断涌现,西方的整个利维斯研究历程就是利维斯批评思想体系的"潜能"与各种可能性被逐渐释放出来的过程。从20世纪30年代到21世纪的今天,利维斯研究各个历史阶段有其共性,但同时又显示出了极其鲜明的时代性和阶段性特点:三四十年代为萌芽阶段,50年代为阐释期,六七十年代为辩论与拓展期,80年代为繁荣期,90年代为反思期,21世纪的头10年则为融合期。

(一) 20世纪30—40年代:萌芽期

利维斯批评地位的确立缘于《英诗新方向》在《细察》上的发表。从20世纪30年代初至40年代末是利维斯的批评思想不断发展并走向成熟的时期,同时也是利维斯研究的萌芽期。在这20年间,不少批评家与利维斯以《细察》、《标准》(Standards)、《新政治家》(New Statesman)、《泰晤士报》文学副刊等为阵地进行交流与论辩,以书信、书评等形式评价利维斯的批评。例如,韦勒克解读其《英诗新方向》是新时代的开风气之作,同时批评利维斯缺乏哲学立场,并由此引发关于文学与哲学关系的辩论。批评家大多高度评价《细察》的意义,H. A. 梅森(H. A. Mason)便是其中之一。① 随着1948年《伟大的传统》的发表,利维斯已经牢牢占据了英国批评舞台的中心位置。

(二) 20世纪50年代:阐释的10年

利维斯往往被冠以"最具影响力""最有权威性"的批评家。在一个批评家声望兴隆的时代,解读阐释往往是最稳妥而常见的批评模式。利维斯的《伟大的传统》与《小说家劳伦斯》吸引了为数不少的解读与

---

① H. A. Mason, F. R. Leavis and Scrutiny, *Critic*, 1947, pp. 21-34.

研究活动。1952年《细察》停刊,对《细察》的完整研究也拉开了序幕。对利维斯"贴标签"式的批评研究也不时出现,如"绝对主义"的指控。不少学者如特里林(Lionel Trilling)认为利维斯代表道德批评。①《伟大的传统》虽争议不断,但"总体而言是对英国文学批评的巨大贡献"②。在50年代,系统挖掘并论述利维斯文化批评思想的代表当属雷蒙·威廉斯。他分析了利维斯带有怀旧色彩的"有机共同体"及精英思想的"少数人文化",认为利维斯有"激进主义"倾向。在阐述中发现利维斯,在挖掘中解读利维斯,成了这个时代一道鲜明的批评景观。

(三)20世纪60—70年代:辩论与拓展的20年

20世纪60年代,围绕利维斯的研究是沿着两条线进行的。其一是关于"两种文化"的辩论与思考,这成了跨越时代、超越地域的文化与文学大事,"文化论争"因此成了批评界的研究热点,至今仍有巨大的现实意义。利维斯的一生是文学批评斗士论争的一生,而他与C. P. 斯诺也成了20世纪百年文坛的冤家。③另一条线则是在50年代"解读"利维斯的基础上,对利维斯的批评思想进行更为广泛而深入的研究,是"文学批评思想探索"这条线的健康延续,其核心问题主要包括利维斯的道德关注、小说传统、批评的功能、文学"第三域"等。该时期,误读同样并不鲜见,如《纽约时报》(1962年3月15日)把利维斯称为"文学声望最伟大的粉碎机之一"(pulverizers of literary reputations),玛格丽特·马西森(Margaret Mathieson)则把利维斯看成一位"文化的传道士"。④保尔·劳福德(Paul Lawford)认为利维斯是保守经验主义的代表。⑤盖里·沃森(Garry, Watson)认为利维斯是左翼的批评家,是社会道德批评家,这与韦勒克的观点基本相同。⑥乔治·沃森(George

---

① Lionel Trilling, Leavis and the Moral Tradition, in *A Gathering of Furgitives*, 1956.
② W. W. Robson, Untitled, *The Review of English Studies*, New Series, Vol. 1, No. 4, Oct., 1950, p.380.
③ 参见安东尼·亚瑟:《明争暗斗:百年文坛的八对冤家》,苗华建译,上海:上海远东出版社,2008。
④ 参见 Margaret Mathieson, *The Preachers of Culture: A Study of English and Its Teachers*, Unwin Education Books Series. London: George Allen & Unwin, 1974.
⑤ 参见 Paul Lawford, Conservative Empiricism in Literary Theory: A Scrutiny of the Work of F. R. Leavis, *Red Letters I* (1976), pp.12-15 & II (1976), pp.9-11.
⑥ 参见 Garry Watson, *The Leavises, the 'Social', and the Left*, Swansea: Brynmill, 1977.

Watson)把利维斯归于描述性批评家的行列①,这与很多批评家(如韦勒克)把他归为"细绎派"(close reading)并无本质区别。当然,褒扬的声音是主流,乔治·斯坦纳(George Steiner)认为利维斯是"一流的批评家"(critic of the first rank),G. 萨恩(G. Singh)等人对利维斯的批评也有初步系统的赞赏性的阐述。韦勒克在60年代利维斯研究中最具权威的声音。他评价了利维斯的主要著作,分析了利维斯对哲学的兴趣缺乏以及对"真诚"和"生活"的重视,同时指出了其批评失误。韦勒克认为利维斯是"继艾略特之后最有影响力的英国批评家"②。

值得注意的是,1969年出现了研究利维斯的首篇博士论文,题为《利维斯的批评》,作者是丹佛大学的拉尔夫·约翰逊(Ralph I. Johnson)。他以《细察》的精神(ethos)为切入点,以《英诗新方向》《重估》和《伟大的传统》为主要支撑,分析了利维斯的文学批评思想,其主要目的是"试图确立利维斯式文学批评的本质"③。利维斯研究的核心人物之一R. P. 毕兰(R. P. Bilan)认为,《思想、语言与创造性:劳伦斯的艺术与思想》的长处在于利维斯的"劳伦斯艺术作为思想"这一观点。他说道:"利维斯重新确认了他一贯认为的人生有其宗教基础这一观点,而这一宗教态度又关照了其文学批评。"④次年,他发表专著《利维斯的文学批评》(The Literary Criticism of F. R. Leavis),较为全面地阐释了利维斯的文学批评思想,可视为70年代末最有代表性的利维斯研究著作之一。80年代初,韦勒克、威廉·凯恩(William E. Cain)、那特尔(A. D. Nuttall)等围绕该著作发表了评论,可见利维斯在该时期依然具有巨大的影响力。

在70年代,利维斯的批评已经进入了后期,但又是另一个多产期。同时,对利维斯批评思想的研究已经成为"显学"。在对利维斯"褒扬"和"批判"的声音中不断酝酿着另一种潮流,即对利维斯批评的反思,而这种反思是随着时代的发展而不断深入和拓展的。利维斯的意义已

---

① 参见 George Watson, *The Literary Critics: A Study of English Descriptive Criticism*, pp. 208 – 215. Harmondsworth: Penguin, 1962.
② 勒内·韦勒克:《近代文学批评史》(第5卷),杨自伍译,上海:上海译文出版社,2009,第398页。
③ Ralph I. Johnson, *The Criticism of F. R. Leavis*, 1969, Doctoral Dissertation of Denver University, p. 163.
④ R. P. Bilan, D. H. Lawrence, in *Contemporary Literature*, Vol. 19, No. 1, 1978, p. 127.

经超越了文学批评圈子。之后,他的符号意义逐渐强化,慢慢固化成了"文化精英主义""保守主义""经验主义""社会批评""道德批评""反哲学"等的代言人。

(四) 20世纪80年代:繁盛的10年

20世纪80年代,利维斯研究更加深入而广泛,融合阐释与研究的传记性作品不断出现。其诗歌批评研究与小说批评研究蔚然大观,研究热点包括"伟大的传统"和他对詹姆斯、劳伦斯、狄更斯等人的批评。随着利维斯的逝世,对其进行历史定位、总结性评价等重要问题浮出水面。在此期间,阶段利维斯研究专著、博士论文和重要文章陆续出现,这表明利维斯研究已经步入了繁盛期。

罗伯森(P. J. M. Robertson)把利维斯夫妇作为批评伴侣同时进行研究,阐述他们在小说批评方面的伟大协作,认为这种协作在很大程度上塑造了英国20世纪30年代至70年代末近半个世纪的批评图景。作者认为小说批评在利维斯的批评体系中占有核心地位,而小说批评发端自利维斯的诗歌批评与20世纪的文明文化批评。他说:"对利维斯夫妇而言,美学的考虑必然涉及道德,真正重要的小说家并不是匠人、文体家或者玩弄文字技巧者,而是人类价值的传播者。"[1] G. 萨恩选编出版了利维斯的部分文章,名为《作为反哲学家的批评家》("The Critic as Anti-philosopher"),把它视为利维斯三部曲中未能实施的一部,认为它"显示了利维斯对现代文明的问题与困境、对非哲学意义上的思想与艺术语言的本质以及它们对创造性协作的影响产生了日益拓展的兴趣"[2]。伊恩·麦基罗普出版了《利维斯:特殊关系》一书。[3] 迈克尔·贝尔(Michael Bell)的《弗·雷·利维斯》(*F. R. Leavis*)叙述了利维斯的生平与著作,把利维斯放置于阿多诺的遗产与传统之间,重点分析利维斯的语言、真理与人生的关系,以及利维斯诗歌批评的"真诚"标准与小说批评的"成熟性"和"传统"。[4] 贝尔的主要目的之一是"把利

---

[1] P. J. M. Robertson, *The Leavises on Fiction: A Historic Partnership*, London: Macmillan, 1981, pp. ix – x.

[2] G. Singh, *The Critic as Anti-philosopher: Essays and Papers*, University of George Press, 1983, p. ix.

[3] Ian MacKillop, F. R. Leavis: A Peculiar Relationship, *Essays in Criticism* XXXIV. 3, 1984, pp. 185 – 192.

[4] 参见 Michael Bell, *F. R. Leavis*, London: Routledge, 1988.

维斯作为阅读行为的一个极具穿透力与自我意识的例子呈现出来"①，同时还探讨了利维斯与欧洲大陆的哲学家之间思想的某些契合。巴里·谢尔(Barry Scherr)则详细分析了在对待劳伦斯的问题上，利维斯与T.S.爱略特之间的龃龉。②利维斯的老搭档、《细察》的主编之一丹尼斯·汤普森(Denys Thompson)1984年编辑出版了关于利维斯夫妇的系列文章，包含回忆与评价。③此后，丹·雅各布森(Dan Jacobson)1985年撰写了传记④；狄欧弗瑞·哈特曼(Geoffrey Hartman)在利维斯逝世后的第7个年头提出了利维斯的历史定位这一重要问题，认为利维斯的重要性已植入英国的学术语批评意识，其挽救文化的努力和对小说的批评贡献都是永恒的遗产。⑤对于批评家来说，不断地有关于他的"争论"和"重估"，挖掘并释放其蕴含的可能性，比有"盖棺定论"更让人庆幸，而这恰恰是正在发生的事实。1978年，利维斯逝世，这似乎标志着一个批评时代的结束和批评的"危机"。事实上，大多批评家认为，文学批评永远处于危机之中，这是批评家的自觉，也是现代工业文明所造就的现实。

约翰·尼德汉姆(John Needham)研究利维斯的语言观，并从语言观审视利维斯的文学批评。考林·麦凯布(Colin MacCabe)把瑞恰兹、燕卜荪、利维斯作为剑桥文学批评的三巨头，梳理其批评思想贡献与差异。⑥约翰·韦林斯基(John Willinsky)认为利维斯是把文学批评的功能与公众教育合二为一的代表，批评的确可以塑造正确得当的差别意识，引导了公众的文学趣味。拉曼·赛尔登(Raman Selden)则直接把利维斯的批评总结为"道德批评"。⑦"道德批评"这一标签并不准确，但十分方便，在学界一直沿袭使用。

1984年，爱丁堡大学的年轻学者凯文·凯斯(Kevin Keys)撰写了

---

① Michael Bell, *F. R. Leavis*, p. 2.
② 参见 Barry Scherr, Leavis's Revolt against Eliot: The Lawrence Connexion, *Recovering Literature*, Vol. 15, Summer, 1987.
③ Denys Thompson, ed., *The Leavises: Recollections and Impressions*, Cambridge: Cambridge University Press, 1984.
④ Dan Jacobson, *F. R. Leavis*, Washington D. C.: Phi Beta Kappa, 1985.
⑤ Geoffrey Hartman, Placing Leavis, *London Review of Books*, 24 January 1985, pp. 10 - 12.
⑥ Colin MacCabe, The Cambridge Heritage: Richards, Empson and Leavis, *Southern Review*, Vol. 19, No. 3, November, 1986, pp. 242 - 249.
⑦ Raman Selden, *Practising Theory and Reading Literature: An Introduction*, Hemel Hempstead: Harvester Wheatsheaf, 1989, pp. 19 - 24.

关于利维斯的博士论文,探讨其批评词汇的发展过程。①在此之后,利维斯研究博士论文多有出现。

(五) 20 世纪 90 年代:反思的 10 年

到了 20 世纪 90 年代,人们似乎突然有了一种历史更迭的"千年意识",而"反思"便是该意识的重要组成部分。利维斯研究也同样进入了"反思期"。在利维斯研究中,"重解""重估""反思""重论"等关键词屡屡出现,表明了"反思"已成为该时期利维斯研究的大潮流。

理查德·弗莱德曼(Richard Freadman)与修莫斯·米勒(Seumas Miller)系统地进行了理论反思。②巴里·卡伦(Burry Cullen)对利维斯的"反哲学"进行哲学式的思考,认为如今对利维斯的研究逐渐加入很多哲学词汇与视角,如"存在""表面程序""类比关系"等。他认为利维斯的批评词汇有其深层原因,"如果我们认可'人类世界'所包含意义的中心性与现实,我们就必须接受其批评术语"③。1996 年,《剑桥季刊》(Cambridge Quarterly)发行利维斯特刊,名为"回忆与重估"④。这次重估潮的最重要的著作是萨恩的《利维斯:文学传记》(F. R. Leavis: A Literary Biography)与盖里·德(Gary Day)的《重读利维斯:文化与文学批评》(Re-reading Leavis: Culture and Literary Criticism)。盖里·德意在"把利维斯作为对后结构主义局限如反人文主义倾向的修正"⑤。就在这种反思潮中,斯德若(R. G. Storer)于 1993 年完成了题为《英语、教育与大学:利维斯著作与重要性的历史研究》⑥的博士论文,积极评价利维斯对英语和文学批评作为一门学科在大学中的地位。也正是由于这种"重估"思潮,特佛·佩特曼(Trevor Pateman)通过细读《伟大的

---

① Kevin Keys, *F. R. Leavis: The Development of a Critical Vocabulary*, Unpublished PhD Thesis, University of Edinburgh, 1984.

② Richard Freadman and Seumas Miller, *Re-Thinking Theory: A Critique of Contemporary Literary Theory and an Alternative Account*, Cambridge: Cambridge University Press, 1992, pp. 34 – 50.

③ Burry Cullen, F. R. Leavis, Literary Criticism and Anti-Philosophy, in Gary Day, ed., *The British Critical Tradition: A Re-evaluation*, London: Macmillan, 1993, pp. 188 – 211.

④ Reminiscences and Revaluations, in *The Cambridge Quarterly*, F. R. Leavis Special Issue, XXV. iv, 1996.

⑤ Gary Day, *Re-Reading Leavis: Culture and Literary Criticism*, London: Macmillan, 1996, p. XII.

⑥ R. G. Storer, *English, Education and the University: A Historical Study of the Work and Significance of F. R. Leavis*, Unpublished PhD Thesis, University of Sheffield, 1993.

传统》全面呈现利维斯的"道德与艺术"主张。①克里斯托弗·考德纳（Christopher Cordner）同样对利维斯与文学中的道德问题进行再思考。②安妮·塞姆森（Anne Samson）把利维斯置于现代的文学理论与文化批评中，肯定了利维斯对英语研究兴起做出的巨大贡献，分析了利维斯的社会文化批评，并考察了利维斯的批评理论与"经典的构筑"。她认为，"利维斯把人生看成一个过程，是通往真理的创造性的运动，而把生命看成不断的成长与变化，这些观点至关重要。"③

卡罗尔·考克斯（Carole Cox）的博士论文详细论述了利维斯的重要意义。另外，他把利维斯作为"反哲学的批评家"置于当时的大学与哲学语境，探讨文学与哲学的关系，关注从研究者对利维斯的"反哲学"论断到利维斯自己的"反哲学"论断进行剖析，可视为韦勒克与利维斯所引发的"文学与哲学"这一核心问题的继续。④

乔治·沃森（George Watson）描述了利维斯的个性、他与剑桥同事的龃龉以及他所遭受的种种或真实或想象的不公。作者认为，于利维斯虔诚而年轻的学生而言，"利维斯是文学现代主义的救世主，是领袖，是先知"⑤。

斯瑞达（M. Sridhar）1999年出版了基于其博士论文的专著，名为《语言、批评与文化：利维斯的"有机统一体"》。该著作重新审视利维斯，把他置于文学研究的兴起过程、重点研究其创造性与延续性以及批评实践中的文化理论。"该书引领我们思考利维斯对语言、文学和社会—文化架构之间复杂关系的关注。"⑥

迈克尔·贝尔对盖里·德的《重读利维斯》一书的书评可以较为恰当地总结这一反思潮。他认为，利维斯的逝世并不代表其批评思想的

---

① 参见 Trevor Pateman, *Key Concepts in Aesthetics*, in *Criticism and the Arts in Education*, London: Falmer Press, 1991.

② Christopher Cordner, F. R. Leavis and the Moral in Literature, in *On Literary Theory and Philosophy*, Richard Freadman and Lloyd Reinhardt, eds., New York: St Martins, 1991, pp. 60 – 81.

③ Anne Samson, *F. R. Leavis*, Hemel Hempstead: Harvester Wheatsheaf, 1992, p. 176.

④ 参见 Carole Cox, *The Significance of F. R. Leavis: The Philosophical and Educational Context of the Critic as "Anti-Philosopher"*, London: University of London, 1994.

⑤ George Watson, The Messiah of Modernism: F. R. Leavis (1895 – 1978), *The Hudson Review*, Vol. 50, No. 2, 1997, pp. 227 – 241.

⑥ M. Sridhar, *Language Criticism and Culture: "Organic Community"*, New Delhi: Prestige Books, foreword.

终结,其思想已经影响了一大批批评者,其影响与价值必将持续下去。①

(六) 21 世纪初:融合的 10 年

或许世间没有永恒的文学批评模式,只有永远的文学。任何一种批评模式要想保持长久的生命力和影响力,其自身的资源必须不断地融合到更新的、更适应当代语境的批评模式中去,或者在该批评模式中融合新的视角、维度与要素。在 21 世纪的头 10 年,利维斯研究除了延续"反思"潮流之外,更重要的是已经表现出了大融合的趋势。实际上,融合本身就包含着反思、重构和可能性的释放。

史丹利·斯蒂沃德(Stanley Stewart)认为,利维斯与维特根斯坦"这对剑桥的'奇怪'组合之间的交流有助于解释维特根斯坦在紧密关联的文学批评与伦理学上的视角"②。罗斯·艾乐维(Ross Alloway)独辟蹊径,考察利维斯著作的出版与销售情况,借此考察其理论的接受。他认为利维斯早就认识到,不在乎公众的批评家是谎言家,而其批评着实是"向主流市场让步"③。肖恩·马修斯(Sean Matthews)以"持有异议的责任:《细察》之后的利维斯"为题论述了后期的利维斯批评,认为其批评形态是"论争的社会学"(polemical sociology),核心主题是劳伦斯,阵地主要是大众期刊。他认为,"批评功能的合作性基础是利维斯著作的贯穿主题、其辩论的实质、其论争社会学的形式,是其表达的公共区域"④。

克丽丝·乔伊斯(Chris Joyce)是目前最活跃的利维斯研究者之一,是 2003 年"重读利维斯"会议、2009 年唐宁利维斯会议、2010 年约克利维斯会议的召集人,是"利维斯研究中心""唐宁利维斯研究会"的核心人物。她深刻分析了利维斯作品中的哲学与理论意识,认为利维斯思想深刻,并没有前理论的无知。2009 年,克丽丝更是首创"反哲学的

---

① 参见 Michael Bell, The Afterlife of F. R. Leavis: Dead but Won't Lie Down, [Review of Gary Day: *Re-Reading Leavis*], *The Cambridge Quarterly*, XXVI. ii, 1997, pp. 196 – 199.
② Stanley Stewart, Was Wittgenstein a Closet Literary Critic? *New Literary History*, Vol. 34, No. 1, 2003, p. 43.
③ Ross Alloway, Selling the Great Tradition: Resistance and Conformity in the Publishing Practices of F. R. Leavis, *Book History*, Vol. 6, 2003, p. 240.
④ Sean Matthews, The Responsibilities of Dissent: F. R. Leavis after Scrutiny, *Literature and History*, third series, 13/2, pp. 49 – 63.

哲学"这一术语来概括利维斯对文学批评与哲学的态度。①同年,斯德若出版了专著《利维斯》,重点探讨"利维斯缘何重要,他的描述意味着什么"②。

在这10年,关于利维斯的专著、传记不断出版,其共同点是在研究中不断融合当代的批评视角,在全新的历史语境中审视利维斯。安东尼·亚瑟(Anthony Arthur)传记般地论述了利维斯与斯诺的"文仇"③,约翰·费恩斯(John Ferns)、埃里森·皮斯(Allison Pease)等都有新视角关注下围绕利维斯的深刻研究。④大卫·马修斯(David Matthews)则通过点点细节回忆利维斯,并通过私人信件来解释利维斯批评的思想片段。⑤

综合这10年的研究,我们不难发现,"新视野"与"融合"成了普遍的样态。"唐宁利维斯研究会"也于2010年10月正式成立。这些虽然不能看成是利维斯批评的"复活",但谁也无法完全否认它们所具有的强烈的标志意义。这意味着利维斯式批评在更广阔的时空向其他批评思想和模式融合的趋势,其实质是新世纪对利维斯批评价值重估之后的重估。

二、利维斯研究在中国

(一)译介与评介文献

国内对利维斯最早的关注可追溯到20世纪30年代,也就是利维斯刚刚登上批评舞台的时候。文化名人叶公超先生(1904—1981)曾就读美国,后赴英伦,1924年获得剑桥大学的文学硕士学位,归国后任清华大学英文教授,并一直保持着对剑桥批评的敏感。他与同样对英国文坛与批评界感兴趣的吴宓先生一起影响了弟子常风(1910—2002),后者于1933年3月在《新月》发表《利维斯的三本书》书评(《新月》月刊,1933年第4卷第6期,评介利维斯的《英诗新方向》、小

---

① Chris Joyce, The Idea of "Anti-Philosophy" in the Work of F. R. Leavis, *The Cambridge Quarterly*, Vol. 38, No. 1, 2009.
② Richard Storer, *F. R. Leavis*, London and New York: Routledge, 2009, p. 1.
③ 参见 Anthony Arthur, *Literary Feuds: A Century of Celebrated Quarrels from Mark Twain to Tom Wolfe*, New York: Thomas Dunne Books, 2002.
④ 分别见 John Ferns, *F. R. Leavis*, New York: Twayne Publishers, 2000; Allison Pease, *Modernism, Mass Culture, and the Aesthetics of Obscenity*, Cambridge University Press, 2000.
⑤ 参见 David Matthews, *Memories of F. R. Leavis*, Edgeways Books, 2010.

册子《劳伦斯》及《大众文明与少数人文化》）。利维斯夫人1932年的著作《小说与读者大众》中的"三眉说"，即"高眉"（high brow）、"中眉"（middle brow）与"低眉"（low brow）曾引起了钱锺书先生的注意。钱锺书在其《论俗气》一文中（《钱锺书散文》，浙江文艺出版社，1997）对"三眉"作了评点。之后，利维斯在大陆便寂然无闻，但在海外华人学者中偶有被提及。夏志清私淑利维斯，赞赏其"道德感"。夏老风行美国的英文版《中国现代小说史》由刘绍铭、夏济安、李欧梵等翻译的繁体中译本于1979年和1985年分别在中国香港和中国台湾出版，2001年又在中国香港出版了中译繁体字增删本。该书对利维斯"伟大的传统"有着赞赏性的叙述，而其简体中译本也于2005年在大陆出版。夏志清沿袭了英美批评界的基本论断，把利维斯称为"道德批评家"（moral critic）[1]。利维斯著作的第一部中文译本出现在2002年，袁伟翻译的《伟大的传统》由北京三联书店出版，该著作与陆建德有见地的利维斯解读序言一起，构成了首部"伟大的传统"译著作品。目前的研究资料表明，利维斯其他著作在国内的翻译几乎是空白。近年来，关于利维斯评介类文献日渐增多，主要包括介绍、概述、初步阐释与评点等，散见于报纸、文集和网络媒体。陆建德教授曾在剑桥读博士，专攻利维斯，其见诸报刊的利维斯评介十分中肯，堪称国内利维斯研究的标志性人物。然而，总体而言，国内对利维斯的评介还基本停留在把利维斯作为"道德批评家"和英国早期"文化研究"背景人物的初始阶段，对利维斯的主要评判也无非是"文化精英主义""保守主义"等。当然，国内的利维斯评介中也不乏极端的论断，如赵一凡教授预设了自己的政治立场和文化姿态，把利维斯定位为"反动文人"，这是极其危险的定位。他认为利维斯主张"细读大法""大肆张扬文化保守主义"，其《伟大的传统》之"目的是要树立他在英文界说一不二的道德权威"[2]。这些观点值得商榷。

（二）期刊"点"论

国内直接论述利维斯的期刊论文并不多，共有十几篇，主要围绕剑桥传统与利维斯的文化研究展开论述，偶尔涉及"伟大的传统"及初步

---

[1] 夏志清：《文学杂谈》，载《文学的前途》，陈子善编，北京：三联书店，第188页。
[2] 赵一凡：《利维斯：伟大的传统》，载《西马在英国》（下），《中国图书评论》，2007年第10期，第71—72页。

的诗歌批评。聂珍钊以利维斯为中心两论剑桥传统。曹莉、陈越把利维斯和瑞恰兹、燕卜荪和威廉斯组合在一起,阐述代表剑桥的"实用批评"的现实品格与"文化批评"的价值情怀。①高兰与杨冬介绍了利维斯在20世纪英国批评界的地位,重点评介他对英国小说传统与价值的重估。②另外,高兰还初步涉及了利维斯小说批评的"非个性化"原则。③萧俊明(2000)、吴兆章(2003)、董希文(2004)、金慧敏(2006)、乔瑞金(2007)等把利维斯放置到威廉斯文化研究的影响与关系脉络上关涉其文化批评,总体上往往把利维斯的文化批评以"利维斯主义"一言以蔽,尚不够完整,需要进一步拓展与深化。需要指出的是,由于资料稀少与"成论"等的种种局限,不少论文对利维斯存在着较为重大的误解。

(三)著作章节关涉文献

这些文献多为著作中的某一小节或专题,主要围绕文学批评与文化研究进行。例如,殷企平等在《英国小说批评史》中把利维斯置于英国小说的批评传统,简要勾勒了利维斯小说批评的核心思想。④在文化研究方面,国内学界总体上倾向于把"文化利维斯主义"作为叙述西方文化研究的一个点来评述,在初步阐述利维斯文化批评理论的同时,往往有着事实性的疏漏或者判断失误。程巍阐述了所谓"利维斯集团"的文化理想,认为利维斯不属于新批评,其文学批评主要是"道德批评",这与夏志清等人的观点一脉相承。值得商榷的观点是,该著作认为,"《伟大的传统》具有大英帝国的那种文化霸权作风"⑤。作者还认为《伟大的传统》册封了外埠的两位作家,从而再一次收编了两个前殖民地的文学,这表明作者忽视了亨利·詹姆斯和约瑟夫·康拉德的"英国性"问题。另外,作者还有对事实的某种疏忽,他写道:"当利维斯于1948年发表《伟大的传统》时,他已经是剑桥英文系的著名教授以及《细察》的核心人物。"此叙述疏漏有二:其一,利维斯从未晋升教授一

---

① 曹莉:《剑桥批评传统的形成和演变》,载《外国文学》2006年第3期;《鲜活的源泉——再论剑桥批评传统及其意义》,载《清华大学学报》,2006年第21卷第5期。
② 高兰、杨冬:《利维斯与文学传统的重估》,载《文艺争鸣》,2007年第9期。
③ 高兰:《谈弗·雷·利维斯小说批评中的非个性化原则》,载《北华大学学报(社会科学版)》,2007年5期。
④ 参见殷企平等:《英国小说批评史》,上海:上海外语教育出版社,2001。
⑤ 程巍:《中产阶级的孩子们——60年代与文化领导权》,北京:三联书店,2006,第215页。

职,晚期曾与W. H. 奥登竞争牛桥(Oxbridge)诗歌教授而惜败,他从剑桥退休时依然是讲师,况且他在剑桥也是被边缘化的;其二,利维斯并不是到1948年才成为《细察》的核心人物的。1932年利维斯参与创办《细察》,主导了《细察》的精神基调,对传统的重视、对工业文明的批判、对《细察》的经济支持与组稿都居功至伟,从一开始就是名副其实的核心。利维斯从第3期开始一直担任该杂志主编。《细察》第一期、第二期主编是L. C. 纳艾奇(L. C. Knights)与罗纳德·卡尔沃(Donald Culver)。但利维斯从创刊之日起便在《细察》几乎不间断地发表重要文章和书评,如在第一期至第三期分别有《文学大脑》、《批评怎么了?》、《劳伦斯与白璧德》(D. H. Laurence and Professor Irving Babbitt)等文章。①傅泽在其著作中简要叙述了"利维斯主义",认为它"尖锐批评文化的'无政府状态'对文化标准和社会权威有威胁"②。这种论断即把阿诺德的所谓"文化无政府主义"归到了利维斯的名下,而且更为重要的是,此论断表明作者似乎疏忽了利维斯对文化和文明的区分。陆扬与王毅也阐述了文化批评的利维斯主义,但在引述利维斯对"少数人"的定义时说:"这少数人故而是社会的中心所在"③。这显然是曲解了利维斯的本意。利维斯原意是"此为中心而彼不为中心这种意识",亦即"更美好生活之隐性的标准、事物价值大小的区分、我们把握前进的方向、何为中心等意识皆依赖于少数人"④。另外,陆扬对利维斯针对"技术功利主义"批判的理解似乎也有些偏颇,他说:"利维斯的'激进主义'有他的特定目标,这就是英国政坛的保守主义,亦即利维斯本人很不屑一顾称之为'技术逻辑—边沁主义'的功利主义"⑤。首先,"技术逻辑"显然是对"技术"的误解。该术语中的 technologico 是 technological 的变体,用于组合词。"逻辑"一词显然是受了 technologico 一词中 logico 的影响。如果添加了"逻辑"一词,technologico 就超越了

---

① 参见 Scrutiny (I, 1932 – 33), Cambridge: Cambridge University Press, pp. 1 – 203.
② 傅泽:《文化想象与人文批评——市场逻辑下的中国大众文化发展研究》,北京:中国传媒大学出版社,2007,第94页。
③ 陆扬、王毅:《文化研究导论》,上海:复旦大学出版社,2007,第72页。
④ 利维斯原文是 Upon them depend the implicit standards that order the finer living of an age, the sense that this is worth more than that, this rather than that is the direction in which to go, that the centre is here rather than there. 应为"此为中心而彼不为中心这种意识",简言之,即"更美好生活之隐性的标准、事物价值大小的区分、我们把握前进的方向、何为中心等意识皆依赖于少数人"。
⑤ 陆扬、王毅:《文化研究导论》,上海:复旦大学出版社,2007,第78页。

技术本身,而成了一种思维方式,因而失真了。其实,"技术功利"作为一种思潮,其意义已经由"技术""边沁"和"主义"(ism)三者表达清楚了。总体而论,在国内大多关涉利维斯著作中,相关论述多为叙述式、片段式与印象判定式的,无法形成较为完整而深入的研究。

(四)硕士、博士论文

陆建德应视为国内系统专论利维斯的第一人。他于1989年在剑桥大学完成博士论文《利维斯与浪漫主义的关系》,但从严格意义上讲,这应算作西方的研究。目前国内已有几篇间接涉及利维斯的文化研究的博士论文,主要思路是把利维斯作为雷蒙·威廉斯文化研究的背景人物。1998年,傅德根的博士论文《走向文化唯物主义》梳理了威廉斯从"左派利维斯主义"向"文化唯物主义"的演变历程;2001年,赵国新的博士论文《背离与整合——雷蒙德·威廉斯与英国文化研究》以"文化研究"为切入点,把利维斯传统与马克思主义传统一道,作为威廉斯文化批评的关系网;2002年,吴冶平的《威廉斯的文化理论研究》同样把利维斯作为威廉斯的思想源头之一,置于背景之中;2007年,刘进的博士论文《文学与"文化革命":雷蒙德·威廉斯的文学批评研究》,对利维斯的文化批评有着碎片式的粗线条论述,对其诗歌批评和小说批评的"伟大传统"也有初步的涉及。[①]硕士论文主要有苏娜娜(2005)、刘智勇(2007)对利维斯小说批评及要素的初步论述。高兰于2009年完成了其博士论文《利维斯与英国小说传统的重估》,重点考察利维斯的"伟大的传统"与英国小说价值的重估,"在充分肯定利维斯批评成就和启示意义的同时,也对他的种种缺憾做了分析和评价"[②]。作者同时把利维斯夫人对简·奥斯汀的评论引入文中,作为利维斯小说批评的补充。遗憾的是,该文过多地"借鉴"了西方的研究成果,但即使如此,她对利维斯小说批评的一些核心问题,如对他文学批评的本质界定、语言观、文学与哲学的关系、传统的传承、所谓的"反理论性"或"非哲学性"等皆无涉。另外,由于选题局限,该文也未能论述利维斯的文化批评与诗歌批评,因此也不可能呈现利维斯文学批评的完整体系。

[①] 参见刘进:《文学与"文化革命":雷蒙德·威廉斯的文学批评研究》,成都:巴蜀书社,2007,第64页。

[②] 高兰:《利维斯与英国小说传统的重估》,吉林大学博士论文,2009。

总体而言,国内的利维斯研究活动相对不活跃,而且研究尚不深入,关注点也十分有限,对其价值挖掘与重估尚处在初期阶段,对利维斯的文学批评体系更是缺乏宏观、深入、系统的把握,这与利维斯的批评贡献与历史地位及其思想的当下价值极不相称。这一状况亟待改观。

无论对利维斯作何种评判,认为其是道德批评家、文化批评家、"细读"批评家,还是"反哲学"的批评家、"精英主义"批评家,抑或是人生批评的典范、"有机共同体"代言人、文学秩序的重构者、经典文学的趣味鉴赏家、文学史的重新书写者、诗歌发展方向的预言家,还是从利维斯入手研究剑桥的传统以及与利维斯搭配起来的种种批评组合,如利维斯与C. P.斯诺的文化论战、与韦勒克的文学与哲学之辩、与D. H.劳伦斯的批评关系、与T. S.爱略特的批评龃龉、与阿诺德和瑞恰兹的精神传承,以及与Q. D.利维斯的毕生协作等,都必须把利维斯置于延续性的英国批评的传统与历史文化语境,同时抓住几个核心问题,即他的文化批评思想、批评观、诗歌批评与小说批评体系。与此同时,必须在全面厘清利维斯批评的基础、维度、本质、贡献及缺陷的基础上,准确把握利维斯的历史地位与当下价值。

第四节 本研究的缘起、思路、价值与基本内容

从20世纪90年代初开始,国内批评界面对西方舶来的种种批评理论突然集体"失语""失忆"并"失态"。"失语"表现为不少批评走向了"纯理"与"玄虚",或照搬西方的批评话语,不顾本土批评的实际,结果造成了批评与创作以及批评与阅读的疏离。"多元主义""泛文学化"以及批评的"阐释"与"非判定性"倾向造成了批评与文学本身的鸿沟,同时也造成了批评与创作、批评与阅读以及批评与社会文化语境的疏离。"失忆"指代批评界面对中国传统文论时的尴尬。中国传统的文化话语具有"非理论"的特点,多为印象式、经验式、断定式与直觉式的言说方式,这已经无法适应当前的文学状况,于是出现了选择性"失忆"。因此,构建新的批评话语、批评范式甚至创造新的批评思想体系就成了中国批评界共同面临的任务。"失态"则是指当时中国批评界的种种局促与不安。一方面,学界大量引进西方文学理论,人云亦云,

任意嫁接；另一方面，对理论的涌入又颇为不安，对平等的中西批评对话多无自信可言。当然，我们并不需要标准化、程式化的批评，我们期待的是，在中国当前的批评话语构建与批评实践中，能够吸收、融合更多的批评视角与方法，既能关照到文学本身以及文学所赖以产生的社会与文化，还能关照人生、人性以及人类目的，这样的批评无疑是有生命力的。"道德批评"在中西都已存在两百多年，甚至在英国曾长期主宰着文学批评，20世纪以来才逐渐式微。但作为一个维度，道德并没有失去其批评意义与价值，尤其是当它和人性与人生结合在一起、并与"审美"等形成互动的时候。在特定的社会文化语境中，人生—人性—道德作为一个批评维度依然有发挥更大作用的可能性及必要性。

当前，国内文学批评界在整合本土资源和借鉴西方批评思想、模式、话语的同时，也在积极地探索西方批评与当代中国文学现状的兼容性与适应性问题。然而，当前中国的文学界出现的轻视道德、轻视人生、"零度写作"等思潮与倾向值得我们深思并切实解决；而批评界忽视"人生—人性—道德"关注的倾向、脱离文学实际的批评也需要纠正。这种文学与文学批评的大语境更加凸显了研究、整合、借鉴利维斯的批评模式与资源的必要性与重要性。本研究旨在全面系统地把握利维斯的文学批评思想，探索其批评的体系、方法、要素、得失、性质以及当下的意义，以期为中国的文论话语建设与文学批评实践提供一个反思的视角、一个参照的体系。

本研究首先简要叙述利维斯的生平与中西方的研究成果，然后把利维斯置于英国"求真"与"尚德"的文学与批评传统之中来理解利维斯的"道德关注"，并为探讨其超越"道德批评"的论述打下基础；在此之后，详细论述利维斯文学批评的基石，即他的"文化研究"，然后自然地过渡到他的批评观，并在此基础上重点探讨利维斯的诗歌批评与小说批评，最终形成对利维斯批评贡献与缺憾的评价，并由此把握其历史地位与当下价值。

笔者以"细读"的方式深潜文本语境，阅读了利维斯的所有论著以及重要论说，同时借鉴他人的研究成果（主要为西方的研究成果），以文献法、阐释法以及文学批评研究的一般方法，解读、还原、阐发并评判利维斯文学批评的宏大体系。本研究有以下创新点：

1. 本研究是国内全面研究利维斯的文化批评、诗歌批评与小说批评的首次系统专论，真正地把他的文化批评、诗歌批评与小说批评融合成了一个有着内在体系的整体,从而完整地呈现了他的批评思想。

2. 本研究独创性地阐释了利维斯的"有机共同体"思想与"伟大的传统"的多重含义;重估了利维斯批评的得失,匡正了对利维斯批评的种种误解,并在此基础上讨论了利维斯的贡献与历史地位。

3. 本研究探讨了利维斯式批评与当代文学批评思想的关联性,揭示了它向中兴的"伦理批评"的融合,并探索了其批评的独特体系、维度、方法以及饱含时代情怀和社会责任的"人生—人性—道德"关注对中国当下的文学批评所具有的参照意义。

本书包括导论、五个章节、结语、两个附录和后记,其基本内容如下:

导论部分简要地勾勒了利维斯的生平,简述了"求真"与"尚德"传统中的利维斯,意在把利维斯置于这一大语境探讨"个人"与"传统"的关系,以便更为深刻地理解利维斯强烈的"道德关注",并为之后的论述做铺垫。在本部分,笔者对中西方的利维斯研究做了粗线条的整理,讨论了其阶段性特征与不足之处,这是本研究的历史背景;同时介绍了本研究的缘起、价值、基本思路和章节框架。

第一章旨在全面论述作为英国"文化研究"的先驱之一的利维斯的文化批评思想。本章探讨了他的文化批评的主要内容,即"有机统一体""少数人文化""文学文化""反技术功利主义"等,同时还考察了利维斯对"英文学科"的看法,对人文教育的提升和对"理想读者"的呼唤,而这也是其文化批评思想不可或缺的一部分。

第二章重点阐发利维斯的批评观,即他对文学批评的性质、功能与标准的论述。利维斯认为:批评的本质在于"协作—创造";批评的功能在于塑造当代情感,促进作品实现其存在目的和存在的价值,提供对生活和"正确性"的体验,并最终关涉文化健康与人类目的;批评的标准拒绝抽象,拥抱"具体性"。本章还探讨了利维斯的文学批评与理论和哲学的纠结,并论述了利维斯的语言观。

第三章重点阐述利维斯的诗歌批评,主要内容包括探讨利维斯重写英国诗歌史的努力、对英国17世纪"智性之线"的发现、对18世纪奥古斯都传统的把握、对19世纪诗歌"创造梦的世界"的阐释,以及对英国20世纪诗歌将由T.S.艾略特、庞德和霍普金斯引领方向的前瞻性判断。同时,本章还探讨利维斯诗歌批评的种种维度及得失。

第四章旨在全面系统地细读、阐释、还原、构建并评判利维斯的小说批评。国内外的研究对利维斯"伟大的传统"把握并不全面和深刻,因此本章以此为着力点,阐释了"伟大的传统"的多重含义,并论述了利维斯的小说观和小说批评实践中的各种维度。利维斯对"伟大的传统"内外的批评家的评价独到而深刻,本章呈现了他对英国诸位小说大师的评判和对美国文学"美国性"的把握。

第五章题为《利维斯批评的定性、贡献、历史地位及当下意义》,是在前五章对利维斯的全面研究基础上做出的总结性判断,并独创性地评价了利维斯文学批评的得失,匡正了对其小说批评的种种误读,并尝试给出了定性评价。利维斯开创了英国的"文化研究",重新书写了英国的诗歌史与小说史,创办了《细察》,提升了文学批评的地位等,贡献非凡,是20世纪英国最具争议性、影响力和最伟大的批评家之一。他的批评的某些元素已经融进了当代批评思想和实践,而其"道德关注"等又为中兴的"伦理批评"提供了宝贵的资源和参照。他的批评思想及批评模式、道德关注、人文情怀等对当下中国都有着不可忽视的借鉴意义。

结语部分是对本研究的一个粗线条的总结,同时指出了本研究的未能尽善之处。

附录一收录了利维斯的学术成果,以便读者清晰地了解利维斯的关注点与大致的思想发展历程;附录二是英国《卫报》刊登的利维斯讣告,希望读者连同其生平一并阅读,从而形成对利维斯最为直观而又不乏趣味的了解。后记回顾了本研究资料收集与写作过程,并试图以一种柔美的"镜头"叙述的手法呈现利维斯的形象,并把他作为反思与"反制"当下现实的弥足珍贵的资源与符号。

第一章　利维斯的文化批评

> 利维斯是一位抓住牛角的羸弱硬汉,他的目的并非是要把工业文明这头凶悍莽撞的公牛拉回到 17 世纪想象性的乡村,而是为了把它引向健康碧绿的未来。
>
> ——题记

批评界逐渐认识到,利维斯是英国"文化研究"的先驱之一,而他的文化批评是其文学批评的基石。利维斯的文学批评脱离了社会文化关注就不会有恰当的理解,其所有著作的背后都有着对社会之文化健康的关注。他的基本论断是这样的:"现代文明存在弊病,而他首要的关注点是促进能缓解和治疗这一状况的活动的增长。"[①]毕兰的这一说法准确地阐明了利维斯文学批评的旨归。I. A. 瑞恰兹主张文学研究必须关涉社会与文化问题,因此这种研究基本上就不是纯审美的,而是心理性的、道德性的、历史性的和社会学性的,这在利维斯身上留下了不可磨灭的印记。艾略特对利维斯也影响至深,他认为诗歌首先是诗歌,但它又必然导向诗歌之外。很显然,利维斯弘扬了瑞恰兹和艾略特的这种批评态度。利维斯的文学批评不仅关乎文学本身,还关乎文学外,因此其价值判断也就不能仅仅局限于文学之内。利维斯干净利落地写道:

> 文学批评,不仅关乎文学……对文学严肃的兴趣不能仅仅是文学性的,这种严肃性必须涉及——而且很可能来自对社会公平、

---

① R. P. Bilan, *The Literary Criticism of F. R. Leavis*, Cambridge University Press, 1979, p. 3.

秩序与文化健康的理解与关注。①

不难看出,利维斯的文学批评似乎恰好契合了韦勒克关于"文学内研究"与"文学外研究"的区分。利维斯的出发点在于文化健康与人类生活,这是带有终极色彩的关注。对于利维斯来说,文学批评既是手段,又是目的,这种手段与目的的合一性自始至终界定着利维斯的批评思想。利维斯看得颇为深刻,他认为,关注文学本身便是关注文化健康与社会人生,是对人性的审视、对自身状况的反思,是对当下文明的一种反制手段,尤其是当"传统"衰亡、文化沦丧、未来堪忧的时候。

利维斯保持着对时代的敏感,对精神气候、文化现象与社会变革有着独特的关注,其字里行间也往往流露出一种危机感与紧迫感。他第一本著作《大众文明与少数人文化》便是这种精神的体现。他十分关注"工业主义"(industrialism)对现代社会、文化和人类精神的影响,这影响了两年后创办的《细察》的基本精神。《细察》第一期的"细察宣言"写道:

> 融合文学批评与文学外(extra-literary)活动批评的文章是必要的。我们的准则是对生活标准的关注,也意味着对艺术中标准的关注……《细察》将严肃地关注当代文明的动向……不言而喻,对大多数人而言,目前文明的趋势以及艺术的窘境并不是什么让人担忧的事情。诚然,很多人对二者之一感兴趣,但看不到它们之间的关联;但是只有在少数人那里艺术才不仅仅是一种奢侈品,这些人相信,艺术实际上是"记录价值的仓库",在个人对艺术的反应质量与他对人类生活的总体健康之间有着必然的联系。②

在利维斯成为主编之后,他发表了《给批评家的再宣言》(*Restatement for Critics*),可看作"细察宣言"的延续和深化。其中,利维斯表达了同样的观点:"几乎没有必要阐明,文学价值的判断必然涉及文学外的选择与决定……教育必须努力培养一种对文明的批评态度。"③

---

① F. R. Leavis, *Determinations*, London: Chatto & Windus, 1934, p. 2.
② *Scrutiny* (I, 1932 - 1933), Cambridge University Press, 1963, pp. 1 - 5.
③ *Scrutiny* (I, 1932 - 1933), pp. 319 - 323.

《文化与环境》直指时代文化,如同《大众文明与少数人文化》一样,利维斯在该书中同样表达了对现代工业文明的不满,他探讨了大规模生产、标准降低、生活的进步与传统、教育等问题。更为重要的是,利维斯在该书中清晰地呈现了一种乌托邦式的社会,他称之为"有机统一体"(organic community)。利维斯对大工业文明中种种弊病的关注,是为了"训练批评意识"(《文化与环境》的副标题),因为"在一个迅速变化的世界,保持延续性的必须依赖文学传统"①,对肩负着"培养趣味和情感"的大学教师而言尤其如此。这清晰地表明,利维斯的文化批评是其文学批评不可或缺的一部分,而其文学批评又以文化与社会健康为归宿。利维斯的文化批评思想主要包括他的"有机统一体"观念、"少数人文化"情怀、"技术功利"批判、"文学文化"的肯定与弘扬、对教育和大学的诉求和对"理想读者"的呼唤。下文将分析利维斯文化批评,并把此作为通向其诗歌与小说批评的必由之路。

第一节 追忆逝去的乡村:"有机统一体"思想

怀旧是人类的普遍情感,笔者认为怀旧或许源于对童年的记忆,是对过去想象性的构建、对当下的失望,以及对未来不确定性的反应。如目前西方颇为时尚的"前世唤醒疗法"(past life regression therapy)的原理就是基于人们怀旧心理和对"过往"的好奇心。世界不乏对未来的梦幻般的憧憬者,同样也不缺乏对过往的钟情人。瑞士的历史学家雅各布·伯克哈特(Jacob Burkhardt)是一位精神贵族,他耽于怀旧,醉心于地中海世界的古典文化,对当时的社会和文化颇为不满,试图从古代寻求补偿。德国诗人、翻译家兼汉学家顾彬(Wolfgang Kubin)也有着浓浓的怀旧情绪,他说:"我本来不怎么喜欢现代、当代的世界,相比之下,我更喜欢古代。在去中国以前,在我的意识中只存在一个代表美的古代中国。"②其实,怀旧情绪总是或多或少地存在于每一个艺术家和批评家的身上。而怀旧在利维斯的身上表现得更为明显与彻底。从《文化与环境》的首页,我们就可以读出利维斯的怀旧、无奈、失落和深

---

① F. R. Leavis, *Culture and Environment*, p. 1.
② 谢冕等主编:《新诗评论》,北京:北京大学出版社,第216页。

深的忧虑:

> 我们失去的是"有机统一体"及其代表的生活文化。民歌、民间舞蹈、科茨沃尔德①的村舍以及手工艺品是代表更深层次东西的符号:一种生活的艺术、一种有序有范生活方式,它涉及社会艺术、交谈的密码,它源自远古的经验,是对自然环境和岁月节奏的因应调整。②

利维斯描述的这种生活主要是乡村和农业生活,但现在日益城市化与工业化。如果说生活是植根于土壤的,那么城市生活显然不是如此。在英格兰边远的地区仍有旧有秩序的遗存,如约克郡的山谷,汽车、无线电、电影院和现代教育正在摧毁那些地方,甚至不出十年,它就会荡然无存。但无论如何,在这些"香格里拉"般的桃源胜地,语言仍然是一门艺术,这是让利维斯大为欣慰的事情。培养语言艺术对旧的大众文化至关重要。在利维斯的概念里,旧日的大众文化(popular culture)不同于今天的大众文明(mass civilization),因为在旧日的文化体系里不存在艾略特所说的"情感的割裂"(dissociation of sensibility),然而在当下却有了大众文明与少数人文化的某种对峙,出现了情感与理智的疏离。更为重要的是,在通往未来的道路上缺少了传统的支撑,这种文化状态在满腔责任感与使命感的利维斯看来自然是病态的,需要疗救。

但是利维斯并不是多愁善感,或者仅仅是耽于怀旧。正如克罗齐所说的那样,"人类真正需要的是在想象中去重现过去,并从现在中去重想过去,不是使自己脱离现在,回到已死的过去……历史绝不是死亡的历史,而是关于生活的历史。"③克罗齐的言外之意是,过去有其"当下性"。利维斯的怀旧正是通过想象过去实现对当下的批判目的,并在

---

① 科茨沃尔德位于莎士比亚家乡的南面,绵延的乡村风情与科茨沃尔德群山融合在一起。它有着悠久的历史,在中古时期因羊毛产业等商业活动而兴盛。该地孕育了不少名人。今天该地区依然完好地保存着历代的传统建筑,具有浓厚的英国小镇风情。利维斯似乎是一个预言家,时至今日,该地已成了一处旅游胜地,在那里游客可以慢节奏地缅怀与想象旧日英格兰的种种美好与风情。
② F. R. Leavis, *Culture and Environment*, pp. 1 - 2.
③ 转引自韩震:《西方哲学史导论》,济南:山东人民出版社,1992,第454页。

这种想象中构建未来。

众所周知,英国是工业革命的故乡,是人类通往工业文明的先行者,自然也成了现代文明病的首发地。"从18世纪60年代到19世纪30年代这70多年里,英国已基本完成了产业革命……全面的革命带来了深刻的社会关系的变革。"①工业革命发生以后,"在英国,追逐财富被认为是有价值的人生目的"②,生产资料有了全新的占有方式、社会对立阶级出现,人类对金钱的追求有了一种前所未有的嗜血蝙蝠般的饥渴感。《傲慢与偏见》(Pride and Prejudice)的开篇写道:"这是一条举世公认的真理,一个有钱的单身汉必定需要一位妻子。"班内特太太一心想把几个女儿嫁给有钱人,也正是当时人们的心理写照。"18世纪末叶和19世纪初叶,西欧社会有了巨大的迅速的变化。过去若干世纪以来规范西欧社会的许多政治、经济和社会结构的传统都迅速消失了。在1750—1850年之间,伴随着法国大革命式的政治变革及其后的各种运动,又兴起了同样根本性质的工业大革命。它们带来了西欧文化的彻底转变。"③然而,农业社会转变成工业占主导的社会并非一蹴而就,而是一个缓慢的过程,而该进程的推动力在于商业资本主义的兴起。1851年,英国政府在伦敦举办了盛大的博览会,那完全是一次机器时代的盛大狂欢。工业革命深入发展的结果就是"科学技术在社会和文化中日益取得中心的地位。这样,在欧洲社会里第一次一种物质文明把社会各部分之间的文化区别都铲平了,而这些社会群体之间的真正权力平衡却还未发生根本的改变。"④其实,文化区别的铲平是不可能的,因为那往往意味着沦丧,而这正是利维斯倡导"少数人文化"的原因之一。1853年,法国著名画家德拉克罗瓦(Eugène Delacroix)的描述正好契合了利维斯的文化心态。前者曾在日记中描述大工业的罪恶、陌生、无聊的慈善家、无心肺又无想象的哲学家。他发出了带有呼唤意味的追问:"与其把人变成畜生,为什么不让他们保持自己真正的传统——自己对故乡的眷恋、对土地的热爱?"⑤其实,德拉克罗瓦所担心的是"古老的、地区性的独特文化、习俗连同语言的特色都随同农业

---

① 叶胜年:《西方文化史鉴》,上海:上海外语教育出版社,2002,第287页。
② 罗伯特·勒纳等:《西方文明史》(Ⅱ),王觉非等译,北京:中国青年出版社,1994,第689页。
③ 彼德·李伯庚:《欧洲文化史》,赵复三译,上海:上海社会科学院出版社,2004,第418页。
④ 彼德·李伯庚:《欧洲文化史》,第423页。
⑤ 彼德·李伯庚:《欧洲文化史》,第426页。

经济而没落。在他眼前展现的其实是两个世界的进程,一边是农村,一边是城市。这两个进程最后被不断的工业化铸成了一个,而依靠工业化起家的民族国家则把两个世界的文化业连接成一个。"①

与此伴随而来的是人们对"人被机械化"的担心。1872年,萨穆尔·布特勒(Samuel Butler)发表小说《乌有乡》(*Erewhon*),其中写道:"有一天……机器也会说话,它的语言起初像野兽的吼叫,最后将像人类的语言一样复杂……甚至人的灵魂也由机器而来。"利维斯认为,之所以出现巨大变革与破坏性力量,机器提供的动力责无旁贷。同时他也承认,机器带来了诸多益处,但它破坏了旧有的生活方式和古老的形式。在学校接受了初步趣味教育的人走出学校之后,便会面临"对人类最廉价情感反应的利用"(瑞恰兹语),电影、报纸、各种形式的宣传、商业小说,如此等等,所有这一切都提供了最低层次的满足。由此,利维斯特别要求应培养公众的两种意识:"一是对文明总体进程的意识;二是环境(不管是自然的还是知识的)如何影响趣味、习惯、成见、生活态度和生活质量。"②要达此目的,有效途径是"辨别与抵制",学会运用"积极的标准"。

再让我们回到利维斯所处的社会现实。个人主义、物质主义造成文化上的消费主义,而科技主义间接地导致了第一次世界大战的爆发。一战残酷异常,大英帝国因此痛失76万臣民,这震撼并动摇了英国根深蒂固的信仰和制度,国内民族矛盾也因此激化,逐渐达到不可调和的火山口般的炽热状态,最终在1921年爆发,形成了弥漫着浓雾与硝烟的内战状态。英国因此又陷入失业、饥荒、动荡、产业萧条、罢工迭起的状态。"怀疑""伤感""怀旧""迷茫""恐惧""愤怒"等成了最具时代概括力的词汇。诗人艾略特的《荒原》("The Waste Land")与《空心人》("The Hollow Men")正是极为精妙地传达了当时英国人的精神状态与内心世界。而在那种历史语境下兴起的叔本华(Arthur Schopenhauer)的悲观思想、"柏格森主义"(直觉主义)、弗洛伊德(Sigmund Freud)的精神分析等都折射了那个时代的精神。与此同时,"虚无主义"的伦理学派也逐渐形成,作为对秩序和道德具有反制力量的现代主义作家也逐渐登上文学舞台。所有这一切都给英国传统的伦

---

① 彼德·李伯庚:《欧洲文化史》,第426页。
② F. R. Leavis, *Culture and Environment*, pp. 4–5.

理与文学传统造成了严重冲击。

这一切都迫使人们追问工业与科学技术发展的后果,而"迷惘"与"没落"的人们最终必然要问"生存的意义到底是什么?"一战后,很多学者更加关注文化健康,弗洛伊德就是如此,其文化关注集中体现在他的《文明及其不满》(*Civilization and Its Dissents*)一书中。"他现在坚信,文明、压抑及神经症是不可避免地交织在一起的,因为文明愈向前发展,就愈需要更多的压抑,所以就会有愈来愈多的人患神经症。他说,人类只会对文明日益不满,这解释了许多人在酒、药物、烟草或宗教中寻求避难的缘由。"①那时已经有人感觉到西方文明正走向衰落。德国慕尼黑的一位中学教师、历史学家斯宾格勒(Oswald Spengler)是西方文明走向没落的预言者。1918 年,《西方的没落》(*Der Untergang des Abendlandes*,英文译名 *The Decline of the West*)带着一战的创伤与反省印记赫然面世,在世界范围引起轰动。他区分文明和文化(利维斯也如此),认为二者有着不同的内涵。他认为 19 世纪末到 20 世纪初的西方文化即应不可避免地走向没落,艺术的没落也已经成为事实,大城市的发展是灵魂消失的证明。利维斯曾提及斯宾格勒,还读过他的著作,这显然影响了利维斯的思想。像弗洛伊德等人一样,欧洲的不少知识分子决心疗救社会,要成为"欧洲的良心"。

对现代社会表达理性的不满、嗅出现代文明的危机,这在 20 世纪 30 年代的英格兰并不是时尚,而是敏感者的责任。当现代工业、报业、电影等现代文明与大众文化的符号充斥欧洲,当大多数人还沉浸在甜美的富贵梦的时候,利维斯早就有了秉持"异见"的担当。虽然天才的内心往往是孤独的,但作为天才的利维斯并不孤独。在利维斯之前,已有文学风潮和先觉者开始了对工业文明的怀疑和反思,开始向往逐渐逝去的乡村。威廉·布莱克(William Blake)曾以神学主义批判工业资本主义,而英国的浪漫主义也同样有着"悠久的敌视工业资本主义的文学传统"②。"自 18 世纪后期,又发明了人文科学,到 19 世纪下半叶,它在科学和文化的辩论中占了上风……使欧洲人重新构筑对人的看

---

① 彼得·沃森:《20 世纪思想史》(上),朱进京等译,上海:上海译文出版社,2008,第 317 页。

② 孙盛涛:《政治与美学的变奏——西方马克思主义文艺基本问题研究》,北京:社会科学文献出版社,2005,第 208 页。

法。"①另外,随着"实证主义"(positivism)逐渐兴起,科学日益取代宗教,成为人们的新信仰。但是,就在"实证主义"和物质主义主宰的时代中,人们想逃避现实的思想却日益抬头。人们所向往的不是机器和城市,而是过去的乡村文化。"这种面向过去的趋势在精英文化的许多领域里都表现出来。"②"传统的农村社会在精神上以基督教为中心,神职人员左右着大众的思想。现在,大众从传统的社会机制和宗教组织里游离出来了。进入大城市的新居民和周围的人萍水相逢,谁也不认识谁,整个环境是陌生的。这意味着传统社会的道德联结被割断了,人们与家庭、邻里、本乡和教会的联结被削弱了。"③

这种情况在小说创作与批评两个层面都有了体现。聂珍钊对此有着清晰明了的叙述:"尽管生活在后工业文明时代,这位教授并不孤独。与利维斯相应和,格雷厄姆·格林(Graham Greene, 1904 – 1991)、威廉·戈尔丁(William Golding, 1911 – 1994)、多丽丝·莱辛(Doris Lessing, 1919 –)、艾丽丝·默多克(Iris Murdoch, 1919 – 1999)、金斯利·艾米斯(Kingsley Amis, 1922 – 1995)等一大批现实主义小说家都将描绘时代的'精神和道德风貌',传达对人的道德关怀视为自己最重要的责任。"④同时,他们的作品在对当下的批评中渗透着对过往的回忆与对未来的憧憬。在小说批评方面,对利维斯影响甚大的前辈批评家和作家如亨利·詹姆斯、瑞恰兹、T. S. 艾略特、劳伦斯、叶芝等人一样,认为他所生活的时代的明显特征就是文化沦丧,并以怀旧的心情,以过去反制当下。他们一致认为,"当今的文化处于危机之中,这是一个普遍现象。"⑤

作为欧洲良心的知识分子,在一战后"只有少数人还继续相信欧洲不仅物质文明进步,而且代表着崇高的道德规范和价值,要反对的是欧洲各国之间互相对峙的危险,以及人文学和自然科学之间的鸿沟,以免破坏欧洲的文化统一性"⑥。被称为"第一位现代保守主义者"的自由

---

① 彼德·李伯庚:《欧洲文化史》,第496页。
② 彼德·李伯庚:《欧洲文化史》,第497—498页。
③ 彼德·李伯庚:《欧洲文化史》,第500页。
④ 聂珍钊等:《英国文学的伦理学批评》,武汉:华中师范大学出版社,2007,第622页。
⑤ F. R. Leavis, Mass Civilization and Minority Culture, in *For Continuity*, Cambridge: Minority Press, 1933, p. 15.
⑥ F. R. Leavis, Mass Civilization and Minority Culture, in *For Continuity*, p. 502.

辉格党人埃德蒙·伯克(Edmund Burke)猛烈抨击了工业主义。散文作家、记者和政治活动家威廉·科贝特(William Cobbett, 1762 – 1835)属于改革派,但同时对中世纪的英格兰有着深深的眷恋,被马克思称为"大英最保守和最激进的人"。他认为工业制度是"不自然的"(unnatural),必然造成阶级对立。

在对工业文明批判的思潮中,对利维斯影响最大的当属马修·阿诺德(Matthew Arnold, 1822 – 1888)。他于 1869 年发表了著名的《文化与无政府状态》(Culture and Anarchy)。他认为良好的教育是任何文明、有道德的社会的基础。同时,他珍视传统,认为"希伯来传统"(Hebraism)和"希腊传统"是欧洲文化的两大支柱。后者的特征是追求理性,而前者则代表着对"神的旨意"的追寻,融合二者则可造就世间最好的知识和思想,走向"完美"(perfection)。阿诺德早就意识到,一股甚于美国市侩风气的浪潮正汹涌而来,大有在道德、智性和其他方面淹没众人之势。利维斯认识到的无情现实是:"到华兹华斯去世时,工业革命已经完成,民族的传统文化已不复存在,除了留下些许痕迹。"①

工业文明的现状、盛行的"工业文明批判"的潮流、文化关注在利维斯身上得到了发酵,并最终酿出了一坛浓烈的老酒。他遵循了卡莱尔(Thomas Carlyle, 1795 – 1881)的攻击大机器与物质主义的批评路线。卡莱尔认为,"人们的道德、宗教以及精神状况不再是我们关注的核心,我们的关注点变成了物质、实用与经济状况。"②利维斯要做的便是让人们看清当代文明的本质,并构建出一个与现代工业文明对立的作为一种反制力量的共同体。

于是利维斯开始从语言入手,剖析起当时那个病态的社会。而切入点就选在了很多人认为的最具语言创造力的"广告"上。利维斯分析了广告的各种诉求手段,如"恐惧""良好形态""势利",认为广告的目的无非是怂恿人们去大力消费,这一切皆源于商人对金钱的追求和消费者的一种群体心理。广告文本植根于人性。它应简单易懂,甚至是对最没经验的人也是如此,成功的文本取决于对大众大脑而非个人大脑的理解把握。利维斯显然对其中的现象感到担忧,对他而言,这无疑意味着标准化与文化沦丧,因为在广告中工业城市和农耕乡村所代

---

① F. R. Leavis, *Culture and Environment*, pp. 1 – 2.
② 转引自 Anne Samson, *F. R. Leavis*, p. 43.

表的文化被整合成了一个。利维斯注意到,广告与大生产之间有着必然的联系。从社会劳动层面来看,社会分工越来越细,机器生产代替传统手工艺,不可避免地导致重复与单调,从而在精神和肉体上摧残劳动者。他认为机器生产"杀死、致残、感染、毒害工人,最重要的是,让他无聊,似乎还没有文化如此这般"①。利维斯一针见血地指出,现代文明的物质繁荣依赖于诱导人们去购买自己不缺乏的东西,并让他们缺乏他们本不该买的东西。广告在工业文明社会已无孔不入,已严重地制造了情感割裂、物质主义和消费主义。大生产所带来的标准化与趣味水平降低,对利维斯而言无疑意味着沦丧,这种沦丧感深深地植根于他的"进步观"。利维斯发现广告中普遍的调子就是"乐观",他对此却持有"悲观"的看法。他认为,广告商和经济学家们会用生活标准来衡量社会进步,而无可争辩的事实是生活标准"提高"了,社会财富成倍增加,消费品充斥市场,交通越来越迅速。但这种提高带来了满足感的下降和生活质量的降低。如果"乐观"成了公众责任,社会的弊病就不会被发现,或者干脆视而不见,"结果就是延迟了让社会回归正确的努力"②,因此无法引入精神价值,进行疗救性活动。利维斯完全赞同劳伦斯的说法:"人类的灵魂需要美,甚至胜过面包。"③在利维斯看来,如果社会生活缺失了、灵魂沦落了,社交的艺术就几乎不存在了,即使人们虽然依然聚在一起,那只能说明他们是为了逃避孤独和生活的空虚,以便滋生一种可悲的"群体感"(herd solidarity)。于是,随之而来的便是传统的逐渐解体。利维斯的切入点同样还是语言。他十分赞同瑞恰兹的话:"从一开始,文明就一直依赖语言,因为语言是现在与过去的主要联系,是彼此之间的桥梁,是我们精神传承的渠道。作为传统的其他承载(如家庭和群体)解体了,我们不得不更加依赖语言。"④

利维斯认为我们的精神、道德和情感传统主要是靠语言传承的,而传统承载了过往世纪的经验,关涉更美好的生活。然而,今天语言的运用却受到了广告、新闻、畅销书、汽车和电影的影响,这更加凸显了保持鲜活的文学传统的意义。利维斯说:

---

① 转引自 F. R. Leavis, *Culture and Environment*, p. 29.
② F. R. Leavis, *Culture and Environment*, p. 58.
③ F. R. Leaivs, *Culture and Environment*, p. 132.
④ F. R. Leaivs, *Culture and Environment*, p. 81.

>如果语言最细腻精美的使用得以保存,我们就可以与我们的精神传统亦即过往的最佳经验保持联系。但文学传统要保持鲜活,必须要有一种文学趣味,由受教育者(不属于任何社会阶级)维持……诚然,传统只能活在个体之中,但这只能靠你我去判断并彰显趣味。①

对利维斯而言,17世纪的英格兰生活着莎士比亚和班杨(John Bunyan),那是英国的生活中最具文化活力的年代。利维斯认为,"戏剧依赖王室与平民,这保证了莎士比亚可以把他的'语言天赋'运用到极致,他就是语言天才的化身。这一优势所代表的就是他属于一种真正的民族文化,属于一个社会,在这个社会中戏剧对受教育者和普通大众同时具有吸引力……英语习语的力量与精妙皆源自农业的生活方式。"②利维斯认为,是英格兰有机的社会与农业文化造就了莎翁丰沛的语言。而通过语言,利维斯还在班杨的著作中找到了丰富的生活方式的证据。利维斯说:"(《天路历程》)是传统的艺术,传达的是大众的生活……是有活力的人类文化的表现。它关涉的不仅仅是语言的地道灵动,充满了生命力,而且以价值评估的成熟习惯传达了一种社会生活的艺术。"③那样的一个社会,对利维斯而言,显然是一个"理想国",是现代社会必须模仿的"样板"社会。"有机统一体"的魅力之一是"高眉"与"低眉"、阳春白雪与下里巴人的有机关系;让利维斯如此眷恋17世纪的英格兰的另一因素是一种恬静醇和、大异当前的秩序。永远的磨坊、慢节奏的农耕、惬意的马车、教堂的钟声、温暖的壁炉、摇曳的玫瑰、散着墨香的鹅毛笔、窗前樱桃树中知更鸟的叫声,那些暖暖的意象让20世纪30年代的英格兰人十分向往,利维斯尤其如此。而现在,他们面临的是法西斯、坦克大炮、激荡的变革、精神的空虚以及无望的前程。

正是由于工业化以及由此带来的经济学家眼中的"进步","有机统一体"消失了。在利维斯眼中,人们失去了熟悉的生与死的情况,失去了精神家园,这好比动物失去了栖息地。"有机统一体"代表着动物

---

① F. R. Leaivs, *Culture and Environment*, p. 82.
② F. R. Leavis, 'Introduction', *Determinations*, p. 2.
③ F. R. Leavis, *Pursuit*, London: Chatto & Windus, 1952, p. 208.

的自然性以及鲜明的人性。如同劳伦斯对环境的丑陋有着特殊的敏感一样,利维斯同样有着敏锐的嗅觉和观察力,他甚至从各时期建筑物的对比中看出了"有机统一体"的丧失。他说:

> "有机统一体"的沦丧就是人类自然性(naturalness)和正常性(normality)的沦丧,其外在的明显标志从工业时代的建筑便可一目了然。这些建筑有一种骄横的、冷漠的丑陋,对人性与环境毫不在乎,现代英格兰的城市、郊区与房屋都是前所未有地丑陋无情。①

我们不难看出,利维斯是何等的痛苦。这种痛苦类似于王国维对文明与秩序失落以至投湖的绝望心境,类似吴宓在"理智和情感"之间的挣扎,甚至类似堂吉诃德的徒劳抗争。利维斯不禁哀叹道:"今天,我们不得不担心,一个曾孕育了莎士比亚、艾略特和劳伦斯的国家已经无法挽回地变成了一个福利国家、足球彩票、《新政治家》和'第三节目'②的文化。"③利维斯后期对现代世界(尤其对美国)的批评似乎并未稍有缓和,这在《我的剑不会甘休》中表现得十分彻底。他更加迫切地对社会进行诊断并疗救,这从反面说明了他对"有机共同体"的渴望。他说:

> 今天的美国:能源、不可一世的技术、生产力、生活的高水准、生活贫瘠、空虚、虚妄与无聊促生的酒精,如此等等。谁敢说现代社会的寻常一员的完整性和活力胜过丛林人、印度农民或者原始民族中的成员?因为后者有着让人赞叹的艺术、技巧以及丰沛的智慧。④

利维斯对"大众文明"的批判是和"有机统一体"的构建联系在一起的。威廉斯分析了利维斯钟情"有机"一词的五个原因:"强调社会

---

① F. R. Leaivs, *Culture and Environment*, p. 93.
② "第三节目"指 BBC Third Programme,即英国广播公司第三套广播节目网络。它成立于1946年9月29日,逐渐成为英国首要的文化力量,在传播艺术方面发挥了巨大作用。利维斯对该节目一直心存芥蒂,认为它是文化权威与文化体制的象征。
③ F. R. Leavis, *Letters in Criticism*, p. 51.
④ F. R. Leavis, *Nor Shall My Sword*, London: Chatto & Windus, 1972, p. 60.

的整体感(wholeness);强调'民族'的生长,如在提升民族意识时那样;强调如在'文化'中那样的'自然生长',特别是指缓慢地生长和适应;反对'机械的'和'物质主义的'社会;批判工业主义,支持'与自然进程紧密相连'的社会。"①威廉斯的分析凸显了利维斯使用"有机"一词时的目的意识和策略。那么,利维斯的"有机统一体"有什么明显特性呢?结合利维斯对"有机统一体"的描述,并把其中的个体、自然以及现代社会作为对照物来考察,我们或许会发现"有机共同体"的以下特征:

(一)时间的延续性。它来自远古,来自"久远的记忆",积聚了人类过往的经验,因此"社会艺术""交际艺术"等得以发展。

(二)人与自然的和谐性。人的生活必须"植根于土壤",也必须适合自然的周期与节奏。

(三)乡村与城市的同一性。大都市是工业文明的特征,在利维斯的理想世界,乡村和城市是同一的,其表现便是它们之间没有"文化"的分野,没有文明与文化的对立。

(四)工作的创造性与滋养性(fulfilling)。工作可以让人的精神丰盛,而不是无聊。工作者是自己工作的主人,是创造性的主体。工作涉及的是完整的人。"他们的双手、头脑、想象、良心、对健康和美的感知——他们的个性参与其中并得到满足。"②利维斯担心工业所创造的更多闲暇使人没有"付出"(effort)便有"快乐"。

(五)情感的丰沛性。在那样的社会,没有"情感的割裂",情感与智慧合二为一。

(六)语言的巨大承载与连接功能。语言是社会文化的核心,它承载了"最佳的经验与思想",而今天的语言已经堕落,如"粗俗情感虚假"的广告、新闻以及宣传。

(七)滋生伟大文学艺术的可能性。那样的时代可以诞生莎士比亚和班杨那样的伟大作家。

(八)宗教的虔诚性。在"有机统一体",健全的生活有其宗教的根基,宗教情感像季节与宇宙万物一样自然。

(九)社会阶层的秩序性。利维斯把传统看成一种秩序、一种自然

---

① Raymond Williams, *Culture and Society 1780-1950*, London: Penguin Books, 1958, p.256.
② F. R. Leavis, *Culture and Environment*, p.75.

性与和谐,也是一种文化延续性。

（十）人的完整性。人没有变成机器的附庸,没有"非人化"（dehumanized）或者"机器化"（mechanized）,艺术、技巧、情感、智慧、"自然性"（naturalness）、"正常性"（normality）等融于一身。而整个"有机统一体"呈现的也是一个具有"完整性"的形象。

利维斯正是依赖由"有机统一体"的特征而构成的标准来评判当代社会的特征。然而利维斯的批评者们认为他忽略了先前时代人们的痛苦,而利维斯则认为其批评者们忽略了先前人们的文化成就。迈克尔·贝尔（Michael Bell）认为,这是一个保守主义的田园牧歌（idyll）,是过往的怀旧性的投射,歪曲了农业生活的真实历史,"除了作为一个神话,从来没有'有机的'社会"①。"有机共同体"虽然没有那么空洞,但缺乏历史的可证性。贝尔说:"这一概念旨在界定一种文化的道德质量而不是指代其可量化的条件;可以说它是'理想的'（ideal）,但未必是否定意义上的'理想化的'（idealized）。"②《细察》的撰稿者们曾在不同场合指出,回到早期的生活形态,既不可能,也不可取。利维斯在文化危机中是十分清醒的。他怀旧式的"有机统一体"在很多人看来只不过是"乌托邦",利维斯本人也了然于胸。他"意识到自己处在一个传统之中,这一传统随着历史文化的变化而不断变化。但在利维斯的时代,文化中的历史压力引起的并不是对传统进一步的创造性改变而是趋向灭亡"③。

但是,利维斯的真实目的不是怀旧,也不是要向世人讲述过往的英格兰,而是要唤起大家对当下现实的清醒认识。他认为,如果我们忘记了旧的秩序,就不会清楚我们该为什么新东西而奋斗,最终将无法抗争,只能在工业大机器文明的"进步"前举手投降,在当下的种种风潮中迷失自我。利维斯说:

> 因为,对当今世界之疾病根本性质之恰当清醒的认识依赖于该领域的某些知识与感知,而这就要求我们了解,在17世纪的英格兰,巨大的变革不可避免……学生们需要了解的最基本的知识

---

① Michael Bell, *F. R. Leavis*, p. 116.
② Michael Bell, *F. R. Leavis*, p. 117.
③ Micheal Bell, *F. R. Leavis*, p. 14.

就是'宇宙的常识观念'（怀特海的术语）如何占据普通人的大脑，西方的风气与我们文明的精神有何后果。这就要我们能够聪明地辨明什么是卡特尔-牛顿主义的假设（Cartesian-Newtonian presuppositions），他们将会把我们引向何种哲学死地（impasse）——这依然表明了科学哲学、实证主义与经验主义潮流的盛行。①

科学态度或者说科学主义以及由此带来的技术与效用造就了现代文明的种种弊病，也造就了艾略特所谓的"情感的割裂"。在"有机统一体"社会，个人是完整的，其官能与周围的一切十分和谐。相形之下，现代英国自内战以来的文学却呈现出情感解体的倾向，智性和感情日益疏离。利维斯维持情感完整，统一理性，弘扬传统，以"有机统一体"对抗当下文明，并挽救文化危机。如果"细察"利维斯对维多利亚诗歌的"梦幻世界"（dream-world）特征的评价，对乔治·爱略特《弗罗斯河上的磨坊》的部分章节以及对劳伦斯的《瓢虫》(The Ladybird) 的评价，我们不难发现，在利维斯的文学批评与文化批评之间有着深刻的关联：利维斯所认为的那些最重要的作品往往就是抵制现代环境与文明侵蚀的杰作。

诚然，我们不能把17世纪英格兰的诗意乡村当成彻底的社会现实，再现"过往"需要历史学家在档案馆、图书馆、博物馆和英格兰的每个角落去寻找才能重现当时画卷的碎片。但无论如何，关于"有机统一体"，有一点确定无疑的：如果它曾经存在过，那它已经永远一去不返了。面对类似的文化危亡，王国维是被动的反应，吴宓是耽于纠结，堂吉诃德式的反应则尽显虚妄，利维斯异于他们的是，他在浓酽的感性中拥抱了理性，他甚至给出了一个具有理性气质的应对策略：

> 我们必须清楚一个简单的解决办法。譬如说，我们必须意识到我们不可能重返过往；摹仿乌有之邦的乡民（Erewhonians）和捣毁机器以期恢复旧有的秩序都毫无用处。即使农业文明得以恢复，也不能因此复活有机统一体。强调业已逝去的过往十分重要，免得它被人忘却；因为对旧有秩序的记忆必将激励我们通向新秩序，如果我们愿意拥有。②

---

① F. R. Leavis, *Nor Shall My Sword*, p.126.
② F. R. Leavis, *Culture and Environment*, pp. 96 – 97.

在《细察》中，利维斯也表达了同样的观点。"对过往秩序和古老的生活方式的记忆肯定是引导通向新秩序与新生活方式的暗示。那是对人类正常性与自然性的记忆。"①可见，利维斯并没有逃避现实，而是更加迫切地关注当下。而他要为之战斗的便是创造一种"新秩序"，正如他的著作《我的剑不会甘休》的题名所蕴含的那样，他的批评之剑不会钝下去，而他也不会停止挥舞。臧否杀伐不仅是他的批评方式，更成了他的生活方式。利维斯旨在培养辨别力与抵制工业文明的思想影响深远，正如雷蒙·威廉斯评价的那样，"《文化与环境》中显示的那种训练……被广为模仿和遵循，如果利维斯和其同事只是做了这一点，也足以使他们获得高度的认可。"②

第二节 "少数人文化"思想

艺术是解放性的，而文化总体而言是规约性的。艺术让人与众不同，文化让人归于群体。利维斯以文学挽救文化，似乎只能是美好的愿望；以批评文明与文化来匡正文学，则是迂腐的真诚。遗憾的是，愿景丰腴可人，而现实瘦骨嶙峋。但利维斯从未放弃继承传统以及让"少数人"撑起过往最佳经验和思想大梁的努力。

culture（文化）一词似乎难以琢磨，它是英文中意义最为复杂的两个词之一（另一是 nature，即"自然"）。它既可以是阳春白雪，也可以是下里巴人，既可以是齿间芬芳的鱼子酱与生蚝，也可以是大众影院里的爆米花、街头的柠檬水和臭豆腐；它既可以是静态的物质和精神成就，也可以是动态的过程；它既承载着传统，又开创着未来。对文化的研究早已是"显学"。有学者认为，"当代文化研究是特指自 20 世纪 50 年代以来以理查德·霍佳特（Richard Hoggart）和雷蒙德·威廉姆斯为先驱的英国研究领域，他们在英国学术界以文学研究为出发点并由文学研究拓展到文化领域。"③其实，利维斯才是当代文化研究的先驱之一，

---

① F. R. Leavis, *A Serious Artist*, in *Scrutiny*（I, 1932 – 1933）, p. 172.
② Raymond Williams, *Culture and Society 1780 – 1950*, p. 250.
③ 江玉琴：《文化批评：当代文化研究的一种视野》，载《雪鸿集》，合肥：安徽大学出版社，2008，第 180 页。

而利维斯的文化传统又可以追溯到马修·阿诺德。阿诺德"之于文化研究,堪称一位名副其实的先辈"①。作为利维斯文化思想源头之一的阿诺德将文化定义为个体体验的"人类最优秀的知识和思想"(the best that has been thought and said);另一影响源艾略特将其定义为一种生活方式,认为文化包括"大赛马、海利赛艇会、考克斯海上快艇赛、猎鸡日、足球比赛、赛狗、弹子桌球、飞镖盘、温斯利戴尔干酪、煮熟的卷心菜块、醋腌甜菜根、19世纪哥特式建筑以及埃尔加音乐"②。利维斯虽未对文化做出明确界定,但其对文化概念的理解融合了阿诺德与艾略特的思想,他认为的文化是"人类最优秀的知识和思想",它只为少数人掌握,也只有靠少数人才能传承。显然,艾略特所列的那些生活方式完全符合"少数人文化"的特征。有学者认为,"对后来的大众文化理论影响更为直接的还是利维斯的理论。这些大众文化的早期批判者们站在'文化与文明'传统的视角,以 T. S. 艾略特和马修·阿诺德的文化视点为基础,以利维斯为精神核心形成了著名的'利维斯主义',尖锐批判文化的'无政府状态'对文化标准和社会权威的威胁。"③这一论述眼光颇为独到,有其合理成分,但"文化的无政府状态对文化标准和社会权威的威胁"似乎显得过于笼统。"文化无政府主义"是阿诺德的创造,利维斯从未使用,也不曾有如此明确主张,而社会权威本身就是一个朦胧模糊的说法。

英国大众文明的形成其实是一个漫长的过程。雷蒙·威廉斯在《乡村与都市》(The Country and the City in the Modern Novel)中指出,历代的乡村作家总有一种新近的失落感,对过往社会的追溯变成了一种倒退;弗兰克·科莫多(Frank Kermode)同样认为存在着类似的割裂;叶芝等人认为自拜占庭时代以后,一切都在沦丧;艾略特和利维斯则认为英国的内战是个体自我异化的分水岭。那么,"大众文明"与"少数人文化"这二者是如何割裂的呢?

从15世纪末到16世纪,由于人文教育的影响,西欧的宫廷文化和知识阶层中都可以看到欧洲精英阶层的文化在形成中。但是,直到16

---

① 陆扬、王毅:《文化研究导论》第64页。
② T. S. 艾略特:《关于文化的定义的札记》,载《基督教与文化》,杨民生等译,成都:四川人民出版社,1989,第104页。
③ 傅泽:《文化想象与人文批评——市场逻辑下的中国大众文化发展研究》,北京:中国传媒大学出版社,2007,第93—94页。

世纪,组成这种文化"大传统"的知识分子依然来自两个截然不同的社会群体。源自富有贵族和高官望族的城市上层精英分子形成了上层阶级,他们在社会中居于领导地位,但他们不以文化为自己的事业,而是把文化看作一种身份标记。另一方面,从中产阶级兴起的更有学术气息的知识分子力求通过他们的专业知识活动提高社会地位。后来,这两个社会群体开始逐渐融合,至 17 世纪,老派贵族在新的官僚集权的国家里渐渐地失去了主体地位。实践证明,在当时的社会语境下,知识意味着权力,而"有用"成了受人尊重的美德。由此,有用的科学身价暴涨,获得了社会普遍的认可。这从 17 世纪巴黎的"沙龙"里科学家、博学家、自然学家登堂入室的这一事实便可以看出变化的端倪。"18 世纪中叶以前,文学艺术家们的受众主要是贵族,1750—1870 年间,受众既有贵族,也有中产阶级上层分子。"①但毫无疑问,中产阶级的自我意识与文化已日益走向舞台的中央。随着大工业与商业的发展,"商人控制文化工业的结果是:出现一种大众文化"②。

利维斯认为"大众文明"与"少数人文化"是"对照的术语"(antithetical couplets),由此把二者置于了某种对峙的状态。利维斯所说的"大众文明"就是当下的大工业文明,充斥着广告、新闻、汽车、影院、宣传、通俗小说与低廉趣味。但"少数人文化"一词就没那么浅显明白了。利维斯是通过文学去界定"少数人文化"的。毕兰认为,"在 20 世纪,利维斯比其他批评家更为中肯的是,他一直坚持文学与文学批评对现代社会的重要性……面对现代社会的解体,利维斯认为有必要维持英国文化传统的连续性及其体现的优秀的价值观念,而英国的文学是英国文化传统的主要代表。但这种连续性只能通过强有力的少数人或者说受教育的大众才能维持,而这些人反过来又使得批评的功能以及标准的维持成为可能。"③利维斯对"少数人"(minority)的解释是这样的:

在任何一个时代,明察秋毫的艺术和文学鉴赏只能依靠很少的一部分人。只有少数人(除了显而易见尽人皆知的案例)才能做出自发的第一手判断。他们今天虽然数量有所增长,但依然是少

---

① 罗伯特·勒纳等:《西方文明史》(Ⅱ),第 839 页。
② 彼德·李伯庚:《欧洲文化史》,第 529 页。
③ R. P. Bilan, *The Literary Criticism of F. R. Leavis*, pp. 3–4.

数人，他们根据真正的个人反应来认可这种判断……在特定的时期，这少数人不仅能够欣赏但丁、莎士比亚、多恩、波德莱尔、哈代（几个主要的例子），也同样能够认可构成种族（或一支）意识的上述人物的最新传承者。这种能力不仅仅属于孤立的美学王国：它把敏感性（responsiveness）应用到理论以及艺术，运用到科学以及哲学，只要它们能影响到让人们对人类状况以及生命本质的感知。我们从过去最佳的人类体验中获益的能力有赖这少数人，他们让传统中最精妙、最易消亡的部分保持鲜活；更美好生活之隐性的标准、事物价值大小的区分、我们把握前进的方向、何为中心等意识皆依赖于少数人。①

对于上述引文所传达的信息，威廉斯认为，"从某些方面讲，这是文化观念发展过程中新的立场。"②威廉斯认同利维斯的部分观点，也认为"'传统中最精妙、最易消亡的部分'包含在我们文学与语言之中"③。一个社会如果除了当代的体验而无所依靠，那么它就是贫瘠的。但威廉斯认为我们可以借鉴的经验远比文学体验本身丰富："我们可以去寻求记录的经验，不仅是丰富的文学资源，还可以是历史、建筑、绘画、音乐、哲学、神学、政治和社会理论、物理和自然科学、人类学或者说所有的学问。"④在利维斯的后期著作《我们时代的英国文学及大学》（1969）、《我的剑不会甘休》（尤其是其中的"精英、寡头和受教育的大众"）以及《活用原则》（1975）中，我们会发现他对"少数人文化"的坚持非但未有稍稍变化，甚至在情感上有了更浓厚和倾心的味道。他说：

> 文学传统一方面代表的是在我们时代经验和情感之间的某种沟通，另一方面代表的是学术和政治生活之间的交流。这种沟通必须依赖有影响而且真正有教养的（cultivated）的公众，在这些人中，延续性才具有旺盛的生命。⑤

---

① F. R. Leavis, *Mass Civilization and Minority Culture*, Cambridge: Minority Press, 1930, pp. 1-2.
② Raymond Williams, *Culture and Society 1780-1950*, p. 247.
③ Raymond Williams, *Culture and Society 1780-1950*, p. 248.
④ Raymond Williams, *Culture and Society 1780-1950*, p. 248.
⑤ F. R. Leavis, *The Living Principle*, London: Chatto & Windus, 1975, p. 12.

不可否认，利维斯的"少数人文化"体现了某种程度的"精英主义"思想。因此，"少数人文化"往往被自然地拿来对应"高雅"。陆扬先生说："他（利维斯）认为英语无所不在的一个特征就是'高雅'（high brow）。"①如果此处的"英语"指英国文学，利维斯所谓的"伟大的传统"根本不等于高雅，甚至跟高雅关联甚少；如果英语指的是英语语言，那么利维斯则强调语言不仅仅是一种表达手段，它更是优秀传统、人类体验与价值的承载。high brow 一词 1884 年进入牛津英语词典，1902 年因威尔·厄温（Will Erwin）在英国《太阳报》（The Sun）使用该词而让它大热，运用的是其"骨相学"上的意义，即基本等同于中国的"相面"，英国有"聪慧者额头高"之说。让 high brow 成为文学批评术语的并非利维斯，而是其多才的夫人。Q. D. 利维斯 1932 年发表《小说与读者大众》，其中，她首次运用"高眉"与"低眉"（low brow）来指代高雅文学与通俗文学。利维斯夫人的这一术语还影响到了钱锺书。②但利维斯夫人同样也不曾说过"高雅为英语特征"这样的话。另外，关于这少数人所代表的精英意味，江玉琴认为，"对利维斯而言，唯一的希望就是确认文化与知识分子精英的价值，结果利维斯的批评在对失落的有组织的社会（这个原本不存在的社会）的怀旧与对现在'技术本雅明'时代的谴责之间交替。"③作者此处有两个疏忽，所谓"技术本雅明"，应当是误把边沁（Jeremy Benthan）当成了本雅明，忽视了其实质是"技术功利"；其二，"有组织的社会"这一说法也表明，作者对利维斯的"有机统一体"缺乏真正深刻的理解。"有机统一体"表面上是社会理想，其实质是文化理想。利维斯认为 17 世纪的英国社会是"有机的"，因为没有上层阶级与大众之间的疏离与鸿沟，语言是媒介，让莎翁的作品在宫廷和在乡土受到了同样的欢迎。而"有组织的"社会则强调社会的组织形式，其反面是无组织、无序、无政府正义或者自由主义。威廉斯曾清晰地阐明了"有机的"和"有组织的"之间的差别："伯克曾把'有机的'和'有组织的'（organized）作为同义词，但到了 19 世纪中期时，它们已经是相反的了。"④利维斯认为，与现代人相比，过往的人们更有鉴赏力，原因在

---

① 陆扬、王毅：《文化研究导论》，第 73 页。
② 陆建德：《过去的现在性——读钱锺书先生"少作"》，载《中华读书报》，2001 年 1 月 23 日。
③ 江玉琴：《文化批评：当代文化研究的一种视野》，载《雪鸿集》，2008，第 188 页。
④ Raymond Williams, *Culture and Society 1780 – 1950*, p.256.

于他们尚未被大众文明的各种信号所淹没。也就是说，过去的人更具有"少数人"的特征。利维斯说：

> 我们有充足的理由相信一个世纪前一个寻常的有教养的人比其现代的代表是更有能力的阅读者。相比之下，现代的读者阅读量远甚以前，这让他精神耗散，获得鉴别力就更为困难。读华兹华斯长大的读者的前行路上信号有限（比方说）：种类并不让人难以招架。因此，他能够获得鉴赏力。但现代人置身于各种信号中，种类和数量之多迷人眼际，除非他天赋过人或者倍受眷顾，否则不能鉴别。因此，文化整体上处于困境（plight）之中。里程碑式的标志已经变迁、增殖与拥挤，区别与分界线已经模糊，边界已经消失，不同国家和时代之间的艺术与文学一起流动……在很多知识领域，同样的词汇有不同的含义，每个人对很多事情都略知一二，人们弄清楚自己是否知道自己谈论的东西正越来越难。①

因此，利维斯必须对"文化"做出界定，并力图寻找我们"鉴别"与"抵制"的标准。他给"文化"做出了类似定义的描述：

> 对超个人（extra-individual）大脑的状况和功能的积极关注——意识、价值、记忆等，正是一种活着的文化；为了坚持这种文化，在机器越来越具有统治力的文明中，这种大脑的生活与权威性必须要有意识地维持。②

利维斯把意识、价值、记忆、传统等与"文化"关联起来了。少数人所代表的文化传统存在于"共同的大脑"，可以以意识、价值、记忆的形式存在，由此，"少数人"就构成了"种族意识"（consciousness of the race）。维持"传统"的延续性要依赖"少数人"，文学与文学批评的功能之一便是让"传统"鲜活，因为文学与批评可以保护语言，使其免受大众文明的侵蚀。大众文明中，语言仅仅被视为一种表征人类思想的方法，而利维斯认为语言不仅仅是一种表达手段，更是"人类过往最佳

---

① F. R. Leavis, *Mass Civilization and Minority Culture*, pp. 18–19.
② F. R. Leavis, *For Continuity*, p. 10.

的经验"①与思想的承载,不能"科学地"改进。利维斯经常和"语言"搭配使用的词有"精妙的""细微的""更好的生活""应因调整""活力""最佳思想""防止精神消融""遗产"等,所有这一切都指向了文化。由此可见,在利维斯的意识中,语言自然地处在了文化的核心位置。利维斯认为自己的时代"没有鲜活的诗歌传统",诗歌中精妙的语言遗产或将"灭亡"。文化之间的沟壑因大工业而得以填平,艺术家与批评家被边缘化了,于是真正的艺术也淹没在商品的海洋里,淹没在廉价的情感消费中。阿多诺也曾提及"语言的堕落",如果语言堕落已成事实,那么利维斯感受得更为深刻,而且认识也更为深入。他认为,"应该让学生们明白语言的堕落并不仅仅是一个关乎词语的问题,而是情感生活的堕落,是生活质量的降低。"②结果就是那少数人正从引领世界的力量中被割裂出来。

　　传统的沦丧带来了一系列的后果,"少数人文化"几乎淹没于"大众文明",二者几乎浑然一体了,再难轻易地找到彼此的边界。另外,工业文明充斥的各种"符号"(signals)混淆了人们的趣味与辨别力,对文化的衡量标准也随之改变,这本质上代表着文化厚度和多样性的丧失。利维斯认为,符号是处于表层的东西,它们有一种强大的力量,把人拉向"同一性"(conformity),这种"同一性"与利维斯所认为的大工业带来的"标准化"并无本质意义的区别。利维斯意识到,要让传统光复或者维持、让语言鲜活、让人类的最佳经验和遗产得以传承,甚至是维持恰当的文学趣味,都必须有"博闻而有教养的公众"。如果这样的公众缺失,传统、隐性的标准、审慎的判断等统统会被置于危险的境地。

　　利维斯把少数人看成种族(race)意识之所依,其"种族"概念显然有着达尔文主义的影子,但在概念的深层饱含着利维斯对英格兰前途的担忧。一战后的英国早已显出没落帝国的疲态,新兴的欧洲大陆国家,尤其是大洋彼岸的美国,正在全球竞争中占有越来越有利的地位。阿诺德担心美国的影响,利维斯同样对美国的侵蚀心存芥蒂和不安。他甚至认为种族意识和民族脾性都正在"美国化"。利维斯把美国当作一面镜子,认为美国发生的一切迟早会降临到英国的头上。

　　利维斯的"少数人文化"思想可以追溯到阿诺德,还可以前推到柯

---

① F. R. Leavis, *Mass Civilization and Minority Culture*, p. 15.
② F. R. Leavis, *Culture and Environment*, p. 48.

勒律治,但发展到利维斯那里已经有了重大变化。柯勒律治的"少数人"是一个阶级,关注总体文明与科学;对阿诺德而言,"少数人"只是一个遗存,他们来自社会的各个阶级阶层。对利维斯而言,这"少数人"主要指文学的少数人,但又超越文学之外,还包括受教育的有鉴别能力的大众。值得注意的是,利维斯强调了"大众文明"与"少数人文化"的对峙状态,却忽视了它们之间的共性。文明与文化都必须与语言发生联系,以语言为主要媒介。但利维斯关注的是它们各自使用语言的方式。"大众文明"所滋生的是粗俗的广告与新闻语言和低廉的情感反应,与"少数人文化"对应的则是语言最精美微妙的运用以及应推而广之的趣味。这种思想似乎影响到了弗莱。弗莱主张文学的层级论,严肃文学在上,最底层是大众文学。"严肃文学面向的是那些天生追求快乐并真心希望通过阅读获得快乐的人,那些人也可被引导着去阅读以获得教诲……在层级体系的最底端,我们最终抵达了大众文学,或者是大众不依靠精英的指导而自行阅读的文学。两千多年来,大众文学一直是批评社会焦虑的对象,几乎整个既成的文学批评传统都抵制大众文学。然而大部分的读者听众两千年来一直对批评家和审查者弃之不顾。"虽然语言被区分成了层级,甚至文学本身也有了层级体系,但是文明与文化之间的共通性却无法改变,或许它们之间最大的区别在于数量的多寡、趣味的高低、语言的高下、情感的丰沛与贫瘠,而具有吊诡意味的是,谁来判定又成了无法解决的问题。

至此,我们已可以较为清晰地理解利维斯的"少数人文化"观念了。鲜活文学传统、精美的语言运用、标准的维持、理性判断、情感与理性的统一、阅读趣味、种族的良心皆有赖于"少数人",而他们所代表的文化亦即"少数人文化"。文化对文明的抵制力量不断地被商业话语与大众次级文学的话语所削弱。随着大众文化的兴起,人们有了更强烈的"公平正义"诉求、民主意识、阶级与地域弥合思潮、欧洲甚至是全球"一体化"更大的声音、文学的多元主义等陆续勃兴,利维斯的"少数人文化"不可避免与"高眉"(high-brow)联系到了一起。其实,利维斯对"高眉"并无好感,他不无嘲讽地说:"现在我们有书社以现代宣传的心理资源来推荐'值得'阅读的书,其中最有价值的便是'高眉'这一术语。"①可见,利维斯的文化"精英主义"中包含着"反精英"的因素,如他坚决反对精英趣味主义,文学小圈子、技术精英、BBC第三节目及英国文化协会等所代表的文化权威和体制。

雷蒙·威廉斯认为,"对利维斯而言,少数人本质上是文学少数人,他们让文学传统鲜活并保持语言的吐纳能力。"②毫无疑问,利维斯的核心兴趣在于文学批评,但是他认为文学总是通向文学之外,所以"少数人"就势必不仅是"文学内"的少数人。利维斯对"大众文明"和"少数人文化"的区分以及"有机统一体"的构建既是文化把脉,也是文化疗救,这彰显了"时代诊断"(zeitdiagnosis)的潮流。

尽管"少数人文化"颇受诟病为"精英主义",但其影响依然巨大。威廉斯认为利维斯的《大众文明与少数人文化》"勾勒了一种独特的文化观,它现在已经有了广泛的影响"③。仅仅从"少数派"出版社这一名字,我们就可以看出利维斯的"少数人文化"在剑桥的学生中的巨大影响力。该出版社是利维斯在剑桥圣约翰学院年仅19岁的本科生戈登·弗雷泽(Gordon Fraser)于1930年创立的,曾先后出版过《大众文明与少数人文化》《劳伦斯》等。《大众文明与少数人文化》发挥了具有时代标记意义的旗帜作用,对后来的大众文化批评影响至深,如直接影响了法兰克福学派的兴起。甚至有学者认为,"差不多之后文学现代主义对大众文化的所有分析不过就是《大众文明和少数人文化》以及《小说与阅读公众》的注脚而已。"④这一评判虽有夸张之嫌,但基本上是一个无法回避的事实。今天,如果我们抱怨文学失去了趣味、文学传统逐渐沦丧、技术时代磨灭了理想因而很难造就伟大的作品,如果我们谴责"零度写作""情感悬置"、呼唤作家与批评家的时代情怀与人类责任,我们或许正是在为以利维斯为代表的一代批评家做着并非无意义的、跨越时空的诠释。

---

① F. R. Leavis, *What's Wrong with Criticism*, in *Scrutiny* (Ⅰ, 1932 – 1933), Cambridge: Cambridge University Press, 1963, p.138.
② Raymond Williams, *Culture and Society 1780 – 1950*, p.248.
③ Raymond Williams, *Culture and Society 1780 – 1950*, p.246.
④ 转引自陆扬、王毅:《文化研究导论》,第82页。

第三节 "技术功利主义"批判与"文学文化"的高扬

鼓吹个人利益、自由、理性与个人幸福的思潮在英国有着悠久的传统。亚当·斯密(Adam Smith)支持中产阶级尊重私人企业;约翰·洛克(John Rock)鼓吹人的理性能够在他们意识到自我利益的基础上做出理智的选择;马尔萨斯(Thomas Robert Malthus)与大卫·李嘉图(David Ricardo)进一步推进了经济思想,其理论要素主要有"经济个人主义"、"自由放任"(laisser-faire economy)、自由竞争、自由贸易(free competition and free trade)等。他们的理论无疑有利于资产阶级提升自己的地位。19世纪的英国又兴起了功利主义,代表人物当推边沁和穆勒(John Stuart Mill)。边沁认为让人满意的社会秩序无法建立在人类利益自然和谐的基础之上,因为人的天性是自私的。一个与利己主义无关的仁慈社会无异于乌托邦,是不可能产生的。因此,社会的组织原则就是调和人的自利性和大多数人的福祉,即必须牺牲自己的一部分利益来满足大多数人的好处。简言之,边沁认为"趋乐避苦"和"最大多数人的最大幸福"是道德价值判断的最高准则。穆勒传承了边沁的思想,首次提出用"功利主义"(Utilitarianism)来表示他的思想学说,同时在学说中添加了利他主义(altruism)的成分。功利主义显然是迎合了中产阶级的利益和风尚,在激励世人进取的同时也往往会出现极端倾向与个人主义。而某些中产阶级的艺术家一边虽在批判中产阶级的矫揉造作,一边却仍然表现出对艺术作为一种道德的迷恋。画家但丁·罗塞蒂(Dante Gabriel Rossetti)等用艺术表达对现代价值的不屑一顾。"心理学家发现了人类行为的非理性成分;哲学家则告诉人们,人类最终还是处于一种无助状态。绘画、诗歌和音乐也经历了一场革命,主张为艺术而艺术。艺术的目的不在于给中产阶级的公众们以何种启迪。知识和文化领域的这些潮流融为一体威胁着中产阶级一直持有的那种优越感。"[①]而到了1900年,英国85%的人口能够阅读了。这种新的状况促使作家和艺术家们对在他们看来粗俗、耽于物欲的文化以及现代的各种技术保持疏离。

[①] 罗伯特·勒纳等:《西方文明史》(Ⅱ),823页。

1859年，达尔文发表了震惊世界的《物种起源》，这极大地震撼了人们的宗教信仰，同时给生物学、社会学和心理学带来了新的观念和视角。"神"的地位堕落了，甚至在某些人的心目中已经粉碎了，而科学的地位逐渐上升。达尔文的衣钵传人赫胥黎（T. H. Huxley）主张教育中的科学至上论，而阿多诺坚决捍卫文学在教育中的作用。阿多诺认为，技术进步导致物质文明的增长与变革，人类创造性的反应随之失去。到了利维斯的时代，人们对技术与私利的追求已经到了让他忍无可忍的地步，因为技术与功利主义必然导致人类价值的堕落与生活的虚空，利维斯创造性地把该思潮称之为"技术功利主义"（technologico-Benthamite）。①利维斯直指"技术功利主义"的后果：

> 技术变革带来了文化后果。如果不以创造性的智慧与修正性的目的来应对，它必将强加一种隐性的逻辑，简化并降低人类需求、良善的标准，产生灾难性的虚假与片面的人类目的，而科学应该是通向该目的的手段。②

这段引文传达了多重意义。首先，技术变革与"文化沦丧"有着某种关联。技术带来了工业化，参与创造了工业文明以及"大众文化"，而更为严重的是，它造成了"情感的割裂"。其次，技术变革会"降低"人的良善标准，即导致"道德沦丧"，进而产生灾难性后果，因为人类的目的已经不是"理想的"，甚至不是"正确的"。科学是手段，它如果变成目的，最终会让人走上虚假片面的人生目的。最后，这种现状依然有着疗救的可能。疗救者必须创造性地把理智和一种"改变社会"的目的性相结合。

其实，利维斯并不反对技术本身，他清楚科技进步带来的种种好处。他说："我们应该认识到这一点（人类的正常性和自然性）但同时不忽视卫生、公共慈善（public humanity）以及舒适度方面取得的成果。"③利维斯反对的是技术主义，反对人的机器化和技术的种种负面作用，尤其是对文化的破坏性影响。"功利主义"在利维斯那里浓缩了

---

① F. R. Leavis, *English Literature in Our Time and the University*, p. 95.
② F. R. Leavis, *Nor Shall My Sword*, p. 94.
③ F. R. Leavis, A Serious Artist, in *Scrutiny* (I, 1932–1933), p. 178.

多重含义,它指代利维斯所反对的种种态度,如过分的理性、人类价值的降低、对个人和社会的原子论(atomistic)观念、对社会根本差别的忽视、对文学传统的冷漠、对科学和技术的膜拜等。利维斯认为,"技术功利主义所必然具有的虚空会毁掉我们的文明。"①相应地,利维斯最关注的是如何在一个日益由科学和技术主宰的世界中维持并发展关于人类目的的完整观念、价值和意义,其手段是保持文化的延续性,而处于延续性中心的是语言和传统,这些组合在一起,便成了利维斯的"文化"。利维斯曾在约克大学做演讲,题为《文学主义与科学主义》(Literarism and Scienticism),利维斯说:"维持我们鲜活的文化传统,亦即人类创造性生活的延续,其创造性的战斗值得打响,且必须是一场我们不可输掉的战斗。"②如"少数人文化"与"大众文明"的对立一样,"文学主义"与"科学主义"同样处在对立的位置。对利维斯而言,文学首先关乎传统、情感以及生活,而科学主义则抛弃传统、割裂情感、让生活贫瘠。利维斯经常使用水准降低(levelling down)、沦丧(debasement)、降低(reduction)、"贫瘠"(impoverishment)等词汇来描述科学技术的"破坏性"影响。"文学主义"与"科学主义"在利维斯文化意识中的对立似乎早已预言了那场震动世界的"两种文化"论战。

1959年春,一个风和日丽的午后,利维斯的剑桥同事斯诺爵士(C. P. Snow)在瑞德演讲中把"科学文化"与"文学文化"相提并论,创造了"两种文化"的概念,认为其背后的代表分别是科学家和文学知识分子。他认为非科学家应该为这两种文化之间的鸿沟负责。这不可避免挑起了两种文化的对立问题。③其实,早在瑞德演讲的几年前,斯诺就发表文章,认为"文学文化"像一个权力旁落的国家,站在风雨飘摇的尊严之上,是非常荒谬的东西,而工业化才是穷人们仅有的希望。斯诺认为,在我们前进的道路上有三个拦路虎:核战争、人口膨胀与贫富之间的鸿沟,科学革命是唯一出路,而"文学知识分子"的无知简直就是犯罪。斯诺是一位核物理学家,又担任政府管理科学技术部门的高职,物质科学与国家机构以及权力在他身上得到了集中体现,他甚至还著有

---

① F. R. Leavis, *Thought, Words and Creativity: Art and Thought in Lawrence*, p.69.
② F. R. Leavis, *Nor Shall My Sword*, p.160.
③ 1956年斯诺就发表了《两种文化》,见 C. P. Snow, *The Two Cultures*, *The New Statesman*, October, 1956。1959年他在剑桥大学以《两种文化与科学革命》(The Two Cultures and the Scientific Revolution)为题作瑞德演讲,从而引起巨大争议。

《陌生人和兄弟》(Strangers and Brothers)系列小说,其个人已成为一个著名的公众人物。斯诺在演讲中指出了人文学与自然科学长期以来的疏离,认为两者之间的鸿沟日益扩大。他所关注的是人文学领域与科学领域的人对推动彼此领域的价值观感到难以理解,而这将成为欧洲及其文化的致命伤。

利维斯首先发难,认为斯诺是一个符号、一个预兆,是工业文明的代表。他于1962年发表了一次类似狂怒的咆哮般的演讲,题为《两种文化?斯诺爵士的意义》。作为同事,利维斯对斯诺的批评让英伦的民众错愕不已。利维斯的攻击异常暴烈,甚至有些刻薄,他说斯诺并非"民族圣人"而是"乡村莽夫",有人甚至认为其攻击有些"对人不对事"(ad hominem)的态度。"两种文化"之争激起了英国全国性的辩论,这次争论甚至跨越了大西洋,引起了美国批评家的极大关注。1962年3月10日,《纽约时报》刊登了詹姆斯·费伦(James Feron)的文章,关注利维斯对斯诺的抨击。费伦写道:"利维斯是英国最伟大的批评家之一,本周他对斯诺的猛烈抨击震惊了整个英国文学界。"3月15日该报再次报道,说利维斯对斯诺的抨击是"文学惊雷"。4月1日的文章则不置褒贬地把利维斯描述成"文学声望最伟大的粉碎机之一"(pulverizers of literary reputations)。利维斯1969年的《美国演讲集》(Lectures in America)中有一讲以《勒德派:一种文化?》为题,其中显然隐含了关于"两种文化"的后续思考。1970年斯诺继续把"两种文化"问题推向深入,并分析了利维斯所代表的严重情况。① 利维斯的文化批评以及与斯诺的"文化论争"已成了批评界的研究热点,至今仍有巨大的现实意义。

利维斯在批评中着重强调斯诺的代表性地位与意义,认为斯诺预示的是文明中具有威胁的特征,而这种威胁也危及了利维斯毕生追求的弘扬文学传统与文学文化的事业。斯诺"被认为是一个技术精英、态度乐观的人、一个恪守维多利亚传统的人,坚信科学的进步将使世界变得更加美好"②。关于科学家是否能改良世界、给人类带来幸福的问题,在利维斯那里是有明确答案的。利维斯早已阐明,物质丰富、便捷、经济学家所定义的"进步"并不等同于"生活质量的提高",也不等同于人

---

① C. P. Snow, *The Case of Leavis and the Serious Case*, TLS, 1970, pp. 737–740.
② 安东尼·亚瑟:《明争暗斗:百年文坛的八对冤家》,第127页。

类的"福祉"与满足感。斯诺是英国广播公司《第三节目》的常客,他看起来"像一座靠得住的智慧宝库"①,显得很仁慈,他的科学家与小说家的双重身份使得他可以更好地谈论文学与科学问题。但遗憾的是,斯诺似乎还没有跳出技术主义思想的束缚。斯诺提到,在他参加的很多聚会上,他对很多文学知识分子对科学的无知让人吃惊。他认为叶芝、庞德、温德汉姆(Wyndham)、刘易斯等人主宰了文学格调,不但政治上愚昧,而且代表了邪恶势力。他还批评劳伦斯作品中对船长使用鞭笞的描写,而劳伦斯是利维斯最为崇敬的小说家之一,叶芝、庞德等人也获得了利维斯的高度认可。斯诺在瑞德演讲之后,思想进一步走向偏激,认为"文学知识分子没有机会表现邪恶和残忍的时候,他们会表现出政治上的无知和文化上的优越感"②。

　　利维斯的思想是一以贯之的,他认为文学知识分子特别关注语言与传统,而传统文化是"最佳的思想和经验";他们是民族的良心,是疗救社会的希望之所在,他们不但不代表邪恶和残忍,而且还是社会责任的担当者,对文化的健康、人类的目的性、生活的"德性"等都有着强烈的关注。不难想象,斯诺所说的文学知识分子文化上的"优越感"更让利维斯联想到贴在自己身上的"文化精英主义"标签,这让他如鲠在喉,反驳起来也就愈发激烈了。利维斯说斯诺"盲目、无意识与行尸走肉(automatism)"③,正如现代社会自身一样。斯诺代表的正是推动病态社会的"怪物",而他的小说在利维斯看来"是由一个叫查理的电子脑为斯诺创作的"④。其言外之意是,斯诺的小说作品充斥着科技主义的味道,像是机器人完成的,丝毫没有情感与想象,也谈不上道德关注。

　　利维斯并不认为自己对斯诺的批评是人身攻击,按照剑桥的标准,他的攻击还算温和,虽然剑桥之外的人都已感受到了那种狂暴。作为权力走廊的常客、机构要员、报纸公众人物、宴会贵宾和小说家的斯诺着实受到了沉重打击。剑桥校园的天气预报栏里贴着"雪下得很猛"(Snow falls heavily)、"雪已成水"(Snow turns to slush)等布告⑤,还有人

---

① 安东尼·亚瑟:《明争暗斗:百年文坛的八对冤家》,第128页。
② 安东尼·亚瑟:《明争暗斗:百年文坛的八对冤家》,第130页。
③ F. R. Leavis, *Nor Shall My Sword*, p. 42.
④ F. R. Leavis, *Nor Shall My Sword*, p. 45.
⑤ 此两则天气预报式的布告使用了双关修辞。斯诺的姓为Snow,亦即"雪"。"雪下得很猛",就是"斯诺重重地摔下来";"雪已成水"即"斯诺已变成稀泥水"。

认为利维斯对斯诺的攻击是过肩摔式的"柔道表演",或者利维斯这只老鹰扑向了斯诺那只"超重"(overweight)①的耗子。斯诺的拥趸则把标枪投向了利维斯,认为利维斯"虚伪"、有着"爬行动物的毒液""青春期的躁动"和"歇斯底里"。安妮·塞姆森(Anne Samson)认为,"利维斯对斯诺攻击的暴烈从某种程度上说是策略性的(strategic),是为了让他对斯诺的反对和他所代表的精神引起人们注意的一种方法,他显然成功了。"②利维斯的暴烈并非刻意为之或者虚假作秀,他固然有着"好论争"的性格,但斯诺作为一个符号和预兆所代表的精神与自己的追求彻底相左,已经威胁到了文化与社会健康,这深深刺痛了利维斯的文化神经。

透过这纷繁复杂的争吵,我们或许会发现利维斯对"技术功利主义"的批判与对"文学文化"的赞扬其实是一个问题的两个方面。利维斯认为斯诺首先代表着"技术功利主义"与物质主义,即利维斯所认为的"科学主义"。他认为,斯诺试图建立科学在经济发展和社会进步中的主宰地位,似乎只有技术与经济强大,才能战胜对立甚至敌对的意识形态。斯诺思想的本质是忽视了人文学对欧洲文明核心的价值所做出的巨大贡献。显然,"利维斯的分析提出了20世纪文化与社会这个中心问题"③。利维斯一贯认为,"伴随技术进步和生活标准的提高而来的是生活总体的贫瘠(impoverishment),我们皆深陷其中。"④

斯诺代表的是"都市文学小圈子"⑤。这些人对真正的文化缺乏深入的了解,经常在《泰晤士报》文学副刊发表评论,是利维斯所批评的《第三节目》的常客、英国文化协会(也是利维斯所最为痛恨的)的官员,这在利维斯看来都是文化沦丧的标志。

斯诺是利维斯眼中的"有机统一体"的"勒德分子"⑥,因为"科学主义"严重危及"有机统一体"。"科学主义"会侵蚀"有机统一体"中的

---

① 此处"超重"也是双关。一方面,指利维斯所谓的高大肥硕、脑袋像和尚一样的斯诺的体格;另外暗指他"名不符实",占据高位,享有盛名,却不甚了了。
② Anne Samson, *F. R. Leavis*, p. 63.
③ 彼德·李伯庚:《欧洲文化史》,第526页。
④ F. R. Leavis, *Lectures in America*, London: Chatto & Windus, 1969, p. 13.
⑤ Anne Samson, *F. R. Leavis*, p. 62.
⑥ 笔者的"勒德分子"一词来自英文 Luddite,原义是指1811—1816年英国捣毁纺织机械抗议资本家的团体成员,此处意为"破坏者"。利维斯在《美国演讲集》的开篇一文即为《勒德分子?只有一种文化》。

人的"自然性""正常性""完整性",让人机械化、标准化,因而会造成"情感割裂"。如果任由"科学文化"肆意横行、主宰一切,那么利维斯所构建的"有机统一体"就会轰然倒塌,其文化批评也就失去了重要的根基。

斯诺代表着通向未来的歧路。利维斯认为社会正在沦丧,因此我们必须培养公众的辨别力,以抵制大工业文明,从而走向自然性与和谐;斯诺认为科学是通向光明未来的唯一途径,他支持压制"文学文化"、倡导"科学主义"。人类的一切都有其目的性,"人类必须感到自己的生活有意义(significance)"①,而且我们必须明了通向未来的道路,"如果人类目的需要我们把它与文明种种迫切的问题和机会关联起来看,那么我们就不能对文化传统所提供的视角视而不见"②。由此,我们可以看出,利维斯的文化诊断与疗救是从人的目的性出发的,他思考了当下的迫切问题,为人类的未来福祉谋划。利维斯的做法虽然有着理想主义色彩,但并不荒谬,毕竟不解决文化与灵魂问题,便不会有人的福祉。显然,斯诺认为"技术主义"可作为疗救良药,这是通向未来的一条歧路。

斯诺代表着对人性和人类需求复杂性的漠视。"这位科学家(指斯诺)——具有创造性的科学家——会从他的工作获得极大的满足。但是他不能从中获得一个人所需要的一切,智性的、精神的、文化的。"③利维斯不无嘲讽地说:"斯诺所谓的文学知识分子是艺术和生活的敌人。"④利维斯对人性的复杂性、人类需求的多样性有着深刻的认识,这让人很容易意识到斯诺乐观的"科学主义"所呈现出的不足。"人性与需求比斯诺认为的要复杂得多。在任何社会的当下,它们都不会完全一目了然。"⑤这意味着,科学仅仅关注人的外在,而文学文化则更加关注人的内心与精神,或者一言以蔽之,更加关注人性。

从以上分析我们不难看出利维斯对"传统"和"文学文化"的重视。利维斯毫不掩饰自己与"科学主义"的对立态度,他掷地有声地说道:

---

① F. R. Leavis, *Lectures in America*, p. 18.
② F. R. Leavis, *Lectures in America*, p. 19.
③ F. R. Leavis, *Lectures in America*, p. 14.
④ F. R. Leavis, *Lectures in America*, p. 14.
⑤ F. R. Leavis, *Lectures in America*, pp. 17-18.

"与斯诺的'科学主义'相对立的是我的'文学主义'。"①不少批评家据此认为,利维斯所坚持和追求的只不过是一种文化,即"文学文化"。这种观点是片面的。国内有些学者对利维斯所谓的"文学文化"的理解也不准确。譬如,江玉琴说:"由于憎恨现代文明,利维斯将高雅文学、经典文学提到了至高的境地,一如他在与 C. P. 斯诺关于两种文化的辩论中说得那样,他始终坚持一种先进文化,那就是文化传统。"②利维斯没有给"传统文化"贴上"先进"的标签,在利维斯那里,"文化传统"关注人的内心精神、文化健康与人类目的,被作为"科学主义"的反制力量。这与他在《文化与环境》中倡导的"审慎辨别与抵制"是一脉相承的。而这"文化传统"正是构建"完整个人"与"健康社会"的起点。下面这一论断彻底表明了利维斯真正的追求:

> 我们现在所需要而将来更加需要的是与最深刻的活力本能相关的某种东西;它是植根于经验与人性的一种应对时代新挑战的智慧力量,是完全异于斯诺所说的两种文化。③

由此可见,利维斯用来抵制"科学主义"的东西,除了"文学文化"与过往的优秀传统,还包括"智慧力量",即融合"情感""智慧"与时代责任的精神,唯其如此,社会与文化才能走向健康的未来。

第四节 文学、教育与理想读者

"文学"在 18 世纪的英国可涵盖哲学、历史、书信、随笔,当时文学的特征不是"虚构",而是"优雅"。伊格尔顿认为,当时何为文学本质取决于意识形态。因此,"体现社会某一阶级的种种价值和'趣味'的作品具有文学资格,而里巷谣曲、流行传奇故事,甚至也许连戏剧都在内,则没有这种资格。"④由此,18 世纪的文学充斥着价值判断。直到

---

① F. R. Leavis, *Lectures in America*, p. 17.
② 江玉琴:《文化批评:当代文化研究的一种视野》,见《雪鸿集》,第 184 页。
③ F. R. Leavis, *Lectures in America*, p. 22.
④ 特里·伊格尔顿:《二十世纪西方文学理论》,伍晓明译,北京:北京大学出版社,2007,第 16 页。

19世纪,"文学"的现代意义才正式登上舞台。该时期文学的特征之一便是宗教精神的衰落。英国文学作为一门学科的兴起则是20世纪初期的事情,这其中有利维斯的巨大贡献。在20世纪初期以前的很长时间,牛津、剑桥传统上对文学有一种不屑甚至敌意。瓦特·雷利(Walter Raleigh)爵士1904年成为牛津的首位英国文学教授,在此之前英语文学在牛津甚至都不是一门课程。英国文学在剑桥的出现则更晚,直到1917年才成为一门独立的课程。牛津的英国文学研究偏重语言学与史学,而"剑桥的英国文学研究则广泛,具有比较性、理论性和分析性"①。剑桥英语学院的先行者大多来自其他学科,创立者曼斯菲尔德·福布斯(Mansfield Forbes)是史学家,瑞恰兹则具有哲学背景。他们背景的多样性就必然带来文学批评视角的多样性,同时文学更有可能与其他学科建立关联。

早在19世纪就有人认为,工业革命和技术时代的种种问题可以以一种卡莱尔式的方式得以缓和。面对功利社会的威胁,艺术家和思想家自然会从人的精神以及生存目的寻求出路,而文学作为人的精神和生存状态艺术性体现的载体之一,其价值自然受到了人们的重视,被看成了一剂良药。利维斯的精神导师阿诺德寄望于诗歌,相信我们的种族会在诗歌中找到更加确定的存在,而诗歌必须担当阻挡社会解体的大任。显然,阿诺德是以诗歌代替宗教,来行使训诫和教化功能。伊格尔顿则赋予了文学以塑造"意识形态"的功能。"文学在好几个方面都是(这项)意识形态事业的适当候选人。"②究其原因,"像宗教一样,文学主要依靠情感和经验发挥作用,因而它非常适宜完成宗教留下的意识形态任务"③。

20世纪初,人们对社会蕴蓄的危险有了更为清醒而深刻的认识。瑞恰兹引领剑桥风潮,提出了文学批评的理论。引人注意的是,他的理论不以美学基础为支撑,而是从心理和文学的道德价值出发,从中不难看出阿诺德的影子。瑞恰兹拒绝独立的美学范畴,他认为艺术家必须从他对生活的反应来考量和评判。艺术家的重要性就在于对社会的诊断和对社会问题的治疗努力。利维斯抛弃了瑞恰兹的心理学理论,但

---

① Anne Samson, *F. R. Leavis*, p. 10.
② 特里·伊格尔顿:《二十世纪西方文学理论》,第24页。
③ 特里·伊格尔顿:《二十世纪西方文学理论》,第25页。

同瑞恰兹一样,他对文学批评有着极高的评价与期待,同时对文化都有一种怅然若失的"沦丧感",体现了典型的文化悲观主义。

伊格尔顿认为,利维斯创办的《细察》"坚韧不拔地专注于英国文学研究的道德重要性以及英国文学研究与整个社会生活质量的相关性,至今还无人企及"①。从这一评价我们不难看出,英国文学研究之所以兴起,是因为它与整个社会生活的质量发生了某种关联,换句话说,文学研究有了利维斯所谓的"文学外的"关注。这一评价的另一层含义是,英国文学研究在牛津、剑桥兴起,其原因不在牛桥,而在于外面的社会,尤其是整个社会的状况,包括文化健康与道德关注。因此,伊格尔顿说:"'英国文学研究'的兴起几乎是与'道德'一词本身的意义的历史转变同步的,而阿诺德、亨利·詹姆斯和利维斯则是这一意义变化了的'道德'的重要的批评阐释者……利维斯的著作应该最为生动地表明了下述一点——文学就是现代的道德意识形态。"②经过长时间的蕴蓄积累,英国文学研究的地位终于发生了质的变化。"在20世纪20年代初,谁都不知道研究英国文学到底有何价值,但是到了30年代初期,英国文学不仅是一门值得研究的学科,而且是最富于教化作用的事业,是社会形成(the social formation)的精神实质。"③对人们为什么要阅读文学这一核心问题,利维斯的答案是,阅读文学让人成为一个更好的人,其本质正如伊格尔顿所谓的"让人成人"(humanizing)。利维斯对人的关注继而扩展到对整个社会的责任,即抵制、救亡与完善,而文学和文学批评就是可能的选择。

文化救赎还必须依赖教育。利维斯特别重视教育,尤其是大学教育,而在大学教育中他又认为文学教育居于核心地位。利维斯坚定地认为文学批评是一门"独立的学科"(a separate discipline),同时他特别关注文学课程设计以及在课程中传达他的批评方法。这是与他的"有机统一体"理念以及"少数人文化"思想密切联系在一起的。利维斯认为,大学之所以重要,是因为它可以"抵制当代文明"以及"物质和机械发展的盲目驱动力"④。大学以其悠久的传统与丰富承载,可以提供一

---

① 特里·伊格尔顿:《二十世纪西方文学理论》,第30页。
② 特里·伊格尔顿:《二十世纪西方文学理论》,第26页。
③ 特里·伊格尔顿:《二十世纪西方文学理论》,第30页。
④ F. R. Leavis, *Education and the University: A Sketch for an 'English School'*, London: Chatto & Windus, 1943, p.16.

种延续性,从而指导社会,否则社会"早已丧失智性、记忆与道德目的"①。显然,利维斯给大学赋予了一种重要甚至神圣的使命,这种使命体现为一种热切的呼唤与期待:"真正的大学是文明世界的意识和责任的中心,是文明的创造中心——在我们时代,意义和人类智慧所依赖的鲜活遗产如果没有集中的创造,将不能维持下去。"②需要指出的是,利维斯虽然反对"技术功利主义",但并不反对大学的科学与技术创新及传播功能。利维斯同时认为,大学里真正的中心是文学教育,培养趣味、提高辨别力、学会批评,以便让我们的社会有"成熟的目的"。可见,大学起着和"少数人"类似的作用。因此在这一点上,"大学"要培养的无疑包括利维斯所谓的"少数人"。他希望通过"智慧和情感合一的"文学批评,学生们可以学会批判地思考,同时培养情感,以抵制现代社会"情感的割裂"。"智性和情感"的统一既是利维斯对公众的期待,同时又是文学批评旨在达到的效果。在利维斯看来,文学教育就是关注人类状况,而关注人类状况就必须维持"鲜活的传统",因为文学通过植根过去而创造未来。另外,每一部文学作品都创造了一个具体的独特的世界,研究文学本身必然又通向其他。从这个意义上讲,经过文学训练的学生便成了一座沟通学科的桥梁,也成了沟通文学与社会的一种媒介。文学通过改变阅读文学的人来改变社会。利维斯在《教育与大学中》清晰地表明了他的期望:

> 我们想培养……有着成熟观点的大脑……它审慎敏感而能勉力运用智慧,其本质上并不是专门化的,但必须经过专门训练方可获取,它精力充沛、思想丰盈,致力于解决文明问题,迫切地继续完善自己的武器并探索新的途径。③

从上面的引文我们可以看出,利维斯对经受文学训练的人的期待,除了智慧和情感,还有责任和开拓精神。同时,文学批评需要分析、阐释、判断。利维斯眼中的分析并不仅仅是分解书页上业已存在的被动

---

① F. R. Leavis, *Education and the University*, p. 23.
② F. R. Leavis, *English Literature in Our Time and the University*, p. 3.
③ F. R. Leavis, *Education and the University*, pp. 58-59.

的东西,而是一个"构筑性和创造性的过程"①。

利维斯的希望并不是完全寄托在"少数人"身上,他真诚而迫切地呼唤"受教育的大众",因为他已清醒地意识到,只有通过他们,鲜活的传统才能真正得以延续,让"最佳的思想"变得普及而有影响力。利维斯在为《细察》的辩护中说,只有统一的、受教育良好的阅读群体才能够智慧地做出反应,并让人们感觉到这种反应;只有在这样的群体中,批评家才能有效地唤起他们的情感。当代文学史中这样的阅读群体几乎不存在了,现在很难创立一个严肃的批评杂志并使其充满生机。显然,利维斯在呼唤"理想读者",而《细察》停刊的部分原因正是"理想读者"的缺乏。也正因为如此,C.P.斯诺才能被众人奉为权威,出入宴会与电台,大受欢迎。

虽然利维斯认为文学教育居于大学教育的核心,但这并不等于利维斯天真地认为,文学批评训练必然让人心智成熟、情感充沛,从而担当起社会与文化救亡的责任。他没有独尊"英文",把其他学科一概抹杀或者贬低。事实上,利维斯认为宗教、经济、社会历史、哲学思想等融汇一起,才可准确理解一个时代,也才可挽救一个时代。然而,即使存在利维斯所渴望的"理想读者",那他们该如何运用评判标准,其评判又怎样获得可靠性呢?利维斯的答案指向了"超个人"与"集体记忆"。利维斯说:"有可依靠的批评标准的地方就不仅有个人,同时还有传统的遗存、共同的大脑,这些是某种超越个人的东西。"②可见,受教育的大众依赖的标准来自传统,而传统以"遗存"的形式存在于超越个人的一种"共同的大脑",可靠的价值判断因此成为可能。

利维斯渴望受教育的公众还有着更深层次的考虑,那便是对作家的创作施加影响。在利维斯看来,作家和受教育的大众之间存在着密切的关系,它足以造就或毁掉一个作家。首先,作家在创作过程中,其意识之中必然存在着一种想象性的潜在读者群,作家需要有智慧的群体来最终实现作品的价值。这在利维斯看来是一种"协作"(collaboration)。既然是协作,那么受教育的公众对一部作品如何反应与评判便会直接影响到作家的后续创作。他们进行的是"创造性的争吵",争吵中趣味得以塑造、情感得以丰盈、标准得以建立,因而文学未

---

① F. R. Leavis, *Education and the University*, p. 70.
② F. R. Leavis, *Anna Kareniana and Other Essays*, London: Chatto & Windus, 1967, p. 221.

来的地平线得以愈发清晰。

就文学趣味、情感与标准的塑造而言,布卢姆斯伯里文学圈显然不是一个让利维斯钟情的群体。对利维斯而言,它代表的是文学趣味的"小圈子"(coterie),是趣味权威、对责任与道德的漠视以及对标准的抛弃,而且在他们那里传统已经死亡。利维斯反对该文化圈的根本原因是认为真正的鉴别应交给受教育的大众。利维斯认为,"理想的批评家是理想的读者。"①反过来也可以说,理想的读者就是理想的批评家。利维斯期待的读者个体必须是"完整的"(complete)、"有能力的"(competent),甚至是"理想的"(ideal)。布莱克、华兹华斯、雪莱、济慈都曾向往人类的完美,而利维斯对"理想读者"的追求无疑表明了他乐观天真而又充满理想主义的一面。利维斯所谓的"理想读者"具有以下特征:

(一)传统的承载与体现。利维斯认为文学传统必须存在个体之中,而由个人组成的群体让传统鲜活。

(二)对语言的敏感性。上文已提到,语言是文化的核心,而现代世界的语言堕落正是大众文明的特征。"理想的读者"必须能够对语言做出敏感的反应和评判,然后才能依此判断大众文明与少数人文化,也才能对作品和作家做出恰当的评估。

(三)智性、情感与责任的统一。利维斯认为文学批评是一种"智性与情感的学科",他同时还要求读者具有时代情怀与人类责任,方可走出自我,走向真正的标准,成为与作家进行"协作"的建构性力量。

(四)批评的意识。正如《文化与环境》一书的副标题《批评意识训练》所揭示的那样,理想的读者必须是大众文明的反制力量,同时他必须对文学作品有比较甄别意识,不能为各种"信号"(signals)所淹没。批评的意识不仅要求抵制、批判,还要对整个意义层级有所了解。可以说,缺乏了这种评判意识,注定会迷失自我。

(五)摆脱专业局限性。利维斯认为文学训练所接受的是"一般"(general)知识,它跟人的常识、人类的状况、人的内心与精神等密切相关;而专门知识如机械、汽车等则是一种片面的知识,主要关注人的外在与物质。理想的读者必须是具有"一般"知识的个体,而非仅仅是某

---

① F. R. Leavis, Literary Criticism and Philosophy: A Reply, in *Scrutiny* (VI, 1937 – 1938), Cambridge, Cambridge University press, 1963, p.60.

一领域的专业人士。

　　从本质上讲,"理想读者"或许只是一种理想,它代表的是利维斯意欲把批评交给"受教育大众"的诉求,以及对审慎的和智性、情感与责任统一的一种批评方式的期待,其目的是避免利维斯夫人所谓的"阅读大众的解体"①。当然,呼唤"理想读者"的终极目的依然是社会与文化健康。要获得文化健康,不唯独有作为诊断与疗救的文化批评,在利维斯那里还有文学与文学批评。

---

① Q. D. Leavis, *Fiction and the Reading Public*, London: Chatto & Windus, 1932, p.151.

第二章 利维斯的文学批评观

> 对于利维斯没有"原创性"的批评观的指控,试问,能以一己之力"创造性地"建造宏大批评城堡的人不懂得"批评是什么、做什么、怎么做"吗?
>
> ——题记

作为一个批评家,利维斯的决断而又充满争议的文学价值判断让他的批评影响在20世纪长达几十年的时间里无人能及。他在具体的臧否杀伐中重估诗人与小说家、重构诗歌与小说史,其犀利、睿智、果敢而又独特的批评为他赢得了赞誉与拥趸,同时造就了毁伤与敌人。有人认为利维斯并没有真正的批评观,也不是一位真正意义上的文学理论家,因为他的敏锐感知与非凡的判断力主要体现在他的批评实践中。但实际上利维斯深刻地思考了批评的本质、功能、标准、文学的存在方式,以及文学与哲学、文学与美学、文学与社会的关系等。从这个意义上讲,利维斯或许也称得上是一个小有成就的"理论家"。

迈克尔·贝尔把利维斯放置到了英国批评最有影响的一脉传统中,凸显了利维斯在20世纪的代表性意义。他认为利维斯是以约翰逊博士、华兹华斯、柯勒律治和马修·阿诺德为主要前辈的文学批评传统在20世纪的最主要传人。利维斯的文学观融合了具有自身显著特征同时又具有阿多诺色彩的"人生批评"。任何把利维斯的文学批评贴上一个简单标签的做法都是忽视其体系性与复杂性,除非称之为"利维斯批评"。很多学者如威廉·凯恩等人清楚地意识到了利维斯的复杂性,威廉·凯恩说:"很难对文学批评家利维斯进行公正地描述和评判。他写了一些有影响的著作,主编了20世纪主要的文学批评期刊《细察》,重新塑造了英国诗歌和小说的经典,他让无数的读者和学生分享他对批评分析与评判的热忱。利维斯的优点在于他致力于原则和理想……其缺点在于大脑的僵化,最终导致他失去学术探究兴趣,不能或不愿意对其文学判断的本质和含义进行思考。"①关于利维斯是否"不能或不愿意对其文学判断的本质和含义进行思考",下文将进行论述。但凯恩的论断无疑清晰地表明,对一个充满矛盾的复杂的利维斯,做出一语定论几乎是不可能的。毫无疑问,凯恩的论断主要是基于利维斯的批评实践而做出的,他对利维斯较为抽象的"批评观"并未关涉。而有的学者则更为关注"批评观",如利维斯思想贡献的本质问题,贝尔的观点颇具代表性:

> 作为剑桥的一名年轻的讲师,利维斯决心把英语研究从一种绅士-业余者的追求变成一种训练有素的批评意识与有高度道德使命的学科。从 T. S. 艾略特那里他获得了"传统"这一观念。作为文本高度选择性的经典(canon),其质量只能通过实际的批评智慧才能理解或保存。从瑞恰兹那里,他获得了关于诗性语言的本质与特定复杂性的某些至关重要的观点,虽然他并不同意瑞恰兹的著作(利维斯所认为的)狭隘的科学基础。燕卜荪的《含浑的七种类型》(发表于利维斯的思想成长阶段)在利维斯对诗歌的细读方面留下了印记,对其来自仔细的语言分析的新视点也留下了印记。总之,我们可以说,除了他极端地认为英语作为思想学科的绝对中心之外,利维斯并没有多少原创性的东西。当然,这也可以说是利维斯原创性的贡献的实质。②

显然,贝尔的言外之意是,除了利维斯大力主张的英语的核心地位之外,他几乎毫无"原创性",或者说,其"原创"在于融合各家之长。与凯恩的疏漏恰恰相反,贝尔的论断主要局限在利维斯批评的观念,却又忽视了他在诗歌与小说批评实践方面重大的创举。因此,完整呈现利维斯的批评,除却作为基石的文化批评,还必须涉及至少两个层次的探讨,即抽象层面的"批评观"与具体层面的"批评实践",而这二者在利维斯的批评中是互现互持的。正如利维斯自己所说的那样,"一个人对

---

① William E. Cain, *F. R. Leavis*, in David Scott Kastan (eds.), *The Oxford Encyclopedia of British Literature*, Oxford University Press, 2006, p. 256.

② Michael Bell, *F. R. Leavis*, p. vii.

文学探讨的兴趣越强烈，他就越不容易在理论批评与实践批评中做出明确的划分"①。虽然利维斯自己对理论并不感兴趣，也不太擅长，而且他一贯拥抱具体（concreteness）、拒绝"抽象"（abstraction），但其批评的"观念"，作为一种抽象的理论化的思考，并非真的毫无"原创性"，也绝非不值一提。然而学界对利维斯的批评观评判多有疏忽，尤其是忽视它对利维斯批评实践的宏观的指导作用。实际上，利维斯的批评观也小成体系，直接决定了利维斯的批评实践的方法与本质。

第一节 文学批评的本质、功能与标准

利维斯没有提出"文学是什么"这一具有本体论意义的问题，因此也无法对这一问题做出回答，显然这与他一贯"排斥"哲学的立场是一致的。与"文学是什么"相比，他更关心"文学批评是什么"。利维斯对文学批评的本质和功能提出了明确的观点，是其整个批评观的核心与基础。

价值判断是文学批评的最重要的关注之一，而作为一门独立学科，文学批评有其自己独特的方法与关注点，这有别于社会学、历史学、哲学以及其他一切学科。利维斯认为文学批评是协作性的交流，他一贯明确地表示，文学批评的本质就是"协作—创造"②。R. P. 毕兰认为利维斯对文学批评本质与功能以及文学批评的学科定位是"20 世纪最明确、有条理、统一的文学批评观之一"③。这一评价绝非夸张。利维斯曾说：

> 批评活动从本质上讲是一种交流，是协作性的交流，是判断的更正性和创造性的互动。理想的批评回应是"是的，但是……"。"但是"代表的是资格、更正、重心的转移、补充、提炼。个人判断的过程从一开始就是协作性的，任何人的思考与表达思想的过程都是协作性的。④

---

① F. R. Leavis, Introduction, in *Determinations*, p. 6.
② F. R. Leavis, *English Literature in Our Time and the University*, p. 50.
③ R. P. Bilan, *The Literary Criticism of F. R. Leavis*, p. 61.
④ F. R. Leavis, *English Literature in Our Time and the University*, p. 47.

的确，社会人无法独立于社会。文学批评离开了协作，就成了孤芳自赏。利维斯在给《新政治家》的一封信中再次强调："批评，从本质上讲，是协作性、创造性的。"① 文学判断要基于文学分析，而文学分析是"创造性的或者是再创造性的过程"②。而且，利维斯认为分析并不是对业已被动地存在那里的某种东西进行解剖，我们所谓的分析当然是一种构建性、创造性的过程。让人感到不可理解的是，纵然利维斯清楚地表明了文学批评的"协作"本质，但仍不乏批评家认为利维斯的批评立场是"教条主义的"与"绝对主义的"③。利维斯认为批评家应当有"共同的追求"，这在其著作《共同的追求》里有着清晰的阐述：

> "共同的追求"即"共同追求真正的判断"，这是批评家职责之所在。他的理解与判断必须是他自己的，否则便空无一物。它本质上的合作性无法避免。合作可以以"异见"的形式出现。如果我们发现某个批评家的思想值得我们反对，我们也应当对他心存感激。④

由此可见，"独角戏"的批评没有任何意义，批评只有在"协作"、甚至是"创造性的争吵"（creative quarrelling）中才能发挥其功能，实现其价值。况且，持有"异见"在利维斯看来也是一种批评责任（responsibility of dissent）。这说明，利维斯已经充分认识到了文学价值判断的"构建性"问题，即文学价值是在做作家、作品、世界和读者（理想读者即批评家）之间的互动协作中而形成的，这在20世纪30年代的文学批评界称得上是一个重要创见。正是由于作品意义与价值的"构建性"，作品才可以重估，诗歌与小说史也才可以改写，文学桂冠也可以一夜易主，而利维斯本人也才能成为所谓的"文学声望的粉碎机"。

有了对利维斯批评的"协作"本质、"创造性的争吵"以及持有"异见"责任的了解，我们便很容易地理解他的"好论战的做派"（polemical style）。他与韦勒克就"文学与哲学"有过影响深远的争论；他赞赏

---

① F. R. Leavis, *Letters in Criticism*, p. 57.
② F. R. Leavis, *English Literature in Our Time and the University*, p. 48.
③ Bernard Heyl, The Absolutism of F. R. Leavis, *Journal of Aesthetics and Art Criticism*, 13 (1954), p. 250.
④ F. R. Leavis, *The Common Pursuit*, London: Chatto & Windus, 1952, Foreword.

T. S. 艾略特的文学成就但依然与他有批评龃龉；利维斯与 F. W. 贝特森（F. W. Bateson）探讨过有关批评家的责任以及文学与社会关系；他与斯诺的"两种文化"之争，以及他对布卢姆斯伯里文化圈的一贯反对等，都可以解释为"创造性的争吵"，是有益于文学与批评的。

然而，只有通过具体的文学判断才能让文学批评的"协作"成为可能，因此利维斯的批评观集中体现在他对文学价值判断的态度上。利维斯认为文学批评的关注之一便是文学价值判断，而且"判断必须是个人真诚的判断，它追求的却超越个人（more than personal）"①。诚然，判断首先必须是个人判断，也只能是个人判断，但同时利维斯主张文学判断还必须仰仗"共同大脑"（common mind）。也就是说，个人必须基于但同时必须超越个人的趣味、智力与情感局限，转而从更为广泛的读者和大众角度去衡量作品的价值。批评必须依赖"协作"，但它又必须立足于批评家的独立判断。利维斯虽然主张文学通向文学之外，但文学价值判断必须基于文学作品本身，而非任何外在的既有规范。利维斯以诗歌为例，表明了他对批评过程的认识："批评家作为诗歌的读者实际上关注的是判断，但如果认为他以一种诗歌之外的规范（norm）去衡量诗歌，则是曲解了批评过程。"②

利维斯的批评通过"协作"行使其功能。然而，利维斯痛心地发现，不仅文化沦落了，文学与批评似乎也在沦落，他一针见血地指出，"今天的文学批评处在一个不健康的状态。"③当代批评的根本缺陷是"真正对文学感兴趣的仅仅是少数人"，并且"没有代表标准的受教育大众的核心，批评的功能已趋于止息"④。利维斯感到"世界对文学不感兴趣，这种兴趣的缺乏对关注文化的人而言比'敌意'更为可怕"⑤。因为利维斯不惮于"敌意"，他甚至乐于创造"敌人"，因为正如前文提到的那样，"异见"也是一种协作。真正让利维斯不寒而栗的是批评界的一片消沉，激不起文坛与读者的一丝涟漪，借用华兹华斯的一句诗："英格兰

---

① F. R. Leavis, Mr. Pryce-Jones, The British Council and the British Culture, in *A Selection from Scrutiny*, Volume I, Cambridge: CUP, p. 183.
② F. R. Leavis, Literary Criticism and Philosophy: A Reply, in *Scrutiny* (VI, 1937 – 1938), p. 62.
③ F. R. Leavis, Restatement for Critics, in *Scrutiny* (I, 1932 – 1933), p. 132.
④ F. R. Leavis, Restatement for Critics, in *Scrutiny* (I, 1932 – 1933), p. 134.
⑤ F. R. Leavis, Restatement for Critics, in *Scrutiny* (I, 1932 – 1933), p. 135.

是一潭死水"①。利维斯显然不愿意看到英伦的批评界死一般的沉寂，而事实上正是他往这潭死水里推进了几块巨石：先是《细察》的创立，其次便是他的诗歌批评与小说批评实践，臧否杀伐，从而激起了巨大的反响，这潭水终于活了起来，而且至今余波犹在。当然，利维斯要感谢前辈的铺垫。"瑞恰兹大大地改进了我们的分析手段，巩固了柯勒律治的贡献，并使之容易理解；艾略特先生不仅完善了批评的观念和方法，他让决定性的重估观点与价值有了意义。"②在20世纪批评家之中，艾略特和瑞恰兹是利维斯最为推崇的两位，而利维斯对批评功能的理解也受益于这两人。

利维斯首先要做的便是恢复批评的功能，让批评走近公众，而不封闭在小圈子里。在这一点上，他的思想与弗莱（Northrop Frye）的见解完全一致。弗莱认为，"一个社会若抛弃批评，并声称自己知道需要或爱好什么作品，其实是在粗暴地摧残文学艺术，连自身的文化传统也遗忘了。为艺术而艺术则是逃避批评，其结果只能使文明生活沦于贫乏。"③利维斯的批评方式充分显示了他所主张的"协作性"与"构建性"，他的文风往往充满口语体，有着对话意味，而他更是通过课堂讲授、演讲等对话性的方式让批评的影响逐渐波及文学家与读者，因此误解也在所难免。利维斯说："我一直不遗余力地严肃地去应对误读与误解，因为现在十分有必要恢复批评的功能。但如果批评功能的本质已被人遗忘，如果批评的功能的沦丧没有被人意识到，则不会有复兴的希望。"④对批评功能的恢复，利维斯认为不但必要，而且紧迫。那么，利维斯想赋予文学批评以何种功能呢？且看他的回答：

> 在一个解体（disintegration）的时代，程式、信条、抽象都难有清晰和有效的意义，不管还有什么必需之物，如果没有真正一致的中心，弥合（integration）的努力就不会取得任何实在的东西，这一中心已预设（presupposed）在文学批评的可能性中，并由具体的文学判断来验证。但"验证"传达得并不充分；当批评行使其功能的时

---

① 参阅华兹华斯的著名诗歌"Milton! Thou shouldst"（《弥尔顿啊，你应该活在今天》），诗中原句为 England is a fen of stagnant waters.
② F. R. Leavis, Restatement for Critics, in *Scrutiny* (I, 1932–1933), pp. 132–133.
③ 诺斯罗普·弗莱：《批评的解剖》，陈慧等译，天津：百花文艺出版社，2006，第5页。
④ F. R. Leavis, *Letters in Criticism*, p. 51.

候,不仅表现和界定了"当代情感",它还有助于情感的形成。我们认为,《细察》的功能之一便是促进"当代情感"的形成。今天,当沦丧已到如此境地的时候,这似乎就是批评的功能。①

"解体"对利维斯来说是一个重要的批评词汇,因为它简洁地概括了时代的一大特点。"解体"预设了一个前提,即"整体",也就是未解体的"有机统一体"。"解体"无处不在,它表现在社会、个人、文化、意义、读者、情感等很多方面。在利维斯看来,大工业文明代表了社会解体,过往的秩序与美好一去不返;就个人而言,也存在着"解体",因为他失去了正常性与自然性,失去了因应自然与环境的节奏,逐渐被商业化、机械化、功利化、自动化了,于是逐渐淹没在各种"信号"之中,也由此丧失了辨别能力;文化上也存在着一种"解体",它以文明鸿沟的形式出现,即"大众文明"与"少数人文化"的对立状态,反观17世纪的"整体"时代,莎士比亚的戏剧不但王宫贵族钟情,乡间群氓亦十分喜爱,整个社会几乎不存在文化分野;就意义而言,程式、信条等都已变得难以捉摸,一切都充满了变量与复杂性;读者大众也解体了,因为真正对文学感兴趣的仅有"少数人",而审慎地有批评意识和责任的读者则更是"少数人中的少数人";当代情感上的解体更为明显,在大机器文明的今天,在报纸、广告、宣传、电影、低俗读物和汽车文化时代,情感成了最为"廉价的反应"。利维斯一生都在努力弥合这种割裂状态,其途径便是通过文学批评进行"情感塑造"。

利维斯认为,批评的另一功能是促进作品实现其存在目的和存在的价值。如果一部作品完成后随即束之高阁,或者弃之案头,那么它毫无价值,虽然它或许已经具备了创造"价值"的条件或者因素。作品的价值是在利维斯所说的"协作"中产生,意义被构建出来,价值才被认识到。利维斯认为作品的价值最终会体现在读者的"情感塑造"中,这不能不说是他的又一创见。利维斯虽然对作品的道德意义十分重视,对作品的"道德关注"保持敏感,但他对情感的强调并没有因此丝毫减弱,他认为作品可以使读者的情感丰盈,这样便可逐渐弥合情感的解体。利维斯说:

---

① F. R. Leavis, Restatement for Critics, in *Scrutiny* (Ⅰ, 1932 – 1933), p. 319.

批评的功用（utile）是要创造出来的作品实现其存在目的（raison detre），即作品被阅读、理解并受到充分的珍视，并使其本该拥有的影响体现在当代情感中。把自己和对批评的理解联系起来的批评家认为自己是以一种协作的方式去参与界定或者塑造当代情感。①

必须承认，"塑造情感"是一项模糊而又艰巨的任务，就像一张织不完的网，单靠文学和批评恐怕无法完成，利维斯自己也清楚这一点。他认为当代情感关涉文学传统，但又超越文学传统之外。他说："任何界定'当代情感'的尝试都必须考虑到文学之外的思潮，考虑到学术和道德的总体环境。"②那么，文学批评是否就仅仅意味着情感诊断或者社会诊断呢？曾与利维斯论战的贝特森认为文学批评家有着独特的视角，其功能就在于社会诊断。出人意料的是，利维斯认为贝特森是对文学批评的背叛，因为批评家的任务主要在于文学和文学批评本身，如果把批评的功能定于文学之外，就会削弱批评的重要性。利维斯的意思是，批评只有首先关注文学本身，然后才能通过"协作"走向文学之外更广阔的时空。可以想象，如果"当代情感"能够重塑，那么文学的昌盛便指日可待了。相应地，"理想的读者"也会大量地出现，批评的意识、辨别区分的自觉、审慎的趣味都会随之提升，文学传统也会更加鲜活而有影响，随之而来的便是文化的健康、社会的健全、人类生存目的和生命意义的确定性，而这一切都是利维斯终生追求的东西。利维斯的"追寻"形象颇像科瓦连科笔下"追灯"的人。黑夜中，那"灯火"就在前方，似乎很近，可当你更靠近时，灯火还在前方。正如利维斯自己说的，"我的剑不会甘休"。

利维斯认为文学批评还可提供对生活和正确性的验证。他说："认为文学批评是或者应该是一门特殊的智慧学科，并不是说对文学的严肃兴趣只能把自身局限于与'实际批评'相关的局部分析，如'细察'纸张上的文字及具体关系、意象的效果等；对文学严肃的兴趣就是对人、

---

① F. R. Leavis, The Responsible Critic: Or the Function of Criticism at Any Time, in *A Selection from Scrutiny*, Volume II, Cambridge: CUP, p.297.

② F. R. Leavis, Introduction, in *Determinations*, p.3.

社会和文明的严肃兴趣,其边界不能断然划开。"①利维斯主张,"研究文学,必须研究其复杂性、潜势(potentiality)、人性的根本状况。"②在利维斯看来,文学首先是复杂的,它包含着"潜势",即种种可能,它既有表现内容、形式、技巧、美感等的种种可能,又包含了文学批评的种种可能,而这一切都必须通向人性关注。因此,在利维斯的批评实践中,"实现"(realization)、"人性"(humanity 或 human nature)、"现实"(reality)、"人生"、"道德"、"传统"、"意义"(significance)、"价值"(value)、情感(sensibility)等成了至关重要的批评词汇。此类词汇都是以"人"为中心的。从这个意义上讲,认为利维斯的批评即"人生批评"的观点虽然是以偏概全,但有其正确的一面,它初步阐明了利维斯主张文学通向人生的批评路线。利维斯认为:

> 文学批评提供了生活与正确性的验证(test);批评解体的地方,思维的工具也随之解体,从验证以及与完整的生活意识积极关联中释放出来的思维也被削弱了,沦落为学术的、抽象的、言辞的东西。如果具体价值(即价值的体验与感知)的意义不存在,那么讨论价值便无甚意义。③

文学"验证"生活并不是说文学与生活是同一关系,也并不意味着文学批评是检验文学真理与生活现实的尺度。文学批评阐明了"文学通向生活"的必然性和必要性。恐怕没有人能够稍稍分开"文学"与"现实生活"的关联。没有现实生活就不会有文学,正如没有土壤、水和空气,就不会有野草繁生一样,而不通向"生活"的所谓"文学"必定不是"文学"。

利维斯毕生坚守批评的重要性,并努力确保英国文学成为当代社会中塑造情感与引领价值的力量。批评在利维斯那里既不是社会诊断,也不是"诗学"理论,而是在于具体的选择、判断与价值衡量,因此就必须有可依赖的批评标准。利维斯非常关注标准问题,其编辑的《通向批评的标准》一书的书名便清晰地显示了他对标准的追求。利维斯

---

① F. R. Leavis, *The Common Pursuit*, p. 200.
② F. R. Leavis, *The Common Pursuit*, p. 184.
③ F. R. Leavis, *Anna Karenina and Other Essays*, p. 224.

坚信:"在评论中,我们所有的论断都必须基于批评的标准,只有有了标准,我们才可以谈论而不至于冒犯,赞扬而不至于空洞。"①然而,遗憾的是,当今社会批评标准缺失了,对此利维斯感到十分忧虑。"没有受教育的公众可以依赖,没有公众代表,也没有我们时代应该有的人文文化,这便是'标准缺失'的意思。"②利维斯说:"《细察》的批评家所共有的(方式各不相同)文学批评观念是:文学批评家的职责诚然是对面前的作品保持一种训练有素的忠诚(disciplined fidelity),但它更是一种特殊的思维训练,首要关注的是基本原则与问题。"③这"基本原则"便是批评的标准。"标准"意味着判断的依据,而判断就是审慎地区分,"审慎辨别便是生命,不加区分则意味着死亡"④。有人曾含沙射影地说,有些批评家关注职业标准胜过关注文学,他们在实践或宣扬一种"教条式的排他主义"。其实,矛头是对准利维斯的。利维斯回应道:"诚然,我一直对批评的标准非常关注,在过去的二十五年里,我给出了坚持这些标准的理由。才华不能发展,是因为标准缺失……我的批评概念绝对不是教条主义的。"⑤利维斯没有对自己坚持的"标准"给出直白而详细的说明,但是他从反面阐明了"标准"不是什么。

利维斯认为衡量文学价值远不是"创造一种天平、一套尺度或者一套固定的明确的标准应用到作品上,每部作品对批评家都是一种挑战,它唤起或者引发批评家对其判断的理据和本质的全新认识"⑥。对利维斯来说作品各不相同,每一部都有自己的"潜能"与独特性,无法用一套固定的标准去评判,否则必定走向"理论的、抽象的、囿于文字的思维"⑦。如果标准适用于所有作品,它必定是抽象的,而利维斯拒绝抽象、拥抱具体。利维斯明确说:"判断不可能是一个应用业已接受的(或继承的)标准问题,正如思考不能只是根据规则去推进认可的抽

---

① F. R. Leavis, *F. R. Anna Karenina and Other Essays*, p. 221.
② F. R. Leavis, *Determinations*, p. 4.
③ F. R. Leavis, *Letters in Criticism*, p. 48.
④ F. R. Leavis, Catholicity or Narrowness, in *Scrutiny* (XII, 1944 – 1945), Cambridge: Cambridge University Press, 1963, p. 292.
⑤ F. R. Leavis, *Letters in Criticism*, p. 56.
⑥ F. R. Leavis, *English Literature in Our Time and University*, p. 50.
⑦ F. R. Leavis, Towards Standards of Criticism, in Wishart, ed., *Selections from The Calendar of Modern Letters*, London, 1933, preface.

象。"①利维斯认为思想如同文学作品本身一样,是一个非常复杂的存在和过程,"在思想王国没有确定或者可证实的东西,没有最终确定性"②。同样,"在批评中,当然(人们强调)一切都不可证明;就本质问题,其中不会有实验证据或者类似的东西,然而几乎总有可能更进一步,即要超越仅仅做出一个判断或者通过一般叙述而获得普遍赞同"③。文学判断显然无法用实验数据来证明,但是个体的智性、情感、趣味以及审慎的态度与对人类的责任心会让判断"超越个人",走向"共同大脑",走向相对普遍的共性,因而获得该判断在读者大众中的认可与影响力。对于"标准",利维斯进一步阐释说:

> 判断不是一个抽象问题,它涉及具体的选择行动,这些选择不会把判断推向前进,除非对面前事物有一种真切而恰当的敏感反应。如果没有对新体验的自由而精妙的接受力,不管何种标准(criterion),都只会有否定,而不是判断。不管有何初衷,这种否定最终会导致虚空(nullity),即使是由经验确认有效的标准也会消解成无力的抽象,它所代表的价值最终变成空壳。以这种方式追求的确定性(safety)只能证明是死亡的确定性。④

如此看来,利维斯的批评标准非但不是"教条主义的",反而是"反教条"的,因为他反对僵化的标准、反对评判的抽象性。只有具体的文学判断才有意义,因此判断必须基于具体的作品与情境。利维斯反对伦敦书社,正是因为它"把文学标准化了",反对皇家文学会(the Royal Society of Literature)认为它"毫无作用",同样是因为它只会说些冠冕堂皇的无用的"标准"。

综上所述,利维斯所追求的文学批评标准有以下特征:

(一)它必须基于真正个人的文学价值判断,但同时判断要力求"超越个人"。其理想的批评状态是"共同的大脑"寓于个体的肩膀。

(二)标准是具体的,而非抽象的,它必须基于具体的作品与现实

---

① F. R. Leavis, Restatement for Critics, in *Scrutiny* (I, 1932 – 1933), p. 316.
② F. R. Leavis, *The Living Principle*, p. 69.
③ F. R. Leavis, *Education and the University*, p. 71.
④ F. R. Leavis, Restatement for Critics, in *Scrutiny* (I, 1932 – 1933), p. 316.

情境。标准随文学变化,而不是文学随标准变化。

(三)标准与批评家体验具有共生性。标准依赖批评家对复杂体验的敏感接受力。没有批评家的情感反应,便不会有价值判断,因此更谈不上批评的标准。既然情感没有固定模式,文学批评就无法有固定标准。

在利维斯那里,批评的标准服从其批评的功能,即标准必须关涉作品的存在目的和价值、对生活的验证以及对人性的关注。利维斯说:"我们不能脱离目的、方法、在当代世界批评的真正功用等问题而去讨论'标准'问题。"①利维斯这些"无标准的标准"一直贯穿他的批评实践,同时也让他的批评走出了纯理论,因而获得了更大的影响力。

第二节 文学批评与理论及哲学问题

很多学者认为利维斯具有反理论的倾向,其根据是他执着于"具体"而拒绝"抽象",因此表现出"前理论的无知"(pre-theoretical innocence)。哲学是抽象的,拒绝"抽象"就意味着拒绝哲学。利维斯说:"我不是哲学家。"②他甚至以"反哲学家"(anti-philosopher)自称:"我认为自己是一个'反哲学家',文学批评家或许应该就是如此。"③萨恩编辑出版了利维斯的部分批评文章,书名为《作为反哲学家的批评家》,这几乎把人们对利维斯与哲学的关系固定化了,利维斯成了文学批评中"反哲学"的一个符号。贝尔认为利维斯的批评试图"从现代世俗社会的分裂性的力量中拯救人类,其途径便是保存那些能够超越纯粹的工具理性的想象性的价值观念与能量,因此就有了利维斯为人所熟知的对理论的反感"④。

利维斯致力于提醒读者而不是告知读者一个根本的真理,即文学是人类体验的表达。因此,文学价值不能脱离人类价值,文学的评判也就需要对人类与人性做出评判。与约翰逊一样,利维斯认为哲学颇为

---

① F. R. Leavis, *English Literature in Our Time and the University*, p. 46.
② F. R. Leavis, Letter to Eugenio Montale (1973), in G. Singh, *F. R. Leavis: A Literary Biography*, London: Duckworth, 1995, p. 212.
③ F. R. Leavis, *Thought, Words and Creativity: Art and Thought in Lawrence*, p. 34.
④ Michael Bell, *F. R. Leavis*, 1988, pp. vii—viii.

冷漠,因此他对理论领域的论断大多是负面的。他"无标准的标准"显然是对"纯理论"和"哲学"的排斥。他说:

> 我对以一种彻底的理论的方式来确立《文学批评的标准》是什么、意义标准的基础是什么、其本质又是什么等诸问题并不怎么感兴趣。另一方面,我的确十分关注把文学批评确立成一门独特的学科,一门智性、有自己领域和方法的学科。我尤其关注的问题是有处理"标准"问题的方法,它与文学批评的领域和文学批评家相适应,那就是,你不必成为一个哲学家。①

利维斯自己不关心"纯粹理论",也反对以一种纯理论分析的方法进行文学批评。他说:"在病理分析层面,文学批评就停止了。"②其言外之意是,文学批评不同于病理分析,因为病理分析是纯粹科学,需要理论、需要逻辑、需要哲学,它排斥情感、趣味、体验与更为宏大的道德—人生—人性关注。

1937年3月,韦勒克在《细察》上发表了《文学批评与哲学》("Literary Criticism and Philosophy")一文。该文首先赞扬了利维斯《重估》一书的价值,然后话锋一转,对利维斯提出了批评,第一大指控就是利维斯的论断不够清晰,也没有进行系统的哲学辩护。韦勒克勾勒了利维斯关于诗歌的观念,认为利维斯以这样一种"规范"来衡量每一首诗歌:其诗必须与现实有着直接的关系,必须与生活发生关系,必须验证精神健康与理性,必须是非个人的(即不能牵涉个人的梦境与幻想),不能有情绪、痛苦、欢乐等。这是对利维斯的"过度总结"。韦勒克"唯一的问题是要求(利维斯)对其立场做出更为抽象的陈述,并要意识到宏大的伦理、哲学,当然最终还有美学选择涉及其中"③。韦勒克的第二个指控关乎利维斯做出这些论断的后果。利维斯期望诗歌"紧紧把握现实"(a firm grip on the actual),这在韦勒克看来是"预设了利维斯的现实主义哲学路线",从而忽视了源自柏拉图的"理想主义"

---

① F. R. Leavis, *English Literature in Our Time and the University*, pp. 44 – 45.
② F. R. Leavis, *The Common Pursuit*, p. 85.
③ René Wellek, Literary Criticism and Philosophy, in *Scrutiny* (V, 1936 – 1937), London: Cambrige University Press, 1963, p. 376.

(idealism),因此无法以一种浪漫主义的视角看待世界。韦勒克主要以利维斯对浪漫主义诗人的论述来阐发其观点。利维斯认为布莱克的《天真之歌》过于模糊,几乎没有"恰当的"意义。韦勒克认为,"该诗只有一种可能的意义,考察布莱克的象征主义哲学便可确定其意义。"①同样,他认为利维斯对华兹华斯的论述表明了利维斯缺乏对浪漫主义哲学的兴趣,对雪莱的"灵感"的强调则是一种夸张,因为在韦勒克看来,雪莱的哲学有着惊人的完整性与完美的连贯性。简言之,韦勒克旨在表明浪漫主义哲学界定了布莱克、华兹华斯和雪莱的诗歌。不难看出,韦勒克完全以一种哲学的思维去看待利维斯的诗歌批评,他甚至倾向于用"哲学"一词来取代"思想",譬如说,他把"现实主义"与"浪漫主义"分别称之为"现实主义哲学"与"浪漫主义哲学"。

韦勒克还认为一首诗仅有一种可能的意义,似乎过于偏激和狭隘,这完全不同于利维斯的观点。首先,韦勒克认为诗歌的意义具有唯一性,这与利维斯所认为的意义与价值的"构建性"大相径庭,实质是忽视了利维斯所主张的"协作性"与"再创造性"。其次,韦勒克的这一观点忽视了语言,尤其是诗歌语言的复杂性。意义是由语言传达的,并且只能在语言与语言外的关系网络之中才能把握,认为意义的唯一性则是忽视语言的巨大的表达功能(expressive capacity)。另外,韦勒克的这一观点还忽视了文学的"潜能",而文学的"潜能"又隐约对应着人性的无限可能,这也是利维斯明确主张文学批评要关注"人性潜能"的原因。

针对韦勒克提出的问题与批评,利维斯在随后一期的《细察》做出了回应。利维斯认为韦勒克之所以希望看到更为抽象的辩护是因为"韦勒克博士是哲学家,我的回答首先是我不是哲学家,我也怀疑我对理论的阐释能否让他满意"②。利维斯所做的是"文学"批评,而非"哲学"批评,他这样反驳韦勒克:

> 我认为,文学批评和哲学似乎是截然不同的两个学科,最起码我认为他们应该不同。但这并不是说文学批评家有了哲学训练就

---

① René Wellek, Literary Criticism and Philosophy, in *Scrutiny* (V, 1936–1937), p. 377.
② F. R. Leavis, Literary Criticism and Philosophy: A Reply, in *Scrutiny* (VI, 1937–1938), p. 59.

不会变得更好，如果批评家因此变得更好，是因为哲学训练的好处在于它清晰地显示哲学不是文学批评……当然会有各种有价值的写作，它们代表着文学批评家与哲学家的某种合作。但我同样肯定，有必要有一种严格的文学批评，并把文学批评看成一门独特而独立的学科。①

利维斯首先在"文学批评"与"哲学"之间做出了明确区分，认为它们是不同的学科，其批评方法必须有所区别。利维斯认为理想的批评家必须是理想的读者。"当我们思考诗歌时，我们必须首先把它作为诗歌而不是其他任何东西。"②但批评不能到此为止，批评家还要考虑"诗歌与其时代及其他时代的精神和社会生活的关系"③。利维斯认为哲学是抽象的，而文学是具体的，以哲学路线来进行诗歌批评并不恰当：

> 诗歌所要求的阅读与哲学的要求类别不同……哲学是"抽象的"（因此韦勒克博士要求我对自己的立场进行更抽象地辩护），而诗歌是"具体的"。诗歌中语言召唤我们不是去"思考"（think about）和判断（judge），而是"深入体验"（feel into）和"感同身受"（become），亦即实现（realize）语言所包含的复杂体验。这要求批评家不但要有更为充分的感官反应，还要有更完善的敏感性，这与韦勒克表现出来的眼睛死盯着标准的方法格格不入。④

利维斯并不是没有意识到哲学训练对文学批评的意义，但他担心边界的模糊与中心的混淆，容易把注意力引到错误的方向，后果便是用一学科的思维习惯把另一学科带入尴尬境地。

针对韦勒克的第二个批评，利维斯认为文学批评比哲学更为微妙，作家的哲学立场对文学批评家来说毫无兴趣可言："'浪漫主义的世界观'是布莱克、华兹华斯、雪莱还有其他一些诗人的共同观点，这我的确

---

① F. R. Leavis, Literary Criticism and Philosophy: A Reply, in *Scrutiny* (Ⅵ, 1937 – 1938), p. 60.
② F. R. Leavis, *Determinations*, p. 6.
③ F. R. Leavis, *Determinations*, p. 6.
④ F. R. Leavis, Literary Criticism and Philosophy: A Reply, in *Scrutiny* (Ⅵ, 1937 – 1938), pp. 60 – 61.

听说过……但把他们一起纳入共同的哲学之内恰恰表明了哲学手段与文学批评的非相关性。"①所以,利维斯在文学批评中尽力避免泛泛的总结,而是要"提供更好的东西",即具体的判断和分析。在利维斯看来,布莱克的浪漫哲学是一回事情,而其诗歌是另外一回事情;利维斯把华兹华斯作为诗人来对待,而不是像韦勒克一样把他看成一个"哲学思想家"。在利维斯看来,韦勒克似乎认定"诗人的关键'信仰'(belief)是哲学家可以轻而易举地从诗人作品中抽象出来的东西"②。有深刻和系统的哲学立场并不能保证诗人创作出优美的诗篇,利维斯坚信这一点。但在韦勒克看来,"利维斯最严重的缺点在于不相信乃至憎恶理论:这表现在他坚定的、自以为然的、唯名论的经验主义,以及他对具体事物和特殊事物的偏向性的崇尚态度。"③

哲学对于讨论文学批评中的基本问题是必要的,甚至是必须的,如文学的本质属性、文学意义的存在方式等问题;具体文学价值判断必须以利维斯式批评去完成,其话语也因此是描述性、情感性、体验性和评估性的。有意思的是,在以后的发展中,韦勒克进一步拥抱了哲学立场,而利维斯则更加热忱地拥抱"文学"立场。韦勒克说:"批评就是区分与判断,因此需应用,也暗含了标准、原则、概念,因此是理论与美学,并最终指归哲学,即对世界的看法。"④而利维斯更加坚定地认为,理论关乎抽象的观念、无生命的归纳,而这些都不涉及真正的批评视角的富有生命力的、易感的、直觉性的本质。利维斯拒绝使其立场理论化,这体现了英国的知识分子的某种传承。英国知识分子中对理论的抵制可以追溯到由法国大革命引发的意识形态大辩论时期。这一传统从伯克(Burke)到晚年的柯勒律治、阿诺德、艾略特,再到利维斯,一脉相承。

利维斯缘何"反理论"与"反哲学"?他与"哲学"发生龃龉的根本原因就在于批评家和哲学家对于语言及其所代表的体验的敏感度大不相同。利维斯一直不信任哲学家对语言文字的敏感和体验,他说:"哲

---

① F. R. Leavis, Literary Criticism and Philosophy: A Reply, in *Scrutiny* (Ⅵ, 1937-1938), p. 64.
② F. R. Leavis, Literary Criticism and Philosophy: A Reply, in *Scrutiny* (Ⅵ, 1937-1938), p. 70.
③ 勒内·韦勒克:《近代文学批评史》(第5卷),第416页。
④ René Wellek, *Concepts of Criticism*, Yale University, 1963, p. 316.

学家一贯不擅长语言。"①与利维斯相关的另一位大哲学家就是维特根斯坦。根据利维斯对他的这位剑桥同事的回忆,后者曾对他说:"放弃文学批评吧。"这或许是一种揶揄,或者是一种致敬。它不可能意味着"停止写作",因为那是学者的生命力的体现。考虑到维特根斯坦的哲学家身份,"放弃文学批评吧"的反面就是"做个哲学家吧"。二人互不理解,但又互相吸引,其兴趣点便是二人对"语言"的态度。维特根斯坦早期一直强调语言的局限性(后期有所改变,转而关注交际、表达与知识如何通过语言而产生),利维斯则强调语言的灵活性和创造性。具有吊诡意味的是,维特根斯坦后来居然也认为,"想象一种语言就是想象一种生活形式。"②这表明,维特根斯坦和利维斯在语言呈现生活和人类经验上走向了基本一致。更具有讽刺意味的是,维特根斯坦对情感表达和体验的论述却在支持着利维斯的文学批评。维特根斯坦说:

> 对情感表达是否正确有没有"行家"判断?——即使在这里也有些人具备"较佳的"判断力,有些人的判断则"较差"……我们能学习怎样认识人吗?是的;有些人能。但不是通过课程,而是通过"经验"……这里习得的并不是一种技术,而是学习正确的判断。这里也有规则,但这些规则不构成系统,唯有经验丰富的人才能够正确运用它们。③

维特根斯坦的这一观点正契合了利维斯的立场。利维斯追求文学批评的情感塑造功能,主张情感真诚,并认为要基于批评家的经验和敏感性对文学做出评判,其评判最终关涉人性的种种潜能,亦即维特根斯坦所谓的"认识人"。

虽然利维斯的"反理论"与"反哲学"有其极端的成分,但"反理论"并非是反对理论本身,而是反对纯粹的理论在文学批评中的运用,其实质是拒绝把文学批评理论化、标准化、统一化,也是拒绝把生活抽象化;"反哲学"实质上是反对把无生命力的哲学思维强加给有生命的文学。利维斯反哲学姿态与他所认为的批评功能及目的之间存在着连贯性和

---

① G. Singh, *F. R. Leavis, A Literary Biography*, London: Duckworth, 1995, p. 212.
② 转引自 Michael Bell, *F. R. Leavis*, p. 34.
③ 维特根斯坦:《哲学研究》,陈嘉映译,上海世纪出版集团,2005,第 274 页。

一致性。利维斯一贯反对文学的小圈子,他要让批评深入"受教育的大众",这表明了他极强的"读者意识"和走向"公众"的情怀。批评要完成塑造当代情感的功能,更不可能依靠公式、程式、定理、主义或者一切强加的外在标准,它必须回到具体与实在,并最终通向外在生活。一言以蔽之,利维斯拒绝理论和哲学,其实质是拒绝文学批评的理论化和文学外具体人生的抽象化。

然而,利维斯并非是彻头彻尾的反理论者或者"反哲学家"。20世纪80年代以后,尤其是在今天,经过系统的梳理,学界逐渐发现利维斯其实不但不像人们通常认为的那样"理论无知"与"反哲学",他居然也有着清晰的理论意识;其"反哲学"更是一种策略,他的"反哲学本身也是一种哲学宣言"①,乔伊斯清晰地把利维斯的哲学立场称为"反哲学的哲学"②。我们一方面要承认利维斯对理论和哲学的"拒斥",另一方面也应认识到他本人在不知不觉间又拥抱了"理论"和"哲学"。这或许是利维斯的妥协,或许是他有意为之的策略,但无论如何,"理论"与"哲学"的放逐与回归在利维斯身上得到了矛盾的统一。

利维斯对人类体验的属性(即具体)、生活的综合的无抽象形式的本质、语言和现实生活的关系等的思考都属于哲学范畴。他对文学与现实的关系的论述、对文学的存在方式的思考也同样具有哲学的思辨。他从波兰尼(Michael Polanyi)那里借鉴了"意会认知"(tacit knowing)思想,他还借鉴了格兰内(Marjorie Grene)的思想,认为概念知识不管如何抽象,只是存在于"对人类社会的根本评判之内"③。利维斯晚期的著作《思想、语言与创造性》等都表明了他语言、思想与现实的一种哲学思考。这并不让人意外。对利维斯影响最大的艾略特和瑞恰兹都出身于哲学背景,这对剑桥英文学院的学术路径和批评意识产生了重大的影响。1925年利维斯还借阅过怀特海的《科学与现代世界》(*Science and the Mordern World*);认真思考过科林伍德(Collingwood)1945年出版的《自然的观念》(*The Idea of Nature*),并借鉴了其"意志"(nisus)观念;他在约克期间曾向约克大学的学生推荐过他早年阅读过的哲学著作,包

---

① Michael Bell, *F. R. Leavis*, p.33.
② 见 Chris Joyce, The Idea of 'Anti-philsophy' in the Work of F. R. Leavis, in *The Cambridge Quarterly*, volume 38, 2009.
③ F. R. Leavis, *The Living Principle*, p.34.

括格兰内的《知者与被知》(Knower and the Known)、波兰尼的《认知与存在》(Knowing and Being)、科林伍德的《自然的观念》和安德瑞斯基(J. Andreski)的《作为巫术的社会科学》(Social Sciences as Sorcery)。①

利维斯或许自己都没有意识到他一直在进行着哲学思考,譬如他对文学批评的本质与语言本质的论述。既然关涉本质,就不可能是细节的具体描述,文学批评的"协作创造"便是一种深刻的哲学立场。更多的时候,利维斯要么刻意地避免哲学话语,要么不得已借助哲学或者以哲学和逻辑的方式进行思辨,这从他的批评词汇中便可以窥见踪迹。利维斯经常使用"预设"一词,这清晰地表明了他的逻辑思考:"这一中心已预设(presupposed)在文学批评的可能性中"②,利维斯还使用了"存在目的"(raison detre)这一哲学用词。他说:"批评的功用(utile)是要创造出来的作品实现其存在目的(raison detre)。"③除此之外,更能清晰地表明利维斯的哲学思维方式的词是 nisus 与 Ahnung。前者接近于"意志",后者则是"本能"。利维斯在讨论艾略特的《圣灰星期三》("Ash Wednesday")一诗时就使用了 nisus 一词。而 Ahnung 一词对利维斯而言不仅是"本能",更是"预感"和"想象",它和"预示"(foreboding)较为接近。利维斯说:"Ahnung 属于德语词汇,没有归化(指进入英语),也必须明确地存在于归化之外……我并没有找到对应的英文用词……劳伦斯的'暗示'(inkling)可以翻译某些德语文本中的 Ahnung,却没有传达出足够的'预想'(anticipation)意味,而'预想'有着'预示'(foreboding)所暗含的意味,后者常常是 Ahnung 的恰当翻译。"这一论述不但表达了利维斯对语言文字的敏感与洞察力,更表明了他的哲学思维。

利维斯对基本问题的关注更接近于一个更为哲学化的论断,他认为,只有在创造性的文学中,我们才遇到挑战,要我们去发现我们真实的信仰和价值是什么。利维斯关注"意义",他认为批评家必须深刻思考意义问题,在面对具体的作品和情境时,他必须问自己:"伴随着我们逐渐欣赏并实现作品的意义(significance),作品怎样影响我们对事物

---

① Ian MacKillop, *F. R. Leavis: A Life in Criticism*, p. 392.
② F. R. Leavis, Restatement for Critics, in *Scrutiny* (I, 1932 – 1933), p. 319.
③ F. R. Leavis, The Responsible Critic: Or the Function of Criticism at Any Time, in *A Selection from Scrutiny*, Volume II, p. 297.

的看法(sense of things)？我们对事物的看法怎样确定意义？作品如何影响我们的相对价值观、方向感、人生观？"①意思是可验证的，它基本上是一词源学问题，因为我们可以"在意思中相遇"；而"意义"(significance)则无法验证、界定或者衡量，它关乎人生与存在，已经有了本体论的意义。利维斯说："每一种语言中总有一个核心，历代的言说者因此能够相遇其中。"②这表明了利维斯不断寻求"意义"的努力。当我们思考并寻求"意义"时，从一定意义上讲，我们就成了哲学家，利维斯当然也不例外。

另外，文学的存在方式同样是一个重要的哲学问题，对此利维斯给出了自己的哲学判断，即文学以"第三域"(the third realm)③的方式存在。"第三域"堪称利维斯的又一思想贡献。利维斯写道：

> 文学批评……只要它旨在确立一种有益的判断，就是证明这一看法的过程，即我们认为的真正的诗歌存在(stands)于一个某种意义上的公共世界里。大脑可以在诗中相遇，并且关于诗歌的性质与构成(constitution)存在着一种至关重要的一致性，这种一致性可以表现为对其性质和构成睿智的或者说有益的分歧。诗歌既不是完全私人的，也不是纯粹公共的，即它无法被带到实验室进行量化、翻转或者明确地指向——指向诗中具体东西的唯一方法是把手指指向纸张上黑色的墨迹符号集合，而这种集合又不是诗本身。诗歌是人类创造力的产物，是在任何经历的实际生活(existence)中人类创造力的一种现象，而诗歌以各种互不相同的模式(modes)表明了(exemplify)人类的创造力。然而，诗又是真实存在的。④

利维斯的这一论述十分深刻，对理解利维斯的批评观十分重要，它涵盖了诗歌的性质、存在状态、解读的途径，以及诗歌产生的源泉。"诗歌不是完全私人的"已经预设了这样的判断，即诗歌首先是私人的，正如"诗歌首先是诗歌"一样。诗歌所表达的是个人的观感以及个体视

---

① 转引自 Gary Day, *Re-reading Leavis*, p. 166.
② F. R. Leavis, *Thought, Language and Objectivity*, p. 58.
③ F. R. Leavis, *The Living Principle*, pp. 19 – 69.
④ F. R. Leavis, *The Living Principle*, p. 36.

角看到的世界,它无疑属于私人空间。但是,利维斯认为诗人如同读者一样还有"超个人"(extra-personal)的特质与因素,也就是具有"共同的大脑";另外,由于语言强大的表达和创造功能,诗歌可能会拥有诗人并不是刻意表达的意义,于是诗歌的存在状态开始向公共领域移动。但是诗歌又不是完全公共的,因为公众无法完全把握或者穷尽诗人的思想与情感天地。因此,就"意义"而言,诗歌只能存在于"私人"领域和"公共"领域之间,是一种"第三域"的存在状态。由于有了具体的语言和"共同的大脑",我们完全可以在意义中相遇,就诗歌的性质和各个构成部分获得一致性,或者以一种"创造—协作"的方式产生不同。显然,"墨迹符号集合"只是诗的物理呈现方式,是不关涉任何情感和意义的物质存在。另外,诗歌还是人类创造力的产物与现象,此时它已经不再是简单的物理存在,它有了存在的真正价值,即"意义",并且以各种模式来传递意义,尽情展现着人类的创造力。

　　利维斯的"第三域"思想表明了他对文学存在方式的深刻的哲学思考,但他的这一观点并非人人赞同。盖里·德(Gary Day)认为"第三域"论述存在着两宗罪,其一便是"诗歌存在'那里'却又不在'那里'的模糊性"①。诗歌既是"原材料"又是"成品"(finished)。盖里·德认为,从逻辑上讲,诗歌必须存在于在诗歌中相遇的大脑之前,因为诗歌"存在"已暗示了这一点。然而,诗歌又是人类创造力的产物,所以诗歌此时并不在"那里"。这明显是偷梁换柱的理解。诗歌必须有物理的存在,才能为读者所看到并理解。然而,诗歌"存在"是作为诗人的"成品";诗歌作为一种现象,证明的是人类的创造力;诗歌作为一个过程表明的是诗歌的理解方式,即意义在读者间的"构建性",即"创造—协作性"。从诗歌作为成品、作为一种创造现象、作为理解过程这三种意义上看,诗歌的确存在在"那里",同时又不存在在"那里",这二者之间并不矛盾。盖里·德所谓的另一宗罪便是"一致性"与"分歧"造成的矛盾。大脑在诗歌中相遇,即在"意义"中相遇,既然"分歧"是"一致性"的一种表现形式,那么"分歧"便带来了问题,也就是说,"'诗歌'没有最终确定的存在(existence)……诗歌永远处在无限的'确立'(establish)诗歌自身的讨论之中"②。因此,批评也就无法真正地"确

---

① Gary Day, *Re-Reading Leavis*, p.170.
② Gary Day, *Re-Reading Leavis*, p.171.

立"诗歌。意义的构建本身就不是一劳永逸的,"协作"本质决定了意义的解读本身具有流动性、延续性的特点。意义会随着时空和读者不同而有不断的阐释,那种把意义视为僵化的一成不变的观点无疑是偏颇的。因此,"确立"诗歌意义的批评活动从本质上讲本身就没有终点。但是,在读者或者批评家把握诗歌意义的瞬间,诗歌的情感、形象、意义(即诗歌的整个天地)是相对静止的,诗歌的欣赏和批评才成为可能。

纵观利维斯关于文学与文学批评的种种思考,我们会发现,利维斯一方面有意识地拒斥理论和哲学,另一方面却又在无意识之间进行着深刻的哲学思考。这一事实本身或许就证明了文学与哲学并不相悖,他的批评观的确体现了"反哲学的哲学"。

第三节 利维斯的语言观

利维斯的语言观是其批评观的重要组成部分。他的文化批评、文学批评观以及批评实践往往以语言为着力点展开。在利维斯的文化批评中,居于其"大众文明"与"少数人文化"思想核心位置的是语言问题。利维斯认为,从一开始,文明就依靠语言,因为语言是连接过去、彼此以及我们精神传承渠道的纽带。作为传统的其他载体,如家庭和群体已经解体了,我们不得不更加依赖语言。我们的精神、道德和情感传统都主要是靠语言传达的,它们保存了各个历史时期关于生活的经验。利维斯的"有机统一体"的一个重要特征便是语言的鲜活与创造性的使用。另外,他的批评标准关乎语言;他与韦勒克的争论虽然关乎文学与哲学的关系,但其本质关乎语言与体验的独特性,他因此拒绝抽象或者哲学化的批评方式;利维斯关于文学"第三域"观点的支撑点是语言的表达力、创造力与"意义"的解读方式,其核心还是语言。由此,我们必须把握利维斯的"语言观",而且要意识到他的"语言观"在一定程度上界定了利维斯的批评观。

对利维斯而言,语言的重要特征包括灵活性、非确定性、创造性、对过往记忆的承载、对人类体验的包容与创造以及作为独特文化表达方式的增长能力。利维斯对语言的关注在于,具体的、高度个人化与目的性的(如诗歌)话语让他深刻认识到,语言能够适应并承载经验。新的、特殊的经验可以由语言滋生创造出来,而诗歌就是最佳的证明。语言是一直拓展和修饰的,其本身就是新的可能性出现的媒介。它能够产生新的认知,同时新的认知又变成语言的一部分,这就是利维斯所认为语言对体验的"确立"(enact)。我们有必要将利维斯的语言观置于历史传统与时代思潮中进行较为全面的审视。

"英语"曾是下层语言,是拉丁语的仆人。但随着英国民族意识与实力的兴起,英语在英伦的地位逐渐从仆人变成了主人。英国人马尔卡斯特(Richard Mulcaster,1530-1611)曾不无骄傲地说:"我尊敬拉丁语,但我更推崇英语。"[①]同样,在19世纪,"这个英国历史上的黄金时代(伊丽莎白时代)是以英国文学和语言的蓬勃发展以及文学批评的发端为标志的"[②]。自17世纪以来,英国的评论家总体上表现出了弘扬本土语言的倾向和传统。另外,批评家和哲学家对语言的思考更是日益深入。20世纪语言哲学的勃兴更是把语言探索推向了更高的层次。如果我们对比弗雷格(Friedrich Frege,1848-1925)、索绪尔(Ferdinand de Saussure,1857-1913)、维特根斯坦(Ludwig Wittgenstein,1889-1951)、海德格尔(Martin Heidegger,1889-1976)、萨丕尔(Edward Sapir,1884-1939)等人的语言观,我们会惊讶地发现,利维斯的语言观与他们总体上竟有着巨大的相通之处。我们无法客观地衡量他们对利维斯的影响,也无法区分哪些思想源于其前辈、哪些思想又是伟大大脑的契合,但以他们的语言思想为参照,可以更全面而深刻地把握利维斯的语言观。

弗雷格认为,语词在语境中才具有意义;他区分了概念与对象、含义与指称。对于语境决定意义,维特根斯坦、海德格尔和利维斯有着一致的看法。

对语言进行的现代思考中,索绪尔的思想是占主导地位的。在很多学术领域,20世纪的思想特征之一就是认为语言能制约和主宰经验的理解。索绪尔把语言现象分为语言(langue)、言语(parole)和言语行为(langage)三个层面。我们直接感受到的每个人的言语行为性质是多方面的,跨许多领域。它既是物理的,又是生理的,还是心理的;既是个人的,又是社会的,是难以从整体上把握的。利维斯也多次使用"言语

[①] 转引自沈弘:《米尔顿的撒旦与英国文学传统》,北京:北京大学出版社,2010,第25页。
[②] 沈弘:《米尔顿的撒旦与英国文学传统》,第24页。

行为"(speech act)这一概念。语言是言语行为的社会部分,是个人被动地从社会接受而储存于头脑中的系统。它存在于个人意志之外,是社会每个成员共同具有的,是一种社会心理现象。利维斯认同索绪尔的基本观点,但他更为强调的是语言群体内部的个体,他们是语言发展的生长点。

维特根斯坦的哲学主要研究的是语言,他旨在揭示当人们交流和自我表达时发生的事情。他主张哲学的本质就是语言,语言是人类思想的表达,是整个文明的基础,哲学的本质只能在语言中寻找。利维斯认为语言不仅是表达手段还是思想与文明的承载,在利维斯那里语言处在整个文明的核心地位。在这一点上,他与维特根斯坦是相通的。另外,维特根斯坦意识到语言的理性局限及其谜题般的本质。而利维斯则强调语言的惊人的表达能力。就语言观而言,利维斯与维特根斯坦的另一相同之处在于,前者认为语言应由其"使用"来界定,后者认为词语"必须依赖语境才能界定"①。这一思想与弗雷泽认为的词语的意义存在于语境的思想也是一致的。

海德格尔与利维斯同样"反技术"。前者认为,由于技术的全球性传播和毫无节制地对自然资源的利用,他在技术中看到了一种不可抗拒的危险。于是文学和艺术成了技术的对立面,这与利维斯的反技术功利主义和对"科学文化"的批判本质采取了相同的思维路径。而在语言层面,海德格尔强烈地关注语言问题,注重语言从历史中生长出的丰富的关联。利维斯认为,语言是连接个体与过往生活和经验的纽带,可见两人的语言思路也大致相同。贝尔认为,"像海德格尔一样,利维斯认为伟大的文学具有表征性的价值(representational value),不能仅仅从艺术家的经验来解释,还必须从该价值与共同语言的深刻关系来解释;伟大的文学有能力去触及经验的原始的语言基础。"②"利维斯和海德格尔都把语言看成超越话语的一个体系的指针(index)。但利维斯诉之于'人生',而海德格尔关注的则主要是存在的本质(nature of being)。"③一方面,这似乎显示了诗人和哲学家的区别:诗人关注的是具体的人生,而哲学家则关注抽象的存在。life 与 being 的关系似乎在

---

① F. R. Leavis, *The Living Principle*, p.34.
② Michael Bell, *F. R. Leavis*, p.45.
③ Michael Bell, *F. R. Leavis*, p.37.

语言上得到了融通。海德格尔认为,语言是"存在之寓所"(house of being),语言不等于存在,也不能解释或者揭示存在,但它是存在的条件,而思考语言有助于思考存在,语言甚至造就了世界,而利维斯说:"没有语言,就没有人类世界。"①

利维斯认为语言能创造体验、造就世界,这又与"萨丕尔－沃尔夫假说"(Sapir-Woolf Hypothesis)恰好契合。该假说认为,所有高层次的思维都依赖语言,换句话说,语言决定思维,这就是语言决定论。沃尔夫还认为,使用不同语言的人对世界的感受和体验也不同,也就是说与他们的语言背景有关,这就是语言相对论。每一种语言都开启了一个不同的世界,一言以蔽之,语言过滤经验,造就世界。利维斯也认识到了一种语言代表一种世界,因此他明确区分了"一种语言"(one language)与"语言"(language)。他说:"个体之所以能够在意思中相遇,是因为语言——或者准确地说,一种语言(因为没有总体的语言)在当前任何时刻都是一个活生生的现实。"②

如果我们把目光投向对利维斯影响最深的两位批评家,即瑞恰兹和艾略特,我们便会发现,他们对语言的看法对利维斯语言观的形成产生了至关重要的影响。"瑞恰兹关注对文学语言进行考察,以理解文学语言所体现的价值与过程。"③韦勒克认为,"瑞恰兹对英美批评界产生的促进作用在于使之决然转向语言问题、诗歌中的语言意义与功用问题,这将永远确保他在任何一部现代批评史中的地位。"④瑞恰兹让文学批评转向了语言问题,这大大提升了利维斯关注语言的意识,尤其是语言的创造力及其意义的理解方式。利维斯坚信,文学批评,尤其是诗歌批评,必须是一种基于语言理解与意义生成的学问。他的老对手韦勒克持有完全一致的看法:"文学批评是一种表达对语言领会的语言。"⑤

利维斯认为一首诗不仅是传统的一部分,最终是语言和民族经验的一部分。利维斯的这一论断最为完整地阐述了他的语言观:

---

① 转引自 Michael Bell, *F. R. Leavis*, p. 39.
② F. R. Leavis, *Thought, Language and Objectivity*, p. 58.
③ Michael Bell, *F. R. Leavis*, p. 23.
④ 勒内·韦勒克:《近代文学批评史》(第5卷),第395页。
⑤ 诺斯罗普·弗莱:《神力的语言》,吴持哲译,北京:社会科学文献出版社,2004,第29页。

生活之活力（livingness）的本质清晰地体现在语言中……语言不仅仅是一种表达手段；它是从代表性意义中赢得的探究追求，是无法追忆的人类生活的结果或者积淀，语言体现价值观念、区分（discrimination）、身份认同、包容、激励、图式暗示和经过验证的潜能。语言体现了这一真理，即生活是发展或者发展变化的，其条件便是延续性。语言把人类个体，即生活的具体的真实状况，带回到人类意识的黎明，以及更为久远的过去；这发生在语言在滋生个体对未然或未实现之事的"预感"（ahnung）中，要意识到这一点，需要做出创造性的努力。①

这或许称得上是 20 世纪英国文学批评家中对语言最为深刻、最富创见的论述，值得深入分析。首先，利维斯对 livingness 一词的使用别有深意。他没有使用其他批评家通常使用的 dynamism 或者 vigor 与 vitality（这三个词均表示"活力"），因为它们所传达的"活力"是一种状态能力与潜能，而利维斯所用的 livingness 是 living（生活）的抽象化与概念化，表达了其鲜活与生机，而且还有一种时间感，即它正在当下发生着。这一个词足以表明利维斯确信语言具有呈现人生鲜活性的能力。利维斯认为，语言"不仅仅是一种表达手段"，预设了"语言首先是一种表达手段"这一前提，所以诗歌可以物理地体现为纸上的文字，小说可以物理地体现为酣畅淋漓的数十万语言文字。这些文字或者说语言必须通向文字之外，使用索绪尔的术语，文字本身只是"能指"（signifier），但"所指"（signified）是文字之外的东西，因为如果文字"所指"指向自身，它就不可能被公众理解，即我们不可能"在意义中相遇"。语言具有代表性的意义，我们从其中可以追寻人类生活的积淀，这清楚地表明了语言对人类经验的承载能力，同时它还体现价值观念、区分、身份认同、激发因素与人生潜能。所以在利维斯那里，文化有了延续性，"传统"成为可能，"体验"可以增长，追忆过往也才可以通向未来。利维斯认为，既然语言体现价值，当然就包括道德价值或道德关注，因此可以通过分析语言来分析道德关注，就有了对作品道德关注的判断；语言体现区分，这正是"大众文明"与"少数人文化"分野的重要标志线；同时，语言显示的区分可以让我们辨别何为低俗的广告宣传等

---

① F. R. Leavis, *The Living Principle*, p. 43.

语言的使用、何为诗歌等对语言高度创造性的使用;另外区分还代表了批评时智性与情感的审慎辨别。身份认同体现了语言强大的身份塑造与情感塑造功能,语言本身的选择是一种价值选择与判断过程,而通过语言表达,作家的身份以一种文学的方式在作品中得以体现;而通过阅读,读者的情感身份便有了某种认同。语言还可以体现为种种潜能,而这些潜能反过来都会在具体体验中得到验证。利维斯认为,语言体现生活的发展变化,语言和生活是一个互相体现和验证的过程:生活的发展变化必定在语言上体现出来,而语言的变化发展则又指向了变化的生活。利维斯认为,语言是连接个人与过往、传统、历史记忆,甚至是集体无意识的纽带。很明显,个体体现具体的生活状态,而人类群体则构成了不断发展变化的总体生活画卷。利维斯对语言的创造滋生功能的论述体现在上述引文的最后一句中,即语言能在个体身上滋生对未然之事的"预感",也就是对某种超越当前语境与现实情境的把握,包括感知、预测、想象、幻想等,而这些正是成就一部伟大作品的必备条件。有"西班牙的萨特"之称的著名哲学家费尔南多·萨尔瓦特(Fernando Savater)的观点恰好可以作为利维斯所说的语言"预感"能力的注脚:"因为有语言,那些已经不存在或者尚未开始存在的东西、甚至那些根本不可能存在的东西对人类来说也具有了意义。"①而美国学者理查德·沃林(Richard Wolin)也有着可以作为注解的观点:"艺术是对极其去魅的社会总体性的返魅。它当仁不让地证明了如下事实:现存的事实宇宙并没有把存在的一切全都包容进来。它是布洛赫②关于某种仍未存在的状态(a state of not-yet-being)的一个不断提醒者。"③文学的巨大魅力之一在于它强大的"包容性",即除了对"已然"的关照,还在于它对"未然"与"不然"的关涉,这三者构成了整个作品对"外在"的呈现。"已然"即阿多诺意义上的"自在自存"(being-in-itself),它主要关照陈述描写;"未然"主要依靠感知与想象;"不然"则主要依赖理性判断。所有这一切必须源于作家的智性和情感。

---

① (西)费尔南多·萨尔瓦特:《哲学的邀请》,林经纬译,北京:北京大学出版社,2007,第69页。
② 恩斯特·布洛赫是(Ernst Bloch,1885 – 1977)20世纪德国著名的哲学家,是第二次世界大战后德国最有独创性的马克思主义哲学家和对马克思主义传统做出创新的人物。
③ (美)理查德·沃林:《文化批评的观念》,周宪、许钧译,北京:商务印书馆,2007,第125页。

既然文学的魅力之一在于能够呈现"已然""未然"与"不然"三种世界(包括情感世界),那么作家需要有足够的创造力和穿透力。处于英国语言传统中的作家都想获得一种更有穿透力的意识,这种意识必须源于自身,却又必须"超越个人",从而去把握或者追求生活中的意义。利维斯认为一种文学诞生于一种文化。伟大的诗人通过对语言的创造性使用有可能对他的本族语言产生巨大的影响,莎士比亚就是最为典型的代表。但如果他不在传统中继承丰盛、细腻与有活力的语言,他就不可能有这样的成就。另外,莎士比亚的成就之所以成为可能,是因为存在一个丰富的社会体系、一个有机的社会,在这样的社会中英语语言的丰富性才得以产生。对于语言的体验滋生与巨大创造力,利维斯说:

> 所有主要创造性作品的作家的驱动力是这样一种需要:他们获得我们都隶属的一种更为充分与有穿透力的意识,或者获得我们的物理世界所最终依赖的"不仅是其自身的某种东西"。这与人类对在生活中把握意义这一需求密不可分,而对生活中意义的把握会指导创造力。从完整意义上讲,英语是活着的,或者在创造性的作家那里活着,他饱含暗示、理解与直觉。①

利维斯认为现实具有多种可能性,人性有着无限可能,与之相应,语言的创造性也就是无穷的,因此语言所传达的现实与语言本身都无法被完全认知。这并不是语言的神秘论或者不可知论,而是对语言无限可能性的深刻把握。利维斯认为,从其完整意义上讲,语言就是具体的现实,它不为任何形式的语言科学所能完全认知,也不仅仅给"文化"提供一种文化的模拟,它是一种文化的本质生命,而文学就是语言的模式或呈现。由此可见,在根本价值这一领域,利维斯坚信以语言为媒介的文学艺术具有创造价值的特殊能力,并能通过语言确立价值。如果按照利维斯的逻辑来推论,那么批评家就可以从语言入手进行批评,并在批评过程中融进语言最终通向、包含、预设、描摹或者传达的其他要素,如道德关注、成熟性、情感、意义、人生、现实、真诚、形式、技巧、审美等。

---

① F. R. Leavis, *The Living Principle*, p. 68.

另外，利维斯的文学批评观还涉及以下几方面：文学批评与美学问题，文学与现实、人生的关系，文学与道德、人性关注等问题。这些问题主要体现在他具体的批评实践中，尤其是他的小说批评中。第四章对利维斯的小说批评的论述中将讨论这些问题。

总之，利维斯虽然称不上是一个文学理论家，也较少涉及具有本体论意义的问题，但他对文学批评有着成体系的看法，准确把握了文学批评的"协作—再创造"本质。他虽然自称是"反哲学家"，却在对诗歌的存在与意义的解读、对语言与现实的关系、文学的"第三域"问题的思考，都有着哲学家的严谨和深度，在拒斥哲学的同时却又无意识间走向哲学。利维斯不是语言学家，但居于其文学批评重要位置的语言观却与众多的语言哲学家有着惊人的相通之处。利维斯的文化观、文学批评观（包括语言观）是其批评实践的总指针。然而，真正让利维斯有持续影响力的并不是其抽象意义上的批评观念，而是其批评实践。由此，下文将详论利维斯具体的文学批评。

第三章　利维斯的诗歌批评

  诗人真诚地诗意栖居，其情感上是细腻的悲观主义者，有着"美丽而苍凉的手势"（张爱玲语）；意志上，应是一个粗犷的乐观主义者，迈着"雄浑而劲健"①的步子。诗人和批评家总会在意义中相遇，虽然他们偶尔也会有"情人般的争吵"②。20世纪不是诗歌的世纪，但总要在审视历史的同时，寻找诗歌的未来。

——题记

  利维斯的诗歌批评首先就是他试图"与诗人在诗歌的意义中相遇"，然后让读者大众在诗歌中相遇，诗歌的价值、诗人与批评家的责任与情怀才能得以实现，当代情感的塑造也因此才成为可能。

  利维斯的《英诗新方向》甫一面世便引起了不小的反响。理查德·彻奇（Richard Church）第一个做出评论，提出"剑桥学派"一说，把利维斯视为剑桥批评的代表。《纽约时报》认为该书"是对叶芝、T. S. 艾略特、庞德以及其他现代作家的鉴赏区分的研究"③，价值重大。韦勒克也向该书致敬，他坦言自己读后获益匪浅，认为该书是"以20世纪的观点重写英国诗歌历史的第一次系统尝试"④。《英诗新方向》与之后发表的《重估》构成了一个完整的体系，它们堪称"现代批评革命的核心

---

 ①　"雄浑"与"劲健"分别为司空图《二十四诗品》之第一品与第八品。
 ②　"情人般的争吵"来自美国桂冠诗人弗罗斯特（Robert Frost, 1874 – 1963）的墓志铭："我和这个世界，有过一场情人般的争吵。"
 ③　参见 News and Views of Literary London, *New York Times*, July 17, 1932.
 ④　René Wellek, Literary Criticism and Philosophy, in *Scrutiny*（V, March 1937）, p.375.

著作"①。另外,利维斯在《共同的追求》中关于诗歌批评的文章、他的《诗歌分析笔记》以及对艾略特的《四个四重奏》("Four Quartets")的细致入微的分析都体现了他敏锐的视角、思想的深度以及基于文本的细读方法。

《英诗新方向》进一步确立了利维斯文学批评的声望与地位,而《重估》可视为《英诗新方向》的拓展,即在英语诗歌的当前传统和更为久远的潮流之间建立起了某种联系,由此勾勒了英国诗歌从 17 世纪至 20 世纪初清晰的发展脉络。下文将探讨利维斯所构建或发现的英国诗歌的"伟大传统"及其次级"传统",并探讨利维斯诗歌批评的种种维度及得失。利维斯大胆睿智而又立场鲜明的诗歌批评实际上是重估了诗人和诗作,并在实质上重新书写了英国 17 世纪到 20 世纪初的诗歌史,极大地影响了读者的选择与趣味,同时也为后世英国诗歌史的书写提供了一个极为重要的参照。

第一节 利维斯"重估"英诗 200 年
(17 世纪初——19 世纪初)

《重估》出版于《英诗新方向》之后,但利维斯撰写《英诗新方向》时就已经在酝酿《重估》了。利维斯坚信从过往可以找到通向未来的途径,19 世纪到 20 世纪初的英国现代诗歌的传统如果孤零零地在那里,那就是切断了与过去的延续性,给人一种撕裂感,也无法让人看到完整的脉络。"对现代诗歌的描述必须有清晰的视角,它必须由与过去和现在的关联来确立并界定。"②利维斯《重估》的目的便是建立现在与过去的联系,同时"赋予英国诗歌传统发展的主要路线以实质的结构"③。分析一个时代的诗歌通常有两条路径:一是分析代表性的诗人,另一则是分析代表性的诗歌。利维斯采用的是以一种非穷尽的方式探讨诗人及代表性诗作,而"研究具体的诗人和批评家就是或隐或显地研究传统,因为诗人活在(live)传统中,而传统活在诗人身上"④。利维斯

---

① Michael Bell, *F. R. Leavis*, p. 85.
② F. R. Leavis, *Revaluation: Tradition and Development in English Poetry*, London: Chatto & Windus, 1936, p. 9.
③ F. R. Leavis, *Revaluation*, p. 10.
④ F. R. Leavis, *Revaluation*, p. 10.

特别强调传统的延续性和鲜活性,且着眼于具体的分析。由此,整个传统的脉络便可清晰,而具体的诗人也可以在传统中获得自己相应的位置。F. M. 达文波特(Frederick Morgan Davenport)在评价《重估》时说:"利维斯是莎士比亚传统的坚定倡导者……他避免了容易的历史抽象,而是贴近具体,其结论令人信服。"①在《重估》中,利维斯的探讨始于17世纪初,止于济慈,实质上重估了该时期英国的诗人并重构了英国的诗歌传统。《重估》的成就具体表现为利维斯对17世纪"智性之线"的论述、对奥古斯都传统和18世纪英国诗歌的本质把握,以及对华兹华斯、雪莱与济慈这三位浪漫主义诗人的深刻解读。

一、17 世纪的"智性之线"

17 世纪上半叶的诗人弗尔克·格伦威尔(Fulke Greville,1554 – 1628)、乔治·查普曼(George Chapman,1559? – 1634)、迈克尔·德雷顿(Michael Drayton,1563 – 1631)等人的作品在利维斯看来虽然值得尊敬,如今却无人阅读,或者只是古董鉴赏家偶尔把玩的东西。因此,他们的作用在于充当背景,因为利维斯认为该时期真正有代表性的诗人是约翰·多恩(John Donne,1572 – 1631)。对于德莱顿和蒲柏(A. Pope),阿诺德认为,虽然德莱顿和蒲柏可以写韵文,从某种意义上讲也是韵文大师,但是他们并非我们诗歌(poetry)的经典大师,而是散文(prose)的大师。真正的诗歌与德莱顿和蒲柏的诗歌之间的区别在于:"他们的诗歌是运用智性构思完成的,而真正的诗歌是用灵魂构思完成的。"②阿诺德的这一观点对利维斯影响颇大,但阿诺德又认为非"简单""感性""激情"不成诗,利维斯对此并不认同。19 世纪的传统观点认为诗歌必须是简单情感的直接表现,而这些情感却有类可循,且颇为有限,如细腻、兴奋、心酸、同情等,这在利维斯看来属于传统上所谓的"可入诗"之物。利维斯并不主张坚守这种传统,而是更加强调"诗的现实",即诗歌与外部世界的联系。

利维斯对多恩评价非常高,认为他几乎与莎士比亚并列,代表着自己的时代。17 世纪在利维斯的眼中就是具有"香格里拉"般色彩的"有

---

① Frederick Morgan Davenport, Criticism from England, in *The Hudson Review*, Vol. 1, No. 1, 1947, p. 129.

② F. R. Leavis, *New Bearings in English Poetry*, London:Chatto & Windus, 1932, p. 13.

机统一体",原因之一就是该世纪的现实与语言环境孕育了莎士比亚和多恩这样的伟大诗人。在利维斯看来,多恩极富原创力,是语调运用的大师,对鲜活口语的使用十分微妙而富有创造力,他的诗歌技巧也堪称高超,其诗歌的总体精神在于其"自然性"(naturalness)。在多恩的时代,音乐对各个阶级来说都是生活的一部分,音乐家和诗人写诗都是为了供人吟唱。然而,多恩却采用了一种独特的诗节形式,脱离了音乐与诗歌的融合,这是一种创举。"这种割裂是积极的,其语言、节奏、语调就是讲着话的声音(talking voice)。"①在语言层面,利维斯曾比较过多恩、蒲柏和弥尔顿三位诗人之间的差别。他认为,多恩的"语音、节奏和音调呈现出口语特点……与自然交谈的重音、语调以及口语的简练"②。多恩对英语鲜活的使用并"发挥口语的长处",在利维斯看来,是"戏剧式的"(dramatic),其亲切自然源于语言的地道。蒲柏的诗句与此类似,在其每一诗行中都可以想象出灵活而复杂的曲线,体现了朗读的节奏与抑扬顿挫感。而弥尔顿的语言缺少的正是语言的这种鲜活。他的媒介"割断了与语言的关联,而语言属于'真实'生活的情感和感官机理,并与神经系统共鸣"③。利维斯认为,与多恩类似,托马斯·贾鲁(Thomas Carew,1594－1640)有着充足的活力,也具有时代的某种代表意义,即他代表着一种宫廷文化,体现出一种独特的"智性"(wit)。17 世纪中后期的诗人大多受惠于多恩,同样也承恩于本·琼生(Ben Johnson,1573－1637)。利维斯说:"考虑到查理时期(Caroline)诗歌的习语特质及其与口语的密切关系,我们发现很难把多恩的影响与本·琼生的影响截然分开。"④本·琼生的古典主义与其诗歌的口语特征也有着某种关联,他试图通过某种话语表达模式来获得一种当代感。利维斯敏锐地发现,本·琼生的诗歌一方面显示出"学者"特征,显得深邃,有时近乎迂腐,但同时又显示出一种习语的自然性及活力,其中包含着对人类及其行为礼节的关注。后世的许多诗人都进入了多恩和本·琼生所实践的这一诗路。在利维斯看来,马维尔(Marvell)对"智性"有着浓厚的兴趣,对成熟文明的更高智慧有着一种严肃的关

---

① F. R. Leavis, *Revaluation*, p. 18.
② F. R. Leavis, *Revaluation*, pp. 11－13.
③ F. R. Leavis, *Revaluation*, p. 50.
④ F. R. Leavis, *Revaluation*, p. 23.

注;蒲柏对文明也有着积极的关注,在智性和严肃性之间建立起了密切的联系。让人叹服的是,利维斯居然在看似毫无关联的诗人之间发现了一条"智性之线"(the line of wit),它从本·琼生与多恩开始,经乔治·赫伯特(Herbert,1593-1633)、弥尔顿、贾鲁、马维尔,直到蒲柏。

何谓"智性"? 利维斯沿袭了其一贯的论说风格,要么不加定义,要么语焉不详,其目的是要读者通过他十分具体但有时稍嫌冗长的论述形成自己的判断,或者让读者认同他隐含的思想。结合利维斯对17世纪初到19世纪初重要诗人的论述,我们发现利维斯的"智性"包含着以下内容:

首先,"智性"是一种由"思"与"察"而来的智慧。譬如说,多恩所代表的"玄学"(metaphysical)诗歌本身就包含着一种关于人生、宗教与宇宙的智慧。"智性"代表的是深思与探索,是对周围环境与世界的认知。

其次,"智性"是与"情感"相对的,并与"情感"交融在一起的带有"智慧"与"趣味"的精神。利维斯并不主张排斥情感,也不认为17世纪的诗歌排斥情感。他渴望诗人和诗歌的"真诚",反对矫揉造作,尤其反对徒有情感或无病呻吟。强调"智性"的本质是凸显诗歌的思想意义,呼唤"智性"与"情感"的统一。

再次,"智性"意味着诗人对当时环境和世界的一种"成熟的"敏感。缺乏"智性",诗人就无法把诗人对外界或内心的敏感反应形之于富有表现力和创造力的文字,尤其是鲜活的口语与习语。

最后,"智性"还是诗人的责任。利维斯希望诗人能赋予诗歌以社会功能,即延续传统、滋生文字、涵养灵魂、塑造情感。利维斯的"智性之线"十分深刻,极具创造性。但是这条脉络并非完美,因为它似乎缺少普遍的解释力,无法涵盖该时期每一个诗人。贝尔认为,"利维斯的文学史——智性之线从多恩到马维尔、从蒲柏到济慈、霍普金斯(Hopkins)与艾略特——这条线构建得十分精确,正好排除了弥尔顿、雪莱等诗人,即那些正好抵触这一美学信条的价值与预设的诗人。"[①]这在肯定利维斯的同时实际上隐约地传达了这一"智性"诗路的缺憾,即它无法把一些异于"智性"传统的诗人或者诗歌纳入其中,因此也就无法完全准确地描述英国自17世纪初到19世纪初的发展历程。这传统并非"大一统",利维斯也没有试图用一种传统来概括英国两个世纪的诗歌发展。一方面,利维斯的确专注于寻找主导性的诗歌传统;另一

---

① Micheal Bell, *F. R. Leavis*, p. x.

方面,他又十分强调诗人的个体性特征甚至同一传统内部诗人之间的巨大差异。"共性"构成传统,而"个性"才能让诗人成为自己。利维斯兼顾到了共性与延续性以及个性与当代性(contemporaneity)。

评弥尔顿

利维斯对约翰·弥尔顿(John Milton,1608-1674)的评价大多是修正性的。在21世纪的今天,我们认为弥尔顿是清教徒文学的代表,其代表作《失乐园》是和《荷马史诗》《神曲》并称的西方三大诗歌。利维斯对弥尔顿的态度有些模糊,其判定也往往少了一贯的利落风格。利维斯虽然承认弥尔顿的贡献和影响,但同时对弥尔顿持有不少负面态度。利维斯对弥尔顿的批评在伊格尔顿看来无异于一位小资产阶级激进分子对一位完全"正统的"(orthodox)人物的不满。笔者不敢认同伊格尔顿的观点,因为利维斯对弥尔顿的评价无非是从语言、节奏、风格、意义等方面来进行的,而非小资产阶级的意识形态立场。弥尔顿在其死后的两百年里在诗歌领域都有着绝对的地位,艾略特与米德尔顿·默里(Middleton Murry)却对弥尔顿持有负面评价,这或许影响到了利维斯,促使他在评价弥尔顿时必须进行更深层次的考量。与利维斯同时代的批评家阿伦·泰特(Allen Tate)认为,人们不喜欢弥尔顿是因为他们对神话和寓言持有偏见。利维斯的好恶则更为"文学"与纯粹,他说:"我们不喜欢弥尔顿的诗歌,是因为在他的诗歌中唤不起'高度的感官与完美的虚构世界'。"[①]阅读弥尔顿诗歌的过程对利维斯而言就是一个抵制的过程,最后只能落得精力耗散,从而不得不屈服于弥尔顿仪式般的被视为"宏大风格"的单调。其实,利维斯并不否认弥尔顿诗歌中的神话所具有的力量,譬如,《失乐园》就充满着力量,有着"非同寻常的生命力"[②]。但是,利维斯认为《失乐园》全诗节奏模式沉重、风格呈现出层级化,颇不协调。在具有莎士比亚特质的诗歌中,词语似乎从我们的注意力中消失,转而出现的是我们对感情与感知的立刻把握,这便是利维斯所说的语言的表现力。而在弥尔顿的诗歌中,利维斯无法获得这种感觉。利维斯敏锐地发现,弥尔顿往往关注词语本身而不是感知、情绪或者事物,《失乐园》中出现的"萨福""东方之明珠""金砂"诸多意象只不过表明了内容的丰富性,却丝毫不等同于"感官的丰

---

① F.R. Leavis, *Revaluation*, p.43.
② F.R. Leavis, *Revaluation*, p.43.

盈"(sensuous richness)。另外,利维斯发现弥尔顿的诗歌语言与英语中鲜活在用的口语之间存在着一道鸿沟,而鲜活的语言实际上代表着一种情感与直觉结构,弥尔顿远离口语,实际上"确认了(弥尔顿的诗歌)情感的贫乏"①。情感贫乏也是弥尔顿没有进入"智性之线"的原因。利维斯发现,造成弥尔顿的诗歌情感贫乏的另一原因在于他的诗歌"拉丁化"。弥尔顿更为习惯于拉丁文写作,即使是在进行英文写作时,拉丁词语也总是十分自然地进入弥尔顿的脑海,它已经跟弥尔顿的情感模式联系到了一起,正如维特根斯坦所说的,使用一种语言就是想象一个世界,随之而来的就是弥尔顿对英语习语的无意识排斥。因此,利维斯说:"弥尔顿对英语之内在本质的彻底而成体系的麻木,使他的诗歌丧失了细腻和精妙的生活之种种可能性。"②有必要指出,利维斯强调弥尔顿诗歌的"拉丁化"和口语及情感的贫乏并不意味着对他的全盘否定。其实,利维斯清楚地认识到了弥尔顿的重要性和影响力。他发现,弥尔顿的影响见于丁尼生和汤姆逊(Tomson)。一言以蔽之,利维斯认为:弥尔顿的诗歌风格宏大但流于仪式化;"拉丁化"造成了节奏滞涩;脱离了鲜活的口语则导致情感的贫乏,但同时他认可弥尔顿诗歌中某些神话的活力以及弥尔顿对后世诗人的影响。利维斯对弥尔顿的评价在他自己的话语与批评体系中完全是合理的、站得住脚的。

评蒲柏

蒲柏(Alexander Pope,1688 - 1744)是利维斯的"智性之线"中与多恩地位相当的另一位重要诗人,甚至是18世纪英国最伟大的诗人。由于宗教原因,蒲柏没有接受过学校教育,只能在家自学。他学习了拉丁文、希腊文、法文和意大利文的大量作品,曾译古希腊史诗《伊利亚特》(*Iliad*,译成于1720年)与《奥德赛》(*Odyssey*,译成于1726年)。21岁时,蒲柏发表《田园诗集》(*Pastorals*,1709),并在以后的几年中先后发表阐述自己文学观点的诗《批评论》("An Essay on Criticism",1711)、叙事诗《温莎林》("Windsor Forest",1713)等。蒲柏的诗句多采用英雄双韵体,显得工整、精练,富有"智性",某些诗句甚至有格言的味道。利维斯十分重视蒲柏诗歌的关涉范围、多样性以及蒲柏作为讽刺家的特质。在利维斯看来,《回忆一位不幸女士的哀歌》("Elegy to the

---

① F. R. Leavis, *Revaluation*, p. 49.
② F. R. Leavis, *Revaluation*, p. 50.

Memory of an Unfortunate Lady")并没有得到其应有的认可。如果该诗得到了赞扬,利维斯也不认为是因为众人皆以为然的"悲悯"(pathetic)能力。利维斯认为,"蒲柏是17世纪最后一位诗人和18世纪的第一位诗人。"①蒲柏与玄学传统的关系密切,其"智性"既是玄学的,同时又有着奥古斯都的时代特质。总体而言,利维斯认为蒲柏的诗格富于韵律,语调多变,长于讽刺,其英雄双行体十分得体自然,诗歌表现出一种特有的"智性",同时往往有着强烈的个人情感。利维斯说:"要充分地评估蒲柏,还必须描述他的非同寻常的关键地位,以及从何种意义上说他居于17世纪与18世纪之间。他既有与玄学派诗人的融通,往后也与约翰逊、汤姆逊和格雷(Thomas Gray)融通。"②因此,从这种意义上说,"蒲柏是一个天才,他既属于自己的时代,又超越自己的时代。"③由此可推断,在利维斯的眼里,蒲柏是一个代表时代的伟大诗人,同时又有着承前启后的过渡意义,他使得英国诗歌从17世纪的"智性之线"自然地过渡到了奥古斯都传统,并延续到了19世纪。

二、"奥古斯都传统"与18世纪

利维斯认为,17世纪早期是英国诗歌传统的顶峰,18世纪的诗歌则不繁荣。利维斯对18世纪诗歌最为简练和深刻的论述可见于下面的引文中:

> 即使我们从蒲柏、约翰逊、哥尔德斯密斯(Oliver Goldsmith,1730-1774)、克莱布(George Crabbe,1774-1832)身上去看待18世纪的力量……该世纪仍然出了问题、仍然不繁盛,虽然开创世纪的诗人蒲柏多产、风格多样、影响深远。蒲柏作为主宰性的诗人并不像多恩那样幸运……诗歌传统的发展甚是不幸,18世纪盛行的样式与传统没能像17世纪的样式和传统那样把时代的活力引入到诗歌中。④

---

① F. R. Leavis, *Revaluation*, p. 64.
② F. R. Leavis, *Revaluation*, p. 80.
③ F. R. Leavis, *Revaluation*, p. 95.
④ F. R. Leavis, *Revaluation*, p. 87.

这一论述有着清晰的利维斯式印记,十分深刻,一语惊人,它以一种粗线条的方式较为准确地把握了18世纪英国诗歌的总体图景。这一表述隐含着许多重要的判断,同时也潜藏着诸多风险。从利维斯的论述可以得出如下推论:(一)蒲柏是18世纪引领时代的诗人,这与后世把蒲柏视为18世纪最为重要的诗人这一思想并无实质区别;(二)就诗歌的繁荣程度而言,18世纪总体逊于17世纪,或者说没有哪一个世纪能够比拟17世纪这一"诗歌的世纪";(三)在18世纪的诗人中,蒲柏、约翰逊、哥尔德斯密斯、克莱布是居于第一层级的;(四)一个时代的诗歌是否繁荣,其标志除了杰出诗人和诗歌的数量,更重要的是诗歌的样式和传统,或者说诗歌本身能否融入时代的活力,包括时代鲜活的传统、精神、积极现实的生活(诗化在诗歌中)等;(五)诗歌具有"时代决定论"。利维斯认为17世纪是"有机统一体",其自然性、季节的因应性、文化的植根土壤与记忆的远古可追溯性等都让该世纪成了诗歌的黄金时代,而20世纪的大工业文明则不利于诗歌的产生。这种隐含的"时代决定论"与丹纳的"精神气候"有着相同之处,其源头可追溯到英国的达尔文主义的环境决定论。但是,利维斯这种没有言明的"时代决定论"是建立在重视个体、强调个人天赋与人生体验的基础之上的,从该意义上讲是"时代决定论"与"个人特质"的结合。以上这些或隐或显的论述在20世纪初的诗歌评论中堪称极有深度和见地,但同时我们还必须认识到利维斯的论断所包含的风险。譬如,他对诗人层级的划分完全出于个人的主观判断,他虽然有其标准,但这些标准无非是语言、节奏、风格、形象、代表性意义等传统维度,而且其评判的视角经常变化。因此,他对诗人等级高下的座次安排肯定会引起争议。另外,利维斯认为18世纪的诗歌中没能引入该世纪的活力,这似乎显得过于简单。利维斯说,每个人都会认为17世纪的许多"次级"(minor)天赋的诗人也创作出了许多优秀的诗歌,而18世纪的许多天才因为时代的局限却只能创作出较为次等的诗歌。如果18世纪是一个充满活力的时代,那么诗歌中缺乏活力就不应归咎于时代,而应归咎于诗人自身。阻碍诗人进行诗歌创作的因素非常多,时代本身缺乏活力或许是其最重要的因素之一,但肯定不是唯一的因素。

虽然18世纪的诗歌并不繁荣,但该时期诗人和诗歌还是取得了积极的成就。利维斯认为18世纪的诗歌有多种显著的风格并存:其一是格雷的精致匀称(neat)而又严肃(sedate)的哀歌模式;另一则为怀特海德(William Whitehead)的弥尔顿倾向;而最为明显的具有时代气息的便是"奥古斯都"(Augustan)风格。"奥古斯都"诗歌是指18世纪上半叶的诗歌。这一术语来自乔治一世,他自称为奥古斯都大帝。该时期的英国诗歌多关涉政治、善用嘲讽,其中心哲学争论就是个人和社会哪一个应当作为诗歌的对象。早期曾对牧歌的性质和作用有过激烈的争论,伴随着争论而来的是主体自我开始逐渐成为诗歌的话题。诗歌的传统形式得以重塑,甚至诗歌的体裁(genre)也被重新剪裁以符合新的使命。颂歌(ode)、民谣(ballad)、挽歌(elegy)、讽刺诗(satire and parody)、歌曲(song)、抒情诗(lyric poetry)在吸收传统的同时又发生了种种变化,颂歌不再仅仅是颂扬,民谣不再是叙事,挽歌不再是真诚的纪念,讽刺诗不再是简单的娱乐,歌曲不再是个人的抒情,而抒情诗变成了个体的庆祝,而不再是恋人的抱怨。简言之,奥古斯都时期的两大并行的潮流是对个体的强调以及对诗歌体裁的重塑。

利维斯十分重视诗人与诗人以及诗歌和诗歌之间跨越时空的渊源与传承,这需要极为深厚的诗歌修为与广泛的阅读,而且必须对每个时代的典型特征有着独到而深刻的把握。利维斯认为蒲柏已经预示了格雷(Thomas Gray, 1716 – 1771)的诞生。利维斯说:"当我们考量约翰逊、克莱布,当我们思考与时代的生活密切相关的诗歌时,格雷、汤姆森、戴尔(John Dyer, 1669 – 1757)、阿肯赛德(Mark Akenside)、申斯通(William Shenstone)等皆属于(蒲柏传下来的)这条线。"[1]

利维斯认为格雷的《墓畔哀歌》("Elegy Written in a Country Churchyard")的成功并不在于诗人的天赋而在于其他。"其他"包括趣味的成功、格雷的精妙而确定的文学策略(tact)以及格雷对奥古斯都传统的正面观感。利维斯说:"格雷对奥古斯都传统的正面情感体现在他的风格上,这也意味着其作品中有一种力量,其本质可由一个熟悉的标签来说明,即'人就是人类研究的适用对象'。"[2]正面的奥古斯都传统使得格雷获得了一种强烈的传统性,他在墓畔的沉思也因此有了丰富的社会内容,他静谧地思考了"富贵""名声"以及人在天国和上帝那里得到的庇护,这在诗歌结尾的《墓铭》部分表现得十分明显:

---

[1] F. R. Leavis, *Revaluation*, p. 90.
[2] F. R. Leavis, *Revaluation*, p. 91.

> 这里边,高枕地膝,是一位青年,
> 生平从不曾受知于"富贵"和"名声";
> "知识"可没轻视他出身的微贱,
> "清愁"把他标出来认作宠幸。
> 他生性真挚,最乐于慷慨施惠,
> 上苍也给了他同样慷慨的报酬:
> 他给了"坎坷"全部的所有,一滴泪;
> 从上苍全得了所求,一位朋友。
> 别再想法子表彰他的功绩,
> 也别再把他的弱点翻出了暗窖
> (他们同样在颤抖的希望中休息)。
> 那就是他的天父和上帝的怀抱。①

自蒲柏延续下来的诗人中,利维斯认为柯林斯(Wiilian Collins, 1721－1759)的《致黄昏》("Ode to Evening")也是经典之作,同样也是文学趣味的成功。利维斯认为,该诗"激发性和解放性的天才简直就是稍逊一筹的弥尔顿(minor Milton)。"②利维斯发现,阿肯赛德的描述性无韵体(descriptive blank verse)最终通向了华兹华斯,但一个完全阿肯赛德式的华兹华斯一定叫人感到乏味。

利维斯并不是一味地赞扬奥古斯都时期。他认为,仅仅是区分让人满意的奥古斯都时期和让人失望的后继时期是不够的。而当时主导性的诗路也有其弱点,况且奥古斯都时期也并非处处让人满意。他不禁追问,即使在昌盛的奥古斯都时期(如蒲柏的时代),我们该拿什么来证明那是英国诗歌的兴盛时期呢?利维斯又想到了蒲柏:"蒲柏本人是一位伟大的诗人,有足够的代表性,足以让他的时代显得成就非凡,虽然他的成就并非纯粹是奥古斯都的。"③利维斯无奈的是,在那个时代,除了蒲柏,很难再找出其他的诗人来证明时代的诗歌成就。盖伊(John Gay, 1685－1732)、帕奈尔(Thomas Parnell, 1679－1718)、斯威夫特(Jonathan Swift, 1667－1745)、普莱尔(Mattew Prior, 1664－

---

① 此处采用了卞之琳先生的译文。
② F. R. Leavis, *Revaluation*, p. 93.
③ F. R. Leavis, *Revaluation*, p. 94.

1721)等划过利维斯的脑际,但转瞬即逝。从某种程度上说,盖伊与帕奈尔只能让利维斯感觉到在那个时代真正伟大诗人的匮乏;而斯威夫特在利维斯的时代虽然常常被人高估,但利维斯认为他的确值得关注,因为斯威夫特作为个人具有一定的代表性:他的诗歌没有奥古斯都的礼数(Augustan politeness),但有着原创的力量;他的诗歌也没有肤浅的奥古斯都的城市性(urbanity)。至于普莱尔,他在利维斯的眼中只不过标志着一种传统的死亡,如果说他与沿袭自约翰逊的城市智性与优雅完全脱节了,那么其原因一定是该传统已经消失;普莱尔从属于考珀(William Cowper,1731-1800)、萨克雷(Thackeray)与普雷德(Praed)这一脉的传统。

对于18世纪诗歌的相对萧条,利维斯认为原因是该时期"情感已经改变,感觉与官能已经消失,感知美好事物的能力也已经丧失"①。该时期,英国的大工业正在如火如荼地进行中,人们的情感结构随之发生了变化,甚至趋向"解体"。然而,诗歌传统的变化并不是一夜之间发生的。利维斯发现,早在蒲柏之前,诗歌传统已开始悄悄地变化,如果有人说普莱尔只不过假装写一些社会诗歌,那或许是因为普莱尔的同时代人大多把诗歌看成是社会性的,属于行为礼节(manners)领域。对18世纪的社会变革与诗歌变化的复杂关系,利维斯认为,

> 一个都市时尚社会(紧凑、政治上上升性的)发现自己掌管着标准,在其关注的事情中,它确信存在着应当遵循的标准与模式:它迫切地依赖那些最佳的模式得以教化。它对学术语文学风尚有着严肃的兴趣,不同于任何现代时尚社会。社会的领导者资助皇家团体、上流文学(polite letters)以及戏剧。如果说在该时代优美的形式与最严肃的文化规范(code)密切相关,那么这既表明了该时代的局限,又表明了该时代的力量。对新的诗歌的优雅化的观念所代表的情感发展说明了这一点:轻松(ease)、优雅(elegance)、整齐匀称(regularity)属于行为礼节的范畴;措辞、姿态(gesture)以及诗歌的发展遵循了一种优雅的社会规范;谈吐(address)对象则属于"外部的耳朵",即要引起公众关注社会层面。②

---

① F. R. Leavis, *Revaluation*, p. 95.
② F. R. Leavis, *Revaluation*, p. 96.

利维斯认为蒲柏最能代表奥古斯都诗人。他认为,"奥古斯都时代的代表性诗歌是《夺发记》("The Rape of the Lock")、《论人》("The Essay on Man")与《致阿巴思诺医生书》("Epistle to Dr. Arbuthnot"),这些只有蒲柏这样的诗人才能写出来,这些诗歌远远超越同时代人的作品。在他的时代,从蒲柏一人身上便可看出,他所代表的传统可以说已把时代的活力带入诗歌中。①至于蒲柏之后的诗人和时代让利维斯大感失望,因为没有一场革命、叛逆或者冲动能够取代奥古斯都传统的习语和形式。利维斯认为,奥古斯都传统的延续并不利于产生优秀的诗歌,它的模式和规范也无助于次等(minor)天才的发挥。后世的诗人要以奥古斯都的传统来创作,就必须同情该传统,并且不能把该传统仅仅视为一种文学传统。利维斯对蒲柏之后的诗人有着这种期待:他必须既要像蒲柏,又必须不像蒲柏。"像蒲柏",是因为这位奥古斯都代表诗人的传统必须传承,而"不像蒲柏"则是因为时代变化了,诗歌传统必须创新。利维斯认为兼具这二者特征的诗人是约翰逊。对于诗歌的形式,利维斯认为,"奥古斯都传统中诗人内容的恰当形式可以说具有优秀散文(prose)的优点。"②利维斯还发现,在该传统中,诗人继承的社会世界是清醒的现实,其素材多由理性统领,诗中每个字词都有其存在的充分理由,诗歌的形式甚至也符合理性秩序(rational order)。诗歌的这种总体状况反映了时代与文化状况,因为诗人必定会烙上时代的印记,诚如利维斯所说的那样,"没有伟大的艺术家是纯粹个人的,或者是与时代毫无关系的"③。

三、论三大浪漫主义诗人

利维斯认为,自19世纪传承下来的对诗歌的看法主要是在伟大的浪漫主义诗人那里确立的,如华兹华斯(William Wordsworth, 1770–1850)、柯勒律治(Samuel Taylor Coleridge, 1772–1834)、拜伦(George Byron, 1788–1824)、雪莱(Percy Bysshe Shelley, 1792–1822)和济慈(John Keats, 1795–1821)。利维斯认为,或许浪漫主义者这一表达具有误导性,因为浪漫主义时期的诗人华兹华斯、柯勒律治、拜伦、雪莱、

---

① F. R. Leavis, *Revaluation*, p. 97.
② F. R. Leavis, *Revaluation*, p. 103.
③ F. R. Leavis, *Revaluation*, p. 104.

济慈等人在其内部也大不相同。没有一个总体的描述可以涵盖他们每个人。虽然他们作为一种影响力后来融入了浪漫主义传统,但他们并未表现出共同的浪漫主义。他们的共同之处在于属于同一个时代;正因为同属一个时代,也就有了共同的负面因素:"他们没有东西可以取代一直盛行到18世纪末的正面的(positive)传统,即奥古斯都传统。"① 利维斯认为,在浪漫主义诗人中,最伟大的三位当属华兹华斯、雪莱和济慈,但三人又各有各的伟大之处。

在利维斯的时代,读者已经普遍认识到了华兹华斯的伟大,但利维斯并不满意现有的围绕华兹华斯的评析,因此决定以新的视角重估华兹华斯。柯勒律治认为,华兹华斯是自弥尔顿以来最伟大的英国哲学诗人。利维斯并不完全认同,因为他发现华兹华斯的创作才能还常常伴有批评意识,而他的哲理诗歌往往关注大脑的成长以及人与自然的关系,其诗歌本身类似于可以分解的论断;华兹华斯本身未必有其哲学体系,但他肯定有交流的智慧,有人类正常性的标准;华兹华斯关注成熟智性,其哲思(philosophizing)只是他强烈的道德严肃性的表达方式。在利维斯的时代,人们一般认为华兹华斯是"自然诗人"(poet of nature),但利维斯认为"自然"并非是惯常的意义,"自然诗人"这一说法也让他无法接受。他说:"华兹华斯明显关注的是人类的自然性(naturalness)、理智(sanity)以及精神健康,他对大山的兴趣只是辅助性的。其模式是:他的大脑强烈地关注终极庇护(sanctions)以及人与外在宇宙之间的活生生的关系。"②

利维斯认为,华兹华斯的诗歌中没有"亲吻""欲求"等情色因素,但这并不意味着诗人的压抑,他根本就没有潜意识释放或者解脱的需求,也完全没有羞怯或者不安。华兹华斯本人曾说:"诗歌是强烈情感的自然流露,其源头是安静时的情绪。"③利维斯认为这体现了他的自然性、一种健康的秩序以及情感与道德训练。在维多利亚的诗人中,阿诺德是类似华兹华斯的诗人,如果有传统可称之为华兹华斯传统,那么它一定是通过阿诺德传承的。

华兹华斯创作了一系列伟大的诗歌,利维斯认为《序曲》("The

---

① F. R. Leavis, *The Common Pursuit*, p.185.
② F. R. Leavis, *Revaluation*, p.139.
③ 转引自 F. R. Leavis, *Revaluation*, p.142.

Prelude")、《露西》("Lucy")等是其代表作。利维斯说:"《露西》只有华兹华斯才会写得出来,它只能属于那个时代……有其典型的优点。"①就诗歌的节奏而言,利维斯认为华兹华斯的诗歌大多节奏舒缓平静,而雪莱的诗歌则有急促之感。

曾有批评家说自己在少年时代迷恋雪莱的诗歌,但到了后来发现他的诗歌几乎不可读。利维斯认为,读者大可不必局限于一种趣味,免得无法欣赏别样的优秀,或者无法理解有别于霍普金斯和多恩的语言使用。利维斯认为,雪莱的天赋从本质上讲是"抒情"(lyrical),他的诗歌的特征之一就是对"现实"(the actual)把握力不强,从积极的方面来看,人们往往把它归结为理想主义和柏拉图主义(Platonism)。雪莱的诗歌特别具有情绪性,他非常关注情感的自发性,利维斯称之为"雪莱式的情绪主义"(Shellyan emotionalism),并且认为,在雪莱的诗歌中,情感往往和思想(thought)分离,比喻和现实、真实和想象、内在和外在经常交融在一起,叫人迷惑,如《勃朗峰》("Mont Blanc")一诗就是如此。

利维斯评判诗人的视角深刻而独特,他不但着眼于诗人的眼前成就,更着眼于诗人的未来。他甚至说:"(诗人的)伟大与其说关乎成就问题,倒不如说关乎其前途和潜力。"②因此,利维斯对济慈的评价并不是完全基于济慈作为19世纪伟大诗人和当时的影响力,同时还基于济慈的潜力,即对后世的影响和诗歌在后世的接受情况来判断或者预估。对于济慈,利维斯的基本判断是:他是一个积极意义的"审美主义者",但其"审美主义"并不意味着特殊的审美体验可以完全脱离直接的低俗生活,即在济慈那里,美即是真,真即是美。另外,利维斯还认为,济慈的诗歌丰盛,充满着活力,但有对美的崇拜反而让他的诗歌失去应有的活力(devitalization)。总体而言,利维斯对济慈做如是评价:"毫无疑问,济慈具有天赋,可以成为伟大的诗人。"③

---

① F. R. Leavis, *Revaluation*, p. 168.
② F. R. Leavis, *Revaluation*, p. 199.
③ F. R. Leavis, *Revaluation*, p. 223.

第二节　英诗新方向的构建（19 世纪 20 年代以来）

一、19 世纪到 20 世纪初的诗歌传统

利维斯在《英诗新方向》的前言中说，本书并不是对英国当代诗歌的概览，他首先的考量是诗歌与现代世界的关系。他说："诗歌之所以重要，是因为有一类诗人比其他人更有活力，比其时代也更有活力。他似乎就是当时种族最具意识的一点。人类体验的潜能只有少数人才能实现，重要的诗人之所以重要，是因为他属于此类。"①诗人的体验能力与表达能力是不能截然分开的，这不仅因为我们不能只知其一，而是因为诗人让语言表达体验的能力与他对自身体验的意识密切相关。诗人通常是敏感的，比普通人更为真诚，也更贴近自我；他知道自己的感觉体验与兴趣，而且对自身体验的兴趣与对语言的兴趣必须紧密相关，同时还必须通过精妙的语言来让他的感觉、意识、体验等为人所理解把握。由此，没有任何交际手段能够比肩诗歌所传达体验的那种精妙性。在利维斯所排定的文学序列中，诗歌无疑占据着至高的地位。然而，利维斯发现了一个令人不安的现实：诗歌于现代世界无关紧要，也就是说，当代智性很少与诗歌有关系，一言以蔽之，当代并不利于产生诗歌。其实，每个时代可能产生的诗人数量不会有太大差异，但造成差别的是对才华的运用，起决定作用的是"诗性"（the poetical）和与其相应的习惯、传统与技巧，以及其他重要的哲学、社会、经济条件等。社会与时代变化了，诗歌随之大为不同。何为诗歌主体、何为诗歌理想的材料与样式等问题在每个时代都有不同的答案。利维斯认为，那些影响最深的因素却往往不为我们所见。曾有人说"诗人"只不过是诗性的人，而非诗人。一个世纪之后，便无人阅读。利维斯认为这种人只可能出现在这样一个时代，"一个没有严肃的标准、没有鲜活的诗歌传统、没有真正对诗歌有广博而严肃的兴趣的公众的年代"②。因此，英国的诗歌发展需要有新的方向。

---

① F.R. Leavis, *New Bearings in English Poetry*, p.16.
② F.R. Leavis, *New Bearings in English Poetry*, p.11.

利维斯认为，无论是19世纪维多利亚时期的济慈、丁尼生、罗塞蒂等浪漫主义诗人，还是一战后最为重要的诗人哈代、叶芝、德·拉·梅尔（de la Mare），抑或是乔治诗人及乔治诗人中的"学者诗人"和"战争诗人"，都无法构筑英语诗歌发展的新方向，这的确是大胆而又振聋发聩的见解。如此掷地有声的论断不仅需要勇气、敏感、细察，更需要一种全局的眼光，一种融合纵向历史与横向空间的视野。利维斯的这一观点对英国的诗坛和批评界无疑是一个巨大的冲击，其直接结果是影响了诗人的诗歌成就与地位在读者中的变化。另一直接影响则是它清晰而简要地勾勒了英国19世纪初到20世纪20年代的整个诗歌发展历程。

利维斯首先发现了英国19世纪诗歌一个显著的特征，抑或是一个传统：逃避现实，转向"梦境"，而"梦境"是以仙女、月光、夜色、幻想等诸多意象呈现出来的。这从该时期代表性的几首诗歌中便可窥见一斑，如济慈的《冷酷仙女》（"La Belle Dame Sans Merci"）、丁尼生的《马里亚纳》（"Mariana"）与《夏洛特女郎》（"The Lady of Shallot"）、罗塞蒂（Rosetti）的《承恩的黛摩娇》（"The Blessed Damozel"）、莫里斯（William Morris）的《致许拉斯的仙女之歌》（"The Nymph's Song to Hylas"）、史文朋（Algernon Swinburne, 1837–1909）的《失落的花园》（"A Forsaken Garden"）以及奥肖内西（Arthur O'shaughnessy, 1884–1891）的《颂歌》（"Ode"）。

利维斯认为像奥肖内西这样的所谓诗人并没有任何个人性的东西，他只不过是想写诗而已。奥肖内西在《颂歌》中这样写道：

> 我们是音乐的创造者，
> 我们是梦境的梦想家，
> 徜徉在孤独的海堤旁，
> 兀坐于荒凉的溪流边；
> 惨淡的月光映照着
> 那天涯沦落之人。
> 可我们永远都是
> 惊天动地的人们。①

---

① 笔者译文。

该诗的主语是"我们",这很难体现个人的情感与意趣,而诗中最为引人注目的便是"梦境"一词。很显然,利维斯不但注意到了"梦境",甚至还把它作为19世纪诗歌的显著特征。19世纪的诗人或许认为,促使他们写诗的力量也许就是推动世界的力量。然而,维多利亚时期的诗歌承认真实的世界是陌生、棘手与非诗性的。这就决定了诗人必须向非真实的世界"寻诗"。总体而言,利维斯认为维多利亚诗歌具有一种特殊的"超脱俗世"(other-worldliness)的性质,其原因可从阿诺德的诗句中寻找:"现代生活的奇怪疾病,病态的匆忙,漫无目的,大脑耗尽,心灵麻木……"①阿诺德认为现代人的灵魂被捆绑到这个时代,一个铁一样的时代,充满着疑虑、争论、诱惑与恐惧,在利维斯看来,正是这些特质让阿诺德与众不同。然而,阿诺德的天才与其智性、情感和精神难以分开。在《月夜》中,那铁一般的时代也逐渐地转化为月光,一种伤感与美妙的情绪,诗人于是渐渐地逃离现实世界,在一种更为"诗性"的梦境中寻找诗的材料与意象。利维斯说:"19世纪的诗歌主要特点是它们专注于创造一个梦幻世界。"②

济慈的《冷酷仙女》描写了一位冷酷的仙女之种种蛊惑以及自身奇特的梦幻经历。诗中这样写道:

> 她引领我进入仙女洞府,
> 她凄凄落泪,轻叹感伤,
> 她那双狂野之眼眸啊,
> 被我以吻合上。
> 她诱我魂入梦土,
> 我进入梦中,来袭哀伤,
> 我上次沉入梦境,
> 就在那冷山坡上。③

显然,济慈的这首诗歌创造了一个神秘妖冶的梦境。与此类似,丁尼生的《马里亚纳》一诗同样充满了梦的气息,如"她在半夜醒来,听到

---

① 转引自 F. R. Leavis, *New Bearings in English Poetry*, p. 18.
② F. R. Leavis, *New Bearings in English Poetry*, p. 18.
③ 笔者译文。

夜禽的啼鸣"与"竟日在梦一般的屋中，门枢吱嘎地发出声响"。丁尼生另外一首著名的《夏洛特女郎》取材于亚瑟王的圆桌骑士传说。夏洛特女郎被父亲的咒语囚禁在塔中，她只能通过镜子来看世界并把镜中景象编织成一张网。她以孤寂为乐，认为自己不会具有爱的能力。但一天英俊的骑士兰斯洛特在窗下打马走过，出现在她的魔镜里。她忍不住转过头透过窗户去看兰斯洛特真实面目。那时她才知道自己拥有爱的能力。这时咒语开始应验，魔镜碎裂，她却得不到兰斯洛特的爱，她溜出了囚禁的塔，登船去亚瑟王的宫殿。随着时间的流逝，夏洛特女郎的生命也在不停消逝，傍晚船到了港口，人们却看到了船上为爱而死的夏洛特女郎美丽的尸体。全诗同样充满了一种夜晚与梦境的气氛。镜中的世界就像是现实世界的影子，而镜子的世界就是一个梦。

　　罗塞蒂与莫里斯的诗歌也不例外。罗塞蒂的《承恩的黛摩娇》中尽是天堂、百合、上帝、泪水与月光等意象，读来犹如梦境；莫里斯的《致许拉斯的仙女之歌》从其"仙女"一词也不难看出他对营造梦幻世界的痴迷。利维斯认为莫里斯是那个时代最为多才多艺、精力充沛而又有创造力的人之一，然而他的诗才却献给了白日梦；史文朋（Swinburne）是代表性的颓废诗人，他渴望死神把甘美的死亡之果轻轻地压碎在自己的嘴唇上。他在《冥府女王的花园》（"The Garden of Proserpine"）中写道：

　　　　解除了希望与恐惧，
　　　　摆脱了对生命的沉爱，
　　　　我们要对任何神祇
　　　　简短地表达我们的爱戴。
　　　　因为他没有给生命永恒，
　　　　因为死者绝对不会重生，
　　　　因为就连河流疲惫的奔腾
　　　　蜿蜒到某处，也会安入海中。①

　　史文朋把梦境一般的死亡意象也带到了《失落的花园》中。该诗描述了海边的一处花园，其中尽是伤感、悲凉与死亡的气息，正如诗的末

---

① 笔者译文。

句所说的"死神已经死去",犹如一场大梦。

利维斯清醒地发现了上述这些诗人的诗歌"梦"的特质。在利维斯看来,描述"梦的世界"是对现实世界的逃避。利维斯认为"梦"有两种,即"梦境"与"清醒的梦",阿诺德的诗歌就属于后者,阿诺德与其他诗人不同的是,其逃避是"清醒梦境之冷峻而思索的明晰"①。其实,阿诺德的很多诗歌不能简单地看成对现实的逃避,它们总是有着一种甜美的严肃。尽管利维斯对阿诺德崇敬有加,但他依然认为阿诺德无论是作为一名批评家还是诗人,都无法赋予英语诗歌以新的方向。阿诺德曾预言诗歌会逐渐取代宗教,但那只是一种从世俗世界的退却,进入了一种归隐的艺术。利维斯认为,"这(阿诺德的说法)恰当地描述了诗歌从前拉斐尔派和史文朋经佩特(Walter Pater,1839 – 1894)和王尔德(Oscar Wilde,1854 – 1900)直到(19 世纪)90 年代的发展历程。"②

利维斯认为勃朗宁(Robert Browning,1812 – 1889)的诗歌并不属于梦的世界,因为勃朗宁很惬意地生活在他的维多利亚世界里,从来没有不和谐感,因此也无须退却到梦的世界,他完全停留在清醒的层面上。利维斯说:"像勃朗宁一样浅薄的大脑和精神不可能提供把成人的智性带入诗歌的那种脉搏。"③利维斯对梅瑞迪斯(Meredith)评价也不高,认为他的包括 50 首 16 行商籁诗的诗集《现代爱情》(*Modern Love*)"是基于廉价情感的非同寻常而又粗俗的智慧的庸俗产物,如果对后来的诗人有所作用,那就是,它是一个警示"④。利维斯认为现代性(modernity)在其自负的羸弱(complacent debility)中逐渐显露出来,它缺乏维多利亚诗人健康与鲜活的情感自信,而诗歌技巧的解放于是以一种松散、粗糙、无力的匠艺形式出现了,而在这样的情况下难以有崭新的开端。不管诗人是逃避者还是直面生活的人,不管他描述的是玫瑰、露珠、月光、海洋、丛林,还是帝斯莱斯汽车与现代工厂,利维斯"要求诗人的就是他在我们的世界必须完全有活力"⑤。就诗歌的技巧而言,利维斯认为唯一重要的技巧就是让语言表达个人的感觉方式,因此读者可以以一种独特的方式做出回应,而不必预先知道哪些东西可以

---

① F. R. Leavis, *New Bearings in English Poetry*, p. 20.
② F. R. Leavis, *New Bearings in English Poetry*, p. 21.
③ F. R. Leavis, *New Bearings in English Poetry*, p. 21.
④ F. R. Leavis, *New Bearings in English Poetry*, pp. 21 – 22.
⑤ F. R. Leavis, *New Bearings in English Poetry*, p. 24.

入诗。发明全新的技巧,同时满足敏感的现代人的感觉方式或者体验模式非常困难。利维斯认为这恰恰凸显了艾略特的重要性。利维斯说:

> 他(艾略特)的影响力因为他既是批评家又是诗人而变得更加有效,他的批评与诗歌相得益彰。重要的是,因为有了艾略特,今天所有严肃的诗人和批评家都会认识到未来的英语诗歌必定会沿着不同于"从浪漫主义者经丁尼生、史文朋、《施罗浦郡的浪荡子》(A. E. Housman[豪斯曼]的诗)和布鲁克(Rupert Brooke)"的路线发展。艾略特创造了新的开始,确立了新的方向。①

那么20世纪初在艾略特之前的诸位诗人是否形成了自己的传统?是否对英语诗歌新方向的形成有促进作用?而利维斯所构建的新方向又具有哪些特质呢?

在利维斯的眼中,维多利亚的诗歌传统不仅是诗歌传统,它还是对时代总体特征的一种反应,因此便有了众多诗人如阿诺德与时代的不和谐、有了诗人的逃避、有了"梦境"和"清醒的梦"。利维斯认为,一战后英国诗人中获得读者普遍认可的重要诗人有哈代、叶芝与德·拉·梅尔。然而,他们都无法引领英语诗歌发展的新方向。

叶芝曾说,在他的内心深处,只有美好的事物可以描绘,只有古代的事物和梦境的素材才是美好的。叶芝早年曾把《松绑的普罗米修斯》(*Prometheus Unbound*)视为圣书,也曾师法雪莱和斯宾塞,他追寻统一,毕生的创作主题是"把生命、创作、国家融为一个牢不可破的整体",并"把所有经验转化成象征的终生努力"②。叶芝试图理清真理和现实的关系,发现"我"居于真理和现实之间,复杂多变,让人困惑,因此有了"面具"理论,即装一副面容去见要见的脸。对叶芝而言,"我们自身的任何一面或者我们个性和性格中的任何一面都不包含现实,现实存在于它们之间的相互作用中"③。显然,叶芝的"面具"是对自我不

---

① F. R. Leavis, *New Bearings in English Poetry*, p.25.
② 转引自弗兰克·史德普:《叶芝 谁能看透》,傅广军等译,大连:大连理工大学出版社,2008,第35页。
③ 弗兰克·史德普:《叶芝 谁能看透》,第35页。

确定性的认识,而真理和现实的关系既复杂又朦胧,难怪他说只有过往与梦境才美丽。的确,正如利维斯认为的那样,现代思想与现代世界很难给人以希望,它不能滋养心灵、满足感官和想象,因此叶芝以诗歌和生活的名义对世界进行了批判,而这正是叶芝有别于其他浪漫主义诗人的一大特征。然而,19世纪诗歌之"梦境"似乎一直延续到了20世纪初,并且也清晰地体现在叶芝的名篇《快乐牧羊人之歌》("The Song of the Happy Shepard")中。该诗有"漂泊的大地可能只是一个骤然闪耀的字眼,片刻回响在变换的宇宙间,惊扰着无尽的幻梦"之句,其中"梦幻"颇为引人注目。而更为清晰地表现梦幻色彩的是下面这一节:

> 我必将逝去,葬于一处墓穴,
> 那里摇曳着水仙和百合;
> 我愿在黎明前以欢快的歌声
> 使被埋葬在沉睡的地底
> 那不幸的牧神欢喜高兴。
> 他呼啸的日子曾欢乐至极;
> 但我仍然梦见他踏着草丛
> 幽灵般地踏露行走,
> 被我欢快的歌唱把心穿透——
> 我歌唱古老大地如梦青春的歌声:
> 可是啊!她如今不梦了;你梦吧!
> 因为山崖上的罂粟花儿妖娆:
> 梦吧,梦吧,因为这也是真理。①

正如叶芝难以把握现实和真理的关系一样,他对真理和梦境的关系在诗中也采取了同一的关系,传达了诗人对现实的反应。究其实质,造就"梦境"的原因是诗人与时代的不和谐。利维斯认为叶芝始于英国传统,但同时凸显了他的爱尔兰身份,因此从一开始就是一位爱尔兰诗人,他的爱尔兰身份并不仅仅意味着他的诗歌中常见的爱尔兰主题与情调,"他的梦幻世界并非私人、个体和文学的,它有着外在的确

---

① 笔者译文。

认"①。因此,叶芝有了独特的优势,得以在自己创造的更高的诗歌现实中倾注自己的想象、象征与一切情感,生命因此有了更加丰盈的意义。利维斯认为,叶芝的诗集《玫瑰》中依然有一种忧伤气息,然而到了《苇间风》(The Wind among the Reeds),叶芝诗歌的梦境现实(dream-reality)又获得了新的生命。如在《他记起了遗忘的美》("She Remembers Forgotten Beauty")中,诗人写道:

> 当你在亲吻间不断叹息,
> 我听见素白的美神也在轻叹,
> 为了那样的时刻:一切终如露水消逝,
> 除了火焰上的火焰,大海上的大海,
> 王位上的王位,在那里半醒半梦,
> 长剑横放在它们的铁膝,
> 她高贵而孤寂的神秘在冥思中。②

利维斯对该诗超越性的美与神秘的现实十分赞赏,同时对《苇间风》集子中的诗歌给予了高度评价,认为那是"了不起的成就:虽然它依然属于退却(withdrawal)之诗,但比纯粹维多利亚浪漫主义诗歌更为细腻,也更有活力"③。其实,叶芝的诗有着更为现实的目的,那就是爱尔兰民族的复兴,叶芝在诗中倾注了自己无穷的情感与智慧。因此,在利维斯看来,较之维多利亚时期的浪漫主义诗人,叶芝更为强烈地追求"更高的现实"(higher reality)。利维斯说:"实际上,叶芝对精神主义(spiritualism)、魔幻、见神论(theosophy)、梦境、出神等的处理是创造一种替代科学的努力……他以一种英雄的方式向我们展示了 19 世纪大脑的内部斗争。"④叶芝 1912 年出版的《绿头盔》("The Green Helmet")与其前期的诗作有了巨大的不同,甚至让人很难相信它们出自同一人之手。利维斯认为叶芝新的诗歌不再有咒语(incantation)和梦境催眠般的节奏;它属于现实的清醒的世界。因为利维斯敏锐地发现,叶芝该

---

① F. R. Leavis, *New Bearings in English Poetry*, p. 31.
② 笔者译文。
③ F. R. Leavis, *New Bearings in English Poetry*, pp. 33–34.
④ F. R. Leavis, *New Bearings in English Poetry*, p. 36.

时期的诗歌语调是嘲讽的,表明了一个受挫之人的苦闷与幻想的破灭,叶芝如同从毒品中醒转过来,戒掉了毒瘾,他已经意识到了真实的世界。由此,利维斯写道:"晚期的叶芝获得了积极的成就:他十分坚强,从失败中获得胜利。"①弗兰克·史德普(Frank Startup)显然也意识到了利维斯对晚期叶芝的赞美,他说:"在《叶芝和19世纪传统》一文中,他(利维斯)认为叶芝采用习语和对话式节奏及语言源自对维多利亚风格的偏爱……赞扬叶芝后期作品'深刻、细腻、真挚、朴实'。"②利维斯还发现叶芝后期的诗歌逐渐获得了17世纪的某种"智性"(wit)。在《塔》中,在幻灭中还获得了一种成熟性(ripeness),他的诗中十分常见的嘲讽已消失无踪,此时他更加深情地关注爱尔兰的命运和困境。

  利维斯所认为的一战后英国三位重要诗人中的另外一位是德·拉·梅尔。这位诗人认为在儿童的世界梦想和现实之间有一条不可逾越的鸿沟,而"他的诗歌和他的童年有着十分独特的联系"③。与阿诺德、叶芝等伟大的诗人一样,德·拉·梅尔同样发现当代世界的科学、文明与自己格格不入,他既不能征服,又无法屈服。他在诗中写道:

> 疲惫的心能说什么?
> 世间的聪明人已让它麻木。
> 除了孩童那孤独的梦,
> 再次回来吧,回来!④

  诗人此处表达了对现实的不满以及对童年天真梦境的追忆,这应属于利维斯所谓的"退却"之诗,它营造出了一种独特的诗歌现实,也就是德·拉·梅尔的梦的世界,而儿时记忆是梦的世界的基础,这在诗人看来无疑是最宜"入诗"的材料。然而,德·拉·梅尔并不耽于儿时记忆或者无端幻想,如同叶芝反对现代的文明与文化一样,他对人类的困境也进行着深深的思考。他的特点或者说高超技艺便是用月色与星光、露珠与精灵、芳香与甜美这些迷人的意象来表达墓地、死亡与腐朽,

---

① F. R. Leavis, *New Bearings in English Poetry*, p. 37.
② 弗兰克·史德普:《叶芝 谁能看透》,第71页。
③ F. R. Leavis, *New Bearings in English Poetry*, p. 43.
④ 笔者译文。

隐藏在字里行间的是对社会的一种嘲讽。然而,利维斯认为在德·拉·梅尔的诗集《面纱》(*The Veil and Other Poems*)(1921)中,犀利的诗风已变得消沉与荒凉,"梦境也带有了梦魇的特征,不健康的幻想习惯或隐或显地流露了出来"①。利维斯发现,对此时的德·拉·梅尔而言,生活不是悲剧,而是空洞扁平的,生活与现实已经失去了价值和意义,因此这时的诗人已经诗情渐冷。之后,德·拉·梅尔转向了散文写作,再没有重要的诗篇问世了。尽管如此,利维斯认为他创造了大量精美的次要诗歌(相对于艾略特、庞德与霍普金斯的诗歌而言),是"浪漫传统遗留下来的最后一位诗人"②。

哈代先成名于小说。1874 年他与爱玛·拉文纳结婚,在妻子的鼓励下,他创作出了《绿林荫下》(*Under the Greenwood Tree: A Rural Painting of the Dutch School*)、《一双湛蓝的秋波》(*A Pair of Blue Eyes: A Novel*)、《远离尘嚣》(*Far from the Madding Crowd*)等小说。从 1869 年至 19 世纪末近 30 年间,共创作长篇小说 14 部、中短篇小说近 50 篇。小说创作辍笔后,其才情转向了诗歌与诗剧创作。利维斯认为哈代的《呼唤》("The Voice")一诗颇能代表他的才华。诗的后两节这样写道:

> 或是一阵风,毫无生机,
> 拂过湿润的草地到我这里,
> 莫非你变得无知又无觉,
> 或近或远再也不能听见你?
> 于是,我踉跄前行,
> 四下里秋叶飘零大地,
> 朔风呜咽着穿过荆棘,
> 女人呼唤声声依稀。③

该诗是哈代在晚年悼念亡妻的作品,表达了那种真切摘掇、超越死生界限的情感,同时字里行间又露出诗人自己的凄凉郁孤。诗中运用呜咽的北风、荆棘等意象,凸显妻子旧时容颜,两相对照,更觉情真意

---

① F. R. Leavis, *New Bearings in English Poetry*, p. 54.
② F. R. Leavis, *New Bearings in English Poetry*, p. 46.
③ 笔者译文。

切、凄婉动人。利维斯认为哈代是一位维多利亚诗人，其诗并非如上文提到的那些诗人一样关注梦境或者白日梦，而是如同他的小说一样关注人类的状况，因此没有人可以说哈代有着情感上的逃避或者不真诚。利维斯这样评价说："哈代是一位有着简单态度和视野的天真（naive）诗人。"①虽然 naïve 一词本身含有"幼稚"或者"不成熟"的意味，但在这里没有任何的贬义色彩，它是与"圆滑世故"和"雕琢繁复"相对立的一个表达。在利维斯排定的诗人体系里，哈代是一位重要的诗人，他伟大的诗篇大多源自他追忆过往，往往表达一种怅然若失的意绪、爱情的凄苦与无助以及岁月的无情，如《中间音调》（"Neutral Tones"）、《风雨中》（"During Wind and Rain"）、《未赴的约会》（"A Broken Appointment"）、《呼唤》等。利维斯注意到，哈代诗歌的场景多为乡间，而哈代本人亦是乡野之人，关注舒缓宁静的节奏以及亘古绵长的乡间生活。总体而言，利维斯对哈代评价很高，认为他的诗歌摆脱了"梦境"与虚幻，转而关注过往、岁月与人类状况，因此离人生更近了一步。哈代的诗作在当时的英国读者并不算多，诗名也不高，利维斯对哈代的积极评价无疑有为哈代正名的意义。

利维斯着眼哈代的"乡野"气息无疑契合了其文化批评中的"有机统一体"理想。利维斯认为现代诗歌的困境是时代造成的，他说：

> 城市的状况、复杂的文明、迅速的变革、不同文化之间的糅合已经破坏了古老的节奏和习惯，而目前尚未有东西可以取代。如很明显体现在当前严肃文学中的结果就是意义和方向消失了。这些状况部分地导致了长期以来诗歌的无力，我们不要指望当下有利于滋生创造力的自信流动。②

不难看出，利维斯把 19 世纪维多利亚诗歌的"梦境"状态以及近来很多诗歌的羸弱无力部分地归因于时代的人类状况。简言之，时代并没有恰当地发挥诗人的才华。乔治诗人的创作似乎也验证了利维斯的论断。"乔治诗歌"一名源自爱德华·马什（Edward Marsh）编写的五卷《乔治诗歌》（*Georgian Poetry*），出版时期介于维多利亚与现代主义之

---

① F. R. Leavis, *New Bearings in English Poetry*, p. 47.
② F. R. Leavis, *New Bearings in English Poetry*, p. 50.

间,其诗歌的共同特征是浪漫主义、感伤主义以及享乐主义。20 世纪 30 年代初曾有批评家说,估计英国有一千多位活跃的诗人,其中绝大多数为"乔治诗人",代表性人物有埃德蒙德·布莱顿(Edmund Blunden)、鲁伯特·布鲁克(Rupert Brooke)、罗伯特·格雷夫斯(Robert Graves)、西格弗莱德·塞松(Siegfried Sassoon)等。然而,利维斯认为"乔治运动"(George Movement)只能是一种运动而不是其他。编者马什认为当时的诗歌堪称佳作,然而遗憾的是,被读者忽视了。利维斯敏锐地发现,与维多利亚诗人的"梦境"不同,乔治诗人试图让诗歌现代化,并且贴近生活。利维斯认为乔治诗人中主导性的人物是桂冠诗人布鲁克,他把"花园—郊外"(Garden-Suburb)格调与他的某种创造天赋和延长的青春期的活力融合在一起,因此"他有着巨大的个人力量,其本身也颇有影响"①。有人把布鲁克称为"现实主义",利维斯也暗示了这层意思,但让布鲁克更为与众不同的是他"把生活肮脏的事实和诗人体验的玫瑰色的迷雾调和在一起"②。

　　利维斯还发现了乔治诗人中的另外一类诗人,他称之为"学者型"(academic),但其中的布莱顿和爱德华德·托马斯(Edward Thomas)两位则不属此类。前者拥有真正的才华,而后者具有创造性的才能,然而阴差阳错,他们和乔治诗人这一标签联系在 b 一起。在利维斯的眼里,布莱顿的诗集《牧羊人》(The Shepherd)是一部成熟之作,完全脱离了乔治诗人那陈腐的乡村情绪,他更关注的是艺术。然而,布莱顿也未能脱逃"退却"的怪圈,他的创作多基于英国乡间传统的生活,尤其是儿时记忆和战争记忆的那部分,由此创造出了自己的一方世界,在这个世界里可以躲避外界的嘈杂纷扰与成人的痛苦。他之后的诗集《英国诗歌》(English Poems)、《退却》(Retreat)和《近和远》(Near and Far)越来越反映出 18 世纪的回响。利维斯说:"布莱顿先生退隐的那个世外桃源(Arcadia)就是英国的乡村,不但从儿时的记忆可以瞥见,从诗歌与艺术中也可发现。"③利维斯赞赏其前期的创作,认为他后期创作并不稳定,而且意象模糊、光彩渐失、气韵不畅、意义不清,因此其成就有限,

---

① F. R. Leavis, *New Bearings in English Poetry*, p. 51.
② F. R. Leavis, *New Bearings in English Poetry*, p. 52.
③ F. R. Leavis, *New Bearings in English Poetry*, p. 54.

但"就是这样的成就在当前也足以让人瞩目了"①。布莱顿颇具时代的代表性。利维斯认为,"无论如何,布莱顿颇为重要,彰显了乔治田园诗人(pastoralist)。"②

利维斯认为托马斯是一位非常有创造力的诗人,他致力于用技巧之精妙来表达独特的现代情感。托马斯与布莱顿大不相同,因为"布莱顿的诗歌是'构思'(composed)出来的,而托马斯的诗歌是'发生'的"③。利维斯的这一概念非常重要,他传达了利维斯诗歌判断的一个方面,即"自然"。利维斯此处所说的"构思"含有"浓重的人工斧凿痕迹"的意味,这样一来诗歌的意象便会生硬,从而难以理解,诗中的感情因此便不真挚,甚至往往会流于矫揉造作。利维斯所谓的"自然"与"有机统一体"中人的自然性有着某种关联,隐含着"真实"与"诚实"的意味。这种"真实"并不是对生活的照直描摹,而是"诗的真实"或者是诗歌创造出来的独特世界;"诚实"在这里也不是道德范畴,而是情感的真切与自然。托马斯的诗歌往往给人一种信手拈来的感觉,有时"似乎他试图抓住意识边缘的某种羞涩的直觉,这种直觉如果直视,便会溜走"④。他的诗节奏舒缓,往往给人一种静谧感,如《十月》("October")中的绿色精灵、蘑菇、黑莓、露珠、阳光、紫罗兰、玫瑰、雪花等形象无不传达出这种气息。然而,利维斯认为托马斯更为可贵的是,"他忠实地记录了现代解体和一种无方向感"⑤。现代社会的多方面解体、一战后现代人的迷茫与失落在托马斯的诗歌中很好地体现了出来。利维斯认为"空洞"是乔治诗人的总体的负面特征,然而托马斯真诚而敏感,其诗毫无空洞之感,是很难得的成就,然而他还没有得到应有的认可。

第一次世界大战促生了大量的诗歌,然而"战争诗人"中堪称出色者寥寥无几。利维斯简单提及了塞松(如果不算布鲁克),认为其诗作并不引人注目,但对威尔弗雷德·欧文(Wilfrid Owen)评价颇高,认为欧文是了不起的诗人,其诗歌非常有趣。利维斯还挖掘出了伊萨·罗森博格(Isaac Rosenberg),认为他虽不为世人所知,但与欧文同属一类,

---

① F. R. Leavis, *New Bearings in English Poetry*, p. 54.
② F. R. Leavis, *New Bearings in English Poetry*, p. 54.
③ F. R. Leavis, *New Bearings in English Poetry*, p. 55.
④ F. R. Leavis, *New Bearings in English Poetry*, p. 55.
⑤ F. R. Leavis, *New Bearings in English Poetry*, p. 57.

甚至其诗歌更为有趣。

利维斯对19世纪以来各个诗歌传统或者群体的总结并非无懈可击。他对艾迪丝·斯特威尔（Edith Sitwell，1887-1964）的评价在今天看来显得十分偏颇。艾迪丝于1913年在《每日镜报》（*Daily Mirror*）发表第一首诗，名为《淹没的太阳》（"The Drowned Suns"），1916年至1921年间，曾与其两个弟弟编辑年度诗集《车轮》（*Wheels*）。她从1918年开始发表诗集，笔耕不辍，一直到20世纪60年代。她反对当时诗人那种过于传统的往后看的诗歌，主张诗歌的革新。利维斯认可她和她的弟弟为编辑《车轮》所付出的努力，作为《细察》的主编，利维斯对个中滋味当感同身受，然而他对艾迪丝的诗作极为贬斥，认为"斯特威尔姐弟属于出版史而非诗歌史"①。这一判断过于轻率武断，而且充满了尖酸刻薄之气。利维斯显然没有预料到，二战以后艾迪丝又出版了5卷诗集，而且受到了较为广泛的认可。另外，对桂冠诗人布里吉斯（Robert Seymour Bridges，1844-1930），利维斯评价过低，与其实际成就不符。布里吉斯的《短诗集》（*Shorter Poems*）曾颇受诗人豪斯曼（Houseman）的推崇，豪斯曼认为他的诗艺登峰造极；他的诗集《人的精神》（*The Spirit of Man*）流传甚广；《新诗》（*New Verse*）是运用"新弥尔顿音韵"完成的；哲理长诗《美的契约》（"The Testament of Beauty"，1929）总结了他的哲学美学见解，受到了不少的重视。然而，利维斯认为布里吉斯过于关注技巧，往往与内容呈现"两张皮"的状态。他认为布里吉斯长诗《美的契约》的技巧和内容似乎是平行不交的兴趣，实质上彼此毫无关联。该诗的成功在利维斯看来只能证明当代缺乏对诗歌具有敏感而又有辨别力的公众。

任何总结都是在冒险，然而利维斯似乎乐于这么做。但显然，认为19世纪的诗歌关注"梦的世界"难免掩盖了该时期诗歌的诸多积极因素与创造，但利维斯视角的敏锐与深刻不容置疑。从19世纪诗歌"梦的世界"到一战后三位重要的诗人中，德·拉·梅尔和叶芝似乎延续了"梦境"或者基于儿时记忆的"诗的世界"，哈代没有"白日梦"的流俗，离人生更近了一步；乔治诗人中不乏优秀者，但总体而言他们的诗作流于空洞与程式，过于关注过往。利维斯诗歌满怀关切和期待，他期待诗歌全新的开始，并造就新的传统，为此他有必要在21世纪初寻出英国

---

① F. R. Leavis, *New Bearings in English Poetry*, p. 58.

诗歌新方向的引领者。

二、新方向的引领者

当初那个时代虽然不利于情感丰盈与诗歌生长,但利维斯对诗坛没有绝望。在利维斯的眼里,尚有三颗璀璨的明星,即艾略特、庞德与霍普金斯,可以指引英国诗歌发展的前进方向。下文将阐述利维斯对三位诗人的批评,并从中寻出三位诗人的哪些成就或者特征可以成为样板,使之引领英国诗歌的前进方向。

(一)利维斯评艾略特

在利维斯构建的诗人体系里,艾略特居于最为核心的位置,他是其他所有诗人的参照系。利维斯认为,艾略特的影响在《诗集 1909—1925》(*Poems 1909 – 1925*)中已经清晰地体现出来。在此之前。艾略特的首本诗集《普鲁弗洛克及其他》(*Prufrock and Other Observations*)在庞德夫妇的匿名资助下出版,利维斯认为这是英国诗歌史的重要事件。利维斯十分看重该诗集中的《J. 阿尔弗雷德·普鲁弗洛克的情歌》(*The Love Song of J. Alfred Prufrock*),认为它"代表了与 19 世纪诗歌传统的彻底决裂,是新的开始"①。该诗不屑于 19 世纪诗歌那种经典的严肃性,其中写道:

> 我变老了……我变老了……
> 我将要卷起我长裤的裤脚。②

在 19 世纪,传统诗歌的素材或者可以"入诗"之物往往是玫瑰、花园、草地、薄雾、高地、森林、阳光、露水、西风、夜莺、云雀、仙子、美梦以及其他一切引起美好联想和想象的东西。然而,艾略特的这两句诗却全然没有 19 世纪诗歌常见的意象和情感,而且其语言与 19 世纪的诗歌也有极大的差异。利维斯认为,对于这首诗,我们有必要修正严肃和轻浮(levity)之间的区别,艾略特可以把他认为重要的任何东西带入诗中,其诗歌自由地表达了当代情感、感知与体验的方式,因而充满了活力。对于艾略特的《女士画像》("Portrait of a Lady")一诗,利维斯认为

---

① F. R. Leavis, *New Bearings in English Poetry*, p. 60.
② 笔者译文。

诗人的体验与技巧都是完美的,同时他着重强调现代语言在诗歌中的运用以及诗人与世界的关系。利维斯说:"诗中女士的话语都是运用习语和现代语言的节奏,这与诗歌的节奏有着完美的融合,而该诗的节奏自由多变,同时又是严格而精确的。诗人非常接近当代世界,如同小说家那样。"①《J. 阿尔弗雷德·普鲁弗洛克的情歌》与《女士画像》直接关注个人的尴尬、幻灭和年轻人的痛苦,然而随着时间的流逝,艾略特诗歌的意象越来越深入当代情感与世界。利维斯发现,艾略特的《序曲》("Preludes")与《风夜狂想曲》("Rhapsody on a Windy Night")除了与法国诗歌有渊源之外,还出现了城市幻灭(urban disillusion)的意象,这契合了利维斯所认为的时代"解体"状况,如《序曲》中的第一节:

> 冬日夜幕降临
> 带来巷子里牛排的味道。
> 六点钟。
> 烟熏般的白天烧剩的烟蒂。
> 而现在风雨突来
> 卷起肮脏的碎片
> 枯叶飞旋脚边。
> 空地报纸飞舞
> 骤雨猛敲着
> 破百叶窗和烟囱罩,
> 就在那街角
> 一孤独出租马车的马冒着热气刨着蹄
> 路上随之亮起街灯。②

从该诗可以看出,城市里尽是一些颓败的意象,同时也夹杂着些许希望。总体上,那是一副严厉、萧索而又落寞惆怅的图景。在《序曲》其余部分中同样也充满了"啤酒腐败异味""无数的污秽形象",而在艾略特看来,世界叫人晕眩而绝望,它"旋转着,就像一些年高的妇女在空地里拣着煤渣"。而城市中的人们灵魂空虚而肮脏,因为这些意象也构

---

① F. R. Leavis, *New Bearings in English Poetry*, p. 62.
② 笔者译文。

成你的灵魂。

《风夜狂想曲》中也有着类似的意象,如"枯黄的落叶堆积在我的脚下""像燃烧到尽头后的飞烟般的日子"等。同样,诗人在绝望的情绪中还隐含着希望,这预示着疗救的可能:

> 清晨,冷冽的空气中
> 飘着陈腐的味道
> 街灯灭了
> 又是另一个夜
> 和另一个曙光乍现的日子①

利维斯对这些意象有着深刻的体验,在他看来,它们极佳地体现了当代社会的种种疾病、现代人情感的麻木,甚至是艾略特所说的"情感的割裂"。这体现了利维斯敏锐的嗅觉和典型的思维方式,即诗歌必然通向诗外,必然与外在的现实联系起来,也就是拥抱了丰富的生活体验。利维斯认为《小老头》("Gerontion")一诗表明艾略特对"思考人类生活并追问生活到底通向何方"十分关注,同时体现了伟大诗歌的"非个性化"(impersonality),这在方法上也是一种发展。该诗既无叙事连贯性,也无逻辑的连贯性,意象复杂、人物凌乱,蹲坐在窗台的犹太房东、夜里咳嗽的山羊、煮茶的女人、"基督老虎"、西尔弗罗先生、博川先生、德·汤奈斯特夫人、冯·库尔普小姐,这一切就像一幅动感的油画,在充满各种色彩和意象的背景中传达出诗人的情感和思想。利维斯深刻地把握了艾略特的主题,即"在当代'虚空'(barrenness)中记忆和欲望的融合"②。《小老头》一诗以毫无希望的意绪开篇:"你没有韶华亦无老年,而只像饭后的睡眠,把二者梦见。"而结尾处写道:"房子的租客,干旱季节里干枯头脑的思索。"这"干枯的季节"连同"荒原"在利维斯看来恰当地呈现了当代的现实。利维斯认为,《荒原》让人们认识到,艾略特的诗作标志着英国诗歌已经有了新的开始。如《小老头》一样,《荒原》一诗没有叙述的完整性和逻辑性,而是通过复杂的隐喻,影射西方现代文明的堕落和精神生活的枯竭。利维斯说:"什么是现代荒

---

① 笔者译文。
② F. R. Leavis, *New Bearings in English Poetry*, p. 66.

原的意义？答案或许就在该诗的结构的凌乱性上。"①这种貌似的错乱与该诗的深邃和文学典故的运用有关，而且错乱与当前的文明有着极大的相关性。对此，利维斯说：

> 这些特征反映了当前的文明。传统和文化已经融合，历史想象让过去成为现在；没有哪一种传统可以消化如此多样的材料，结果就是形式的决裂，以及一种绝对感（对健康的文化十分必要）的丧失。②

第一次世界大战后，悲观失望的情绪、深深的挫败感、精神的虚空、宗教信仰的淡薄、西方文明的沦丧感弥漫英国，艾略特笔下的"荒原"正是深刻的写照：大地龟裂，石块异色，树木枯死，而荒原人精神虚空，毫无生气；上帝与世人以及世人之间爱的纽带断裂，因此彼此陌生、相互隔膜，难以交流思想感情。现代人的处境是外部世界荒芜、内心世界空虚。人们渴望好雨来缓解"荒原"之"荒"，然而虽有雷响，却不见雨来。雨水可疗救"荒原"，而只有精神甘露才能疗救现代"空心人"的内心。利维斯认为，今天我们目睹的正是植根于土壤的传统生活方式被连根拔起。利维斯的"有机统一体"表明，人有着正常性和自然性，植根于土壤，因应着季节的脉动，与自然十分和谐，体现了生命的完整性和同一性。然而在《荒原》所传达的世界里人是"不自然的"，在进行着动物般的交媾，性孕育的不是生命与成就，而是憎恶以及无法解答的问题，因此也是"不自然的"。《荒原》的开篇这样呈现"不自然"：

> 四月是最残忍的一个月，死地里
> 长出丁香，把回忆和欲望
> 糅合在一起，又让春雨
> 催生那些迟钝的根芽。③

四月居然成了"最残忍的季节"，这显然不是正常的自然。利维斯

---

① F. R. Leavis, *New Bearings in English Poetry*, p. 70.
② F. R. Leavis, *New Bearings in English Poetry*, p. 71.
③ 笔者译文。

认为《荒原》一诗体现了一种极致的"非个性化",即对个体自我的超越,是一种意识的投射。利维斯曾清楚地表明,诗歌必须传达个人情感,而且必须有个性化的内容。表面上,这与"非个性化"的主张相矛盾。事实上,利维斯特别强调诗人的个性。一方面,他重视挖掘诗人之间的互相影响与传统传承;另一方面,他更为强调诗人的独特性,在利维斯的眼里,一个诗人没有特质,那肯定不是创造性的诗人。利维斯所谓的"非个性化"并不是指"情感"的中立,或者诗歌排斥强烈的情感,而是指诗歌传达的"内容",即诗歌创造的"诗的世界",它与外部世界有着不可分割的联系。这个"诗的世界"首先是个人的,它代表的是诗人独特的认知与体验,但同时它必须"超越个体自我"①,进入一种公共空间。另外,"诗的世界"并不完全存在于公共空间,也不完全存在于"私人空间",而是处于两者之间的一种"第三域",这在前文已有阐发,此处不再赘述。可见,"非个性化"的实质是"诗人自我"与"群体"、"诗歌世界"与"外部世界"的一种关联。

利维斯详细分析了《荒原》一诗的形式、用典、意象以及意义问题,其侧重点在意象和意义,尤其是"荒原"的象征性意义,而这种意义利维斯是从诗歌与外部世界的关联中去解读的,他认为"荒原"的困难正是世界的苦难:

> 什么树根在抓紧,什么树枝从
> 这堆乱石堆里长出?人之子,
> 你说不出,也猜不到,因为你只知道
> 一堆破碎的偶像,承受着太阳的炙烤
> 死树没有遮阴,蟋蟀的声音也不使人安心,
> 礁石间没有流水的声音。②

《荒原》一诗特征之一是诗歌众多的意象、言说者以及时空的转换腾挪,而叙述的焦点也变化不定,这在利维斯看来是别有深意的。艾略特在诗中写道:

---

① F. R. Leavis, *New Bearings in English Poetry*, p. 73.
② 笔者译文。

> 这是什么声音在高高的天上
> 是慈母悲伤的呢喃声
> 这些带头罩的人群是谁
> 在无边的平原上蜂拥而前,在裂开的土地上蹒跚而行
> 只给那扁平的水平线包围着
> 山的那边是哪一座城市
> 在紫色暮色中开裂、重建又爆炸
> 倾塌着的城楼
> 耶路撒冷、雅典、亚历山大
> 维也纳、伦敦
> 并无实体的 ①

利维斯认为这一诗句表明了外部世界的"解体",它们暗示了一战后的俄罗斯和欧洲。上文中提到,"解体"是利维斯对现代世界基本特征的重要认知,总体而言,在社会、家庭、个人、文化、意义、传统、读者、情感、统一的欧洲等层面都表现出了"解体"的特征。意义和情感的"解体"造成"精神荒原"和"空心人"。而塑造"当代情感"、追寻意义、弥合解体正是利维斯的不懈追求。《荒原》一诗的结尾同样给人一种错乱、无序、破碎感,这是"解体"的深化:

> 我坐在岸上
> 垂钓,背后是那片干旱的平原
> 我应否至少把我的田地收拾好?
> 伦敦桥塌下来了塌下来了塌下来了
> 然后,他就隐身在炼他们的火里,
> 我什么时候才能像燕子——啊,燕子,燕子,
> 阿基坦的王子在塔楼里受到废黜
> 这些片段我用来支撑我的断垣残壁
> 那么我就照办吧。希罗尼母又发疯了。
> 舍己为人。同情。克制。

---

① 笔者译文。

平安。平安
平安。①

在该诗形式上的无序和错乱中,利维斯发现了一种统一性。各种典故和意象把各个诗句融合在一起,从而形成了意义丰盈的整体;该诗的"无序"也是意义之所在,它恰当地表明了外在世界的"无序"。然而,有人批评该诗晦涩难懂,只有少数具备深厚专门知识的人才能阅读。对此,利维斯认为能读该诗的读者有限正说明了当代文化的症状,同时也表明了利维斯的时代里艺术成就的某种局限,甚至莎士比亚在当前大工业文明里也很难成为"普遍的"(universal)天才。这一状况更突显了艾略特诗歌的价值。在20世纪30年代初便能深刻地认识艾略特的诗歌,这的确需要敏锐的视角和深刻的洞察力,尽管利维斯对艾略特诗歌的评价在当时引起了很多争论,然而以后的历史事实证明了利维斯的判断。然而,利维斯并非一味为《荒原》赞扬高歌,事实上利维斯认为该诗也有其局限性,即它倚重"前文本",如杰西·维斯顿(Jessi Weston)的《从仪式到浪漫》("From Ritual to Romance")以及其他的外部支持,如以下几句:

啊呀看哪
于是我到迦太基来了
烧啊烧啊烧啊烧啊
主啊你把我救拔出来
主啊你救拔
烧啊 ②

正如艾略特自己所说的那样,他把东西方两位禁欲主义的代表(即圣奥古斯汀与释迦牟尼)放置在一起。作为诗歌的高潮,利维斯认为,如果事先没有读过《从仪式到浪漫》以及其他著作,上述词汇根本无法引出东西方的禁欲主义,它们最多只是朦胧地指向了外在的某种东西。

然而,对这类局限,利维斯认为不应夸大,他甚至从中发现了这样

---

① 此处采用了赵萝蕤的译文。
② 此处采用了赵萝蕤的译文。

做的某种益处:艾略特广泛地用典与暗示,从而使得各种方向、根本态度与体验的层级同时进入大脑,从而使意义更加深厚广博。另外,关于《荒原》一诗的形式与内容,利维斯似乎看到了某种潜在的冲突,认为"整体综合性"(comprehensiveness)从某种意义上讲是以结构为代价的,而现实生活中方向或者组织原则的缺失也会妨碍诗歌获得最完美的形式。综合考量《荒原》一诗的用典、形象、象征、含义以及它与外部世界的关联之后,利维斯更深刻地认识到了该诗的伟大。利维斯说:

> 《荒原》是伟大的积极的成就,是英国诗歌中最为重要的诗歌。在诗中,当代一个充满活力的大脑促生了诗人面对当代困境时的诗性胜利。艾略特在解决作为诗人自己的问题时,他不仅是在为自己解决问题。即使《荒原》是之前人们所认为的艾略特的死胡同(dead end),然而它依然是英国诗歌发展的新方向。①

然而,构筑英语诗歌新方向的并不唯独有《荒原》。艾略特的其他诗作,如《空心人》《圣灰星期三》和《四个四重奏》,让英国诗歌发展的"方向感"进一步清晰起来。

利维斯发现,《空心人》的题记"库尔兹先生——他死了"首先就表明了生命的解体(dissolution)。该诗继承了《荒原》的精神,描摹着虚空的世界与空虚的人们,如诗歌的开头部分写道:

> 我们是空心人
> 我们是填充着草的人
> 倚靠在一起
> 脑壳中装满了稻草。唉!
> 我们干巴的嗓音,
> 当我们在一块儿飒飒低语
> 寂静,又毫无意义
> 好似干草地上的风
> 或我们干燥的地窖中
> 耗子踩在碎玻璃上的步履

---

① F. R. Leavis, *New Bearings in English Poetry*, p. 87.

> 呈形却没有形式，呈影却没有颜色，
> 麻痹的力量，打着手势却毫无动作；
> 那些穿越而过
> 目光笔直的人，抵达了死亡的另一王国
> 记住我们——万一可能——不是那迷途的
> 暴虐的灵魂，而仅仅是
> 空心人
> 填充着草的人。①

利维斯认为《空心人》以一种神经衰弱的痛苦进一步发展了《荒原》中的某些元素，是让人惊叹的积极成就。艾略特在《空心人》的结尾处写道：

> 这就是世界结束的方式
> 这就是世界结束的方式
> 这就是世界结束的方式
> 并非一声巨响，而是一阵呜咽。②

这一结尾在利维斯看来是活力与生命的渐渐消失，世界渐渐陷入绝望，而更让人感到凄凉的是，世人没有暴烈地拯救或者奋起，而是随同世界一起沦丧。这无疑是恐怖的，在利维斯看来有着"梦魇般的姿态"（nightmare poise）。如同《荒原》与外部世界的关联，《空心人》的意义同样指向诗外，我们可以从这些诗句里读出战后的现代人深深的焦虑和对世界的厌倦、失望与迷茫。利维斯发现，从诗的中间部分出现的"摸索""重现""永恒的星星""仅有的希望"等词语或者意象来看，疗救并非没有希望，它表明了诗人内心的挣扎与矛盾，而一战后的西方世界何尝不在挣扎？许多批评家相信，《空心人》描摹的就是《凡尔赛条约》下的战后欧洲。

艾略特的诗作往往是 20 世纪痛苦的见证。他追寻着意义、价值和光明，而在世界的虚空、道德的沦丧、人生浮华的背后，他看到了信仰的

---

① 笔者译文。
② 笔者译文。

力量,皈依了英国国教(Anglicanism)。《圣灰星期三》发表于1930年,是他皈依后的第一首伟大的诗作,有时被批评家称为艾略特的"皈依之作"。诗中表达了感官的乐趣、灵性安慰的缺无以及言说者的决心,即要坚持到光照再度辉耀灵魂的明天。在该诗的第三部分,诗人以爬楼梯来象征灵性的高扬,传达的是从精神空虚走向人类拯救的一种渴望。《圣灰星期三》与艾略特之前的诗歌作品大不相同,从该诗开始,艾略特的诗歌开始呈现出更加随意、旋律更加优美和更富静思的风格。利维斯认为,《圣灰星期三》与以前的诗歌的节奏有所不同,"相比之下,可以毫无夸张地说,该诗具有某种仪式的特征;它产生了高度的框架效果(frame-effect),创立了独立于世界的一种体验的体系。"[1]利维斯认为,对艾略特而言,序列本身就是诗歌,而且是高度形式化的诗歌。"在《圣灰星期三》中,我们不可能看不到自我省察、自我探索,也不可能感受不到这一点:在任何时候,诗歌问题就是精神问题,就是获得艰难的真诚问题。"[2]诗歌永远都是在追寻一种基于现实的精神状态,而这在艾略特的诗歌中尤其明显。艾略特在《圣灰星期三》中主要关注的是宗教问题,而且显示出了天赋。诗人在诗中就是运用其天赋实现一种精神状态,而这种状态基于信仰(belief),信仰又必须依赖外部世界的某种东西。利维斯说:"诗歌本身就是解决各种冲动、认识和需求的努力。"[3]

有人认为《圣灰星期三》是碎片式的,可以进行碎片式的解读。利维斯则认为该诗是一个整体,主题是"死亡",贯穿全诗的特征就是一种"宗教的静思模式"(mode of religious contemplation)。对于该诗的代表性意义和影响,利维斯有着深刻的预见:

> 如果该诗对年轻的诗人们很重要,那不是因为强调休姆(T. E. Hulme)重要性的学术风尚,而是当代诗人很可能会发现《圣灰星期三》所代表的意识(consciousness)与自己的问题有着密切的关联……艾略特先生有着指引性的影响。[4]

---

[1] F. R. Leavis, *New Bearings in English Poetry*, p. 89.
[2] F. R. Leavis, *New Bearings in English Poetry*, p. 89.
[3] F. R. Leavis, *New Bearings in English Poetry*, p. 90.
[4] F. R. Leavis, *New Bearings in English Poetry*, p. 100.

有必要指出，利维斯对艾略特的这般评价是在 20 世纪 30 年代初做出的。而艾略特诗歌的发展也无疑证明了利维斯评价的深刻性与非凡的远见。除了《荒原》《空心人》《圣灰星期三》等，利维斯还十分推崇艾略特晚期诗歌的代表作《四个四重奏》，该组诗歌让艾略特获得 1948 年的诺贝尔文学奖。诗人以祖先和他自己生活中具有特殊意义的四个地方为诗题。《烧毁的诺顿》("Burnt Norton"，1936）指的是英国乡间住宅的玫瑰园遗址；《东库克》("East Coker"，1940）是指艾略特在英国居住的村庄和村边小路；《干赛尔维其斯》("The Dry Salvages"，1941）指美国马萨诸塞州海边的一处礁石；《小吉丁》("Little Gidding"，1942）则是 17 世纪英国内战时期国教徒聚居点的一个小教堂。这四首诗中每一首都有五部分，体现了诗与乐的完美结合，从"四重奏"一词便可看出艾略特创作理念中隐含的音乐学概念，因此要理解该组诗的主题，必须借助复调、对位、和声、变奏等音乐技法。

该组诗思考了时间的本质及其神学的、历史的各个维度，并思考它与人类状况之间的关系。评论家认为这四首诗分别对应了宇宙间的四大元素：气、土、水、火。《四个四重奏》呈现了有限与无限、瞬间与永恒、过去与未来、生与死等一系列思想。对艾略特而言，耶稣基督的降临似乎是解决有限和无限的统一、情感和理智的融合、人性和神性的交汇等问题的希望之所在。

利维斯说："我的评论要求读者把艾略特的诗歌打开并放置眼前。"①他对《四个四重奏》的评论无疑是细读式的，是基于诗歌的标题、用词、用典、音步与节奏、形式、叙述焦点的变化、意象与象征、主题、意义以及与外部世界的关联等进行的条分缕析。其分析虽然深刻精确，但同时也给人以过于烦琐与枝节的感觉。但总体上看，利维斯对《四个四重奏》的评价侧重点在其"音乐性"、创造性目的、语言的创造性使用、真诚以及诗歌与外部世界的关系等方面。

利维斯认为《烧毁的诺顿》的开篇 10 句除了节奏之外，都给人以散文之感，其他部分亦然。然而，这并不是说，利维斯忽视了《四个四重奏》的音乐形式或者节奏的音乐性。恰恰相反，利维斯深刻地把握了该组诗歌的音乐特性。他说："《四个四重奏》的音乐性挑战了一个不是逻辑的标准，但在总体意义的层面而言，它和逻辑具有同样的重要性。

---

① F. R. Leavis, *The Living Principle*, p. 155.

我们通过聪明地阅读诗歌而知道音乐性是什么,但无法给出精确的界定。"①

利维斯认为《四个四重奏》体现了艾略特的创造性目的,因为他有着迫切的内心需求和强烈的意识,但意识和创造性目的并不等同。利维斯承袭了以前基于"记忆和欲望"的路线展开对艾略特诗歌的探索。在评析《四个四重奏》的过程中,"记忆""欲望""需求"同样也是利维斯的关键词。利维斯认为艾略特在《四个四重奏》中所追求的终极的真正的真实是永恒的现实,即诗歌创造的现实。

利维斯认为《四个四重奏》表现了诗人的"语言天赋"。他认为,如果我们认真地考虑语言的现实,我们就是在思考"个体生命与生活的独特关系"②。语言本身承载着传统与价值,而诗人与众不同的就是他们对语言是最具活力和创造的运用。利维斯常常基于一节、一句甚至一个词来分析艾略特的高超的语言技巧与修为。

利维斯认为艾略特的诗歌体现了最深刻、最彻底的"真诚",有着强烈的"真切"(earnestness)。前文已经提及,"真诚"并不是道德意义或者情感意义上的正直善良,而是诗学意义上的"真实",即基于个人情感与体验而创造的"诗的世界"。

利维斯发现艾略特的内心充满矛盾,艾略特的诗作具有毋庸置疑的成就,而其个人生活又充满了种种痛苦。于是,诗歌通向了宗教,希望在宗教的光辉与关怀中得到拯救。艾略特的诗歌往往显示出"我们文明的独特标记"③,而且"思考艾略特的诗歌所揭示的困境能增强我们对文明的理解"④。

利维斯认艾略特的诗歌技巧达到了相当的高度,如比喻、歧义、谐音、象征、音韵、节奏等运用得恰到好处。然而,在高度赞扬《四个四重奏》的同时,利维斯往往表现出一种圣徒式的为艾略特辩护的"使命感",而且他对自己的使命充满自信。利维斯曾在《泰晤士报》发文说:"T. S. 艾略特不需要辩护,如果需要,他会选择我为他辩护。"⑤利维斯"不能容忍的是在一份严肃的批评期刊上对尚健在的最伟大的诗人

---

① F. R. Leavis, *The Living Principle*, p. 159.
② F. R. Leavis, *The Living Principle*, p. 185.
③ F. R. Leavis, *The Living Principle*, p. 217.
④ F. R. Leavis, *The Living Principle*, p. 197.
⑤ F. R. Leavis, *Letters in Criticism*, p. 31.

（叶芝已经走了，除了艾略特，还有谁？）表示不屑，无视其天才的实质及其显示天才的技艺"①。另外，有必要指出，利维斯认为，无论作为一位诗人，还是作为一位批评家，艾略特先生都是一个重要的人物。利维斯认为艾略特难能可贵的是，他的文学批评也显示出非凡的智慧。

在利维斯的眼中，艾略特是20世纪英国最为杰出的诗人，他的诗歌和批评都对英国的文坛产生了引领性的影响，他标志着英国的诗歌在20世纪初有了新的开始。1948年，艾略特获得了诺贝尔文学奖，获奖理由是"对当代诗歌做出的卓越贡献和所起的先锋作用"。在对艾略特的评价上，谁能否认利维斯是一个预言家呢？

（二）利维斯评庞德与霍普金斯

评埃兹拉·庞德

埃兹拉·庞德是意象派的代表，他和艾略特同为后期象征主义诗歌的领军人物。他从中国古典诗歌、日本俳句中生发出了著名的"诗歌意象"理论。庞德能有幸成为引领英国诗歌发展方向的人物之一，除了其自身伟大的诗歌成就之外，还因为艾略特与他的渊源。艾略特曾受惠于庞德，后者曾匿名资助艾略特出版诗集，也曾帮助艾略特修删《荒原》，因此艾略特把《荒原》献给庞德。艾略特这样评价庞德："他让其他的一些诗人（包括我自己）提升了韵文观，因此他通过其他人还有我自己改善了诗歌。在我们这一代或者下一代的写诗之人中，我想不出哪一位的诗歌没有受益于庞德。"②

利维斯认为，在英国诗歌史上，艾略特显然"具有决定性的影响，开拓了道路，他和其他诗人无论从庞德那里受了何种恩惠，庞德的影响都逊于艾略特"③。利维斯对庞德早期的诗歌发展十分感兴趣，认为它们体现了从19世纪90年代具有代表性的开始，他的诗律（versification）是其前辈诗歌的自然发展的结果，而他的"内容"（substance）是"诗性的"（poetical）。就影响层面而言，利维斯认为莫里斯、史文朋、叶芝等人对庞德产生了影响；另外一个至关重要的影响便是勃朗宁，他深刻影响了庞德1909年出版的诗集《人物》（*Personae*）中普罗旺斯主题的处

---

① F. R. Leavis, *Letters in Criticism*, p. 31.
② 转引自 F. R. Leavis, *New Bearings in English Poetry*, p. 101.
③ F. R. Leavis, *New Bearings in English History*, p. 101.

理,即"诗的世界应是'真实'的世界"①。但在利维斯看来,庞德的普罗旺斯主题依然是一种浪漫的逃避。对于庞德在诗律和形式方面所取得的成就,利维斯认可艾略特的态度:"让人诧异的是,庞德是一位彻底而独立的韵文形式的大师。尚在人世的诗人之中没有一位对诗歌之艺术如此之严肃而痴迷,也没有人在这方面像庞德那么成功。"②

庞德对普罗旺斯、汉语、意大利语和其他一切奇妙陌生的事物着迷,他在当代世界里寻找诗歌的主题,表达现代的情感。利维斯认为庞德写下了很多让人难忘的诗篇,而且其细微精妙程度随着时间流逝而日益提升。庞德"抛弃古语(archaisms)和陈旧之诗语(poeticisms),并运用现代的话语习语"③,这深深打动了利维斯,他认为庞德对诗歌习语的运用并不仅仅是使用现代的口语,它同时还恰当地表达了现代情感。

在对庞德的评析中,利维斯对《毛伯利》的阐释颇花心思与笔墨。利维斯认为,读者可以强烈感受到源于诗人内心深处的体验。《毛伯利》一诗十分精妙,而其精妙性主要是诗歌所表现的情感的细腻入微。利维斯这样评价《毛伯利》:

> 它是对个体生活的总结,有着代表性的价值,反映了现代文化的纷繁芜杂、方向的迷失、多种形式的缺无或者一种主导话语的缺失,同时反映了现代世界与艺术家的龃龉以及庞德在其中不确定的地位。该诗提供了英国诗歌一特定时期的代表性体验,在该时期很明显浪漫传统已走到尽头。④

前文提到,利维斯认为的伟大诗歌具有"非个性化"特征,《毛伯利》也不例外。然而,该诗几乎完全没有得到承认。利维斯给予该诗伟大的地位,这在当时的批评界不能不说是一种勇敢的冒险。且看《毛伯利》的开篇部分:

---

① F. R. Leavis, *New Bearings in English Poetry*, p. 103.
② 转引自 F. R. Leavis, *New Bearings in English Poetry*, p. 103.
③ F. R. Leavis, *New Bearings in English Poetry*, p. 104.
④ F. R. Leavis, *New Bearings in English Poetry*, p. 105.

> 三年来,他与时代不合拍,
> 他努力恢复死去的诗艺,
> 想保持"崇高"的本来面目,
> 此事从一开始就错了——
> 不是他错,但生不逢时,
> 又误生在这半野蛮之国;
> 他想从橡实里掏出百合;
> 得遭神谴;鳟鱼用作诱饵;
> "知道你们在特洛伊吃了苦"
> 没堵住的耳朵听得见;
> 他偏过船头,躲开险途,
> 那年大海浪急,无法上岸。①

庞德以真诚、苦楚甚至自嘲的口吻,辅以变换的人物和环境,写出了自己所追求的文学价值与事业,以及现实生活中人们的短浅与市侩,同时表达了对战争、民主等问题的看法。该诗共 12 段,其中不乏征引、典故、希腊神话人物,这有时会给读者的阅读造成较大的障碍。该诗还借用荷马《奥德修记》(*The Odyssey*)第十二章的故事,以表达诗人不愿随波逐流、自堕其志的决心。利维斯发现,仅从这一节便可看出《毛伯利》对《荒原》的影响。该诗的许多因素与手法为艾略特所借鉴,如叙述的焦点、环境和人物的突然转换、从不同语言文化体系中借用典故、形式上的"错落性"、叙述与段落之间的无逻辑性等。利维斯认为,庞德和艾略特"都学会了以一种节奏的手法来精妙地表达节奏的断裂"②。但是,就其本质而言,庞德的诗与艾略特的诗大不相同。庞德不像艾略特一样在诗歌中强烈地关注"灵魂与身体"、道德、宗教以及人类学的东西。利维斯说:"庞德主要关注的是艺术,从严肃意义上讲,他是一个美学主义者(aesthete)。"③庞德的诗涉及不同的主题,代表了人生的不同体验,如悲剧、喜剧、病态、嘲讽等,其诗歌语调细腻、态度复杂,很容易跟 17 世纪的"智性"联系在一起。但无论如何,在利维斯看

---

① 笔者译文。
② F. R. Leavis, *New Bearings in English Poetry*, p. 106.
③ F. R. Leavis, *New Bearings in English Poetry*, p. 106.

来,庞德只坚守一种信仰,那就是美学,他致力于审美辨别与诗歌技艺的完善。利维斯从《毛伯利》一诗中读出的是"代表性的情感"①,而庞德的技巧让成熟和复杂的情感变得清晰。庞德的貌似松散和不经意的节奏本身之精妙叫人赞叹,他"似乎以一种当代语言的自然流动"取得了一种精确的效果,而且诗句又富于变化。庞德节奏的精妙与情绪和态度的微妙是密切相关的。利维斯十分欣赏庞德"能够像17世纪的诗人一样,能同时严肃而又轻松,嘲讽而又剧烈、轻薄而又深刻"②。对于诗歌与外部现实的关联,利维斯也高度认可《毛伯利》,认为该诗的第二、三部分呈现了一个大生产与沦丧的世界,这个世界已破坏了传统,对艺术不利而且无益于精神丰盈;同时,该诗还涉及了战争,诗人以完全成人成熟的意识来处理这一问题,因此并不会在诗中引起愤慨或者恐怖情绪,这在当时的诗歌中颇不寻常。

利维斯认为,庞德的《毛伯利》尽管涵盖广泛,且章节富于变化,但仍是一个整体。它对口语的运用、语调与节奏的把握都让人赞叹。在该诗中,利维斯发现了庞德的"无功利的审美关照"(disinterested aesthetic contemplation)的习惯,并且认为"该诗是个人的,然而从其技艺的完美与嘲讽的简约来看,又是非个人的、游离的(detached)"③。总体而言,利维斯认为,"《毛伯利》是伟大的诗篇,传统而有原创性。庞德先生作为诗人的地位依赖该诗,而且地位稳固。"④在当时的时代,庞德作为诗人受到了不少的质疑。利维斯提升了《毛伯利》的影响与诗人的地位,而后来的事实也的确证明了利维斯判断的准确性。《毛伯利》日益受到读者的喜爱,最终在英国诗歌和世界诗歌史上都占有了一席之地。

评霍普金斯

杰拉德·曼利·霍普金斯(Gerard Manley Hopkins,1844 – 1889)的诗名来得或许有些迟。霍普金斯笃信罗马天主教,从1844年起一直在都柏林大学教希腊语,直到去世。他31岁时烧掉了自己的全部诗稿,重寻思路、语言、音韵,生前没有发表一首诗。他去世三十年后,他的

---

① F. R. Leavis, *New Bearings in English Poetry*, p. 108.
② F. R. Leavis, *New Bearings in English Poetry*, p. 108.
③ F. R. Leavis, *New Bearings in English Poetry*, p. 112.
④ F. R. Leavis, *New Bearings in English Poetry*, p. 113.

《诗集》(*Poems*)才得以出版,代表作有《隼》《杂色美》《腐尸之宴》等,但没有引起人们的注意,直到1930年再版时才声名鹊起。他的诗才对艾略特、奥登等产生了不可忽视的影响。

利维斯认为霍普金斯是诗人中最为杰出的技术创新者,是一位重要的诗人,而如果他的诗歌在19世纪90年代就引起世人的注意,那英国的诗歌史将呈现出另外一番景象。如果霍普金斯的诗歌写在20世纪初,那无疑会影响到一批年轻的诗人,因此"也不必去思考乔治诗人意欲革新英国诗歌的徒劳之功了"①。有批评认为诗歌应该易于理解,但霍普金斯对此显然并不认同,他的诗歌在读者看来往往艰深晦涩,利维斯认为霍普金斯的所谓"模糊"(ambiguity)也有着积极的意义,它可以让读者长久地思考;相反,如果我们认为霍普金斯的目的一读便知,那他肯定会有受挫之感。利维斯注意到,霍普金斯皈依了天主教,曾有七年的时间放弃了诗歌写作,后又不断地进行诗歌创新的尝试。他曾把诗歌寄给自己的朋友如布里吉斯等人并接受他们的评判,但无论结果如何,他都坚定而孤独地走自己的道路。利维斯认为他是一位极有个性和智慧的人,他的创造力是激进的,而且永不妥协的。利维斯说,虽然霍普金斯的节奏、跳韵(sprung rhythm)、音步让读者读起来颇感困难,但他技艺的独特之处与语言的精神是统一的,其技艺革新是围绕着语言的鲜活性进行的,而他的力量在于他让诗歌更贴近活生生的话语,其语言运用与弥尔顿大相径庭,与莎士比亚却颇为近似。利维斯说:

> 我们不能怀疑霍普金斯了解自己的"莎士比亚",但如果说他受益,是因为他自己对作为生命体的英语语言的兴趣……霍普金斯属于莎士比亚、多恩、艾略特、晚年的叶芝等人的行列,而不是斯宾塞、弥尔顿与丁尼生之列。他从当前的习语(idiom)出发,而习语似乎是其方言(dialect)的主导精神,他的媒介不是文学的(literary),而是口语的。②

利维斯发现,霍普金斯诗歌中的词汇本身就是动作行为、声音、观点以及形象,因此必须用身体和眼睛去共同阅读。利维斯十分推崇霍

---

① F. R. Leavis, *New Bearings in English Poetry*, p. 119.
② F. R. Leavis, *New Bearings in English Poetry*, p. 127.

普金斯的《铅色声和金色声》("The Leaden Echo and the Golden Echo"),认为该诗歌十分伟大,而且在该诗中运用的新技巧有着重要的目的,如该诗开篇部分的语言回声(verbal echo)、押头韵、元音韵、辅音韵等,这些技巧本身并不是纯粹为了获取一种音乐效果,如悦耳与和谐,更重要的是表达复杂的情感、意识的流动、困难而急切的心理状态。利维斯认为,"相对于霍普金斯的诗歌而言,19世纪其他的诗歌只是运用了英语语言资源的很小一部分。他的词语似乎有实质(substance),由非常丰富的材料构成,因此能更好地进行精妙细微的交流。维多利亚诗歌则缺乏实质(body),因而造成了它的智性和精神贫血。"①

《德意志号沉没记》("The Wreck of the Deutschland")在利维斯的眼中代表着霍普金斯诗歌技巧的极致。利维斯说:"这首佳作的特点是内在的、精神的、情感的压力与身体的战栗以及神经和肌肉的紧张联系在一起,从诗人对暴风雨的叙述中便可看出来,而外界的风暴同时也是内心的起伏。"②

霍普金斯是一位19世纪的诗人,但利维斯把他与艾略特和庞德并列,共同作为英国诗歌发展新方向的引领者,我们不禁有一种时空交错之感。但利维斯是从霍普金斯的"英语资源运用"和"当代性"的角度进行评判的,其隐含的观点是:霍普金斯虽为19世纪的诗人,但他影响的滞后性或者超越性使他成为20世纪的诗人。19世纪的批评家根本认识不到霍普金斯的伟大,否则他们定会重构自己的批评标准。就语言应用而言,霍普金斯的诗歌"必定会拓展我们英语资源的概念"③;就霍普金斯的"当代性"而言,霍普金斯的诗歌语言、风格、诗境等都有所创新,同时他十分关注内在的分裂、冲突以及心理复杂性,对当代英国诗歌都有着特殊的影响力,因此利维斯说:"人们感觉霍普金斯是当代的,他的影响可能十分巨大。"④从这个意义上,我们不妨说,霍普金斯是19世纪的诗人,有着20世纪的格调和影响。总体而言,利维斯认为,"在当代和未来,霍普金斯很可能证明是维多利亚时代唯一具有影响力的诗人,我个人认为他似乎是最伟大的。"⑤

---

① F. R. Leavis, *New Bearings in English Poetry*, p. 138.
② F. R. Leavis, *New Bearings in English Poetry*, p. 131.
③ F. R. Leavis, *New Bearings in English Poetry*, p. 143.
④ F. R. Leavis, *New Bearings in English Poetry*, p. 142.
⑤ F. R. Leavis, *New Bearings in English Poetry*, p. 143.

(三) 何为方向?

利维斯明确指出,"艾略特、庞德和霍普金斯共同代表了英国诗歌传统的重整。"①他认为,把艾略特孤立起来看,他构筑英国诗歌发展的新起点这一事实似乎不够清晰,但如果把他与庞德和霍普金斯合而视之,这一事实就变得十分明显了。未来英语诗歌与艾略特的关系正如同晚期浪漫主义诗歌与华兹华斯和柯勒律治的关系。但是,利维斯构建的"英诗新方向"影响很是深远,同时争论也颇为长久。

1961年2月26日利维斯在《观察家》(*The Observer*)发表文章,提到艾尔瓦勒兹(Alvarez)前不久在《观察家》上说:"1932年,利维斯博士宣称艾略特和庞德重新构建了英国现代诗歌的新方向。他还写了一本书阐述这些新方向是什么。二十年后他全部收回了前说。"②显然,艾尔瓦勒兹依据的是1950年利维斯对新版《英诗新方向》所写的回顾,其中利维斯说他认为自艾略特和庞德之后"英国诗歌的历史极端地消沉"③。"因 T. S. 艾略特的影响,一场诗歌的复兴似乎就要到来,但遗憾地夭亡了。"④对艾尔瓦勒兹的批评,利维斯回应说:"我收回的只是对期待有创造力的英国诗歌的乐观心态。"⑤

利维斯发现,不仅是诗歌,所有的文学和艺术日益变得专门化,现代文明的进程中,这一过程并不是显性的。与过去不同,今天重要的著作往往只在最高的反应层次受欢迎,而这种层次只有少数人才能达到。另一方面,优秀的价值观念除了在最高层次的少数人那里,完全像过去那样受人关注。因此,利维斯这样判断:未来的诗歌(如果诗歌存在)对世界来说更是无足轻重。从利维斯的话语当中,我们可以读出些许无奈与凄凉,但他依然怀抱着蔚然的希冀,期待着诗歌的复兴或者诗人归来。在写作《英诗新方向》时,利维斯坦言自己听说过"诗歌复兴"的说法,也听到一些诗人的名字,但他认为为此庆祝为时尚早。他说:"在这些名字中,真正有天赋与前途的只有 W. H. 奥登。"⑥奥登(W. H. Auden,1907 – 1973)在利维斯写作《英诗新方向》时仅仅25岁,几年

---

① F. R. Leavis, *New Bearings in English Poetry*, p. 144.
② F. R. Leavis, *Letters in Criticism*, p. 83.
③ F. R. Leavis, *New Bearings in English Poetry*, p. 165.
④ F. R. Leavis, *New Bearings in English Poetry*, p. 171.
⑤ F. R. Leavis, *Letters in Criticism*, p. 83.
⑥ F. R. Leavis, *New Bearings in English Poetry*, p. 166.

前刚刚从牛津的文学专业毕业，获得学士学位，当时在苏格兰一家学院任教。1930年，奥登以《诗选》(*Poems*)一书初登诗坛。诗集中的诗短小且无标题，作为对浪漫主义的一种反思而带有一点叶芝似的自我表现的影子。如同很多前辈一样，奥登认为处在资本主义统治下的西方文化正在堕落，而人民则在机器的压榨下疲倦地毁灭下去。显然，这些思想与利维斯的文化思想多有契合。奥登的诗歌在风格和技巧方面取得了巨大的成就，关涉道德和政治主题，形式、内容、语调富于变化。1932年，当奥登初为人识的时候，利维斯就认定了奥登的天赋和前途。后来，奥登被公认为是英国20世纪最伟大的诗人之一，这无疑佐证了利维斯当时的远见。

　　奥登很明显地受到了艾略特和霍普金斯的影响。同样，因为艾略特的影响，燕卜荪(W. Empson)与包特尔(Ronald Bottrall)两人的诗歌也让利维斯感到欣喜，从而让他生出了更多的期待。利维斯说燕卜荪的诗歌与艾略特的诗歌大为不同，但没有后者，前者也写不出那样优秀的诗歌。另外，利维斯认为燕卜荪还从多恩那里受益良多，他说："燕卜荪的重要性在于他是一位非常睿智的诗人，不仅对情感和词语有着强烈的兴趣，并且对观念和科学也同样如此，并且他还获得了表现这一切的技巧。"① 另外，燕卜荪的诗歌中"丰富而强烈的典型生活"给利维斯留下了深刻印象。让人折服的是，利维斯在20世纪20年代的剑桥课堂里向学生讲授燕卜荪的诗歌，而燕卜荪当年还是剑桥的一名在读学生。包特尔的成长在利维斯看来是迅速而又必然的，他的《释放与其他诗歌》(*The Loosening and Other Poems*)奠定了诗人在英国诗坛的地位。利维斯认为包特尔深受庞德影响，在情感、艺术家与外在世界的龃龉等方面，包特尔甚至胜过庞德。利维斯如此关注包特尔，除了包特尔本人与庞德的隐性的师承关系之外，或许还有另一个原因：包特尔曾多次在《细察》发表诗作，作为主编的利维斯无疑"细读"过包特尔的作品，因此他对包特尔的好评也就是情理之中的事情了。但是，值得注意的是，包特尔的第一本诗集发表于1931年，也就是《英诗新方向》出版的前一年。可以想象，利维斯在此时就发表这种预见，在很多人看来显得过于匆忙，因此也就需要远胜常人的洞察力与勇气。事实上，自此之后，包特尔陆续出版了十几本诗集，诗笔不秃，直到20世纪80年代获得了

---

① F. R. Leavis, *New Bearings in English Poetry*, p.146.

英国读者的好评。

至此，我们不禁要问，英国诗歌发展的新方向到底是什么？只要我们把利维斯眼中的艾略特、庞德和霍普金斯的共通之处构建起来，便自然有了方向，即英国诗歌自 20 世纪 30 年代之后理应传承的种种特征，也是对诗人的根本要求。构成"英诗新方向"的特征主要包括以下六个方面：

1. 诗歌语言与技艺的革新者。艾略特、庞德与霍普金斯三人都十分注重词语的音韵、节奏、技巧的运用，而且往往是语言和技巧的创新者。艾略特在语言上模糊了传统诗歌语言和日常语言的界限，创造性地使用了很多瑰丽新奇的词汇；庞德抛弃古语和陈旧的诗语，在诗歌语言中倾注了全新的意象；霍普金斯更是直接创造新词与表达，甚至选民登记册上的词汇也可登堂入室。另外，就技艺的创新而言，艾略特打破了传统的"作诗法"，即"可入诗"和"非诗意"的界限以及"严肃"和"轻浮"之间的界限，因而给诗歌注入了无限的活力。另外，艾略特在诗歌中往往采用无连贯性和逻辑性的叙事方式，这与之前的诗歌传统格格不入，这极大地影响了庞德；庞德在韵律上有所突破，嘲讽技巧更是出神入化，而且这些都与现代意象结合在一起；霍普金斯对语言的鲜活性有着无穷的创造力和永不妥协的创新，对韵律，如内韵、跳韵等的运用都是杰出的创举，正是基于此，利维斯认为他是诗歌技艺重要的革新者。

2. 自然语言和口语的精妙运用者。利维斯赞赏艾略特"习语的运用和现代语言的节奏"；庞德与霍普金斯的诗歌也十分强调习语和自然口语的运用。有必要指出，利维斯所说的口语与英语中通常意义上的"口语"(spoken English)并不是同一个概念，后者指的是在日常生活中所使用的具有很大随意性、非正式性和交际语言。利维斯所讲的"口语"则是现实生活中人们真实使用的、活生生的语言，当然包括交际中使用的有表现力和创造力的那部分。在利维斯看来，诗歌中"口语"的运用代表的是一种活力和生命力，代表了传统的延续，同时还是诗歌与外在世界之间的一条自然而可靠的纽带。另外，艾略特、庞德和霍普金斯三人对"习语和口语的运用"同时是和他们的诗歌革新联系在一起的。他们三人都抛弃了传统的"可入诗"之物的窠臼，不必一味纠缠于露珠、丛林、玫瑰和梦境，可以自由地表达情感和关照外在，因此也就必然地要求使用口语和现代语言的节奏。

3. "真诚"原则的倡导者和传承者。"真诚"主要有两方面的内容：一是情感上的"真诚"，二是"诗的世界"的真实。在情感上，艾略特、庞德和霍普金斯无疑都深刻而真实地表达了自己的情感，如艾略特的"荒原"感与"空心"感、庞德内心深处对"灵魂与身体"以及对"美"的情怀、霍普金斯对人和未知自然之间关系的态度等。情感"真诚"让作品脱离了无病呻吟，因此自然就不见了传统诗歌中充斥的典型形象，同时又流露出了诗人自己与同时代人的现代意识，这便是利维斯十分强调的对"现代情感"的体现。就"诗的世界"的创造而言，上述三人的诗歌世界在自己的体现里无疑是"真实的"，体现着诗人的"真诚"。

4. "时代意识"与责任的敏感者和担当者。利维斯提到，大多诗人与时代总是有着某种龃龉，但同时他们还必须充满时代情怀并肩负起时代的责任。他说："艾略特比同时代人更加意识到了时代的困境，而且表达得更为清晰，他自己成了时代的良心。"①庞德对时代的处境十分清醒，力图以当代的体验传达情感，而霍普金斯在利维斯看来则根本就不属于自己的时代，他们的作品中都流露出了一种对文化和时代的"危机"意识，有着独特的人文情怀。

5. 现实与人生的拥抱者。19世纪的诗歌在利维斯看来，过于痴迷于"梦境"的创造，总是浮在生活和现实的上面。与此相应的是，诗歌形象也不外乎几个世纪以来沿袭下来的以"玫瑰"与"夜莺"为代表的传统的"入诗之物"，诗人在情感上没有彻底地"真诚"，作品因而注定没有长久的生命力，更无法引领英国诗歌发展的新方向。利维斯十分强调艾略特、庞德和霍普金斯的作品与外在世界的关联。他从《荒原》看到了一战后的欧洲，从《四个四重奏》来寻找诗中所创造的永恒的现实；从庞德的《毛伯利》中读出一个因大工业生产而导致文化沦丧的世界，而庞德本人力图从当代世界中寻找诗歌的主题和意象，让自己的语言文字深深植根于周围微妙的世界，从而让其意象并不是虚空地独立在那里；霍普金斯诗歌中所擅长传递的复杂的情感、意识的流动以及不安的心理状态同样反映了大变革中的社会现实，而且试图让读者在"诗的世界"读出这种现实。利维斯对英国诗歌发展新方向的构建思路之一便是诗歌的创作从对"梦境"的关注转向到"现实"的转变，这是极为深刻的观察。

---

① F. R. Leavis, *New Bearings in English Poetry*, p. 144.

6. 对后世诗人的影响力。艾略特直接影响了庞德,庞德同样也影响了艾略特,而他们与霍普金斯联系在一起,又影响了奥登、包特尔等新生代的诗人。利维斯在评价诗人时不但注重诗人在当时取得的成就,同时也看重他持续的影响力、对后世"情感"和诗人的塑造力。从这个意义上讲,艾略特、庞德与霍普金斯无疑是20世纪英国最伟大的诗人。

由此可见,利维斯所期待的英国20世纪30年代以后的诗坛必须是艾略特、庞德和霍普金斯传统的延续和发展,而要进一步发展,就必须尽可能拥有上述的那些特质。就诗歌的发展而言,如果说英国的16世纪是叙事诗和史诗的世纪,17世纪是抒情诗的成熟世纪,同时是利维斯所说的"智性诗路"世纪,18世纪是围绕"光明"与"黑暗"而进行创作的相对缺乏活力的世纪,19世纪是过于关注"梦境"的世纪,那么20世纪的前三十年无疑可以称之为"危机"与"救赎"的时代。"危机"指的是诗人所处的时代困境与文化危机,同时也是诗歌所面临的窘境;"救赎"指的是诗歌新方向的追问与探索。20世纪三四十年代的英国诗坛兴起了新浪漫主义运动,领军人物有迪伦·托马斯(Dylan Thomas, 1914 – 1953);50年代,以菲利普·拉金(Philip Larkin, 1922 – 1985)、唐纳德·戴维(Donald David, 1922 –)等人为代表的"运动派"兴起,他们强调描摹现实、以传统的质朴为美,一时颇有新风。利维斯曾不无自豪地说:"(近20年前)我描述的英国诗歌的新方向今天已经被公众接受,成为历史事实。"①但是,正如利维斯自己承认的那样,20世纪并不是诗歌的世纪,当代世界也不利于诗歌的滋生,诗歌读者也渐渐萎缩,敏感而有能力的"理想读者"越来越少。20世纪下半叶的英国诗坛在各种现代思潮的引领下呈现出了更为复杂多样的风格、手法,以及更为强烈现代和后现代特征,与利维斯所期待的大趋势已经产生了距离。但无论如何,利维斯对英国诗歌新方向的构建无疑是重要创见与贡献,他的诗歌批评重新排定了诗人座次,是诗人与诗作的"再发现",并对后世英国诗歌史的书写产生了不可磨灭的影响。

---

① F. R. Leavis, *New Bearings in English Poetry*, p. 158.

第三节　利维斯诗歌批评的维度与得失

利维斯的诗歌批评深受其前辈的影响，如瑞恰兹、阿诺德、艾略特等，其中艾略特对他的影响尤为深刻。在《重估》中，利维斯批评弥尔顿和雪莱，毕兰认为这是利维斯在"盲目地支持艾略特的判断"①。有些批评家如博冈兹（Bernard Bergonzi）则认为，利维斯简直就是唯艾略特马首是瞻的门生。一方面，我们必须承认艾略特对利维斯批评的巨大影响；另一方面，也必须认识到博冈兹的论调有失公允，他忽视了利维斯的独特视角、深度、贡献和影响。利维斯曾把艾略特的《传统与个人才能》（Tradition and the Individual Talent）视为经典，但到后来利维斯有了独立的思想，而且与艾略特也渐行渐远，如他对蒲柏、华兹华斯、济慈等诗人的判断完全具有独立性。实际上，利维斯本人也乐于承认艾略特对他的影响。利维斯说："艾略特对我的影响是巨大的。出于某种巧合，我在1920年《秘密森林》刚出版时就买了一本。接下来的几年里，我手里拿着铅笔，通读了数遍。当然，我从中得到了方向、特殊的启发以及具有工具价值的批评观念。如果非要说明这种影响的性质，我认为它清晰地表明了智慧在文学上的无关功利地有效运用，其原则是，当你评判诗歌时，你必须把它当作诗歌，而不是其他。"②艾略特把文学批评作为一门智慧学科，这对利维斯非常具有吸引力，但利维斯更进一步，加入了情感因素，认为文学批评是智慧与情感的训练。利维斯认为，"是诗歌自己赢得的批评关注，而不是批评为诗歌赢得关注。批评所要做的就是诗歌的认可必须伴有决定性的改变，这种改变不是趣味的改变，而是批评观念和话语的变化，是对一系列问题的处理方法的改变，这些问题包括'诗性'、对英国诗歌过去的看法以及过去和现在之间的关系。"③这都表明了艾略特在利维斯诗歌批评思想过程中的塑形作用。可以说，现代诗歌批评的革命是艾略特发起的，因此他堪称20世纪最重要的诗歌批评家，而利维斯则是艾略特诗歌批评最重要的传

---

① R. P. Bilan, *The Literary Criticism of F. R. Leavis*, p. 86.
② F. R. Leavis, *The Common Pursuit*, p. 280.
③ F. R. Leavis, *Anna Karenina and Other Essays*, p. 228.

承者与突破者。

利维斯诗歌批评的模式是以语言分析为基础的,包括诗歌内部分析以及诗歌与外部世界的关联两个较为宏观的层面,前者主要是以个人的语言修为与诗歌素养为基础的,其着力点包括诗歌语言的创造性使用、语言的意义分析与隐喻等修辞分析、诗歌的节奏、韵律、形象、象征等;后者主要基于"诗歌首先是诗歌,但必然通向诗歌之外"这一核心观点而展开的分析,这涉及诗人的"真诚"、道德以及"现实"与"真实"问题,同时还涉及诗歌的"代表性意义"(representative significance)、诗歌与诗人的关系、诗歌与时代的关系、诗歌与诗歌传统的关系等。

利维斯认为莎士比亚基于当时社会的语言与体验,通过形诸文字的创造性表达与思想,反过来丰富了社会的语言与体验,"莎士比亚式的"几乎成为语言运用的标杆,几乎等同为"诗学—创造性的"。这也由此引出了几个重要的判断,如优秀诗歌与当时口语(spoken English)之间有着巨大的相关性;语言"创造性"依赖诗人在诗歌中"具体实现"(concrete realization)的质量;诗歌语言本质上是"探索—创造性的";诗人和读者以及读者相互之间可以通过诗歌语言在"意义中相遇"。利维斯隐约地表明,莎士比亚和弥尔顿代表了语言运用的两个极端,前者代表着创造性、强大的包容力、体验的滋生性以及时代语言的鲜活性,而后者则代表着僵腐生硬、体验的贫瘠以及远离鲜活的口语和习语,缺乏时代活力。

由此可见,"语言"居于利维斯诗歌批评的核心位置,利维斯由"语言"逐渐拓展到了其他维度,包括"传统""现实""非个性化""真诚""情感""智性""道德""意义""姿态"等,而这些维度又表明,利维斯的诗歌批评拒斥抽象的理论,走向丰盈的"具体性",下文将对此进行简要地阐述。

一、传　统

"传统"一词对利维斯而言有着特殊的意义,在利维斯的批评体系中居于至关重要的地位。社会传统代表着过往与人类体验,甚至是人类的语言和思想的精华,它如同记忆一样,可以追溯到人类最为久远的史前时代。各种优秀传统的总和就是利维斯梦寐以求的"有机统一体",而随着某些传统的消失,18世纪出现了"情感的割裂",19世纪的诗歌过于关注梦的世界，20世纪在利维斯的眼里更是全面解体，大工业文明破坏或者削弱了很多优秀的传统。利维斯的批评诞生于复杂的体系，这个体系同样是由各种传统组成的，它们很大程度上影响甚至决定了利维斯的批评路径。如在道德方面，英国有着深厚而悠久的道德批评传统；就诗歌批评而言，阿诺德、瑞恰兹、艾略特等人的传统影响到了利维斯；就哲学而言，利维斯尽管排斥纯理论，拒绝哲学化的立场，但无意识间他还是受到了哲学前辈的各种潜移默化的影响，因而实质上以一种哲思的方式对文学批评的本质与功用、语言的本质、文学的存在方式等问题进行了哲学的思考。因此，"传统"也就自然而然地成了利维斯诗歌批评的维度之一。在利维斯的诗歌批评中，"传统"维度主要体现在以下几个方面：

首先，利维斯重视英语语言传统，对此前文已有阐述。他十分强调17世纪的"有机统一体"中所体现出来的语言与体验的鲜活性，并以此为标准进行诗歌的价值判断，于是就有了"莎士比亚式的语言运用"（Shakespearean use）、"弥尔顿式的语言运用"（Miltonic use）等划分。

其次，利维斯重视诗人之间的传承关系、诗歌之间的影响关系，有时这种传承与影响甚至是跨越时空的，如艾略特与庞德之间的传承影响等。

再次，利维斯重构了英国诗歌自17世纪初至20世纪初的历史，并区分了其中的各种伟大的传统和次要传统，包括17世纪的"智性"诗路、18世纪以蒲柏为代表的积极的"奥古斯都传统"、19世纪浪漫主义诗人、19世纪诗歌的"诗性"与"梦境"传统、20世纪初"浪漫主义"的延续，以及由艾略特、庞德和霍普金斯所构建的引领英国诗歌发展新方向的全新传统。其他次级传统还包括"乔治亚诗人""学者诗人""批评家兼诗人""战争诗人"等划分。

利维斯的诗歌判断大多有着非常大的影响力，同时也往往引起争论。贝尔认为，"利维斯的'传统'有其党派性的价值判断的特点。他把不符合其传统的诗人如弥尔顿、雪莱等边缘化了。如此一来，我们实际上已经发现有反传统的一条线正在形成，它自斯宾塞（Spencer）、通过弥尔顿一直到浪漫主义者（尤其是雪莱），然后到了华莱士·史蒂文斯（Wallace Stevens）和现代主义的美国传人。"[①]贝尔的论断不无道理，

---

① Micheal Bell, *F. R. Leavis*, p. XIV.

尤其就语言的运用而言,但也并非毫无偏颇之处。他的论断隐含着这样一层意思:利维斯先构建了一个诗歌传统,设置了既定的标准,然后再把诗人经过一番筛选,放置到传统之中。那么,我们不禁要问,这样的传统到底是什么?难道仅仅是智性诗路吗?或者是莎士比亚抑或"艾略特"所代表的传统吗?贝尔显然无法问答。利维斯构建的英国诗歌的各个传统在时间上既有相对独立性,又有延续性。另外,即使是一种传统内部,利维斯也特别强调各个诗人之间的差别。利维斯认为传统存在于个人之中,而个人的具体"实现"则体现相应的传统。利维斯对诗歌传统的构建是"归纳性"的,而非"规定性"的,他首先发现了诗人各自的特点及各自诗歌的基本样态,然后进行归纳,因而在他的诗歌批评中出现了各种不同"传统"的划分。

二、现 实

前文已经提到,利维斯认为诗歌首先是诗歌,但它最终通向诗歌之外。例如,从《荒原》中利维斯可以读出当时欧洲的社会与精神状况。诗歌要营造诗人自己的世界,利维斯称之为"诗的世界"(poetic world),与之对应的是现实世界。在利维斯那里,"真实存在"(the actual)、"现实"(reality)、"外在世界"(the outside world)、"世界"(world)、"实际情境"(real situations)等具有同样的意义,是可以互换的。

但是,利维斯明确区分了"诗歌现实"与"外在现实"。前者是诗人通过文字、自己的情感和体验,并借助形象、意象、形式以及双关、押韵、语调等一系列技巧和手段造就的一个独特的领域,它纯粹是想象性的、虚构性的和创造性的;后者指的是社会基础,包含制度、习俗、风土等,简言之,是世间万象,它是现实性的,对存在于其中的文化、文学潮流、趣味、情感等具有塑造和规约作用。"诗歌现实"与"外在现实"并不是同一的,在利维斯看来,前者必须基于后者,但同时又具有相对的独立性。读者通过阅读诗歌,可以读出诗人创造的"诗的世界",因而心智和情感得以塑造和完善,同时还可以通向诗歌之外,因此可获得更加审慎和深刻的批评意识、鉴别能力以及对时代的把握,从而增强他的时代情怀与责任。由此可以看出,诗歌的作用是通过"诗的世界"来实现的,并最终在"现实世界"中得以落实。在利维斯看来,文学,包括诗歌,是一个发现过程;而与"发现"密切相关的是人生。阿诺德主张诗歌批评即"人生批评",利维斯部分地继承了阿诺德的思想。贝尔认为,"利维斯一直都很清楚,对诗歌的判断就是对诗歌所展现的人生的判断。"①利维斯的诗歌批评并不完全通向人生,在他那里人生只是"现实"的一部分。群体的人生构成了社会万象,个体的人生则构成了诗性的自我。

三、真 诚

在诗歌批评中,利维斯所说的"真诚"(sincerity)关乎诗人的创作理念和态度问题,同时关乎诗歌本身的"真理"判断,即诗歌的评判标准问题。另外,"真诚"还包括诗人的社会责任和时代情怀。

诗歌的"情感流露说""直觉说""智性"都只能说明诗歌创作的一个方面。韦勒克说:"如果说诗是'游戏',是直觉的乐趣,我们就抹杀了艺术家运思和锤炼的苦心,也无视诗歌的严肃性和重要性;可是,如果说诗是'劳动'或'技艺',又有侵犯诗的愉悦功能及康拉德所谓的'无目的性'(purposelessness)之嫌。我们在谈论艺术的作用时必须同时尊重'甜美'和'有用'这两方面的要求……而文学的有用性——严肃性和教育意义——则是令人愉悦的严肃性,而不是那种必须履行职责或必须吸取教训的严肃性;我们也可以把那种给人快感的严肃性称为审美严肃性(aesthetic seriousness),即知觉的严肃性(seriousness of perception)。"②韦勒克这一论述完美地契合了利维斯对诗歌创作本质的理解。前文提到,利维斯认为诗歌首先是诗歌而非其他,这就意味着诗歌的创作与欣赏必有其"无关功利性"(disinterestedness)的一面,而读者的阅读过程就是无功利的审美观照过程。韦勒克所主张的"文学有用性"即严肃性和教育意义与利维斯的主张也是一致的,利维斯认为诗歌可以"塑造情感"、增益批判与社会理解,简言之,诗歌是"成人的"(humanizing),即让"自然人"成为正直和具有情感、智性与批评辨别力的社会人。伊恩·罗宾逊(Ian Robinson)认为利维斯对"真诚"一词的运用是"对思想的一种贡献"③。利维斯所谓的"真诚"与日常意义上的

---

① Michael Bell, *F. R. Leavis*, p. 61.
② 勒内·韦勒克奥斯汀·沃伦:《文学理论》,刘象愚等译,南京:江苏教育出版社,2005,第20—22页。
③ Ian Robinson, *The Survival of English*, Cambridge: Cambridge University Press, 1973, p. 39.

"真诚"有着巨大的差别。

　　从创作态度上讲,利维斯主张诗人的创作要"真诚"。"真诚"意味着情感的真实,同时也意味着体验的个人性。维多利亚时期,"真诚"作为一个文学标准出现在刘易斯(G. H. Lewes)的《文学成功的标准》(*The Principles of Success in Literature*)(1869)中,刘易斯罗列了三条标准:清晰、真诚、美。刘易斯的著作被人们看成作家的指南,而非文学理论。"清晰"与"真诚"关乎创作的过程,而"美"则是创作的结果。刘易斯认为作品中"真诚"的效果来自作者个人个性的真诚。利维斯清楚,"文如其人"并非是一个可靠的论断。作者个人的"真诚"并不能决定"作品"的真诚;反过来,我们也不能根据作品所体现的"真诚"来推断作者的个人"真诚"。但无论如何,利维斯认为,诗人有了"真诚"的创造态度,其诗作中才有可能呈现美好的具有张力的"诗的世界",才能包含丰富的体验与情感,也才能体现语言的鲜活性。

　　就评判标准而言,"真诚"并不是衡量诗人或者诗歌的"情感真实"或者"道德正直"问题,而是作为评估诗歌所呈现的现实的"真实性"问题。前文已经提到,"真实性"并非等同于外在现实,而是"诗学真实"。作品"真诚"则意味着有较高的"真实性",更加关注现实与人生,也更加远离虚幻、梦境以及无病呻吟与矫揉造作。

　　"真诚"还意味着诗人在创作过程中有一种意识,他要让其作品行使某种功能,可以让人在"甜美"中得以"成人"。在评价布雷克(William Blake)时,利维斯曾说他个人并不认为布雷克具有全面的指引性的智慧,但布雷克的天才能够做到彻底的无关功利性,因此具有彻底的"真诚";同时布雷克具有难得的正直与责任感作为生活的焦点。可见,"真诚"还是诗人的责任。在叶芝讲座过程中,利维斯本人曾给"真诚"做过一个较为模糊的界定:诗之成功意味着来自完全真诚的说服力和必然性——这种真诚关乎整个存在,而不仅仅是有意识的目的这回事。贝尔认为,"利维斯对'真诚'一词的使用是把维多利亚时期的道德范畴与现代主义的理解融合到了一起,从而产生了一种新的批评标准。"[①]但是,必须指出,"真诚"的确具有道德意味,却并不是一个简单的道德范畴,而是一个文学批评范畴。

---

① Michael Bell, *F. R. Leavis*, p.69.

四、非个性化

前文已经提及,利维斯认为某些诗歌虚幻空洞,原因之一就是诗歌没有表达"个人的情感";同时,利维斯又常常认为伟大诗歌具有"非个性化"特征。我们可否就此认为,这两者之间似乎存在着矛盾呢?利维斯一直强调诗歌传统生活在个人之中,而只有个性化的创作才能让传统鲜活。可见,"非个性化"是和"传统""真诚"与"现实"的概念紧密联系在一起的。

利维斯认为的诗歌"非个性化"理论受到了艾略特思想的影响,但同时又突破了艾略特的束缚。艾略特主张诗歌"非个性化",他认为"诚实的批评和敏锐的鉴赏不是指向诗人而是指向诗歌。"①艾略特所谓的"非个性化"颇有"作者之死"的味道,意味着文学作品一旦创作完成,便具有了自己的"独立性"。另外,艾略特认为,诗人的工作不是发现新的情感,而恰恰是把普通的情感提炼成诗,以便表现真实的情感并不存在的感受。他把艺术作品定位于"介乎作家与读者之间:作品具有的一种现实不只是作家力求'表达'的内容的现实,或者作家写作时经验的现实,抑或读者或身为读者的作家的经验的现实"②。因此,就诗歌而言,"诗不是情感的放纵,而是逃避情感;诗不是个性的表述,而是逃避个性"③。如果到此为止,那么艾略特无疑是走进了死胡同,但他话锋一转:"当然,只有那些有个性和情感的人才知道逃避个性和情感意味着什么。"④其实,"逃避"是一个消极的词,它积极的对立面是"超越"。艾略特的这一论断实在高明:它一方面避免了"诗歌须无情感和个性"的谬误,同时又传达了"诗歌须超脱个人情感和个性"的思想。利维斯坦诚自己承自艾略特的恩泽,但在"非个性化"问题上,利维斯的思考似乎更为深刻。艾略特主张的"非个性化"着眼于诗歌与诗人的关系以及诗歌创作的原则这两方面。利维斯则从"诗人与传统""诗歌存在方式""诗歌的意义"这三个层面上进行探讨。

在"非个性化"与"传统"的关系层面,利维斯认为个人是诗歌传统

---

① T.S.艾略特:《传统与个人才能》,载拉曼·塞尔登(编),刘象愚等译,《文学批评理论:从柏拉图到现在》,北京:北京大学出版社,2003,第311页。
② 转引自勒内·韦勒克:《近代文学批评史》(第5卷),第306页。
③ 勒内·韦勒克:《近代文学批评史》(第5卷),第313页。
④ 勒内·韦勒克:《近代文学批评史》(第5卷),第313页。

延续的能动者,语言是其载体。当诗人的创造表现出靠近传统的时候,该诗人因为与其他诗人的"共性"而归属该传统,因此在利维斯的诗学话语中出现了众多的诗歌传统,如"奥古斯都传统""梦的传统""智性诗路""学者诗人""战争诗人""浪漫诗人""艾略特所引领的传统"等,虽然划分的标准有时代、主题、风格等的不同,但不同的诗人形成"传统"却依赖"共性"。同时,诗人的创作又必须具有"个性化",要表达"个人情感",在利维斯眼里莎士比亚只能是莎士比亚,而艾略特也只能是他自己。由此可见,"非个性化"近似于"传统",是一个"类"的概念,而"个性化"则很明显具有"个体"意义。

在"诗歌的存在方式"层面,"非个性化"指诗歌的意义产生并存在于一个特殊的空间,它既非完全"私人的"也非彻底"公共"的,而是"第三域"。可见,这与艾略特认为的诗歌一旦完成便与诗人无关的"作者之死"观点是相区别的。我们不难想象,一个农民诗人在呼喊"啊,土地!"时与"资本家诗人"在呼喊"啊,土地!"时,其意义或许大不相同。诗歌在"私域"中被赋予情感、形象、意义等,最终在"第三域"中存在与得以理解、阐释、批评。

就"诗歌的意义"而言,"非个性化"意味着"真诚"和"现实"。利维斯对"真诚"和"现实"颇为钟情。他强调"真诚",即诗歌创造中情感的个性化、体验的个性化以及对"诗学真实"的追求。诗歌如果完全"个性",则会堕入神秘、情感泛滥,并最终导致诗歌意义的"不可理解性"。完全"非个性化",则无疑会变成公式、定理或者某种枯燥的程式,因此诗歌便不再是诗歌本身。"非个性化"的本质是"个人情感"在"私域"与"公域"之间的一个平衡点。另外,"非个性化"意味着"现实",诗歌通过营造"诗学现实"通向诗歌之外,由此建立起了诗歌与外部的关联。"个性化"意味着通向诗人"自我";"非个性化"则意味着通向群体,因此便有了诗歌所传达的各种情感和宇内万象。荣格认为,一旦投入艺术活动,人似乎就消失了,他"不再是艺术家,他变成了艺术品……创造的冲动……控制了个人,好像他是一个客体,并且把它当作工具来使用,或称为他自身的表现"[1]。我们不妨把荣格所说的现象称为"主体的客体化"。从情感角度而言,这与利维斯的"非个性化"主张部分地契合。

---

[1] 荣格:《心理学与文学》,北京:三联书店,1987,第235页。

需要指出的是,利维斯特别强调语言,尤其是诗歌语言的"表达—创造"功能。艾略特认为诗歌不能创造新情感与新体验,而利维斯认为,通过语言的创造性使用,崭新的"诗学世界"和体验会喷薄而出。在这一点上,利维斯超越了艾略特。

综上所述,利维斯主张的诗歌"非个性化"的基础正是"个性化",包括情感的个性化、体验的个性化、意义诞生的"私域"性;同时"个性化"走向"传统",即走向群体性、走向体验的"共同性"、走向意义理解的"公域",因此完成"非个性化"对"个性化"的超越。可见,"非个性化"与"个性化"虽然具有矛盾,但实质上是一个问题的两个相对的方面,其本质完全相同。艾略特所谓的"只有那些有个性和情感的人才知道逃避个性和情感意味着什么"几乎等同于说"诗歌只有'个性化',才能达到'非个性化'。"利维斯与艾略特的诗歌"非个性化"理论在这一点上走向了统一。

五、情 感

利维斯在诗歌批评中经常使用"情感"(sensibility)、"情绪"(emotion)、"情思"(sentiment)、"感情"(feeling)等单词。这英词汇既互相区别又互相联系,但基本可用"情感"一词来概括。利维斯意识到,"情感"是一个非常复杂的词,难以界定。他说:"或许这一词语没能准确地描述伟大的17世纪的变革给诗歌造成的影响。但是,哪一个词语能完美描述呢?"①利维斯认为,文学批评离开了语词就无法有效地进行,因此学习批评的学生应当注意"情感"一词,这样就可以衍生出新的感知和理解。利维斯赞扬艾略特的批评,尤其是关于马维尔(Marvell)以及论述玄学派(metaphysicals)的文章,原因之一是艾略特的"情感解体"理论。"在艾略特时代,没有当代的诗学规范和成语成为其起点,当时根深蒂固的表达习惯非常不适应'情感'的需求,要在这个时期成为一个主要的诗人就必须有非凡的洞察力和理解力。"②对"情感割裂"的原因,艾略特几乎未提。"情感割裂"或许并不是一个历史事实,而仅仅是一个论断,或者是一种失望情绪的表达。但是,正如前文所提到的,"割裂"已经深入利维斯的意识,他认为"割裂"正是时

---

① F. R. Leavis, *English Literature in Our Time and the University*, p. 96.
② F. R. Leavis, *The Common Pursuit*, p. 11.

代的特征。因此,在其文化批评和诗歌批评中,他试图寻找弥合"割裂"的可能性。在诗歌批评中,弥合"割裂"意味着理性和情感的统一。利维斯发现,"诗人的兴趣是无限的,诗人越睿智,越好;而越睿智,则可能有越多的兴趣:我们唯一的条件就是他把兴趣变成诗歌,而不仅仅是对这些兴趣进行诗性的思考"①。因为理性,我们获得了更多的兴趣,但仅仅对兴趣进行理性思考则成了哲学而不是诗歌,若要把兴趣变成诗歌,利维斯认为,就必须融进情感,而且必须是个人化的情感。由此,利维斯往往从"情感"与"理性"的关系上来评判诗歌。譬如,他认为,"情感和理论之间的冲突并不是《失乐园》缺乏统一性的唯一表现。"②再如,在利维斯看来,弥尔顿的理性与形式清晰(clarity)之长处较之德莱顿更容易在阅读中得以外化,在其影响上也不似德莱顿那样巨大,但就其情感而言,却稍嫌匮乏。

人们通常认为,诗歌必须是简单情感的直接表达,而这些简单情感局限于有限的类别:细腻、高尚、痛苦以及同情,而智性与机巧并不重要,它们或许会阻碍读者被感动,而利维斯认为"感动才是恰当的诗性反应"③。从这一论断可知,利维斯并不是贬低"智性"或者"理性"在诗歌创作中的作用,而是主张"智性"应与"情感"相统一。这与利维斯所要求的文学批评训练中"理智"与"情感"的统一是完全一致的。

利维斯赋予了诗歌或者文学本身"成人"(humanizing)的功能,读者通过对诗的感知体验,培养与丰盛个体的感受力,从而得以塑造情感,成就具有时代情怀并具有批评意识和甄别能力的"理想读者"。因此,利维斯所谓的"情感"还是一种过程和能力。诗歌的创作过程就是情感倾注的过程,而读者的阅读过程则是读者情感与作者情感在"第三域"相遇的过程,同时也是意义的生成过程。在利维斯那里,"情感"作为一种能力,指的是诗人以一种诗性的方式把握世界的能力,而且诗歌必须表达"个人情感",否则便注定不是好诗。

六、意 义

在利维斯的诗歌批评中,他常常用 meaning 和 significance 两个词语

---

① F. R. Leavis, *English Literature in Our Time and the University*, p. 85.
② F. R. Leavis, *The Common Pursuit*, p. 24.
③ F. R. Leavis, *New Bearings in English Poetry*, p. 14.

来表示"意义"。前者一般指代诗歌所具有的"意思",即可以被读者所理解的东西;后者在很多情况下等同于前者,但它同时还有着更为深层的含义,即它还代表着诗歌所传达的思想以及诗歌的"价值"(value),或者诗歌与时代的关系,即"代表性意义"(representative significance)。"代表性意义"这一表达在利维斯的笔下频繁出现。

利维斯认为,"意义"是诗歌存在的首要原因。这一意义既包括诗人通过文字的"表达—创造"功能而实现的诗歌体系内自在自为的"世界",还包括诗歌与外部世界的关联,即通过诗歌本身而看到了外部世界。

诗歌,尤其是某些伟大的诗歌,具有某种"代表性意义",即它能够体现某一时代的精神、风尚、特征或者诉求。因此,在这个意义上,诗歌贴近了现实的生活。

七、道 德

克罗齐将"道德"作为诗的根基。"一切诗的根基是人格,而人格集成于道德,因此一切诗的根基是道德意识。这当然不是说艺术家必须是一个深刻的思想家或锐敏的批评家,也不是说他是一个德行的模范或英雄,但是他必须在思想与行动的世界里占一个分子,这才能使他在他本身或是在他对旁人的同情中体验整部人生的戏剧。"①这一说法似乎在诠释着利维斯诗歌批评中对"道德"维度的关注。在利维斯那里,作为诗歌评判的维度之一,"道德"往往和"成熟性"联系在一起。利维斯所认为的"诗歌意义"往往包含着"道德价值"。譬如说,他在评价阿诺德的诗歌时说:"学者吉卜赛所象征的是维多利亚诗歌,是明显的智性与道德目的的媒介。"②利维斯认为在华兹华斯的《决心与独立》(*Resolution and Independence*)中,"道德理性的'决心'(Resolution)以一种典型的方式得到了认可"③。贝尔认为,利维斯一直拒绝理论化与其关于英国诗歌传统的"收纳"与"排除"的系统模式有关。"这一模式有两方面的驱动:历史应该被看成长期的世俗堕落,诗歌应当回应从琐碎

---

① 朱光潜:《克罗齐哲学述评》,《朱光潜全集》第4卷,第342页。
② F. R. Leavis, *The Common Pursuit*, p. 30.
③ F. R. Leavis, *Revaluation*, p. 169.

的言语分析走向道德判断这样一种批评的目的和手法。"①贝尔的这一说法颇具道理，但同时轻言利维斯对诗歌的"道德判断"则是夸大了"道德"作为批评维度在利维斯诗歌批评体系中的作用。饶有趣味的是，利维斯于1961年1月15日在《观察者》发表书信评论，其中提道："菲利普·汤恩比(Philip Toynbee)先生认为'美国现代诗歌胜过英国当代诗歌'，是因为美国并没有受到我的影响，而我的影响给英国带来了巨大的坏处……他小心翼翼地处理艺术与道德的棘手主题，十分圆滑。利维斯说，当今时代，没有人是完全的美学主义者，也没有人采取托尔斯泰式的(Tolstoyan)道德主义路线。"②利维斯对这一论述十分不满。实际上，利维斯的影响首先并不局限于英国，美国也或多或少地受到了其影响，尤其是通过韦勒克、特里林等人。另外，利维斯本人也提到，美国现代诗歌未必就胜过英国诗歌，即使事实如此，其原因也未必是因为所谓的"道德主义"的影响。从上文的分析可知，利维斯诗歌批评的维度是十分丰富的，涉及语义学、文学意识的"真实观"、文学的"创作观"与批评标准等问题，所有这些问题都与"非个性化"和"现实"相关，即诗歌最终通向了"公域"和外部世界，也就是通向了群体和"人生"。毫无疑问，"人生"关乎道德，因此诗歌从终极上讲关乎道德。所以，"道德"便成了利维斯诗歌批评中一个贯穿的维度。

当然利维斯的诗歌批评的维度不仅局限于上文探讨的这些。"智性"也是维度之一，前文在探讨"智性之线"时已有阐述。另外，利维斯对"技巧"与"语言的创造性使用"也十分关注，这在前文也已经有所阐发。无论如何，简单地用"人生批评"或者"道德批评"来概括利维斯的诗歌批评是一种僵化的贴标签的做法，其实质是把他的诗歌批评简单化了。"利维斯式的诗歌批评"或许才是唯一准确的表达。在这些维度的关照下，利维斯的诗歌批评取得了引人注目的成就，影响深远。他重新书写了英国的诗歌史，是以现代视角重写英国诗歌史的第一次系统尝试；他发现、构建或重估了英国诗歌史上的诸多传统，如17世纪英国诗歌的"智性之线"、18世纪的"奥古斯都传统"、19世纪诗歌的"梦的世界"、20世纪英国诗歌发展新方向的引领者等。他发现或重估了诗人，如他对W.H.奥登富有远见的评论、对霍普金斯的重新发掘都对

---

① Micheal Bell, *F. R. Leavis*, p. xiv.
② F. R. Leavis, *The Observer*, ,1961 – 01 – 15.

英国诗坛产生了重要的影响,也因此塑造了公众的诗歌趣味与阅读选择;他深刻地反思了诗歌意义存在的方式,即"第三域",直指诗歌意义的"建构性",这一思想即使以今天的标准来看也是颇具开创性的;他从多维视角评判诗歌,其视角既包括传统的节奏、韵律、意象、语言、创新性、技巧等此类批评词汇,也借助与众不同的传统、现实、真诚、非个性化、情感、意义、道德等维度,堪称开风气之先,客观上拓展了诗歌批评的视野。

然而,利维斯的诗歌批评显然有其缺陷。首先,他在诗歌批评中采用了"比较判定法",容易走向判定的绝对化。他习惯先确定一个领域,如象征或者道德关注,然后在此方面互相比较诗人,并做出优劣判定,因此其结论往往因缺乏具体的支撑而显得软弱无力。其次,利维斯的诗歌批评过于关注细节与"纸上的文字",而且需要把诗歌打开放置眼前,其论述又往往是印象式、经验式的,因此就决定了读者很难从宏观上获得对诗人和诗歌作品的理解。最后,利维斯强调诗歌的"道德价值",作为批评维度之一,这本身并无可厚非,但是他对诗歌的"审美性"强调稍嫌不足。但在20世纪30年代,能以这样的勇气和视角写出《英诗新方向》与《重估》,不能不让人赞叹,而其贡献也必将永远地铭刻在英国诗歌批评史上。

第四章　利维斯的小说批评

> 过去的岁月已化成具有"现在性"的历史。利维斯"伟大的传统"连接着过去和未来，它是规约性的，有着约束的潜势；它又是革命性和引导性的，具有解放的力量。
>
> ——题记

利维斯是英国"文化研究"的先驱之一，是英国诗歌史的重新书写者。然而，利维斯最为辉煌的成就和最大的影响力还在于他的小说批评。早在20世纪30年代，利维斯就发表了论述劳伦斯的小册子，给予了劳伦斯至高的评价。除此之外，他在30年代还评价过福克纳（William Faulkner）和乔伊斯（James Joyce）。他正式评论小说家的论文是1937年发表的关于亨利·詹姆斯的文章，后收于《伟大的传统》。到了20世纪40年代，利维斯对小说批评的兴趣渐浓，他开始深入研究康拉德、乔治·爱略特等人，并以《细察》为阵地进行着小说批评。实际上，《伟大的传统》的大部分工作在正式出版前已经在《细察》上完成了。在此期间，利维斯的小说批评思想逐步深入拓展，并逐渐系统化，并最终构建了"伟大的传统"。1952年，他发表《共同的追求》，这标志着利维斯的批评重心已经由诗歌转向了小说。这种转向的背后有着多重原因。首先，利维斯的诗歌批评已经开创了一个时代，他几乎涉及了英国自17世纪初到20世纪初的所有重要诗人，留给他的批评空间已经不太广阔，这促使他考虑"作为戏剧之诗"（dramatic poem）的小说。其次，利维斯认为20世纪并非诗歌的世纪，他发现小说创作集中了西方文学界最大的能量，而他本人又意欲提升小说的地位，加之受其夫人的影响，于是发生了批评重心的转向。最后，利维斯认为，小说呈现的世界更为广阔，更加关照人性与人生，同时也有着更为深刻的道德关注,因而也更能维持并传承"传统"。由此看来,他的转向是一种必然。《伟大的传统》出版后立刻引起了轰动,并牢牢确立了利维斯在英国小说批评界的中心位置。在此之后,他的其他小说批评著作也陆续出版,包括《小说家劳伦斯》(1955)、《安娜·卡列尼娜及其他论文》(1967)、《小说家狄更斯》(1970,与夫人合著)与《思想、语言与创造性:劳伦斯的艺术与思想》(1976)。乔治·斯坦纳认为,"《伟大的传统》是极为罕见的著作,它重塑了趣味的内部图景。认真关注英国小说发展的人即使不同意利维斯的论断,也必须从利维斯的观点出发开始研究。"① 利维斯所有的小说批评著作都是循着"伟大的传统"这一思路来进行的,不管是对诸位小说家的臧否,还是对某些小说家(如狄更斯)评价的改变。可以说,"伟大的传统"是理解利维斯小说批评体系的一把钥匙。下文将深潜文本与历史语境,挖掘并呈现出利维斯所构建的"伟大的传统",并由此通向利维斯小说观与小说批评的重要维度,然后考察利维斯对众多小说家的批评,同时匡正对利维斯的种种"误读",并最终把握利维斯小说批评的性质、特征与内在体系,从而准确把握他的批评贡献、历史地位等核心问题。

第一节 《伟大的传统》与"伟大的传统"

《伟大的传统》是利维斯小说批评的代表作,也是利维斯最有影响力和争议性的著作。利维斯在开篇首句即有这样的论断:"简·奥斯汀、乔治·爱略特、亨利·詹姆斯和约瑟夫·康拉德——我们且在比较有把握的历史阶段打住——都是英国小说家里堪称大家之人。"② 该书堪称评价性的小说史,利维斯重估了诸位小说大师,并构建了英国小说的"伟大的传统",以"唤醒一种正确得当的差别意识",寻出真正伟大的小说大师。利维斯掷地有声地写道:"简·奥斯汀、乔治·爱略特、亨利·詹姆斯、康拉德和 D. H. 劳伦斯便是英国小说伟大传统之所在

---

① George Steiner. F. R. Leavis, in *Language and Silence*, New York: Atheneum, 1967, p. 229.
② F. R. Leavis, *The Great Tradition: George Eliot, Henry James, Joseph Conrad*, London: Chatto & Windus, 1948, p. 1. 此处采用了袁伟的译文。本文此后的注释中皆以 *The Great Tradition* 指代该著。

(*there*)。"①值得注意的是,there 采用了斜体,以示强调。there 在英文中主要表示"存在",这表明：在利维斯的意识里,小说的"传统"本没有消失,伟大的小说家从属于该传统;非但如此,伟大的小说作品亦包含在该传统之内。他说："的确存在着——这是要点——一个英国的传统,英国小说的这些伟大经典都从属其间。"②《伟大的传统》一经面世便引起了巨大反响,这不啻给英国小说批评界这一潭静水推入了一块巨石,其影响也波及了大西洋彼岸的美国。1949 年,《纽约时报》刊登了赫伯·巴罗斯(Herbert Barrows)的书评,肯定了利维斯对"英国小说诸大师的重估"③。次年该报的评论文章则认为《伟大的传统》"写得并不让人舒服,却入木三分"④。W. 罗伯森(W. W. Robson)认为,"利维斯在如此的高度提出了如此多的问题,《伟大的传统》总体而言是对英国文学批评的巨大贡献。"⑤陆建德也高度评价该书,他说："《伟大的传统》……批评遗产的意义是不容忽略的,在 20 世纪英国批评家中,他(利维斯)的实际影响恐怕无人可及。"⑥

"传统"对利维斯具有独特的吸引力。利维斯往往能敏锐地感知到某种"传统"的存在,而且试图维持并延续这种传统。但是"利维斯对'传统'的兴趣并不是回顾,而是关注原创性的本质与新旧之间有创造性的互动"⑦。利维斯力图在过去和现在之间建立起一条纽带,这条纽带便是"传统"。"传统"具有多重功能：在社会理想层面,它可以引导着现代人追溯到"有机统一体";在文化层面,"传统"意味着维持"少数人文化";在文学层面,传统意味着延续过往最佳的语言与思想,并把文学的活力引向未来;在情感层面,"传统"意味着疗救,有助于弥合现代人割裂的情感,并让他们走向情感和智性的统一。由此,利维斯以"传统"为着力点之一,直指英国小说的"经典"问题。那么,何谓"伟大的传统"？它包含着多个方面和层次,而且各个层次之间又互相支撑,形成了一个有机的整体。

---

① F. R. Leavis, *The Great Tradition*, p. 27.
② 利维斯：《伟大的传统》,袁伟译,北京：三联书店,2002,第 15 页。
③ 见 1949 年 4 月 24 日《纽约时报》赫伯·巴罗斯(Herbert Barrows)的书评。
④ 见 1950 年 7 月 16 日《纽约时报》的评论文章。
⑤ W. W. Robson, Untitled, *The Review of English Studies*, New Series, Vol. 1, No. 4 (Oct., 1950), p. 380.
⑥ 陆建德：《弗·雷·利维斯和〈伟大的传统〉》,载利维斯：《伟大的传统》,序,p. 29。
⑦ Michael Bell, *F. R. Leavis*, p. 111.

首先,"伟大的传统"指代伟大的小说家及伟大作品的特质。伟大的小说家沿袭传统,并且自身是传统的一部分,同时又创造新的传统,从而成为小说和时代风尚的引领者。利维斯力图甄别小说的层级与优劣,从而挑出那些真正伟大的小说家。在他的眼里,特罗洛普(Trollope)、夏洛蒂·永格(Charlotte Yonge, 1823 – 1901)、盖斯凯尔夫人(Mrs. Gaskell)、威尔基·柯林斯(Wilkie Collins)、查尔斯·里德(Charles Reade)、亨利·金斯利(Henry Kingsley, 1830 – 1876)、玛里亚特(Frederick Marryat, 1792 – 1848)以及肖特豪斯(Joseph Shorthouse, 1834 – 1903)这些维多利亚时期的小说家虽然被人广为颂扬,甚至大有成为"当代经典"(living classics)的趋势,但在利维斯看来,他们只是"次等"(minor)小说家。菲尔丁、普利斯特里(J. B. Pristley)、理查逊(Richarson)、普鲁斯特(Proust)在利维斯的体系里虽然有着重要的位置,但依然难以称得上伟大。有幸跻身利维斯认为的伟大小说家之列的有简·奥斯汀、狄更斯、霍桑、梅尔维尔、马克·吐温、乔治·爱略特、亨利·詹姆斯、康拉德、D. H. 劳伦斯等人。利维斯的这一名单经过了长期的酝酿,他这样界定小说大家:

(小说大家)乃是指那些堪与大诗人相提并论的重要小说家——他们不仅为同行和读者改变了艺术的潜能,而且就其促发的人性意识——对于生活潜能的意识而言,也具有重要的意义。①

诗歌曾长期居于英国文坛的核心地位,而小说的兴起则大大晚于诗歌。利维斯眼里的大诗人,如 T. S. 艾略特、庞德与霍普金斯等,有着时代情怀、具有革新精神、代表着传统的同时又引领着英国诗歌发展的方向。伟大的小说家的地位堪比大诗人这一说法体现了小说正在蓬勃发展之中,而小说家的地位也有了实质的提升。伟大的小说家必须能影响后来的小说家。"改变艺术潜能"即艺术创新,包括技巧、语言、形式等;"促发人性意识"则是对人的本质问题和人生价值的关注,直指作品的"塑造情感"与"成人"(humanizing)功能。利维斯说:"伟大的传统指的是英国小说的伟大之处所属于的那个传统。"②事实上,利维

---

① 利维斯:《伟大的传统》,第 4 页。
② 利维斯:《伟大的传统》,第 12 页。

斯一直对伟大小说家和伟大作品进行着片段式的界定,把这些思想片段连缀起来,便可看见小说大家和伟大作品的特质。

利维斯认为,小说大家必须有"对生活所抱的至为严肃而迫切的关怀"①。语言具有道德性,回忆具有道德性,而"怎么生活"本身也是一个道德问题。伟大小说家需要的是"面对生活的一种极端虔敬之态,是一颗深沉严肃之心——任何真正才智的首要条件,是对人性的一份关注"②。他们不但要有"对于人性的关怀"③,还要擅长"对复杂人性意识的表现"④。

伟大的小说家虽然属于某种传统,但他们又不能受传统的羁绊,他们"与传统的关系是创造性的"⑤,因此必须能够突破传统,从而获得"真正的创造性"⑥。关于利维斯对待"传统"的态度,不少学者认为他体现出了十足的保守主义与抱残守缺倾向。利维斯的这一论断无疑有力地回击了这种说法。

前文提到,利维斯发现伟大的诗人与时代总是有着某种龃龉,而且对时代看得十分透彻。与伟大诗人一样,伟大小说家也必须"对时代异常敏感"⑦,并且要担当起时代的责任。利维斯说:"一个伟大的作家受深深的不可阻挡的责任感的驱使,同时又诉诸我们的责任感。"⑧唯其如此,作品才能最终"代表的是生机勃勃且意义重大的发展方向"⑨。

通过上文分析,我们不难发现:

第一,"伟大的传统"不仅是指简·奥斯汀、乔治·爱略特、亨利·詹姆斯、康拉德、D. H. 劳伦斯等伟大小说家所代表的那个伟大群体,而且指代伟大作品的特质:关注技巧与"形式"、凭借对时代的敏感、以一种艺术和审美的方式创造性地关注生活、人生、道德和人性,创造一个"完整的意义",从而引领时代与小说前进的方向。利维斯所认为的伟

---

① 利维斯:《伟大的传统》,第40页。
② 利维斯:《伟大的传统》,第22页。
③ 利维斯:《伟大的传统》,第6页。
④ 利维斯:《伟大的传统》,第26页。
⑤ 利维斯:《伟大的传统》,第8页。
⑥ 利维斯:《伟大的传统》,第42页。
⑦ 利维斯:《伟大的传统》,第35页。
⑧ F. R. Leavis, James as Critic, in Morris Shapira, ed., *Henry James: Selected Literary Criticism*, Harmondsworth: Peregrine Books, 1963, p. 19.
⑨ 利维斯:《伟大的传统》,第38页。

大作品无一不符合或部分地符合这些特质。

第二,"伟大的传统"指代一种传承关系与影响脉络。利维斯首先把"传统"看作一种"延续"(continuity)。具体到英国小说,"伟大的传统"指的是伟大小说家之间的渊源与影响关系,他们与背景人物一起组成了一张复杂的关系网络。利维斯坚持对小说家做层级区分。他说:"领会了奥斯汀的特异卓绝,便会体会到人生苦短,不再容你沉湎于菲尔丁或对普里斯特利(Priestley)先生哪怕投去一瞥了。"①很多批评家只是注意到了利维斯对菲尔丁的"贬低",却忽视了他对菲尔丁的褒扬。利维斯认为,菲尔丁体现了戏剧向小说的转变过程,甚至说他是英国小说的发端亦有其合理之处,因为他"开创了英国小说的中心传统,从而使得简·奥斯汀成为可能"②。理查逊长于情感与道德状态分析,其文也颇有意趣,但依然不足以让他成为小说大家。可是,他是构成奥斯汀身后背景的不可或缺的一部分。理查逊的作品经由长于描写女子与社会各阶层的范尼·伯尼(Fanny Burney),从而使奥斯汀获得了教益。由此,英国小说史上一条重要的脉络便清晰地呈现出来了:理查逊—范尼·伯尼—简·奥斯汀。在利维斯看来,"简·奥斯汀是英国小说伟大传统的奠基人"③。利维斯继而发现,乔治·爱略特对奥斯汀的作品十分景仰,写过充满欣赏之意的文章,这表明了后者对前者的影响,无论是在反讽的运用,还是对道德的根本关怀上。同样,推崇奥斯汀的还有另一位小说大家亨利·詹姆斯,而爱略特同时又对詹姆斯产生了影响,对詹姆斯自己的问题具有直接而重要的关系,其原因"在于爱略特在她至为成熟的作品里,以前所未有的细腻精湛之笔,描写了体现出'上等社会'之'文明'的经验老到人物之间的人际关系,并在笔下使用了与她对人性心理的洞察和道德上的卓识相协对应的一种新颖的心理描写手法。"④詹姆斯的某些小说的主题、笔触之具体性、道德关注等皆有爱略特的遗风。利维斯认为,詹姆斯隐约影响了康拉德,而对康拉德产生巨大影响的却是狄更斯。利维斯所构建的英国小说家的传承关系网络可以由下图简明扼要地描述:

---

① F. R. Leavis, *The Great Tradition*, p. 3.
② F. R. Leavis, *The Great Tradition*, p. 3.
③ F. R. Leavis, *The Great Tradition*, p. 12.
④ 利维斯:《伟大的传统》,第 24 页。

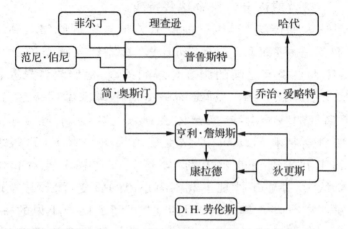

这一影响脉络显示了利维斯非凡的视角与洞察力。然而，这并不意味着这一影响脉络无懈可击。缺憾之一在于，作家之间的影响难以准确界定和衡量；另一缺憾则是该影响网络的排他性：它给人这样一种感觉，即英国小说除此数人之外，并无大家。"菲尔丁、劳伦斯·史丹、司各特、狄更斯（除了《艰难时世》）、萨克雷等小说家都被放置一旁。"①这很容易给反对者提供一个构建"反传统"的脉络。贝尔认为，"菲尔丁、史丹、萨克雷的支持者通常提出另外一种传统来改造应对利维斯所提出的脉络的排他性，这一另外传统即喜剧自觉（comic self-consciousness）的传统。利维斯的叙述已成经典，它追溯了一条传统，该传统的本质是英国的。举例来说，用来讨论法国小说的术语则不适用于讨论英国小说。19 世纪的法国小说带有更强的理论意识以及更加激进的社会排斥（rejection），因此更具有美学的自觉性。而英国小说则有一种积极的道德与社会理想主义的担当（commitment），抵制美学倾向。"②需要指出的是，利维斯本人反对"审美主义"，但并不反对"审美"本身，因为审美本身在利维斯看来几乎等同"艺术性"以及美好的形式。

第三，利维斯的"伟大的传统"指代小说创作思想与手法的延续。在利维斯的时代，"割裂"与"解体"是最让利维斯感到心惊的词语，他本人一直不遗余力地试图"弥合"各种"割裂"与"解体"。"传统"意味着"延续"，如果没有延续，怎成传统？盘点利维斯给予高度评价的小

---

① Michael Bell, *F. R. Leavis*, p. 86.
② Michael Bell, *F. R. Leavis*, pp. 86 – 87.

说家和小说作品,其共同点是都可被称为"现实主义"的创作思想。正如陈安全所说的那样,"纵观英国文学史,我们就会发现,现实主义在英国源远流长,不同历史时期有代表性的文学作品在不同程度上都具有现实主义的特色。在英国文学史上,当然也有其他文学流派的产生和发展,但就其主流而言,英国文学的传统是伟大现实主义作家的传统。"①利维斯十分强调作品给人的"现实感",或者说呈现的"世界",这与他的文学思想是密切相关的。前文已提及,利维斯认为文学必然通向"文外",即通向世界和人生。所以,在利维斯看来,伟大的小说家和小说作品就必然是"现实主义"的或者带有现实主义色彩的,同时必然对人生、人性、道德等有着强烈的兴味关怀。

必须指出,仅有"现实主义"的创作思想或者仅仅对人生、人性以及道德有着强烈的关怀并不足以造就一个伟大的小说家。他必须以高超艺术,即创造性的手法,来呈现"形式之美""生活之真"与"人性关怀",其方式必须是"成熟的"(mature)。利维斯所谓的成熟最基本的要素就是他一贯坚持的"情感"与"智性"的融合。的确,在利维斯评价很高的小说家中,"从狄更斯到劳伦斯的小说家形成了一个有机的连续体,对他们进行睿智的研究就要求研究不断变化的文明,而他们的作品就是对我们文明的批评、阐释;没有东西可与此匹敌。在当今时代,没有人比利维斯更好地阐释了文学是如何与历史研究和社会研究相关的。"②毕兰的观点可谓一语中的。毕兰十分认可利维斯的小说创作的"现实观",同时认为,利维斯的小说批评在作品和"现实"之间构建了某种纽带,把文学研究和社会研究及历史研究联系了起来,但同时文学研究又不等同于社会历史研究。

在欧洲,人文知识分子一般被认为是种族的意识与良心之所在。利维斯的小说批评如果要行使某种使命的话,那它就是"社会改良"与"情感塑造"。E. M. 福斯特(E. M. Forster, 1879—1970)改良社会的路线图是改造资产阶级道德观,力主用接近自然属性和状态的人以取代狭隘的囿于伪善的道德观的人。这显然有着 D. H. 劳伦斯的遗风。瑞恰兹认为,"而在促使'人类感性领域得以拓宽'的所有动因之中,艺术

---

① 陈安全:《鲁宾斯坦与〈英国文学的伟大传统〉》,载安妮特·鲁宾斯坦:《英国文学的伟大传统》,陈安全等译,上海:上海译文出版社,1998,第 I 页。
② R. P. Bilan, p. 7.

是最有力的,因为正是通过艺术人才最可能合作,而又正是在艺术的体验中心智才能最轻松、最少干扰地达到自身的有机统一。"①利维斯的社会改良路线与此二人有类似之处。他也反对虚伪道德观,力主创作于批评的"真诚",进而在公民中实现"真诚";同时,他推崇文学作品(源于语言文字)的创造人生体验的能力,进而获得了"成人的"功能。显然,"现实主义"的创作思想与相应的手法与技巧的运用让小说作品的"成人"功用获得了更大的可能性。

第四,"伟大的传统"是一个层级系统,它作为一个地标式的存在,是利维斯整个小说评价体系的参照。就英国小说而言,"传统"在利维斯那里有两个层次:其一是"伟大的传统",另一则是它自身所隐含的向对面,即"稍逊伟大或并不伟大的传统",也就是利维斯所谓的"次级传统"(minor tradition)。利维斯在对勃朗特姐妹(the Brontes)的简短点评中提到,夏洛蒂在英国小说的"主线脉络"(the great line of English fiction)并无地位,但保持着次级的影响。利维斯此处所谓的"主线脉络"即英国小说的"伟大的传统"。夏洛特虽不属其中,但她才能出众,擅长传达个人体验。利维斯认为,三姐妹间艾米莉是一个天才,但让人费解的是,他认为《呼啸山庄》(Wuthering Heights)像一场游戏。尽管如此,利维斯认为她依然有着难以察觉的影响(利维斯察觉到了):她的前辈司各特主张以浪漫手法处理小说的主题,而18世纪以来的传统则是对"真实"(real)生活给予镜像般的反映,而艾米莉彻底打破了这两种传统,从而"开创了一个次级传统,其中显而易见《带绿色百叶窗的房子》(The House with the Green Shutters)就属于此类"②。那么,何为"次级传统"呢?

利维斯并不赞同司各特以浪漫手法处理小说主题的主张,他本人对司各特的评价也不高。事实上,背离"现实主义"创造的小说很难获得利维斯的好评。利维斯所主张的"现实"并不等同于完全真实,创作也不等同于"摄像",镜面般的反映既不可能,也无必要。利维斯赞赏艾米莉的原因主要有两点:一是她较为贴近现实,或者说给人以现实感;二是对"生活"画卷的呈现并不是镜像般的,而是有艺术的取舍加工。但是,艾米莉依然没能进入利维斯构建的英国小说的"伟大的传

---

① 拉曼·赛尔登编:《文学批评理论:从柏拉图到现在》,第193页。
② F. R. Leavis, *The Great Tradition*, p.27.

统",其原因是《呼啸山庄》颇像"一场游戏",也就是说,艾米莉对人性关怀的强度以及对道德的兴趣尚不够浓烈深沉。同样,乔治·道格拉斯(George Douglas)的《带绿色百叶窗的房子》也呈现出了类似的特征。虽然说一部小说(novel)之所以成功,其"新奇"(novelty)功不可没("小说"在英文中的本意就是"新奇"),但《带绿色百叶窗的房子》在创造新奇的同时也能"真实"地呈现苏格兰的生活,其中有各种各样的有趣人物,作者在描写时似乎未加多少同情或者情感,所以有批评家认为该小说类似于情景剧,也就是利维斯所谓的"缺乏对生活和道德的热忱"。所以,这样的小说虽然堪称优秀,却只能属于"次级传统"了。

由此可见,"次级传统"的小说作品或许也是天才之作,也不缺乏生活画卷的"真实感"与复杂性,但是其中往往体现出一种游戏的或者不严肃的态度、情景剧的倾向以及个人情感(尤其是同情)的匮乏。至此,我们或许已清楚,利维斯的"伟大的传统"与"次级传统"是相对应的。如果把 great 与 minor 对立起来解读,我们会突然发现,也许"伟大的传统"并非言其伟大,而是"大",即"主线脉络";minor 并非真的"渺小"或者"低下",而是"小",即"支线脉络"。利维斯所有的小说批评都或隐或显地运用了这两个体系。对不同的小说家,利维斯会分出一个等级体系,或"大"(great)或"小"(minor);对同一小说家的不同作品,利维斯也不等而视之,而是区分出真正伟大的作品和较为次级的作品;他甚至对一个作家的不同人生阶段的创作进行优劣和层级的评判。这些完全符合利维斯要"找出那些真正的大家来"的目的。

最后,"伟大的传统"是利维斯构建的一种反制性的方式,其目的是通过塑造现代情感来对抗工业文明与大众文化。阿尔德里奇(Aldridge)认为,"如果说爱略特以秉持道德和文化标准的信念和传统角色来对抗大众社会的话,那么瑞恰兹和利维斯的文学批评也传承了这一点。"[①]这是非常准确的论断。利维斯的小说批评着眼点是小说自身,但更深远的目的则是疗救当下,以实现更为美好的世界。前文提到,大工业文明(大众文化)中的人的自然性被淹没甚至扭曲了,情感和智性被割裂,低廉情感泛滥,商业无处不在,消费主义盛行,笃信科技主义又造成种种恶果。那么,种族的良心与文化的健康如何来维持并

---

① John Eldridge and Lizzie Eldridge, *Raymond Williams: Making Connections*, London: Routledge, 1994, p.58.

传承呢？利维斯想到了"有机统一体"，但他也清楚那只是一种乌托邦，我们根本无法重回过往，甚至也不无法依此来构建新的社会。于是，利维斯把希望寄托到了"少数人"身上，希望借此传承最佳的语言与思想。利维斯又把目光转向了受教育的大众，希望他们经由文学训练、阅读、体验来完成情感塑造，达到情感与智性的合一，从而让"传统"在他们身上留存。于是，自然而然地，小说创作与批评都在无形间被赋予了某种使命，即它们要通过影响大众来改造社会，并最终实现文化健康、人性健全与长远的人类目的。

"伟大的传统"隐含着一个"有机统一体"。在利维斯看来，从属其间的小说对现实的描述甚至"揭露"都让我们向美好靠近了一步。精妙的具有创造力的语言在诗歌和伟大小说中得以留存，它可以滋生体验、澡雪精神，读者因此具有了"有机统一体"中的人才有的那种自然性，以及植根土壤、应因自然节奏的本能。而文学批评的属性是"协作—创造"，它同文学创作一起，来影响、反制社会。

利维斯"伟大的传统"的反制与疗救意味与王国维试图以壮美（the sublime）挽救文化危亡、鲁迅以"崇高身体"来刺激国民麻木的神经、蔡元培呼吁"以美育代宗教"都有几分相似，也都具有一种悲壮而苍凉的意味，因为其结局几乎都是一样的：个人的呐喊与反制不该逝去却终归逝去，文化与社会的沦丧不该到来却终归到来。我们今天猛然回首，却发现利维斯早已是"警世之钟"。这也能解释，在21世纪的头十年，为什么英国甚至全球的相关学者突然不约而同地开始"反思利维斯"与当下的相关性。

综上所论，利维斯构建的"伟大的传统"是一个复杂的体系，它有着不同的层面与丰富的内容。它指代伟大的小说家及其伟大作品的特质，指代英国小说家的传承关系与影响脉络，指代"现实主义"创作思想与相关手法的延续；它是与"次级传统"相对应的地标式参照系；它还是一种对抗大工业文明与大众文化的一种命运悲凉的反制方式。如果仅仅把"伟大的传统"理解为英国的伟大小说或者伟大作家，那显然是把利维斯的文化批评与文学批评割裂开来了，因此也就无法意识到文学批评在利维斯那里最终走向社会健全与文化健康这一事实。

第二节 利维斯的小说观及小说批评的维度

回顾利维斯的批评生涯,我们发现,他从文化批评走向诗歌批评,再从诗歌批评走向小说批评,而诗歌批评与小说批评最终又指向社会健全与文化健康。在本书第三章第三节,笔者阐述了利维斯的诗歌批评的重要维度,其中包括传统、现实、真诚、道德、非个性化、情感、意义等重要的批评词汇。利维斯从诗歌批评过渡到小说批评,他的很多重要的批评用词也迁移到了小说批评之中,而且二者之间存在着高度的一致性,因此并没有必要一一探讨小说批评中的那些相同或类似的关键词,虽然它们在各自的体系里确实也有些不同。但是,值得注意的是,利维斯在小说批评中所使用的最为重要的词,如"现实""生活""道德"等,都跟他的"小说观"密切相关。下文将论述利维斯的"小说观"并阐发与其关联的最为核心的批评维度。

一、利维斯的小说观

利维斯的小说观包括三个互相联系的重要观念,即小说是"戏剧之诗"(dramatic poem)、小说是"道德寓言"(moral fable)、小说是"对生活之肯定"(affirmation of life)。这三大论断同时就隐含了利维斯小说批评中最为核心的批评用词。

(一)"小说作为戏剧之诗"

早在1947年春的《细察》杂志上,利维斯就发表了题为《论艰难时世》("On *Hard Times*")的文章,后来在《伟大的传统》中,该文的题目变成了《艰难时世:分析笔记》("Hard Times: Notes of Analysis")。值得注意的是,从那时起,利维斯在《细察》发表的论述小说家的系列文章皆冠以"小说作为戏剧之诗"①的大标题。这些文章构成了《伟大的传统》的主要内容。利维斯明确写道:"我想说的是,《阴影线》中这类创造性工作(我称之为'戏剧之诗')的意义不能由任何道德来代表。"②安

---

① F. R. Leavis, The Novel as Dramatic Poem, in *Scutiny* (Vol. XIV, No. 13), Cambridge: CUP, 1963, p. 185.

② F. R. Leavis, *Anna Karenina and Other Essays*, p. 108.

妮·塞姆森认为,利维斯把小说看成"戏剧之诗",从而"让'跨文学样式'(cross-genre)的关联成为可能"①。那么,小说如何可以作为"戏剧之诗"呢?

利维斯说:"小说大家之重要性就如同伟大诗人之重要性。"②同理,伟大小说的重要性就如同伟大诗歌的重要性。这句话传达的信息是:伟大诗人和诗歌之重要性毋庸置疑,然而小说大家和伟大小说的重要性只能通过伟大诗人和伟大诗歌去比附。在英国文学的传统之中,诗歌一直有着至高无上的地位,而小说自诞生之日起就地位卑微,甚至曾一度被视为市井邪魔。到了19世纪,小说的地位有较大提升,而在20世纪的英国小说最终上升到了足以比肩诗歌的地位,这其中利维斯的弘扬与推动功不可没。我们从引领时代的伟大小说家与伟大诗人身上可以发现他们非常相似。前文已论及引领英国诗歌发展新方向的伟大诗人应具有的六大特征,即"语言与技艺的革新者""自然语言和口语的精妙运用者""'真诚'原则的倡导者和传承者""时代意识与责任的敏感者与担当者""现实与人生的拥抱者"以及"对后世诗人的影响力"。而伟大小说家与伟大诗人在这些特质上是完全相通的。他们之间的一致性为利维斯把二者相提并论提供了充足的理据。但是,就"小说"形式与"诗歌"形式而言,二者大不相同,小说成"诗"的连接点就在于"戏剧"。而"戏剧"在这里有着双重含义。首先,它是作为文学体裁的"戏剧"。诗歌与戏剧的连接点有很多,其中之一便是戏剧往往有着诗化的语言,利维斯十分推崇的莎士比亚便是代表。戏剧于利维斯而言近似于大型化的诗歌,而戏剧往往又是近似于小型化、简单化的小说。由此,"小说作为戏剧之诗"便有了合理性。也就是说,小说近似于诗歌的戏剧化。小说与诗歌在意义的产生、存在方式、与现实及生活的关系以及自身功能上都有着相似之处。利维斯认为诗歌和小说的意义是在协作中构建产生的;意义的存在方式是"第三域";小说与诗歌皆通向"文外",即与"现实"和"生活"发生必然的联系;诗歌和小说在利维斯看来都可以塑造当代情感,承载传统,并借此对抗大工业文明。

"戏剧"的另一重含义是"戏剧化(般)的"。利维斯的"小说作为戏剧之诗"这一思想似乎受到了刘易斯"小说要戏剧化的呈现"这一主张

---

① Anne Samson, *F. R. Leavis*, p.148.
② F. R. Leavis, *The Great Tradition*, p.2.

的影响。利维斯在评价詹姆斯的《一位女士的画像》(*The Portrait of a Lady*)时说:"詹姆斯在选择他的精彩场面时用的是戏剧化呈现的高超艺术"①,而詹姆斯的《未成熟的少年时代》则是"一部完全戏剧化了的小说"②。"戏剧化"意为"适合于戏剧或者具有戏剧典型特征"(suitable to or characteristic of the drama)。戏剧,以英国的戏剧而言,其典型特点包括现实虚拟化、程式化、冲突最大化、语言的诗化(后来的生活化)等。利维斯自然清楚小说就是"虚拟"现实,艺术地呈现生活,所以他并不赞赏司各特传统对"生活"表层的镜像反映。同时,他反对"程式化"的小说创造,特别强调小说形式的创新。利维斯并未明确表露过"冲突最大化"这类思想,但他对小说的构思和情节还是十分强调的,要突出张力,而且要有"感染力",必须很大程度上依靠制造冲突。至于语言的生活化,则是利维斯十分推崇的,口语化的诗歌创作在利维斯那里也得到了高度评价。当然,这种语言必须是精妙的,具有创造性的。

从利维斯"小说作为戏剧之诗"这种比附我们还可以看出他对小说体裁的看法。他在《阴影线》的评论中写道:

> 《台风》的感染力(impressiveness)对我而言无疑是伟大艺术的感染力,它丝毫不依赖玄奥的"对宇宙的哲学论断"或者依赖诗化散文(poetic prose)带来的欣喜。它以让人惊讶的力量唤起(evoke)了人们对台风的暴烈的印记……对《台风》,我想说的根本一点是它是一位伟大小说家的作品;他的兴趣围绕着人类主题,构思点依赖恰当措辞与说服力(convincingness),有了这些,他笔下具体的个人人物才能呈现在我们眼前。这个故事当然有其严肃崇高性,但开篇似喜剧(comedy)大师的手笔,而作品中主导性的是艺术(让人联想起狄更斯)自始至终有其至关重要的作用。③

毫无疑问,这一论断表明,利维斯对小说题材有着现实主义的理解。对利维斯而言,小说创造过程就是艺术发现过程:生活如戏剧般呈

---

① 利维斯:《伟大的传统》,第188页。
② 利维斯:《伟大的传统》,第279页。
③ F. R. Leavis, *Anna Karenina and Other Essays*, p. 98.

现开来,语言又增益新的体验,于是小说便和戏剧发生了联系,同时又有了质的区别。联系在于,它们都试图"讲故事",而且力争让人"身临其境",也就是,二者都要呈现生活,而且其方式并不是像西方的画家画石膏像那样来照直描摹生活,而必须是"戏剧性的"。因此,小说与戏剧中的情节与人物有了夸张、有了"意义",或者一言以蔽之,有了"艺术性"与"感染力"(impressiveness)。小说与戏剧本质的区别在于,戏剧故事必须发生在"舞台空间",而小说的故事发生在"文本空间",或者说发生在读者构建的阅读体验与"想象空间"中。由此可见,小说有着更为广阔与深厚的"生活",人物的"呈现"也会更加丰富多样。

贝尔认为,"'小说作为戏剧之诗'这一模式表明了利维斯独特的视点以及相应的局限。他是一个敏锐、深邃的批评家,他对语言极富个性特征的运用中包含了其存在主义的姿态。但其诊断式的核心使他不能考虑这样一种情况,即语言必须以一种相对的(relative)猜测的(speculative)方式去理解。"①其实,利维斯并未赋予语言以精确的意义,同样作品的意义是由作者和读者共同构建出来的,具有"协作—创造"的本质,因此利维斯正是以一种相对、猜测的方式去理解语言意义和文学意义的。

文学意义似乎就在诗歌和小说两级之间产生,前者造就"诗的世界",后者造就"小说的世界",因此文学的意义必定兼有"诗性"与"小说性"。也就是说,文学作品必定是"诗性"与"小说性"的混合体,因此某些伟大的小说家也自然成了"诗人小说家"。利维斯认为詹姆斯就是智慧的"诗人小说家"②,劳伦斯亦然。利维斯说:"在一个天才的大脑里,结果应当是对比较的偏好,不断地思考文明社会的本质,思考有无可能想象一个比他所知道的任何社会都要美好的文明。当我把他(康拉德)称为'诗人小说家'(poet-novelist)时,我想到的就是这种思考的深刻性:他的'兴趣'(interests)不是仅仅笔头关涉的东西。"③为了进一步说明,利维斯引用了《金碗》(The Golden Bowl)前言中的一段话:"一个人'品味'(taste)的健全发展(趣味是对我们内心深处许多东西的统称),从根本上说,只要他内心的诗人(poet in him)胜过其他一切,

---

① Michael Bell, F. R. Leavis, p.128.
② F. R. Leavis, The Great Tradition, p.12.
③ F. R. Leavis, The Great Tradition, p.128.

诗人的'品味'就是对生活的积极感受(active sense of life),依据实情抓住它就如同抓住了通往整个意识迷宫的银线。"①康拉德认为,小说家的内心总有一个诗人,他必须积极地感受生活,保持对内心深处很多东西的追求,借此才能健全自己的"趣味"。利维斯明确说:"我把他(康拉德)称为'诗人小说家',旨在表明,他的艺术中起决定和控制作用的趣味关涉的是'他内心最深处的'东西(康拉德具有非凡的感受力),而且也最易打动我们内心最深处的东西。"②利维斯此处并没有明确表明,"内心最深处的东西"究竟是什么,当然"内心最深处的东西"本来就很难抓住说个明白,但是从利维斯对康拉德艺术特色的评判中我们还是发现,"内心最深处的东西"必须关乎"对生活所抱的严肃关怀"③。

从小说的地位来看,利维斯的这种论断无疑是对小说和小说家地位的有力提升;从文学样式上看,利维斯试图在小说和诗歌之间建立起某种关联(他的批评于是很自然地从诗歌走向小说)并自由地把诗歌批评词汇迁移到小说批评当中去。

(二)小说作为对生活的肯定

前文已阐述了利维斯的"文学"与"文学外"(extra-literary)的关系。文学通向文外,就是通向"现实"和"人生"。利维斯的小说批判非常重要的一点就是关注小说所体现的道德关怀,而道德关怀本身就是一个"如何生活"和"如何看待生活"的问题。利维斯干净利落地写道:

> 小说大家……就是对生活抱有一种异常发达的兴趣……对经验的非凡的吐纳能力,一种面对生活的虔诚虚怀,以及一种明显的道德热诚。④

小说家须能吐纳经验,这种能力一方面与语言创造新体验的表达功能有关;另外,它更与作家对生活的态度以及人生体验的把握有关。伟大的小说就是"对生活的肯定"(affirmation of life)。斯宾诺莎曾说,自由的人绝少想到死,他的智慧不是死的默念,而是生的沉思。同样,

---

① 转引自 F. R. Leavis, *The Great Tradition*, p. 128.
② F. R. Leavis, *The Great Tradition*, p. 128.
③ F. R. Leavis, *The Great Tradition*, p. 129.
④ F. R. Leavis, *The Great Tradition*, pp. 8–9.

在文学解放性的世界里,情感和智性得以交融,它让人走向自由;走向自由,便是对生的向往,有了对生的渴望,我们才真正地开始了生活。作品与外部世界的关联在于情感与想象,情感是纽带,想象是途径,文学现实和外在现实于是有了各自的自在自为性和彼此之间的统一性。

从根本上讲,利维斯这一态度完全取决于他对小说和"现实"与人生关系的看法,而且与小说的"真实"观密切相连。因此,我们有必要由此切入,并最终回归到对"肯定人生"的意义追问上。

"文学、现实和人生"是文学批评界古老而又常新的话题。但总体而言,近代的文学理论家和批评家们对此有着较为趋同的看法。

首先,让我们从反面思考艺术与生活:艺术是否可以和生活脱离,并完全彻底地走向自我?对此,韦勒克给出了一个中肯的回答:"那种认为艺术纯粹是自我表现、是个人感情和经验的再现的观点显然是错误的。尽管艺术作品和作家的生平之间有密切关系,但绝不意味着艺术作品仅仅是作家生活的摹本。"①个人是社会的产物,同时"文学作为某一社会文化的一部分,只能发生在某一社会的环境中"②。也就是说,艺术中必然有着广阔的生活体验,它是超越个体的,甚至是超越时空的。作家和社会之间总存在着一种互动的关系,艺术和生活也是如此。"作家不仅受社会的影响,也要影响社会。艺术不仅重视生活,而且也造就生活。"③韦勒克对小说和"生活"的真实性的关系论述得简单而透彻,他说:"小说家的世界或宇宙,这一包含有情节、背景、世界观和'语调'的模式、结构或有机组织,就是当我们试图把一本小说和生活做比较时或从道德意义和社会意义上去评判一个小说家的作品时所必须仔细加以考察的对象。小说与生活或'现实'相比的真实性不应以这一或那一细节的事实的准确性来判断。"④从这一论断中我们似乎还能看见丹纳的影子。丹纳认为"艺术应当力求形似的是对象的某些东西而非全部。"⑤

利维斯说:"如果'批评'一词是恰当的,那么'英国小说'的批评传统谈的是"真实人物"的创造,它以外在的丰盈来衡量作品的活力,并

---

① 勒内·韦勒克奥斯汀·沃伦:《文学理论》,第79页。
② 勒内·韦勒克奥斯汀·沃伦:《文学理论》,第113页。
③ 勒内·韦勒克奥斯汀·沃伦:《文学理论》,第110页。
④ 勒内·韦勒克奥斯汀·沃伦:《文学理论》,第250页。
⑤ 丹纳:《艺术哲学》,傅雷译,北京:人民文学出版社,1983 第337页。

期待看到大量而松散的事件和情景,但对判断艺术的要义和关联性的成熟标准却全然不知。"①利维斯所谓的"外在的丰盈"即"生活"。有意思的是,被称作利维斯的美国传人的特里林似乎找到了艺术和现实的关联性的成熟标准。特里林从多维角度阐述了艺术真实。他说:"整个19世纪,艺术的一个主要意图就是在观众心里唤起生存的意义,并召唤被高度发达的文化削弱了的那种原始的力量。为了得到这个目的,艺术提出了多种精神训练的手段,包括:遭遇、绝望、极度的反抗;对他人的深切同情;对社会进程的理解;社会的异化。随着时代的发展,生存的意义,即变得顽强的意义,逐渐被纳入个人真实性的理解认识之中。艺术作品因为它完全是自定义的,所以本身是真实的:它根据自身的法则存在着,包括表现痛苦、卑鄙或为社会所不容的各种主题的权力。同样,艺术家也在他完全的自主性中寻求个人的真实性——他的目标是像他创造的艺术作品一样自我定义。至于观众,他希望能通过艺术作品的交流获得自身的真实性,对他来说,艺术作品就是真实性的榜样,而艺术家个人就是生动的例子。"②在特里林看来,艺术,包括小说,是自定义的,因此在自己的体系内是真实的,但它与"外在真实"又有着本质的不同。如果特里林所说的整个19世纪"艺术的一个主要意图就是在观众心里唤起生存的意义"正确的话,那么它似乎也适用于20世纪,尤其是利维斯的年代。利维斯本人十分关注"意义"。他说:"詹姆斯不能想象一个艺术家或者批评家不关注意义(significance)。"③利维斯补充说道:

> 对"意义"的看法最终关乎对"价值"的判断,这两个术语互相关联……创造性作家对呈现(render)生活的关注就是对意义的关注,对最具重要性的事情的关注……关乎它所传达的人类体验之潜能的意义。④

---

① F. R. Leavis, *The Great Tradition*, p. 141.
② 莱昂内尔·特里林:《诚与真》,第 97 页。
③ F. R. Leavis, James as Critic, in Morris Shapira, ed., *Henry James: Selected Literary Criticism*, p. 18.
④ F. R. Leavis, James as Critic, in Morris Shapira, ed., *Henry James: Selected Literary Criticism*, pp. 19–22.

生活之于利维斯的小说批评,正如同生活之于阿诺德的诗歌批评。虽然小说中的"生活"不同于"现实生活",但从小说中依然能解读社会也是不争的事实,至少是以文学的方式。因为我们可以从小说中去寻找"意义"和"真实",正如特里林所说的那样,"在我看来,康拉德的《黑暗的心》(Heart of Darkness)是现代人用文学的方式表现对真实的关心的一个典范。"①这的确有利维斯的遗风。利维斯认为,"英国文学的多样性与广度十分宏大,无可匹敌,它深刻而完全地记录了变化的生活,给我们呈现了一个现在并没有死去的延续体。"②此处,"并没有死去的延续体"不仅指代"传统",还指代"生活"。利维斯经常使用"生活贫乏"(life-impoverishment in art)、"艺术脱离生活"(separation of art from life)等术语,这无不表明,"生活"如同"道德关注"一样,是利维斯小说批评体系中重要的批评用词。运用此类词汇的好处是,"作为一个批评家,利维斯在自己的领域内表明了文学如何来揭示社会"③。

利维斯说认为小说是对生活的"肯定"(affirmation)这一论断本身就预设了一个前提,即上文讨论的小说与"现实"的"人生"的区别与联系。"人生"在利维斯那里有着丰富的表达,它有时是"生活的潜能"(potentialities of life),有时是"体验的潜能"(potentialities of experiences),有时是"人生的可能性"(possibilities of life)或者"人类的潜能"(human potentialities)。④利维斯希望良善与美好以及与此相关的种种体验都可以由语言在小说中"实现"(enacted)。他说:"正如劳伦斯所指出的那样,艺术态度表明的乃是生活中或者对生活的一种态度。"⑤简言之,如何对待艺术便是如何对待生活。

要分析利维斯"对生活的肯定"这一论断,还必须从词源学上确定 affirm 的意义。英文 affirm 一词最早出现在 14 世纪,来自中古英语 affermen,后者又可最终追溯到拉丁语 affirmare,意为 to make firm,即"使确立"。如果 life 此处指代生活,那么英文中 to affirm life 的核心含义就是 to express dedication to life,即"表达对生活的热忱"。

首先,对利维斯而言,作品深深地植根生活,把握具象,或者呈现生

---

① 莱昂内尔·特里林:《诚与真》,第 105 页。
② F. R. Leavis, *English Literature in Our Time and the University*, p. 60.
③ R. P. Bilan, *The Literary Criticism of F. R. Leavis*, p. 11.
④ F. R. Leavis, *The Great Tradition*, p. 12.
⑤ F. R. Leavis, *The Great Tradition*, p. 8.

活的"真实可信",本身便是对生活的肯定。福楼拜无法位居伟大小说家之列,其原因就是"如避开麻风病人一样疏离生活"①。利维斯颇为赞同伍尔夫夫人的这一观点:"'与世隔绝'(对小说家来说,损失重大)"②。利维斯认为狄更斯的《艰难时世》有一份"完美"(perfection)、一种持久,具有完整严肃性(complete seriousness),其原因在于:"狄更斯强烈而真切地认识到了维多利亚时代文明的一些重要特征,它们就蕴藏在具象之中,向作者揭示着他以前从未这般彻底悟到的联系和意蕴。这是一个完美的寓言,其象征和呈现的意义真实可信,并且随着情节让人信服地以历史方式自然地呈现,因此又产生出新的深奥精妙(subtleties)来。"③在这里,利维斯特别强调了"具象",它是小说呈现世界的方式,如果呈现得完美,那么其意义就在小说自给自足的体系内"真实可信",甚至还会连锁反应般地滋生出更多的人生体验来。利维斯在评价康拉德的《台风》时说:"康拉德绝不容我们忘记他那坚实而独特的身影,还有已经具体化了的普通海员和轮机手的身影。"④康拉德的另外一部作品《诺斯特罗莫》(Nostromo)"有一个主要的政治和社会性的主题,即道德理想主义与'物质利益'之间的关系"⑤。但这并不是小说成功的最关键的因素,利维斯认为,"这部小说之所以令人称道,并不是它对人类经验做了什么深刻的探讨,或在对人类行为的分析上有什么洞幽烛微之处。确切地说,它令人称道的地方是在那坚实而生动的具体上,借此种种具有代表性的立场和动机以及令它们彼此之间的相互作用的丰富形态布局都得到了形象的呈现。"⑥这都表明,利维斯非常清楚地认识到,小说中的艺术形象只能靠"具象"去创造,否则不会有感染力;在小说中,没有哪种"抽象"让人感动,虽然它或许会让人睿智、具有逻辑化或者获得某种哲思。利维斯认为康拉德比爱略特更多一份艺术上的"完整性",其原因就在于康拉德把"关怀"更加彻底地融入了作品之中,因为康拉德是小说家兼水手,而非小说家兼中介阶级知识分子,这一点对他在艺术上获得一种完整性是有积极意义的。

---

① F. R. Leavis, *The Great Tradition*, p. 8.
② 利维斯:《伟大的传统》,第150页。
③ F. R. Leavis, *The Great Tradition*, p. 20.
④ 利维斯:《伟大的传统》,第308—309页。
⑤ 利维斯:《伟大的传统》,第318页。
⑥ 利维斯:《伟大的传统》,第326页。

显然，他们二人差异的原因在于个人背后生活的宽度和厚度，以及对生活经验的"吐纳能力"。呈现生活的"具象"本身便是积极地把握生活（即詹姆斯所谓的"尽可能捕捉生活自身的色彩"），是对生活的礼赞。小说中呈现的生活"真实可信"，是肯定生活的方式之一。

利维斯这样评价爱略特对生活的呈现："爱略特笔下的乡村生活真实可信，哪怕在非常迷人的时候也是如此（而且，她也并非总对乡村生活做迷人化的处理）。"①利维斯认为，在《弗洛斯河上的磨坊》中，"写得最好的部分形象生动，鞭辟入里，具有无法抗拒的逼真性"②。利维斯主张，如同诗歌一样，小说追求的是"更高的真实"。利维斯并非不认同小说对"生活"做理想化的描述，而是不能超越了一定的限度，即不能让读者生出"过于虚假"的感觉，否则作品便失去了赖以吸引读者的"感染力"。利维斯特地比较了詹姆斯和爱略特二人在对"上流社会"和乡间宅第的描述上所表现出的不同层次的"真实感"："他（詹姆斯）的'上流社会'和乡间宅第虽然也不乏种种生气与魅力，但与乔治·爱略特相比，在真实性上的差距便不可以道理计了。他是在做理想化的描述，而这样一种理想化就是对大量的真实视而不见，也不闻不问（或不思不虑）。"③利维斯此处对詹姆斯的批评其实质是，（在对"上流社会"和乡间宅第的描写上）詹姆斯过于理想化了，因而无法给人"真实感"。

其次，"肯定生活"意味着认识到生活的复杂性以及人性的种种可能，因此作品必须对人性有着深刻而强烈的关注。人性是从根本上决定并解释着人类行为的那些人类天性，它包括思维、情感与行为的方式。不同的哲学派别对人性有着不同的定义和阐释，从而构成了浩瀚的"人学"。从马克思主义的观点来看，人性是"一切社会关系的总和"④。这一定义隐含着一个前提，即"人是社会关系的产物"。利维斯在使用"人类的种种可能性"的时候，就隐含了这样一个"总和"的观念。因此，"人性"对利维斯而言，必然意味着对"人的本质"的追问，但不是在哲学意义上，而是以一种文学的或者批评的方式。有时，利维斯

---

① 利维斯：《伟大的传统》，第 62 页。
② F. R. Leavsi, *The Great Tradition*, p. 39.
③ 利维斯：《伟大的传统》，第 156 页。
④ 《马恩选集》（第一卷），北京：人民出版社，1995（第 2 版），第 56 页。

把"人性"与"人类"融合在一起,或者他很难把"人性"与"人类"泾渭分明地区分开来,因为利维斯所使用的 human 既是"人类",又包含"人性"。因此,当他说伟大的作品"促发人性意识"(human awareness)时,它既包括对"生活的种种可能性"(possibilities of life)的认识,也包括对"人性"的理解把握。同样,当利维斯说 human value① 的时候,它既包括"人类价值",即人类生存与人类自身的意义,又包括"人性价值"即"人性"及相关的价值观念。有时候,利维斯直接使用含义更加明确的 human nature(人类本质)②来表示"人性"。利维斯非常不赞同爱略特被称作"清教徒",认为那会把人引入歧途。他说:"爱略特的伦理(ethical)习惯并无任何拘谨或胆怯,她有着福音派(Evangelical)背景,从中获得的是面对生活的一种崇敬之心,一颗深沉严肃之心,这是任何智慧的首要条件,是对人性(human nature)的兴趣,这让她成为心理学家。"显然,利维斯相信,对生活的虔诚崇敬之心必然包含着对人性的关注,这是通往一切智慧的基石。

利维斯常常使用"生活的复杂性"(complexities of life)这一表达,就其本质而言,它等同于"生活的种种可能性"和"人类潜能"。显然,从这些表达我们可以推断出利维斯对"人性复杂性"的认知。对利维斯来说,伟大的小说必然对人性有着强烈的关注与兴趣,那么它无疑就是在以文学的方式进行着"认识人类"的努力,从这个意义上讲,小说不但是一个艺术发现过程,还是"自我发现"过程。

最后,"肯定生活"意味着对生活和人生意义的追求以及对人生意义的肯定。利维斯明确地说:"我们在创造性的作品中所寻找的意义是关乎生活的意义(sense of life)。"③既然如此,利维斯必然会问一个终极问题,即"人到底为什么活着?"(What, at bottom, do men live for?)④肯定生活的意义,首先必须肯定生命本身的价值。利维斯所认为的伟大小说作品无一不或隐或显地体现出对生命的尊重与生命价值的高扬,

---

① 如 *The Great Tradition* 第 29 页连续两次出现的 human value。
② 如 *The Great Traditon* 第 4 页,利维斯说:"菲尔丁的态度、对人性(human nature)的关注都过于简单。"第 8 页则提及"对人性(human nature)的兴趣"。
③ F. R. Leavis, James as Critic, in Morris Shapira, ed., *Henry James: Selected Literary Criticism*, pp. 19–22.
④ F. R. Leavis, James as Critic, in Morris Shapira, ed., *Henry James: Selected Literary Criticism*, p. 19.

譬如康拉德笔下的水手、劳伦斯笔下的女人。更进一步,这些伟大的小说作品在述说"活着"的同时,传达出了"怎么活"和"为何活"的种种可能性,而且其态度往往是积极的。利维斯这样评价詹姆斯与众不同的智慧:"詹姆斯的智慧真切而且永远自然,他的诗歌智慧而且丰盛,对理想没有半点装腔作势、廉价或者低俗;人类的某些潜能得到了崇高的赞扬。"①同样的评价也适用于他的小说,"善良""纯真""完整"这些价值总会受到礼赞。利维斯这样评价托尔斯泰的代表作:"《安娜·卡列尼娜》所具有的非凡真实性来源于一种强烈的对人性的道德关怀,这种关怀进而便为展开深刻的心理分析提供了角度和勇气。"②利维斯还发现,该小说中的两位人物凯蒂(Kitty)和列文(Levin)有着代表性的意义。他说:"我们有理由说,凯蒂和列文的爱情、恋爱、婚姻,用我之前使用过的'规范'一词来说,对男人和女人的关系,有着一种清晰的规范性的意义——无论如何,它代表了一种规范性的精神清晰的肯定性的(affirming)存在,成了整部作品的特征。"③利维斯对爱略特的评价同样也表明,作品表现出的对人性积极价值的肯定往往就会获得利维斯的认可。利维斯说:"爱略特对人之平庸与'陈腐'的看法不是什么感情用事,但她在其中看到了可予以同情的东西,而且她写它们,是为了强调人性的尊严,能够以这种方式证明人性尊严自然是了不起的成就。"④

但是,如果利维斯只是肯定那些"积极肯定生活"的作品,他一定会发现自己走向歧路,因为这种粗暴的两分法无疑排除了那些所谓"否定生活"("肯定生活"的反面)的作品。笔者并非要为利维斯辩护,但利维斯的确并没有这么固执愚顽。《艰难时世》无疑是对人性的揭露、对黑暗的呈现,表达了一种绝望的情绪,但利维斯依然认为它"堪称伟大";《一位女士的画像》无疑是悲剧性的,但利维斯把它视为詹姆斯最为伟大的作品;《安娜·卡列尼娜》中处处流露出压抑,充斥着落后、流言、怀疑,描写了偷情,还有让人感到恐怖的自杀,整部小说的结局无疑是悲剧,但利维斯依旧认为它是"最为伟大的作品";而康拉德的《特

---

① F. R. Leavis, *The Great Tradition*, p.12.
② 利维斯:《伟大的传统》,第208页。
③ F. R. Leavis, *Anna Karenina and Other Essays*, p.14.
④ 利维斯:《伟大的传统》,第103页。

务》描写了绝望和自杀,从中似乎找不到任何积极的价值,但它在利维斯眼中依然是杰作。可见,对利维斯而言,肯定生活不是恭维它、美化它,给它镶上漂亮的金边,也不是不可以鞭笞它、表达对生活的失望与哀怨。黑暗、荒诞、悲剧、消极与病态,它们与光明、正统、喜剧、积极与健全一样,都体现了"生活种种的可能性"与"人性的潜能"。詹姆斯对此也有着精辟的论述:"艺术的领域是所有的生活、所有的情感、所有的观察、所有的想象(vision)。"①回到利维斯的"小说作为对生活的肯定"这一观念,特里林的一番言论倒是给我们提供了另一种阐释的视角,他说:"在我们今天的文学中,根本不存在幻想中的秩序、和平、光荣与美之类的标准。我们或许可以从它的缺席中看到它的在场:当代文学的特征就是痛苦而轻蔑地拒绝这一标准,由此我们可以认为,这是对幻想不可能实现的一种绝望的表达。"②显然,特里林流露出了一些悲观与无奈,但是从"缺席"看出"在场"的确体现了同一事物的不同两面。同理,对利维斯而言,作家对生活的批判又何尝不是另一种形式的"肯定生活"呢?

(三) 小说作为道德寓言

利维斯除了拿小说比附诗歌,他还拿小说比附寓言(fable),认为某些伟大的小说不啻"道德寓言"(moral fable)。如果有些小说的确可以被称为"道德寓言",那么我们必须考察它们是如何具有道德关注而又如何成为"寓言"的。

1910年,"在英国,布卢姆斯伯里文化圈(Bloomsbury Group)开始称雄文坛,学术地位把持在风雅的鉴赏家手中"③。利维斯一贯反对布卢姆斯伯里文化圈的大多文人和学者,这可被视为反"趣味精英主义"的表现。来自剑桥大学生文学社团的一些人1904年经常到布卢姆斯伯里区的戈登广场的一个寓所里聚会。布卢姆斯伯里是时尚的居住区,那里有漂亮的花园广场,医院和学术机构、大英博物馆、皇家戏剧艺术院等就坐落于此。聚会的寓所是斯蒂芬姐妹租赁的,她们俩是批评家莱斯利·斯蒂芬的女儿,与她们经常往来的有传记作家利顿·斯特

---

① Henry James, The Art of Fiction, in Shapira, ed., *Henry James: Selected Literary Criticism*, p. 92.
② 莱昂内尔·特里林:《诚与真》,第41—42页。
③ 勒内·韦勒克:《近代文学批评史》(第5卷),前言,第4页。

雷奇（Lytton Strachey）、艺术批评家罗杰·弗莱（Roger Fry）、戏剧批评家德斯蒙德·麦卡锡（Desmond MacCarthy），还有著名小说家 E. M. 福斯特（E. M. Forster）、画家瓦奈萨·贝尔（Vanessa Bell）、小说家弗吉尼亚·伍尔夫（Virginia Woolf）、著名经济学家约翰·梅纳德·凯恩斯（John Maynard Keynes）等。他们深刻地影响了英国的经济学、文学、审美甚至是对女权主义的态度。我们似乎很难断定这些成员之间有什么巨大的贯穿性的共性，但总体而言他们对生活采取审美主义的态度。伍尔夫意识到创造与批评的区别，赋予批评卑微的地位，同样她对学院派的批评教授颇为不屑，她的评判标准偏重普遍的人性、概括、创造情境和人物的水平；她对劳伦斯多有贬斥。福斯特的审美观就是"为艺术而艺术"，这也成了他 1949 年一次演讲的开篇词。瓦奈萨·贝尔说："我们摈弃习俗的道德规范、陈规俗套以及传统智慧。这就意味着，我们是严格含义上的非道德论者。"①"他们并未预示或赞同 T. S. 艾略特的古典主义、诗歌非个性、传统有力量的观点或者他和托恩休姆激烈的反浪漫主义态度。他们也接受不了 I. A. 瑞恰兹的心理科学方法、弗·雷·利维斯的道德主义，他们并未产生共鸣。"②利维斯对布卢姆斯伯里文化圈的反对与他对"文学与道德"的观念是息息相关的。我们不禁要问，"道德中立"与无关道德的"零度写作"是否可能？菲利普·汤恩比（Philip Toynbee）就发出了这样的追问。他认为《哈姆雷特》（Hamlet）是英语文学中最伟大的作品，他追问："谁在《哈姆雷特》中受到了谴责或赞扬？甚至连克劳迪斯都没有，不是吗？"汤恩比认为，"这就表明了莎士比亚正如其他的伟大艺术家一样，道德上是中立的，他只是'再现'（represents，原文作者使用了斜体，以示强调）。"③亨利·詹姆斯一语中的："文学怀疑去道德化（demoralization）。"④

面对汤恩比的批评，利维斯做出了不无嘲讽的回应："（按照汤恩比的逻辑）我对道德的观点十分传统或胆怯，或者说是道德主义的，我批评方法极端外在性（externality of approach），我没有认识到道德和文学之关系的复杂性，于是就断言说劳伦斯是伟大的作家——这分明是高

---

① 勒内·韦勒克：《近代文学批评史》（第 5 卷），第 94 页。
② 勒内·韦勒克：《近代文学批评史》（第 5 卷），第 94 页。
③ F. R. Leavis, *Letters in Criticism*, p. 79.
④ Henry James, Criticism, in Shapira, ed., *Henry James: Selected Literary Criticism*, p. 169.

估了劳伦斯,汤恩比先生若有时间,一定会揭示我的荒谬。"①实际上,利维斯深刻把握了人性的复杂性。他所说的"人性的潜能"与"人生的复杂性"都体现了人性的复杂性。正因为如此,他没有落入简单的"惩恶扬善"式的"理想正义"或者道德主义批评,也没有主张小说作品好人好报的"大团圆"结局,并且也没有排斥表现社会黑暗与残酷的作品。

利维斯坚信对人类和人性的道德关注是伟大小说的特征之一,因此对他而言,某些小说就成了"道德寓言"。利维斯说:"《诺斯特罗莫》的结构万象辐辏,每一个'形象'和情境都在其间获得意义,而且那么简洁,以至于这本书也许比乔治·爱略特的任何一部小说(《织工马南》(Silas Marner)除外,它有点童话的味道,而且无论怎么说,都是一部次要作品),都更有理由被称作'道德寓言'(moral fable)呢。"②利维斯眼中的另一部"道德寓言"式小说就是《欧洲人》(The Europeans)。利维斯说:"我把《欧洲人》称为'道德寓言'是因为一个严肃的目的呈现在如此紧密而又清晰的简洁组织中,书中每一要素的代表性意义都如此连贯统一。"③较之《欧洲人》,"《一位女士的画像》在规模上要大出许多,而且因其具有的复杂性没有招来'道德寓言'的称谓"④。另外,利维斯还认为狄更斯的《艰难时世》"是人们自然要归在'道德寓言'下的"⑤。

寓言是虚构的故事,一般以动植物、神话中的生灵、非生命体、自然力量等为"主角",以拟人的手法展开故事,最终传达某种训诫或寓意(moral)。小说又如何成为"寓言"呢?利维斯把某些小说看成某种形式的寓言,其关联点首先在 moral 一词。该词有双重含义,既表示"道德的",又表示寓言中"寓意"。利维斯不停地强调伟大小说的道德关注或道德强度,而寓言之所以成为寓言,是因为它终究要给出一种训诫或寓意,即 moral,二者在这一点上是一致的。利维斯认为,小说的道德关注与寓言的寓意传达有相通之处。他发现,在《诺斯特罗莫》中,每一个"形象"和情境都在紧凑的结构中获得意义。同样,《欧洲人》中的

---

① F. R. Leavis, *Letters in Criticism*, p. 79.
② 利维斯:《伟大的传统》,第 52 页。
③ F. R. Leavis, *Anna Karenina and Other Essays*, p. 59.
④ 利维斯:《伟大的传统》,第 251 页。
⑤ 利维斯:《伟大的传统》,第 79 页。

每一要素都有其代表性意义,正如贝尔所认为的那样,利维斯所钟爱的小说家与诗人多"致力于对象征性的模仿(symbolic mimesis)的创造性地运用,即内化在语言中的易感应的道德的生活"。① 由此可见,这些"形象"、情境和要素都具有某种"寓意",从这个意义上讲,小说成了寓言。

某些小说与寓言的另一相通之处在于"结构简约性"问题。利维斯所认为的成为"道德寓言"的小说往往具有一个共同之处,即结构紧凑,如《诺斯特罗莫》的结构"万象辐辏"、《欧洲人》"清晰的简洁组织",而《一位女士的画像》的规模很大,且颇为复杂,因而不能算"道德寓言"。于利维斯而言,小说结构"简洁"是优点,而结构"简单"必然是缺陷。"作品的'构思'(composition)是发现的艺术,是运用'已知'来关涉'未知',这在英国小说的历史上有很深的根基。"② 利维斯也不例外,他本人在小说批评中多次强调了小说"构思"(conception)的重要性。由此可见,当利维斯把某些小说称为"道德寓言"时,它是描述性的,而非判定式的,因为他既没有肯定小说像"寓言"是优点,也没说明小说像"寓言"则流于简单了。由此我们可以推断,"小说作为道德寓言"这一论断的重心在"道德"而不在"寓言"。利维斯的真正意图无非是想强调:"创造性的作品挑战我们的极限,传达了艺术家的基本的忠诚、其终极观念、真正的信仰、全部的真诚以及关于人与宇宙最深沉的情感与思想。我说伟大的作品不可避免地有深深的道德意义。"③

在利维斯强烈的道德关注背后有着多重的驱动力。这多重的原因或者驱动恰好可以用T.S.艾略特的著名文章《传统与个人才华》这一标题来大致概括,当然"传统"和"个人才华"还必须放置到当时的社会历史语境。我们不妨从对待传统的态度、小说的地位、文明与文化危机、批评家的责任等因素来综合考察其驱动力。

首先,利维斯有着珍视"传统"的传统,这种传统不管是文学上的还是文化上的。导论中已阐述了英国小说批评的"求真"与"尚德"两大并行而合一的传统,这一传统无时无刻不在塑造着利维斯的批评思想。利维斯对传统的重视从他的文化理想、文明批判与批评标准的匡衡中

---

① Michael Bell, *F. R. Leavis*, p.124.
② Michael Bell, *F. R. Leavis*, p.122.
③ F. R. Leavis, *Letters in Criticism*, p.13.

便可看得出来。抛开较为久远的过去传统对利维斯的巨大影响不谈,"利维斯是20世纪英国文学批评传统的产物,在该传统中,约翰逊博士、华兹华斯、柯勒律治和马修·阿诺德是利维斯最重要的前辈。关于'批评的功能',阿诺德是其最直接的前辈,他提出'诗歌即是人生批评'(criticism of life)"①。阿诺德的"诗歌即是人生批评"有其合理因素,但如果照搬用在利维斯身上则是误导性的过度总结。但不可否认的是,传统成了一种隐性的具有规范性甚至是约束力的存在,其塑造力并不逊于雕刻家手中的凿刀,但区别是雕刻家把握下的凿子是有意识的、选择性的,而传统的雕塑力量对利维斯而言是无意识的、有着"必然性的"任意性。

为小说与小说家的地位提升而摇旗呐喊是利维斯关注"道德"的另一个驱动力。在英国18世纪与19世纪的传统中,诗歌是文学桂冠上的钻石,是最高的文学形式。长期以来,散文与戏剧也是备受重视的文学艺术形式。要追溯起原因,这其中的很多功劳应部分地归于莎士比亚。18世纪的英国虽然诞生了笛福、菲尔丁、理查逊等伟大小说家,19世纪的小说家更是层出不穷,但正统保守的英国文人还是把小说看成"低贱"的艺术形式,与之相应,小说家也因此只能瑟缩在一个"卑微"的地位。有观点认为,传奇小说成了危险的消遣读物,它能使人萌生犯罪的念头。"更为糟糕的是,当时一些大牌文人——如约翰·斯图亚特·密尔(John Stuart Mill,1806－1873)、德·昆西(Thomas De Quincy,1785－1859)、格林(T. H. Green,1836－1882)——也都把小说贬成'低级体裁',其理由是它只描绘外部事物,而不触及人的内心世界。"②而对利维斯有着重要影响的人物阿诺德也认为阅读小说有害无利。显然,要改变小说家与小说批评家的尴尬地位,必须找到小说存在的价值或者理据。因此,"功用性"便得到了强调,而在功用性中,"道德功能"更是占据了十分核心的位置。事实上,经过数代小说家与批评家的努力,小说的地位与小说家的职业地位一起得到了巨大的提升,逐渐从"卑微低贱"走向大众认可。到了利维斯那里,他最初小心翼翼地拿诗歌来比附小说,认为伟大小说家同伟大诗人一样重要,但到了20世纪60年代,他自信地借助劳伦斯的话宣称:"小说是一项伟大的发现,其

---

① Micheal Bell, *F. R. Leavis*, p.12.
② 转引自殷企平等:《英国小说批评史》,第66页。

发现远比伽利略发明望远镜或某个人发明无线电要伟大得多。小说是人类表达的最高形式。"①这大大提高了小说的地位。另外,利维斯把文学批评尤其是小说批评作为一门独立的学科和一个需要智慧与情感融合的职业,这又大大地提升了小说批评家的地位。

利维斯的小说批评关注"道德",是为了凸显文学的功用;把道德要素注入批评体系,则是顺应了"文学与道德"必然的姻亲这一现实,而他把某些小说称为"道德寓言"也不过是想凸显伟大小说的"道德寓意"而已。

二、利维斯小说批评的其他维度

利维斯的小说批评是英国文学批评传统中具有分水岭意义的一环。但其小说批评成就是前辈批评家难以企及的,原因在于其批评超越了简单的"道德批评"。其"超越性"的表现是他在关注作品道德兴趣的同时,又超越作品的"道德价值"与"人生判断",以一种复杂而有机的具有多维视角的批评体系来衡量作品。

上文所论述的利维斯"小说观"中包含了其小说批评实践中的最为重要的维度,包括道德、现实、人性、人生,同时道德又与利维斯所谓的"成熟性"(maturity)以及"真诚"(sincerity)联系在一起。利维斯认为康拉德的《特务》在态度上具有"成熟性";他一直在小心翼翼地甄别爱略特的作品所表现出来的"成熟性"与那些不太成熟的部分。对利维斯而言,成熟性意味着情感与智性的结合,意味着对人性潜能和人生复杂性的把握,意味着在作品中能把握具体性,呈现复杂的"现实",同时给人以"现实感",最终能走向作品的"完整性"(completion)。作家要获得这种"成熟性",必须首先要"真诚"。"真诚"一词进入英语是16世纪30年代的事情,它来自拉丁语 sincerus,英文的 sincerity 在引入之初意思与 sincerus 完全一致,即"干净、完整或纯粹"②。对于小说家而言,"真诚"关乎小说家的态度与小说本身的"现实"判断问题,还关乎小说家的社会责任和时代情怀。"真诚"是利维斯诗歌批评的重要维度之一,在他的小说批评中,利维斯又把"真诚"整体地移植了过来。小说批评的"真诚"维度可参见前文诗歌批评的"真诚"维度,二者完全

---

① F. R. Leavis, *Anna Karenina and Other Essays*, pp. 10–11.
② 莱昂内尔·特里林:《诚与真》,第29页。

一致,在此不再赘述。

如果仅仅到此为止,那么我们就很容易把利维斯解读成一个彻底的道德主义者或者纯粹的"人生批评"的实践者。实际上,他的小说批评的另外一些维度,如"非个性化"、技巧、形式、艺术性等,同样不可或缺。利维斯在试图把握一部作品的价值与得失时运用的正是这些多样化的评判视角。

利维斯的小说批评也体现出了"非个性化"主张。他说:"(奥斯汀)对于生活所抱的独特道德关怀,构成了她作品里的结构原则和情节发展的原则,而这种关怀首先是对于生活加在她身上的一些所谓个性化(personal)问题的关注……聪颖而严肃的她得以把自己的这些感觉'非个性化'(impersonalize)了。"① "非个性化"并非是扼杀或者压抑小说家自身的体验与情感。正相反,"非个性化"主张在自身体验、情感、个性的基础上,走向更广阔的群体"人生"与"现实",创造"现实感"。让作品具有"代表性的意义"与"真诚"维度一样,利维斯的"非个性化"的小说批评维度也是从他的诗歌批评中移植过来的,二者在很大程度上是互通的,所以在此也不再赘述。

"技巧"与"形式"是利维斯小说批评中一个容易被忽视的视角。为了把"艺术"、人生和道德以一种富有力量而令人愉悦的方式融合在一起,伟大的小说家必须在"技巧上精湛老道"②。由此可见,伟大的作品离不开小说家精湛的技巧,包括写作手法、对语言的精妙使用以及对"形式"(form)的创新。在利维斯看来,伟大的小说家无疑是"技巧的发明家、革新家和语言大师"③。在语言运用上,他要体现"英语的具体性和动感";在"形式"上,他也能体现自己的独创天赋。利维斯认为,属于"伟大的传统"的小说家有一个共同特征,"这个传统里的小说大家们都很关注'形式';他们把自己的天才用在开发适宜于自己的方法和手段上,因而从技巧上来说他们都有很强的独创性"④。利维斯也十分清楚,技巧的运用并非为了自身,"一个极其严肃的完整意义才是其目的"⑤。由此可见,在利维斯那里,小说技巧与形式皆服务于内容和

---

① 利维斯:《伟大的传统》,第 11—12 页。
② 利维斯:《伟大的传统》,第 29 页。
③ 利维斯:《伟大的传统》,第 42 页。
④ 利维斯:《伟大的传统》,第 12 页。
⑤ 利维斯:《伟大的传统》,第 30 页。

意义。

　　"艺术性"问题即"审美"问题。利维斯排斥"审美主义",他不认为文学中存在纯粹的审美领域,他甚至还说批评家最好戒掉这个词。对利维斯而言,审美主义意味着肆意情感与宣泄,即容易脱离现实,从而跌入虚幻与混乱状态,或者走向对技巧与形式的过度关注。但是,值得注意的是,利维斯从不排斥"审美"本身,即文学的艺术愉悦功能。对利维斯而言,"审美"意味着"高度的技巧"[1],意味着"艺术性",意味着那种让文学成为文学的东西。他曾说过"诗歌首先是诗歌",按照这种思路,"小说必须首先是小说",然后才能关照小说以外的"现实"与人生。因此,利维斯并不认为凡是对生活、道德、人性有着虔诚而强烈的兴味关怀之小说家都可位居小说大师之列。伟大的小说家必须调和"艺术"与"生活",也就是说,伟大的小说作品必须既是"审美的",又是"生活的"与"道德的"。伟大小说家的共通之处是"满足了生活和艺术两方面的对立要求"[2],即小说家必须以艺术的方式来呈现丰富的生活画卷。从他对简·奥斯汀的评价中便可发现他主张融合"道德"与"审美"的观点。他认为奥斯汀"对于'谋篇布局'(composition)的兴趣,却不是什么可以被掉转过来把她对于生活的兴趣加以抵消的东西;她也没有提出一种脱离了道德意味的'审美'价值"[3]。这清楚地表明,利维斯主张,对"形式"的兴趣不能与人生关照脱离,而"道德"与"审美"也不能决然割裂。

　　除此之外,利维斯主张小说创作过程中情感与智性的融合,最终获得"完整性的意义",这种完整性与前文提到的"成熟性"并没有本质的区别。需要指出的是,"完整性"或者"成熟性"都离不开小说呈现"现实"与"人生"的"具体性"。"具体性"首先意味着"个人化",这是创造的基础,没有个体情感和体验,小说创作便成了镜花水月。另外,它还意味着细节的"真实感"。当利维斯谈到詹姆斯对《一位女士的画像》的修改润色时,他发现,"詹姆斯愉快地通向更为生动的'具体性'(concreteness)、更高的'具体明确性'(specificity)、更大的口语自由以

---

[1] 利维斯:《伟大的传统》,第21页。
[2] 利维斯:《伟大的传统》,第11页。
[3] 利维斯:《伟大的传统》,第11页。

及更为可爱生动的观点"①。同样,康拉德笔下的水手之所以动人,是因为他们"具体可感"。这表明,利维斯坚持认为,小说的描写与述说只有基于个体化、通向具体化、情境化,才会获得感染力。"具体性"不但是利维斯小说批评的维度之一,甚至成了他小说批评乃至整个文学批评的方法。他反对文学批评的理论化、程式化、教条化,主张要着眼于具体文本和它所创造的具体"现实"来衡量作品的价值与得失。一言以蔽之,利维斯拒绝文学批评的抽象化即是拒绝文学作品的抽象化,最终也是拒绝生活的抽象化。

另外,利维斯经常从语言角度分析小说作品,他特别关注语言是否精妙恰当,能否从中读出丰富的体验与生活。对此,毕兰有着深刻的认识,他说:"历史学家分析班杨的作品若不关注语言,则很可能只会在其中发现教条的与神圣的清教徒主义;利维斯关注的是语言,便从中找到了丰富的社会生活的证据。"②实际上,如果了解了前文已经探讨的利维斯的语言观,我们就会更加深刻地认识到利维斯缘何把"语言"作为一种批评维度、甚至作为其整个文学批评的着力点。

第三节 利维斯评判小说家

正如利维斯认为的那样,小说的生动与真实感来自"具体性",他的小说批评的观念、诸多维度以及"伟大的传统"的多重含义则分散而又清晰地体现在他的具体批评当中。本节将简要地阐述利维斯对"伟大的传统"内的小说大家的批评,从而把利维斯的小说批评从观念或者抽象层面推进到具体实践的层面。需要说明的是,他的这种具体性使得研究者很难从微观上升到宏观、从具体走向抽象。笔者只能从其相对分散的评论中找出他最重要的关注点、批评视角与基本立场,同时把握他"比较"的批评思维。利维斯的小说批评的笔墨主要在"伟大传统"内的小说家上,如简·奥斯汀、乔治·爱略特、亨利·詹姆斯、康拉德、劳伦斯、狄更斯等;另外,利维斯对"彼岸"美国的作家也较为关注,尤

---

① F. R. Leavis, The Appreciation of Henry James, in F. R. Leavis, ed., *A Selection from Scrutiny* (Volume 2), Cambridge, CUP, 1968, pp. 114–115.

② R. P. Bilan, *The Literary Criticism of F. R. Leavis*, p. 11.

其关注他们的"美国性"问题；托尔斯泰也是利维斯颇为关注的标杆式人物。这些人合起来似乎又代表了英国小说未来的发展方向，或者说，利维斯所期望的方向。

一、评简·奥斯汀

弗吉尼亚·伍尔夫在《普通读者》(*The Common Reader*)中对简·奥斯汀颇为赞赏，认为她如果不是芳年早逝，定会是亨利·詹姆斯和普鲁斯特的先驱；布雷德利的批评也提升了奥斯汀的地位；E. M. 福斯特对她也十分推崇。这些人的观点在多大程度上影响利维斯，笔者无从衡量。但利维斯的评判有着自己独特的标准，有时大异众人。利维斯十分赞赏奥斯汀的小说中"谋篇布局"与关注生活的统一、道德意义与审美价值的统一，他把奥斯汀视为绝佳的典范，因为她揭示了"个人才能"与传统的关系。奥斯汀博览群书，广为吐纳，理查逊经范尼·伯尼影响了奥斯汀。但是，奥斯汀像所有的小说大家一样，对待"传统"必须是"创造性的"①，即一方面她继承了传统，另一方面她又突破了传统，从而造就了新传统。利维斯说："简·奥斯汀乃是英国小说伟大传统的奠基人。"②而奥斯汀的作品"一如所有创作大家所为，让过去有了意义(gives a meaning to the past)"③。也就是说，奥斯汀的出现让作为背景的作家和传统豁然清晰起来，也因此获得了更明显的重要性。

关于奥斯汀小说的成功之处，利维斯有着一个著名的观点。他说："实际上，细察一下《爱玛》(*Emma*)的完美形式便可以发现，道德关怀正是这个小说家独特生活意趣的特点，而我们也只有从道德关怀的角度才能够领会之。若以为这是一个'审美问题'，是'谋篇布局'之美与'生活之真'的奇妙组合，那么人们将无法解释清楚何以《爱玛》会被人们视为一部优秀的小说，也完全无法对其形式之美做出一点慧灵见智的交代来。"④毋庸置疑，《爱玛》有着形式之美与"生活之真"，但这不足以让《爱玛》成为伟大的小说。利维斯认为，该小说成功的根本原因在于"对生活抱有一种超常发达的兴味"⑤。"所谓'兴味关怀'指的是

---

① 利维斯:《伟大的传统》，第8页。
② 利维斯:《伟大的传统》，第12页。
③ 利维斯:《伟大的传统》，第8页。
④ 利维斯:《伟大的传统》，第14页。
⑤ 利维斯:《伟大的传统》，第14页。

重重深刻的关注——具有个人一己问题的迫切性又让人感觉是道德问题,超出了个人意义的范围。奥斯汀的艺术根基就是这些关注,使她得以吸收各式各样的影响和形形色色的素材,从而写出了优秀的小说。"①

在对奥斯汀的评判中,利维斯最大的创见在于他把奥斯汀视为英国小说"伟大的传统"的奠基人,这需要极为敏锐的观察与莫大的勇气。利维斯对奥斯汀所论不多,这一事实或许表明利维斯在向夫人致敬,因为利维斯夫人对奥斯汀颇有研究,发表了不少有影响力的论文。利维斯夫妇二人的批评思想有着很多契合之处,利维斯或许发现夫人之言即己所欲言,因此也就不再对奥斯汀详加论述了。但从利维斯习惯性的作家和作品比较中,我们依然可以看出奥斯汀在利维斯心中崇高的奠基人地位。

二、评乔治·爱略特

利维斯对爱略特一以贯之的评价策略是把她置于自成体系的"伟大的传统",高扬其天才与技巧,并最终把她的成就的原因归结为道德、人性与人生关注。利维斯对爱略特的不同作品也严格地做出甄别区分,以体现他所坚持的"正确得当的差别意识";同时,他颇为关注爱略特作为小说家的"逐步成熟"的过程。

利维斯对爱略特小说的成功之处进行了深刻的思考。他认为,爱略特的成功秘诀之一是其作品中创造的真实感。"她的真实感着实强烈,她看得清晰,理解深刻,以一种甄别判断的目光,把一切都同她最深刻的道德经验联系起来:她那蓬勃的价值观参与进来了,而且做着灵敏的反应。"②在这一点上,利维斯认为她胜过詹姆斯。但相较于康拉德,爱略特则缺乏"完整性"。究其原因,康拉德是小说家兼海员,体验更为丰富,而相较之下,套用利维斯评价詹姆斯的一句话,爱略特"活得不充分"。

利维斯对爱略特的"逐渐成熟"有着较为全面的看法。詹姆斯曾指出,爱略特天性中最为薄弱的一面乃是"缺乏自由的审美生活"(absence of free aesthetic life),其原因是爱略特的"人物形象和情境"不是从"不带责任感的弹性方式(irresponsible plastic way)来看的"。对

---

① 利维斯:《伟大的传统》,第 211 页。
② F. R. Leavis, *The Great Tradition*, pp. 87 – 88.

此,利维斯有着不同的看法。利维斯反问道:"在哪一部优秀、有趣的小说里,人物和情境是以一种'不带责任感的弹性方式'来看的呢?有哪一位伟大的小说家对'形式'的关注不是取决于他丰富的人性关怀或其他关怀、所持有的一种深刻呈现出来的责任感呢?从本质上讲,这种责任涉及富有想象力的同情、道德甄别和对相关人性价值(human value)的判断。请问,有哪一位小说家不如此呢?"①这一评价也体现出了利维斯与詹姆斯某些批评观点的龃龉。利维斯倡导作家的责任感和时代情怀,期望批评家以一种理智与情感统一的方式来担当时代的责任。"不带责任感的弹性方式"首先体现了一种逃避意识或者隐士思想;其次,"不带责任感"的零度写作无论在理论上还是在实践上都不可能,因为文字本身已经体现了作者的趣味与道德选择,当代的语言哲学大多支持这样的论断。

詹姆斯曾说,爱略特的作品给人一种感觉,即从抽象到具体,她的人物形象和情境是从她的道德意识演变而来的,而且只能间接地说,它们源于观察。对于这种说法,利维斯同样不认同。利维斯认为,这只是呈现了爱略特的一部分,而且这是爱略特不太让人满意的一部分。大家普遍接受的观点是,伟大的爱略特长于回忆,《教区生活场景》(Scenes of Clerical Life)、《亚当·比德》(Adam Bede)、《弗洛斯河上的磨坊》与《织工马南》都是伟大的杰作,然而当她素材用尽,她不得不走上虚构和重建历史之途,于是爱略特从小说家的创作变成了学者的创作,《菲利克斯·霍尔特》(Felix Holt)和《丹尼尔·狄隆达》(Daniel Deronda)便是如此。也有批评家认为爱略特在《弗洛斯河上的磨坊》之后便失去了魅力。利维斯的观点更为深刻和全面,而且体现出了一种"发展"与"过程"意识。

从《亚当·比德》中,利维斯看出了爱略特以后伟大著作的端倪,看到一个重要的创造性作家如何向前辈学习。她广泛而深厚地植根于过去的文学,同时对其后的主要作家又有着巨大影响,如詹姆斯、哈代和劳伦斯。她是英语语言在这一历史时期(我们仍属这一时期)创造性成就的中心,她促使我们思考艺术中的连续性:我们看到了这样的英国文学,它不只是个人杰作或者独立读者的序列集合。其言外之意是,它们前后相承,形成了一个伟大的传统。利维斯发现,霍桑的《红字》

---

① F. R. Leavis, *The Great Tradition*, p.29.

(*Scarlet Letter*)对该小说有影响,而古希腊的悲剧同样影响了爱略特。埃斯库罗斯的悲剧是极具想象性的,这在爱略特的情感里表现出来了。莎士比亚作为时代文化的巨大因素,对爱略特同样有影响。利维斯认为,爱略特的《亚当·比德》有其经典的价值,但"很难列伟大小说之间"①。但她笔下的乡村生活真实可信,其人物多是对身边人物理想化的回忆,如小说中的狄娜是对嫂子的理想化回忆,而亚当则是对作者父亲的缅怀,代表了理想工匠,体现了劳动的尊严。利维斯认为,仅有对小说中人物的兴味关怀并不够,它最终要涉及爱略特"最为喜欢的道德—心理主题,而且她的处理方式是很个人化的"②。从《亚当·比德》中,利维斯发现了爱略特的逐渐成熟,她借此成为小说家,也就是说,爱略特通过写作小说学习小说创作。"这么说即是承认该小说并不完美,它与当代的法国经典《包法利夫人》(*Madame Bovary*)非常不同。但乔治·爱略特比福楼拜具有更大的创造力,本身也是比福楼拜更伟大的艺术家……她属于最伟大的小说家之列。"③另外,利维斯认为,《亚当·比德》的历史价值主要并不在于其观察的泛泛记录(爱略特的观察总是敏锐深刻),而在于作者创造了过去的英格兰,创造了一个随着工业化而消失的文化。显然,那是铁路时代和工业化之前的英格兰,自给自足,离我们的体验十分遥远。这与利维斯的"有机统一体"的观念是吻合的。那个时代的人"没有收音机、没有电视、没有报纸,然而他们有话语,爱略特让我们认识到,话语本身是创造性的艺术,是一种生活的艺术"④。

利维斯在《弗洛斯河上的磨坊》(尤其是其带有自传性质的那一部分)读到的是孩童"清新率真的目光和想象",他感觉到了一种"情绪性的调子""一种迫切之情(urgency)、一种激荡之声(resonance)、一种个人意味的感应共鸣"⑤。利维斯认为,"小说中写得最好的部分形象生动,鞭辟入里,具有无法抗拒的逼真性",它体现了作者的"洞察力和领悟力"⑥,可该小说"尚未见到《米德尔马契》里的那种高度成熟的心智,

---

① 利维斯:《伟大的传统》,第61页。
② 利维斯:《伟大的传统》,第63页。
③ F. R. Leavis, *Anna Karenina and Other Essays*, p. 49.
④ F. R. Leavis, *Anna Karenina and Other Essays*, p. 56.
⑤ 利维斯:《伟大的传统》,第66页。
⑥ 利维斯:《伟大的传统》,第77页。

但创造力在这里的成功发挥既要归功于情感和回忆的力量,也同样要归功于一种非常敏锐的智性"①。另外,利维斯并不认同《弗洛斯河上的磨坊》结尾的处理,它是"戏剧化的结局",是一种"白日梦般幻想的东西",其间泛滥的河水无任何象征或隐喻之意,其原因是爱略特没能充分运用自己成熟的大脑,因此结尾算不上"伟大艺术的结局法",暴露了一种"不成熟"(immaturity)。

《织工马南》代表的是"迷人化的回忆性的再创作的成就"②。利维斯说:"迷人化的成人忆旧之调与重新捕捉到的传统之息交汇融合,构成了《织工马南》的氛围,也正是这个氛围决定了道德意图的成功表现。我们是非常严肃地对待这个意图的,或确切些说,我们被一个得以具体表现出来的道德意义深深打动了;整个故事都是在一个深刻而根本的道德想象力构想出来的。"③利维斯反复强调,仅有道德关注并不能成就伟大的小说,道德意义必须存在于具体性中,即通过人物、情境与情节来实现,从而获得他颇为看重的动人力量(impressiveness)。就创作阶段的划分而言,利维斯认为《织工马南》代表着爱略特创作的第一阶段的结束。

利维斯认为,《罗慕拉》(Romola)表明,爱略特的才情开始消退。它的同名主人公罗慕拉"是一个触摸得到的情感形象:事实上,罗慕拉是一个理想化的乔治·爱略特"④。利维斯认为,该小说是一部天分极高的才智之作,但似乎那才智用错了地方。

在《费利克斯·霍尔特》中,利维斯发现,"费利克斯言行如一,高尚而勇敢,是完全为其创造者所肯定的人物。在对这些虚构幻想的表现中,爱略特表明的是自己对政治、社会、经济史以及对文明的整个复杂走向所抱有的一份强烈的兴趣,而展示了令人钦佩的驾驭事实的能力。"⑤该小说"所表现出来的艺术比乔治·爱略特之前所做的任何东西都要更加精湛、更加成熟;如果要问个中缘由,那么答案就在感知上,它之所以这么清晰和深刻,乃是因为感知瞄准的是经年累月的深刻经

---

① 利维斯:《伟大的传统》,第 66 页。
② 利维斯:《伟大的传统》,第 77 页。
③ 利维斯:《伟大的传统》,第 78 页。
④ 利维斯:《伟大的传统》,第 82 页。
⑤ 利维斯:《伟大的传统》,第 86 页。

验——被沉思充分过滤因而能够被聚焦瞄准的经验"①。小说中的特兰萨姆夫人的情况是作者"在一种深刻的道德想象中构想出来的,但表现起来靠的却是心里观察——其意义是非常可信的,以至于无须一个道德家来强调指出特兰萨姆夫人为其罪孽最终所必然付出的代价,书中也没有一点儿这样的道德之声。我们感到,若把这里的乔治·爱略特说成一个道德家,那便是踩错了点。她完全是一个大艺术家——一个小说大家,具有一个小说大家在把握人性心理上的洞察力和知人论世的敏锐烛幽。"②利维斯还说:"作者对特兰萨姆夫人早年失足的处理竟然没有一点儿维多利亚时代道德家的气息,这一点非比寻常,也反映了乔治·爱略特在艺术上的成熟。"③通过这些引文,我们不难发现,作品的道德意义并不是通过说教来实现的,而小说大家应该首先是大艺术家,而不是道德家;如果小说家流露出道德家的影子,则说明他艺术的不成熟。

利维斯认为,最能反映爱略特"成熟的创造天才"的当属《米德尔马契》(*Middlemarch*)。利维斯特别强调该小说中作者的"智性"所占的分量。而小说里那些表现极其成功的主题,"我们在作者对这些主题的构想中也再次尽到了智识的明显作用"④。作者"对布尔斯特罗德本人的刻画是一项了不起的成就,里面有一些但凡小说所能展现的最为精湛的分析,体现了小说家艺术里那一份博大智识的作用"⑤。利维斯认为多萝西娅是爱略特自己"精神饥渴"(soul hunger)的产物,是另一个幻想中的"理想自我"(ideal self)。从"精神饥渴"与"理想自我"这些表达,我们不难看出弗洛伊德的影子。利维斯从"生活"的呈现角度这样评价爱略特:对爱略特而言,生活若不充满激情,便不是生活;但有时,在作品里,爱略特也体现出耽于白日梦、随波逐流的一面,如此一来,便影响了其创造力。

利维斯认为《丹尼尔·狄隆达》是爱略特长处与短处相伴而生的作品,二者可谓泾渭分明,以至于利维斯最终要腰斩该小说。他说:"像《丹尼尔·狄隆达》里优秀的一半那样壮观动人的成就,便不可能不让

---

① 利维斯:《伟大的传统》,第92页。
② 利维斯:《伟大的传统》,第95页。
③ 利维斯:《伟大的传统》,第97页。
④ 利维斯:《伟大的传统》,第105页。
⑤ 利维斯:《伟大的传统》,第118页。

人发出赞叹,从而仍会将其立于小说大观之列,尽管那糟糕的一半到了令人瞠目的程度。"①"在《丹尼尔·狄隆达》那糟糕的部分里,无疑也可见到卓越的才智和高尚的情操,但糟糕的部分还是糟糕;与此同时,那高尚、宽宏以及道德理想主义也都成为自我放纵的形式了。"②因此,对于糟糕的那一部分,利维斯"除了把它砍掉外,别无他法"③。他希望整部小说就在格朗古溺亡后彻底结束。利维斯实际上认为《丹尼尔·狄隆达》最起码其前半部分堪称经典。克劳迪·约翰逊(Claudia L. Johnson)从民族身份视角分析了利维斯对《丹尼尔·狄隆达》的好评。作者认为很多人对该书的评价有"反犹太情绪"(anti-Jewish sentiment),对狄隆达"深蓝的衬衫和犹太帽(skull cap)"不能容忍。他说:"鉴于爱略特小说在一战前并不怎么受欢迎,以及英国公众战前、战后对犹太人及复国主义(Zionism)的敌视的观点,利维斯把《丹尼尔·狄隆达》置于英文经典是大胆而非同寻常的行为。"④

利维斯说:"显著的具体性正是爱略特成熟艺术之所长的一般标志。"⑤而爱略特的具体性体现的途径就是"道德"与恰当的艺术形式的融合。利维斯说:"乔治·爱略特独有的态度即一个关心知人论世和道德品评的小说大家的态度;她的关心用的是与其艺术相宜的方式,这种方式可让我们不会忘记,眼前明亮所见之物,其根乃在内里。"⑥利维斯发现,爱略特小说艺术的另一个特征就是"戏剧化"。他说:"爱略特的艺术,就其对戏剧化的手法的掌握来说,并不比詹姆斯逊色——实际上,她在此还要胜詹姆斯一筹呢,这也是她的一个典型特色。爱略特长于具体,在生动性和直接感染力上定然不会输于詹姆斯;而当我们慎思明辨,把场面的前前后后连起来看时,我们便越发能有理由要去赞叹她在道德问题上的卓识和对人性心理的洞见,赞叹她在把握和真实展现其主题时所表现出来的完整性了。"⑦

总之,利维斯认为爱略特是不断成熟与发展的。爱略特"在她最后

---

① 利维斯:《伟大的传统》,第138页。
② 利维斯:《伟大的传统》,第141页。
③ 利维斯:《伟大的传统》,第203页。
④ Claudia L. Johnson, F. R. Leavis: The "Great Tradition" of the English Novel and the Jewish Part, in *Nineteenth-Century Literature*, Vol. 56, No. 2, (Sep., 2001), p.208.
⑤ 利维斯:《伟大的传统》,第149页。
⑥ 利维斯:《伟大的传统》,第184页。
⑦ 利维斯:《伟大的传统》,第188—189页。

的作品里,把自己的卓越天赋表现得最是非凡:她在《葛温德琳·哈雷斯》里所表现出来的艺术已到了至为成熟的境界。"①利维斯感到爱略特让人精神振奋、有益身心。"乔治·爱略特的伟大不如托尔斯泰的那般卓绝盖世,但她的确是伟大的,而且伟大之处与托尔斯泰相同……她最好的作品里有一种托尔斯泰式的厚度(depth)和现实(reality)。"②因此,综合而论,利维斯认为爱略特是伟大的小说家,其特质在于艺术与道德的融合,"具体性""戏剧化"以及"完整性"。

三、评亨利·詹姆斯

无论是作为批评家还是小说家,詹姆斯都对利维斯产生了重要影响。利维斯把握了作为小说家的詹姆斯发展的阶段性特征与不同时期的特点,同时把他的作品纳入一个比较体系中,以道德、人性、人生、具体性等维度衡量作品的得失;利维斯对詹姆斯的创作手法有一份敏感的关注,对詹姆斯的"民族身份"有着深刻的见解。利维斯对詹姆斯的研究在当时的英国几乎无人超越。

詹姆斯十分多产,批评家们为了方便起见,往往把他的作品划分成早期、中期和晚期。大多批评家认为,詹姆斯的晚期作品如《专使》(*Ambassadors*)、《鸽翼》(*The Wings of the Dove*)和《金碗》(*The Golden Bowl*)构成了詹姆斯创作的主要阶段,其前期的成功、失败与后期的伟大成就似乎关联不大。然而,利维斯的观点大异其趣,他认为詹姆斯的主要成就期是早中期,晚期则堪称失败。

利维斯认为,在早期詹姆斯笔下的意象、隐喻、比拟等随处可见,它们风趣、直白、颇具诗意又十分妥帖,让人印象深刻;后期,詹姆斯的比喻形象走向了繁复与雕琢,以至于"我们在这些形象里更多意识到的不是清晰生动的想象和诗意的感知,而是分析、论证和评说"③,其意象不再简洁直白,而是人工斧凿,不再具有诗意,反而是图解式的。利维斯认为,詹姆斯后期的作品虽然不乏思想能量,但活力不足。更重要的是,"它要求读者保持一种分析性的注意力,其强度是如此之高,浸淫要

---

① 利维斯:《伟大的传统》,第 205 页。
② F. R. Leavis, *The Great Tradition*, pp. 124–125.
③ 利维斯:《伟大的传统》,第 275 页。

如此之深,以至于内容充实的反映一个也形成不了"①。在利维斯的眼里,詹姆斯的后期代表作是《未成熟的少年时代》(The Awkward Age)和《梅西所知》(What Maisie Knew),并认为前者是"一出由健全、敏锐而睿智的道德想象构思出来的悲剧"②。

利维斯认为《金碗》是詹姆斯晚期的"伟大"小说之一,是詹姆斯的发展历程上具有代表性的一部。但是,该小说"像是注意力不够集中——是一种疏漏,仿佛他对素材所抱的兴味太过专门,太集中于有限的发展上了;仿佛在苦心经营技巧以表达这一专门兴味的过程中,他已经丧失了对生活的充分识别力,不知不觉便把自己的道德品味搁置了起来"③。

对于詹姆斯后期小说创作的滑坡,很多人把原因归结为他没有待在自己熟悉的美国,而是"背井离乡"了。利维斯并不同意这种看法:一方面,他认为英国生活丰富多彩,有足够多的东西赋予詹姆斯,这一点丝毫不逊于美国;另一方面,他认为,詹姆斯对英国的风土人情已经了然于胸。詹姆斯似乎在寻找一种理想的社会与文明,而英国离此相去甚远,美国也如此,于是詹姆斯在利维斯眼中成为"一个在社会之中过着群居生活的隐士",颇有些自我放逐的味道,因此此时的他与"生活"有了距离。

在詹姆斯晚期作品中,利维斯看到的是精神疲惫以及某种雅致的孤独。后期的詹姆斯在艺术上逐渐过起了一种十分辛苦的精神隐士的生活。与之相应,"詹姆斯的技巧便逐渐显出了营养不良和白化症作用下的一种病态的活力。换言之,他对于技巧的专注失去了平衡,技巧不是在有力表达他最为敏锐的感知——为他最充分的生活意识所贯穿并因而相连的诸多感知;相反,对于技巧的专注成了某种使他的才智漫漶不明并使他的敏锐感觉变得麻木迟钝的东西。"④于是,利维斯认为,他在根本上丧失了活力。从语言上看,利维斯发现"詹姆斯后期的文字错综复杂,细腻微妙得令人疲惫,且有话不能直接道来"⑤。

在利维斯的心目中,詹姆斯最为伟大的杰作当属《一位女士的画

---

① 利维斯:《伟大的传统》,第 276 页。
② 利维斯:《伟大的传统》,第 279 页。
③ 利维斯:《伟大的传统》,第 264 页。
④ 利维斯:《伟大的传统》,第 271—272 页。
⑤ 利维斯:《伟大的传统》,第 273 页。

像》《波士顿人》(The Bostonians)与《华盛顿广场》(Washington Square)。《一位女士的画像》"充满了丰富的创造力",是"意蕴极深之作。它给我们的不是什么慷慨大量的不相干的'生活';它的生机完全是艺术性的"①,"是詹姆斯最杰出的成就"②,因此得以位居英语语言的最伟大的小说之列。该小说与《波士顿人》(1885)一起,"代表的是他的天才活力得到最为充分而自由发挥的时期"③。利维斯说:"《波士顿人》是有明确政治关怀的。詹姆斯描写女权主义运动,笔锋轻灵而雄健,浑然不露声色,一路洞烛发微,虽或难免冷嘲热讽,却也完全不带一丝敌意……"④并且它"的确是一本内容丰富、充满智慧而才情洋溢的奇妙之书……我认为它还完全没有获得应有的荣誉……妙趣横生得无与伦比,却也正经严肃得无以复加"⑤。与《波士顿人》同属"美国经典"的还有《华盛顿广场》(1880)。此二者"种类虽然有别,出类拔萃则一致,这也突出显示了詹姆斯在19世纪80年代早期不仅是何等的成熟,而且是何等的灵活,具有何等宽广的笔趣"⑥。《一位女士的画像》与之前的《华盛顿广场》以及之后的《波士顿人》有一个共同的特点,即"它们三者都有着营养良好的机体、丰沛旺盛的生命力"⑦。

需要指出的是,利维斯对《一位女士的画像》的态度有时显得颇为犹豫,而且有时又自相矛盾。罗伯特·鲍耶斯发现,"利维斯对《一位女士的画像》的处理着实让人困惑"⑧,因为他一面说该小说是"伟大的作品",体现了"包容性的和谐"(inclusive harmony),一面又认为在探讨的"人性"问题上却有不足。利维斯经常拿詹姆斯与其他人比较,如爱略特、劳伦斯、托尔斯泰等,在这种比较中,利维斯认为詹姆斯往往会显露出"意义方面的不足"。利维斯尝试着探索其中的原因。他认为,詹姆斯"是一个职业作家,这让他反受其害:小说家的生活占据了他太多

---

① 利维斯:《伟大的传统》,第251页。
② 利维斯:《伟大的传统》,第266页。
③ 利维斯:《伟大的传统》,第211页。
④ 利维斯:《伟大的传统》,第223页。
⑤ 利维斯:《伟大的传统》,第228页。
⑥ 利维斯:《伟大的传统》,第229页。
⑦ 利维斯:《伟大的传统》,第266页。
⑧ Robert Boyers, *F. R. Leavis: Judgment and the Discipline of Thought*, Columbia & London: Univeristy of Missouri Press, 1978, p.73.

的生活,因此他活得不充分"①。

利维斯的评论往往体现出与时人相左的特点,而难能可贵的是,他的观点往往有着深刻的创见,体现了他独特的趣味与视角。譬如说,时人多赞扬《专使》,但在利维斯看来,该小说不仅不在詹姆斯的优秀作品之列,而且还很糟糕,显得"老态龙钟"。实际上,利维斯认为,从《圣泉》(*The Sacred Fount*)开始,詹姆斯的小说创造从总体上开始滑坡了,但这并不是否认詹姆斯具有鲜明"晚期"风格和特征的成功作品。《罗德里克·赫德森》(*Roderick Hudson*)是詹姆斯的第一部小说作品,人们对这部作品评价甚低,但利维斯认为这是一部优秀的小说,是一个兴味关怀成熟的作家所写的作品,他向世人表明自己能够用小说来处理内心的关怀,而这些关怀表明了詹姆斯关注当代文明且极具智慧,而且其处理手法自始至终透着成熟之气。该小说的主题也颇得利维斯好评。他说:"詹姆斯有一个真正的主题,它足以关涉高度睿智的大脑的能力,有着广阔的体验,对人类的潜能有着深刻的兴趣。"②利维斯发现,《美国人》(*The American*)似乎有为美国擦去由《马丁·朱述维尔特》带来的污点的意味。该小说颇为有趣,但展现的画面过于虚假或者理想化,因此"它并不在詹姆斯的成功作品之列"③。与《专使》相反,实验性的作品《未成熟的少年时代》和《梅西所知》曾长期不受重视,被严重低估,利维斯认为它们是"伟大的成就",而《梅西所知》更是"完美无缺"。这无疑是对这两部小说的"再发现"。利维斯对《欧洲人》的评价也体现了异于时人的视角与勇气。利维斯说:"《欧洲人》曾以'微不足道'见弃。然而,詹姆斯在创作生涯之初写下的这本小说实际上是分量厚重的一部杰作。"④利维斯认为,"《欧洲人》非常生动,引人入胜,这无须言说……我把《欧洲人》称为'道德寓言'(moral fable),因为一种严肃的目的在组织结构的经济性(小说仅仅200页)上得到了清晰而有力的体现,而书中的每个元素的代表性意义(representative significance)都是一以贯之的。"⑤虽然《欧洲人》充满象征与诗歌意味,其组织结构如寓言与戏剧诗(dramatic poem)一样深邃而紧密,但它依然可以很直白

---

① F. R. Leavis, *The Great Tradition*, p.153.
② *Scrutiny* (XIV), Cambridge: CUP, 1963, p.295.
③ 利维斯:《伟大的传统》,第235页。
④ 利维斯:《伟大的传统》,第233页。
⑤ F. R. Leavis, *Anna Karenina and Other Essays*, p.59.

地作为行为和社会喜剧小说来阅读。这或许有助于解释为什么这部小说的独特特征没有引起人们的关注。简·奥斯汀的小说被称为"行为小说",久享盛名,但成就她艺术家的特质却往往被忽视。她的名声自然而恰当地体现在这里。利维斯认为,詹姆斯受了简·奥斯汀的影响,《欧洲人》所呈现的就是沿着《爱玛》与《劝导》(Persuasion)这一脉络的发展。

利维斯对詹姆斯的"定性"深刻而独到,对其艺术本质的把握也十分具有创见。利维斯把詹姆斯称为"诗人小说家",发现他往往以象征的手法在描写具体而非常出色的心理分析中显示出他的天才。利维斯认为,"詹姆斯的'智趣'(wit)真实且自然如一,其诗意馥郁又见灵见智,其笔下的理想化的描述也全无虚假、廉价或卑俗之嫌;人性的一些潜能获得了崇高的礼赞。"[①]就詹姆斯的天才,利维斯说:"他的天才不是探索家的天才,不是开拓者的天才,它也没有任何预言的能力。它不是在对心灵的孤寂探索或对人类经验的常见形式进行的激烈拷问中显现出来的那种天才。简而言之,它不是D. H. 劳伦斯的天才或任何类似的东西。如果对人类的休戚相关具有直接的感悟,直觉到生命的完整一体并由此而获益,这本也能够替他弥补文明交往上的不足,但詹姆斯完全缺乏这些:生活,对他来说,必须是优雅文明的生活,否则便什么都不是。"[②]论及詹姆斯的艺术特色,表现在"他对象征手法的出色运用上",然而这一手法也不能过分强调,因为"他的艺术所具有的特色乃是源于他对生活所抱有的极其严肃的关怀——我们称他为诗人的时候,强调的正是这些总体上的特色"。[③]利维斯敏锐地发现,"詹姆斯的艺术具有一种道德锋芒,远非他的批评家们所能察觉,以至于他们反倒可以指责他的作品缺乏道德意义了……詹姆斯状态最佳时,他的技巧所服务和表达的就是这道锋芒。"[④]

利维斯对詹姆斯的"民族身份"问题也有着自己独到的看法。"我们这样从英国传统来看他,并不是无视他的美国血统"[⑤],但是"历史早已令他在自己的国家里背井离乡了……他在别处不可能落地生根,而

---

① 利维斯:《伟大的传统》,第20页。
② 利维斯:《伟大的传统》,第268—269页。
③ 利维斯:《伟大的传统》,第213页。
④ 利维斯:《伟大的传统》,第259页。
⑤ 利维斯:《伟大的传统》,第17页。

适宜的土壤和气候只能在欧洲而非在他的生身国度"①。利维斯认为詹姆斯体现了其"美国性"与"英国性"的融合。他说:"在其早期的成熟的作品里,他就在技巧上表现出了一种挥洒自如、教养良好的经验老到,不见一丝褊狭之气,而全然是一派精于世道人心的温文尔雅,令他卓异于同时代的英语作家。倘若从英国的角度看,他无疑是一个美国人,那么他也是个大大的欧洲人。"②

经过一番分析,利维斯对詹姆斯做出了极高的评价。他说:"在英语,在小说(针对成年人的一门严肃艺术)艺术上,我们又能找出什么样的成就超越了詹姆斯的伟绩呢?《欧洲人》《一位女士的画像》《波士顿人》《华盛顿广场》《未成熟的少年时代》《梅西所知》以及一系列令人难忘的长、中、短篇小说都会成为代代相传的经典(classics)。"③

四、评康拉德

康拉德是利维斯最为崇敬的小说家之一。利维斯对康拉德的评价是围绕着康拉德作品的优劣区分、"具体性"、个体身份、主题分析与语言分析等层面进行的。

利维斯说:"康拉德写出了经典作品,这一点确定无疑,正如他的经典地位并非均衡地依赖其全部作品(œuvre)。"④他认为《金箭》(The Arrow of Gold)是康拉德最为糟糕的小说之一,它失之"幼稚"(naivety),其原因并非是作者缺乏天赋,而在于小说的主题与氛围过于神秘。《拯救》(The Rescue)则流于"单纯",利维斯认为它"是一部具有奥斯卡奖风格的作品,批评家或许认为它'严峻、多彩、堪称经典',虽以宏大风格呈现了热带大洋、落日以及丛林构成的舞台背景(decor)……康拉德虽然经验丰富,却在观点和态度上流于简单"⑤。

利维斯认为《台风》(Typhoon)是小说典范,原因在于作者对大自然狂暴力量的描述,更在于对人物细致入微的把握,这似乎可归功于康拉德"水手小说家"的独特身份。"小说中没有任何做作或者横插进来的东西;其意义(significance)不是形容词赋予的,而是依赖小说所呈现的

---

① 利维斯:《伟大的传统》,第19页。
② 利维斯:《伟大的传统》,第20页。
③ F. R. Leavis, *The Great Tradition*, p. 172.
④ F. R. Leavis, *The Great Tradition*, p. 173.
⑤ F. R. Leavis, *The Great Tradition*, p. 183.

具体事物(particulars),如人物、事件与整个情节。"①这一评价同样适用于康拉德的另一部杰作,即《阴影线》(The Shadow Line)。利维斯认为,该小说的"具体性"十分突出,作者"在对人物个性(personality),对个性的感应共鸣,都可见康拉德的独特技艺,这也是散文体的《古舟子咏》(Ancient Mariner)所赖以成功的手法"②。

利维斯认为《青春》(Youth)名头虽大,却不在康拉德的最佳之列。《吉姆爷》(Lord Jim)也无法位居杰作之列,问题在于它缺乏深厚丰富的生活,尽显单薄相。利维斯认为,康拉德的早期作品《阿尔迈耶的愚蠢》(Almayer's Folly)、《海隅逐客》(An Outcast of the Islands)以及《不安的故事集》(Tales of Unrest)关注异国风情,过于外异(exoticism),形容词泛滥,同时"诗情画意般的"(picturesque)人性关注颇为晦涩;《机缘》是一部出色的小说;康拉德的最后一部作品《流浪者》流露出了人生如梦的意识,虽然生气尚存,却无大能量;《悬念》(Suspence: A Napoleonic Novel)未完成,结尾部分糟糕不堪。

利维斯认为康拉德真正伟大的小说之一是《诺斯特罗莫》,它再现了异域生活和情调,充分体现了康拉德的天才,同时,"整部小说形成了一个内容丰盈、细腻而又颇具条理的布局(pattern)。每一细节、人物和事件都对小说的诸多主题和中心思想发挥着重要的影响。"③而且,该小说充分"诉诸读者的感官,或曰感官想象(sensuous imagination),其形式也具有道德意味"④。小说的另一成功之处是它"有一个重大的政治或社会性的主题,即道德理想主义(moral idealism)与'物质利益'(material interests)之间的关系……每一主题都有某种具有代表性的道德意义"⑤。利维斯一直认为小说是对生活的肯定,《诺斯特罗莫》更是如此。他发现该小说具有一种统领性的组织原则,即小说通过人物这样追问:"人生为何而活,都有怎样的动因和根本态度赋予生命以意义、方向和连贯性?"⑥但深究起来,"这部小说让人印象深刻,并非由于对人类体验的深刻探索,或者对人类行为的细微分析,而是在于其厚实而

---

① F. R. Leavis, *The Great Tradition*, p. 185.
② F. R. Leavis, *The Great Tradition*, p. 187.
③ F. R. Leavis, *The Great Tradition*, p. 191.
④ F. R. Leavis, *The Great Tradition*, p. 191.
⑤ F. R. Leavis, *The Great Tradition*, p. 191.
⑥ F. R. Leavis, *The Great Tradition*, p. 195.

生动的具体性"①。另外,利维斯发现了《诺斯特罗莫》戏剧化的手法中所潜藏的象征意味,他的手法具有某种情节剧的活力,同时有着高明的倒叙手法,隐喻与反讽的手法也十分高明。

利维斯认为《胜利》(Victory)也是康拉德的杰作之一,它体现了康拉德塑造人物的功力,虽然该小说不具有《诺斯特罗莫》那样的宽度和厚度,但也算是康拉德的经典作品。《特务》(The Secrete Agent)是康拉德最成功的作品之一,利维斯认为它受了狄更斯的影响,却又超越了狄更斯,视野与人物刻画都显现出活力,这种活力既是"莎士比亚式的",又是"狄更斯式的"②。该小说"给英文读者奉献了完美的一流的经典……手法复杂、技艺精湛卓绝,却也像《诺斯特罗莫》一样没有获得批评家足够的认可"③。有批评家认为在《阴影线》(The Shadow Line)中康拉德对人类的问题处理过于简单,有学生气般的局限,对"依靠内心的真实而不是众人所接受的标准"而生活的人缺乏兴趣。利维斯则恰恰相反,他认为"《阴影线》集中展现了康拉德的才华,而且他的伟大之处并没有得到相应的高度认可"④。显然,利维斯无疑是在为这三部作品正名,客观上提高了康拉德的地位和影响。

利维斯一贯强调作品呈现出来的"具体性"。他发现,在康拉德的大多作品中,如《黑暗的心》,其细节毕现,而且往往具有"客观对应物"(objective correlatives),因而获得了确切的意义,同时获得了"唤起氛围的巨大力量"⑤。在该小说中,作者唤起的是一种席卷天地而又凶险怪诞的氛围,其间充盈着压抑与神秘的气息,探索了"深刻的人性与精神恐惧"以及"人类灵魂的潜能",从而"以含义丰盈的具体形象(concreteness)呈现的特定时间、情节和感知",造成了某种"震颤共鸣"(vibration)⑥。但有时,纵使康拉德才情横溢,善于把握细节,却依然对某些形象无可奈何,只能用"难以言说""莫可名状"这类评价性的词汇去表达,这种紧张的反应在利维斯看来充其量只是对他难以表达的事物的"情绪化的强调",这正表明了他某些描述的"虚空"(nullity)。利

---

① F. R. Leavis, *The Great Tradition*, p.191.
② F. R. Leavis, *The Great Tradition*, p.211.
③ F. R. Leavis, *The Great Tradition*, p.220.
④ F. R. Leavis, *Anna Karenina and Other Essays*, p.110.
⑤ F. R. Leavis, *The Great Tradition*, p.174.
⑥ F. R. Leavis, *The Great Tradition*, p.177.

维斯认为,如果少些这样的表白,其描述反而会更加有力、具体、感人。

利维斯非常关注康拉德的身份问题,即其特殊身份与其小说创作之间的关系。利维斯认为康拉德是一个执着的具有文学天赋的水手,当过英国商船的船长,深受法国文学的熏陶,师法法国文学大师,从籍贯上讲却又是一个波兰人。他的天才在于"水手与作家独特而欢快地统一"①。利维斯反对孤立地看待康拉德的所谓民族身份与职业身份问题。就"民族身份"而言,利维斯不赞同简单地把康拉德归为某一国家,恰恰相反,利维斯认为康拉德是一个"世界主义者"(cosmopolitan)②;就职业身份而言,康拉德也超越了纯粹小说家的范畴,利维斯认为他是"职业艺术家、水手和知识分子"③。当然,利维斯同时也认识到,康拉德的多种身份融于一身有时也难免失去平衡。

主题分析也是利维斯所关注的。他敏锐地发现,康拉德的很多作品,如《特务》(The Secret Agent)、《在西方的眼睛下》(Under Western Eyes)、《机缘》(Chance)等,都体现了一种"孤寂"(isolation)的主题,因此准确地把握了康拉德晚期"精神隔绝"的状态。

利维斯还就康拉德的语言特色进行了分析。他以《阴影线》为例,认为在该小说"尽管有不地道(unidiomatic)的痕迹与法语的印记,康拉德的英文不得不让我们承认是一个大师的语言,他所有的创造性的思维和情感——推动他创作的内在体验——都是用英语完成的。例如,我们不可能想象《阴影线》是从法语翻译过来的,或者《阴影线》翻译成法语后其意义不会有所损伤。"④这也体现了利维斯一贯的语言观:语言与体验相关而且滋生体验。

在爱德华时代,司各特、萨克雷、梅瑞迪斯、哈代等人通常被视为伟大的小说家,但利维斯认为,"如果说评判的标准是在面向成人的作品中取得的成就,而且这种作品能够持续地吸引充分的批评关注。那么,与这四位相比,康拉德无疑是更加伟大的小说家……位居英语甚至任何语言中最伟大的小说家之列。"⑤

---

① F. R. Leavis, *The Great Tradition*, p. 189.
② F. R. Leavis, *The Great Tradition*, p. 189.
③ F. R. Leavis, *The Great Tradition*, p. 189.
④ F. R. Leavis, *Anna Karenina and Other Essays*, p. 94.
⑤ F. R. Leavis, *The Great Tradition*, p. 226.

五、评劳伦斯

利维斯堪称劳伦斯的坚定捍卫者,是其价值的早期发现者、勇敢的"正名"者和伟大地位的"预言家"。在利维斯《思想、言语和创造性》一书的前言之前印有劳伦斯的一句话:"男人和女人,都是一条河,是流动的生命。没有彼此,我们不能流动,正如没有两岸,河水无法流淌。女人是我生命的一岸,世界是另一岸。"利维斯把这些文字放在此处,未必表明他完全赞同劳伦斯的思想,但至少说明他十分赞赏劳伦斯的思考。劳伦斯憎恶康德的抽象哲学,批评工业文明、性道德以及人与人之间的关系;他区分象征与寓意,向往工业化之前的英国乡村;他认为批评所关注的是科学家所忽视的价值观念和体系,真诚的情感是其标准,而非抽象的理性。我们不难发现,劳伦斯和利维斯的思想有着许多契合,毋庸讳言,这或许也能部分地解释利维斯缘何对他情有独钟、无比推崇。其实,已有批评家发现了这一点。1955 年,利维斯发表专著《小说家劳伦斯》。艾尔瓦瑞兹(A. Alvarez)认为,"该书体现出了利维斯观点与劳伦斯观点的高度的一致性"①。这一评论可谓一语中的。

利维斯在一战前就曾读过劳伦斯的作品。1919 年,当他开始关注当代文学时,他阅读过《普鲁士军官及其他故事》(*The Prussian Officer and Other Stories*),之后便一直阅读劳伦斯的作品及关于他的评论。在劳伦斯去世后,利维斯曾在《剑桥评论》发表过一篇论文,后来拓展成了小册子,名为《劳伦斯》,单独发行。劳伦斯一直被误读、误解、嘲讽,被视为异端,利维斯则不遗余力地为其呐喊和正名。T. S. 艾略特、瑞恰兹等批评家对劳伦斯大加挞伐,时人也多对劳伦斯以"道德"的名义进行审判。在韦勒克看来,劳伦斯是"极端偏激的非理性主义者"②;有批评家认为劳伦斯是一个"临床病例"③;有人说劳伦斯有着"解剖式的粗鄙"④。利维斯发现,艾略特直到 20 世纪 50 年代也没能从他对劳伦斯的偏见中解放出来。艾略特说:"(劳伦斯)不耐心、易冲动……他似乎

---

① A. Alvarez, Lawrence, Leavis, and Eliot, in *The Kenyon Review*, Vol. 18, No. 3 (Summer, 1956), pp. 479.
② 勒内·韦勒克:《近代文学批评史》(第 5 卷),第 194 页。
③ *Scrutiny* (XVI), Cambridge, CUP, 1963, p. 44.
④ *Scrutiny* (XVI), p. 44.

常常写得很糟糕……他是无知之人,意识不到自己有多少东西不知道。"①艾略特甚至从劳伦斯的卑微出身的角度出发,认定劳伦斯"缺乏智识与社会训练……并非在一个鲜活的中心传统的环境中长大"②,而且颇为刻薄地说劳伦斯是"性变态"(sexual morbidity)③,"自己坏透了,同时在污染别人"④。利维斯认为,世人对劳伦斯的误解与偏见似乎通行无阻地存在着,直到今天。而这些误解与偏见不除,劳伦斯的成就与天赋就无法真正为世人所接受。利维斯在致《旁观者》(1961年3月3日)的一封信中指出,劳伦斯是最有创造力的作家,而不是"色情主义者"。可是,因为劳伦斯,利维斯长久以来也遭受了不少误解。在20世纪30年代的剑桥,"'色情利维斯奖'(Leavis Prize for Pornography)竟成了可容许的俏皮话"⑤。

利维斯这样回顾自己对劳伦斯的批评:"我长久以来一直进行着为劳伦斯争取认可的战斗,争取消除误解与偏见。"⑥从《细察》,再到50年代《小说家劳伦斯》发表,甚至延续到了晚期的著作,即1976年发表的《思想、语言与创造性:劳伦斯的艺术与思想》。他早在20世纪30年代的文章中就为劳伦斯辩护,反驳艾略特对劳伦斯缺乏教养和社会训练的指控,并认为"劳伦斯是天才,具有智性与精神力量,能够影响我们对生活的态度以及我们时代的问题"⑦。对于写作《小说家劳伦斯》一书的目的,利维斯干净利落地说:"我的目的就是为劳伦斯伟大之处的本质赢得清晰明白的认可。任何尚未获得充分认可的伟大的创造性作家就是浪费体验生命的力量。"⑧而劳伦斯本人的经历及其作品和艺术能够"让我们相信创造性的人类精神和它追求人生完满(fullness)的能力"⑨。在21世纪的今天,或许已鲜有批评家会质疑劳伦斯的成就,但在当时的批评语境下,不难想象,利维斯的批评处境是何等险恶,而利维斯的这些为劳伦斯正名的言论今天看来又是具有何等的远见。

---

① F. R. Leavis, *D. H. Lawrence: Novelist*, London: Chatto & Windus, 1955, p. 319.
② F. R. Leavis, *D. H. Lawrence: Novelist*, p. 320.
③ F. R. Leavis, *D. H. Lawrence: Novelist*, p. 25.
④ F. R. Leavis, *D. H. Lawrence: Novelist*, p. 325.
⑤ F. R. Leavis, *Letters in Criticism*, p. 84.
⑥ F. R. Leavis, *D. H. Lawrence: Novelist*, p. 12.
⑦ F. R. Leavis, *The Common Pursuit*, p. 233.
⑧ F. R. Leavis, *D. H. Lawrence: Novelist*, p. 15.
⑨ F. R. Leavis, *D. H. Lawrence: Novelist*, p. 15.

利维斯说:"劳伦斯首先是伟大的小说家,是最伟大的之一。"①"如果深度、广度、细腻性是呈现人类体验的标准,在从简·奥斯汀到 D. H. 劳伦斯的伟大小说家之中,我会想起霍桑、狄更斯、乔治·爱略特、亨利·詹姆斯、梅尔维尔、马克·吐温、康拉德。这一成就无与伦比,是文学史上任何一章或者一个著名的时期都无法超越的。"②利维斯认为,奥斯汀是伟大传统的奠基人,而劳伦斯则代表着难以逾越的成就。"劳伦斯的生活哲学、重要信仰、创造性的观点,他的实存(existenz)与智性(intelligibilia)……不能与表达途径艺术脱离开,正如灵魂离不开身体一样。信息与艺术是不可分割的整体,正是因为劳伦斯掌握了艺术和媒介,他才能够传达他的信息和意义。"③利维斯认为《虹》(The Rainbow)与《恋爱中的女人》(Women in Love)对任何人而言都不是能第一次就深刻读懂的作品,这并非表明它们的晦涩,而是意义的深刻与丰盈。利维斯说:"劳伦斯在这两部作品中的艺术在方法和程序上都具有原创性,我们始终把握不住它们意欲何为、又给读者奉献了什么。"④

作为"复活的浪漫派批评家"⑤的约翰·米德尔顿·默里(John Middleton Murray)著作颇丰,又无所不评。他是劳伦斯的朋友兼冤家对头,与利维斯多有论战。利维斯赞扬《虹》与《恋爱中的女人》,这让默里颇为不满。默里曾引征《恋爱中的女人》第 19 章关于西非人的描述,说劳伦斯具有"根深蒂固的虐待狂式的仇恨"与"一种原始的无知"⑥;同时他认为利维斯要大家注意欣赏其风格,关注其作品构造,从而获得快感(enjoyment)。

"默里明显彻底误解了劳伦斯,忽视了其作品作为艺术创作的本质。"⑦利维斯认为艺术创作的本质在于"虚构"。如果认为劳伦斯具有"虐待狂式的仇恨",则显然忽视了作品与外在现实的"非同一性"。利维斯在考察《恋爱中的女人》的架构(construction)时,关注的并非是文

---

① F. R. Leavis, *D. H. Lawrence: Novelist*, p. 17.
② F. R. Leavis, *D. H. Lawrence: Novelist*, p. 18.
③ F. R. Leavis, *Letters in Criticism*, pp. 11-12.
④ F. R. Leavis, *D. H. Lawrence: Novelist*, p. 21.
⑤ 勒内·韦勒克:《近代文学批评史》(第5卷),杨自伍译,上海:上海译文出版社,2009,第194页。
⑥ F. R. Leavis, *Letters in Criticism*, p. 60.
⑦ F. R. Leavis, *Letters in Criticism*, p. 60.

内与文外的是否对应问题,而是重点考察劳伦斯的作品所要传达的思想的复杂性、态度与价值意义。利维斯针对该问题说:"考虑到劳伦斯的创造性的作品,我个人更关注意义——即人类基本的问题、我们文明的命运。"①后来利维斯继续补充说,劳伦斯是具有原创力的天才,是最具创造性和超高智慧的作家之一。这些回应一方面反击了默里,另一方面则遥远地反驳了艾略特对劳伦斯的种种指控。利维斯认为,要欣赏劳伦斯的伟大,就要修正我们评判智慧的标准及观念。利维斯毫不留情地说:"艾略特认为劳伦斯不能思考其本身就体现了艾略特的智慧失败。"②利维斯认为,劳伦斯"不存在深刻的情感错乱与执拗的不和谐(disharmony),他的智慧服务于完整的心灵(psyche)……一方面,劳伦斯的创作具有技艺原创性;另一方面,其创作具有有机完整性与活力"③。

劳伦斯特别关注一战末期英格兰甚至整个欧洲的状况,这种责任感与人文情怀也契合利维斯本人的情怀。在这种情怀的驱使下,利维斯也因此发现,《艾伦的篱杖》(Aaron's Rod)与《袋鼠》(Kangaroo)体现了"宏大、包容性(inclusiveness)以及对英国现状的关注"④。

利维斯认为劳伦斯的早期作品《迷失的少女》(The Lost Girl)颇佳,完全不是福楼拜式的,它受到了狄更斯的影响,却没有狄更斯的缺憾;《儿子和情人》(Sons and Lovers)体现了作者的真诚与人性关注;《羽蛇》(The Plumed Serpent)无异于白日梦,它在劳伦斯的作品中最为简单,却让人难以卒读,同时它表明劳伦斯"试图以一种想象性实现(imaginative enactment)的方式来证明宗教必要的复兴具有可能性"⑤;《袋鼠》中态度复杂,作者"直接参与"(personal engagement)小说,全然不是白日梦,而且该作品表明,利维斯在处理澳大利亚特征(尤其是澳大利亚民主)时显得敏捷而有穿透力。

"劳伦斯无疑是杰出的大师。他的天才从一开始就表现为巨大的原创力与惊人的成熟性。"⑥利维斯认为,《白孔雀》(The White Peacock)

---

① F. R. Leavis, *Letters in Criticism*, p. 62.
② F. R. Leavis, *D. H. Lawrence: Novelist*, p. 27.
③ F. R. Leavis, *D. H. Lawrence: Novelist*, pp. 27-28.
④ F. R. Leavis, *D. H. Lawrence: Novelist*, p. 63.
⑤ F. R. Leavis, *D. H. Lawrence: Novelist*, p. 69.
⑥ F. R. Leavis, *D. H. Lawrence: Novelist*, p. 75.

以及《儿子与情人》表明,劳伦斯作为最具创造力的作家毋庸置喙,《牧师的女儿们》(The Daughters of the Vicar)亦是如此。尤其让利维斯称道的是,《牧师的女儿们》还表明了劳伦斯鲜明的阶级区分意识。他说:"《牧师的女儿们》所表现出来的阶级区分意识与势利或者任何形式的阶级情感都格格不入。劳伦斯把它们看作事实,在人类生活中起重要作用。"①

利维斯对《查泰莱夫人的情人》(Lady Chatterley's Lover)推崇的重要原因有二:其一,他认为"赋予小说以生命力的精神是健康之强有力的本能,而这正是我所提到的劳伦斯的天才之精神"②。其二,劳伦斯"以巨大的能量把他特殊的主题与工业文明的旋律联系到了一起"③。

> 利维斯对劳伦斯的以下评论颇有总结的意味:劳伦斯对待生活的根本态度是积极的,如果要寻找一个词来把握这种态度的本质,我们必须使用"崇敬"(reverence)。但"崇敬"不能带有理想化的倾向。如果这种崇敬表现为某种根本的"绵柔"(tenderness),我们并不是说劳伦斯有着软弱的大脑,或者流于感伤。这种态度是一种力量,在对现实的关注中十分具有洞察力且耿韧不腐。④

显然,劳伦斯对生活的态度是积极的,这符合利维斯"小说作为对生活之肯定"这一基本立场,更甚之,劳伦斯以独特的体验与激情表现出对生活的"崇敬"。利维斯所说的"绵柔"主要是指劳伦斯小说所常常关涉的女人与性主题,而劳伦斯"对现实的关注"则是他把自己的创造同工业文明时代的某种旋律做了完美的共鸣。《虹》遭查禁,《恋爱中的女人》曾出版无望,这对劳伦斯打击颇大,加之战争,劳伦斯身心俱疲。但他并不接受失败,也未颓然沉沦,支撑他的力量便是他对生活的激情。"他身上一直有着对生活的强烈的肯定(affirmation of life),有着一种深深的责任感,不管其表现是什么,这都是他的力量和天才。"⑤另外,利维斯甚至还把劳伦斯称之为"社会历史学家"(social historian),

---

① F. R. Leavis, *D. H. Lawrence: Novelist*, p. 75.
② F. R. Leavis, *D. H. Lawrence: Novelist*, p. 73.
③ F. R. Leavis, *D. H. Lawrence: Novelist*, p. 73.
④ F. R. Leavis, *D. H. Lawrence: Novelist*, p. 77.
⑤ F. R. Leavis, *D. H. Lawrence: Novelist*, p. 30.

即以文学的方式洞察社会与现实。他说:"在小说家中,劳伦斯作为社会历史学家无法逾越,甚至无法比拟。《虹》向我们揭示了在实际社会中精神遗产的过渡,以及与文明总体发展的关系;《恋爱中的女人》在呈现当代英格兰(或者说1914年的英格兰)方面无所不包,着实惊人……单凭这两部小说,就足以让劳伦斯位居最伟大的英国作家之列。"①

利维斯早年即发现了劳伦斯的价值,而且其价值中还蕴含着疗救现代文明的力量。在劳伦斯逝世后的几十年里,这位争议作家声望日隆,批评家逐渐认可了他的价值。但文化与文明的状况并未根本改变。从《文化与环境》到《思想、语言与创造性》,接近半个世纪过去了,利维斯认为,文化与文明危机并未稍稍缓解。他说:"工人,也像大多数民众一样,被剥夺了继承权。他们共享着技术—功利主义文明的信心满满的物质主义。那些懂得金钱、'福利'、'民主'和精神庸俗(spiritual philistinism)的并不能挽文明于将倾的少数人却面临这一个问题。"②借用劳伦斯的话说,他们除了捍卫生命的新芽,并使之生长,别无他法。同时,利维斯认为,我们的文明将会继续下去,"我们坚信我们必须让新芽鲜活,而劳伦斯……是强大的灵感,是达此目的的力量之源。"③这表明,随着文化危机的加剧,利维斯认为劳伦斯的价值愈发突出了。

在利维斯去世的前两年,他把自己对劳伦斯的思考推进到了一个更高的层面,即从语言、艺术、思维等深层次上来阐释劳伦斯,力图把握劳伦斯价值的深层本质。利维斯认为,劳伦斯的作品体现的对"未知"和"不可知"的意识都是对创造性的生命的高扬,这与他的时代情怀也无法截然分开;劳伦斯虽然在1930年就已经去世,但他依然属于当代,因为他所诊断的文明正是我们的文明。利维斯首先从语言入手,以一种"反哲学的"哲学家的身份做出了三个论断:

(1)没有语言就没有发达的思维。

(2)我们的语言是英语,而英语有着伟大的文学,因此不妨说对英语语言最为完美的运用存在于重要的创造性的作品中。

(3)重要的、创造性的作家明白,在构思和创作一部伟大的创造

---

① F. R. Leavis, *D. H. Lawrence: Novelist*, p.151.
② F. R. Leavis, *Thought, Words and Creativity: Art and Thought in Lawrence*, p.12.
③ F. R. Leavis, *Thought, Words and Creativity: Art and Thought in Lawrence*, p.13.

的作品时,他关注的是提炼并揭示关于生活的更为深邃的思索。

在前文中,我们已经分析了利维斯的语言观。他认为语言呈现并滋生人类体验。因此,伟大的作品的美好语言首先代表了小说家的发达思维,其次语言又和人生关联在了一起。利维斯发现,劳伦斯正是这样,他通过语言的精妙使用,尤其是"精妙的互相关联"(subtle interrelatedness),"使用当前的语言完成了词典中的语义所无法完成的事情"①,从而体现了他的天才与创造性。后期的利维斯认为劳伦斯的艺术与思想价值主要体现在以下两个方面。

利维斯认为,劳伦斯通过想象、非个性化的方式以及成熟的姿态,关注了女性、性、文明、健康、心智等人类的根本问题,思考了人类的可能性,呈现了种种"想象的或唤起的体验"②。"劳伦斯的天赋要求他永远要存在(be),并确保了在他存在(being)的强度中天才般地运用他的能量。他的艺术、他对清晰表达以及意识的追求让他的生活(living)更为锋利而敏感,而他的生活又滋养了他的艺术。"③一言以蔽之,利维斯认为劳伦斯艺术的本质在于对人类及人性的关注。

利维斯认为,劳伦斯的艺术中体现出来的最为重要的思想无疑是"没有什么比生命(life)更为重要"④。劳伦斯对生命以及人生体现出的积极态度,甚至崇敬,利维斯十分欣赏,利维斯甚至还从劳伦斯的小说里读出了"男女平等""女人作为女人""生命礼赞"等内容。以今天的批评话语来看,劳伦斯的作品无疑体现了丰盈的"生命美学"。利维斯没有使用这种时尚的词汇,但他清楚,除了对生命、健康人生和人类目的的追求,还有什么是我们的终极目的呢?

时至今日,劳伦斯已经位居最伟大作家之列,这也验证了利维斯预言的准确性。回顾劳伦斯的接受史,利维斯可谓功不可没。难怪希拉·史密斯(Sheila M. Smith)说:"劳伦斯是严肃的艺术家,真心相信人生与艺术之间的关系,他很幸运有利维斯这样的批评家,同样相信艺术对造就了艺术的社会至关重要。"⑤利维斯几十年来对劳伦斯的探索

---

① F. R. Leavis, *Thought, Words and Creativity: Art and Thought in Lawrence*, p. 29.
② F. R. Leavis, *Thought, Words and Creativity: Art and Thought in Lawrence*, p. 29.
③ F. R. Leavis, *Thought, Words and Creativity: Art and Thought in Lawrence*, p. 152.
④ F. R. Leavis, *Thought, Words and Creativity: Art and Thought in Lawrence*, p. 92.
⑤ Sheila M. Smith, Untitled, *The Review of English Studies*, New Series, Vol. 29, No. 113 (Feb., 1978), p. 112.

研究是一个逐渐深化的过程,他对劳伦斯的艺术及思想所进行的思考、对今天的劳伦斯研究甚至整个文学研究都不失为一种有益的借鉴。

六、评狄更斯

狄更斯对利维斯来说是一个巨大的挑战。利维斯要么固执地坚守他对狄更斯并不准确的评价,要么在不断的思考中修正自己的观点,给予狄更斯真正的重估。让人欣慰的是,利维斯选择了后者。在他的批评生涯中,他对狄更斯批评态度的逐渐转变正是利维斯逐渐走向成熟与完善的一个缩影。

利维斯认为狄更斯的作品中《艰难时世》是体现其天才的一部,但它并没有获得广泛认可,利维斯认为其原因在于小说研究的传统思路,即以小说家"创造世界"、"外在世界的丰富性"、作品中人物的"生命力"等,如果遇上深邃之作,批评家便茫然了。利维斯认为,"狄更斯式的活力"(Dickensian vitality)就在于嘲讽,"在于其多变的典型模式,因无冗言而更加有力:深刻的灵感控制着蓬勃的创造性"[1];他似乎一反常态,在《艰难时世》里获得了一种更为宽广的视野,洞察了当时社会的冷酷无情。

论及狄更斯的艺术,利维斯认为,"狄更斯尽管只是伟大的颇受欢迎的娱乐大家,但在《艰难时世》中,随着他展现出完整的批判视野,他获得了某种耐力、灵活性、连贯性以及深度,这些都未获得应有的赞誉。"[2]根据利维斯的观点,狄更斯的反讽艺术灵活地与其他方法相结合,在一个"真正戏剧化与深刻诗化的整体中相得益彰"[3]。此处所谓的"整体",即《艰难时世》这部小说,在利维斯看来,既是戏剧化的,又是诗化的,这契合了利维斯"小说作为戏剧之诗"的观念。利维斯说:"事实上,若论组织、想象模式、象征手法以及由此而来的凝练,《艰难时世》给人的感觉是它属于诗歌作品。"[4]在该小说中,狄更斯在关注道德的同时,却没有忽视现实,对人性的把握也颇为深刻,而且呈现的内容丰富多彩。"这部小说的一大特点就是它所呈现的生活有着让人惊

---

[1] F. R. Leavis, Hard Times, in *Scrutinty* (XIV), p.186.
[2] F. R. Leavis, Hard Times, in *Scrutinty* (XIV), p.186.
[3] F. R. Leavis, Hard Times, in *Scrutinty* (XIV), p.187.
[4] F. R. Leavis, Hard Times, in *Scrutinty* (XIV), p.192.

叹、难以抗拒的丰盈,可以说四下充盈……自然不矫,就寓于寻常的字里行间。"①利维斯认为,"缺乏生活"往往是小说作品的缺憾,而造成这种状况的原因之一就是作家"活得不够"。因此,他把《艰难时世》呈现的生活的丰富性归结为狄更斯非比寻常的感触与表达能力。

狄更斯在作品中以精妙的手法成功地塑造了一个极富人性而又对抗功利主义的人物,毫无疑问,这获得了利维斯的肯定。狄更斯作品中的这种关注在利维斯看来无疑又获得了文学以外的附加值。

另外,利维斯还从语言与意象(image)的角度对《艰难时世》进行了评价。他认为,狄更斯完美地把握了字词、节奏和意象,其从容与丰盛程度除莎士比亚以外无人能及。按照利维斯的语言观,这说明狄更斯除了有与生俱来的天赋,还对生活有着敏锐的观察和非凡的体验。

以上的阐述表明,在《〈艰难时世〉分析笔记》发表的1947年,利维斯对狄更斯的评价是较高的,或者至少可以说对《艰难时世》评价甚高。此时,利维斯"伟大的传统"这一观念应该在酝酿中,或者基本成型了,因为《伟大的传统》中的大部分论述(除第一章)已经在《细察》上操练完成了。由此可见,当时狄更斯在利维斯的心目中算不上真正伟大的小说家,也无法位居"伟大的传统"之行列,充其量其艺术(除了《艰难时世》)无非尽显"娱乐之资"。

到了1948年《伟大的传统》发表时,我们可发现利维斯对狄更斯的看法有了微妙的变化。此时的狄更斯虽然没能位列"伟大的传统",但他成了"伟大的传统"中小说家的重要的背景人物和影响之源。利维斯敏锐地发现,狄更斯影响了乔治·爱略特的人物刻画,对康拉德杰作之一的《特务》产生了积极的影响,在亨利·詹姆斯的《卡萨玛西玛公主》里也能找到他的影子,劳伦斯《迷失的少女》中亦有他的痕迹,这都说明了狄更斯所拥有的影响力。

在《伟大的传统》的第一章,利维斯对狄更斯的评价似乎充满了矛盾。他在比较康拉德和狄更斯时说,严肃完整的意义才是康拉德小说的目的,其言外之意是,狄更斯并非如此。一方面,利维斯认为,"确定无疑的是,狄更斯是一个天才,永远位居经典文学家之列。但他的天才是娱乐大师的天才。"②另一方面,利维斯却又说:"狄更斯的伟大已被

---

① F. R. Leavis, Hard Times, in *Scrutinty* (XIV), p.191.
② F. R. Leavis, *The Great Tradition*, p.19.

时间证明。"①这表明,利维斯对狄更斯的看法产生了动摇,其原因之一或许是他受了其多才的夫人 Q. D. 利维斯的影响。Q. D. 利维斯写了不少关于狄更斯的具有深刻见解的文章,给予了狄更斯高度的评价。

对利维斯而言,狄更斯可以说是他批评的试金石。1963 年 1 月 4 日的《观察家》发表了皮特·费森(Peter Fison)题为《狄更斯带来的挑战》的评论,其中说"利维斯博士当然不喜欢狄更斯"。利维斯回应说:"狄更斯在学习如何成为一个小说家,在从记者和大众娱乐者转变成为伟大的艺术家的过程中,越来越意识到自己是伟大的艺术家。他创造了一种精妙的、具有穿透力的、复杂的艺术,这种艺术使他给后继者带来的无法估量的潜在影响。"②这表明,狄更斯在利维斯那里又进一步获得了更高的地位,拥有了更大价值。

到了 1969 年利维斯发表《我们时代的英国文学与大学》时,利维斯对狄更斯的评价已经有了清晰而重大的变化。一方面,他简要论述了狄更斯的更多作品,包括《雾都孤儿》(*Olive Twist*)、《远大前程》(*Great Expectations*)、《小杜丽》(*Little Dorrit*)等。利维斯明确说:"狄更斯是一位伟大的艺术家。"③他开始逐渐地把狄更斯纳入"伟大的传统"这一体系,他这样说道:"如果说有人创造了现代小说,那个人正是狄更斯,一个英国文学专业的大学生对此没有清楚的认识是十分荒谬的。而且,他们应该知道,这一脉络(line)从狄更斯到劳伦斯。"④

利维斯对狄更斯的评价的根本性转变体现在 1970 年他与夫人合著的《小说家狄更斯》一书中。在当时,依然有许多的批评家不认可狄更斯的成就与地位。例如,埃德蒙德·威尔逊(Edmund Wilson)认为狄更斯的艺术就是"狂躁抑郁患者的火山般的爆发"⑤;有人认为其艺术基于狄更斯童年的阴影与恐怖。利维斯夫妇寄望于他们的著作能匡正这些观点,还原真正的狄更斯,并给予他应有的尊重。《小说家狄更斯》的前言中写道:"我们的目的是尽可能缜密地强化这一观点,即狄更斯是最伟大的创造性的作家之一;他的创造性天赋中有着与生俱来的智性,他对艺术有着清醒的热忱;他广受欢迎而又多产,同时又是深

---

① F. R. Leavis, *The Great Tradition*, p. 21.
② F. R. Leavis, *Letters in Criticism*, p. 96.
③ F. R. Leavis, *English Literature in Our Time and the University*, p. 176.
④ F. R. Leavis, *English Literature in Our Time and the University*, p. 107.
⑤ F. R. Leavis, *Dickens: The Novelist*, London: Chatto & Windus, 1970, p. 14.

刻、严肃而富机智的小说家,是小说大师。"①前言虽然是利维斯夫人执笔的,但内容必定经过了利维斯的审读与认可,而且"我们"一词清楚地表明这是他们一致的观点。

利维斯认为狄更斯的第一本重要小说是《董贝父子》(Dombey and Son),该小说在狄更斯的小说写作生涯中起着决定性的作用。该小说开篇简洁、精确、语气与笔触细腻而让人不容置疑,只有狄更斯才能做得到。利维斯认为,该小说有着重要的主题,如"金钱—傲慢、金钱—信仰、自私与封闭的心灵、作为排他性的阶级"②,有时流露出一种旺盛的戏剧化与诗化的色彩,有时又有着健康的嘲讽般的戏剧色彩,同时体现出强烈的道德关注,而且更为重要的是,我们甚至能够对"体验到的生命的完整性"(fullness of immediately felt life)做出反应。利维斯显然发现了狄更斯"强烈的艺术、道德视角、对现实的确信无疑的把握"③以及他"独特的创造性的伟大之处"④。利维斯曾把狄更斯称为一位公众娱乐者,但此时他把关注点投向了狄更斯更为伟大的特质。利维斯高调地写道:"狄更斯是最完整意义上的伟大的民族艺术家。他有着无尽的活力,以其天才应对着迅速发展的文明之最新的、前所未有的状况……他作为大众艺术家(popular artist)的实践并不能妨碍他与英国过去的经典文学与艺术发生根本的创造性的联系……他对当代文明、精神风尚(ethos)、现实以及动力都有着深刻的视角……我们必须承认,狄更斯在历史上起着非常重要甚至主要的作用。"⑤从中我们看出,狄更斯不但从一个公众娱乐者(popular entertainer)变成了"大众艺术家",而且从"伟大的传统"之外走入核心,因此才能在历史上起着主要的作用。

在《小说家狄更斯》中,利维斯重写了23年前发表于《细察》、后收入《伟大的传统》中的《〈艰难时世〉:分析笔记》,更名为《〈艰难时世〉:边沁的世界》。最明显的变化就是利维斯在文章中加入很多褒扬性的限定词,而且对该小说的评价语调也更加富有激情。在之前的分析笔记的首段,利维斯这样评价《艰难时世》:"它有着天才的力量,这是狄

---

① F. R. Leavis, *Dickens: The Novelist*, p. 9.
② F. R. Leavis, *Dickens: The Novelist*, p. 29.
③ F. R. Leavis, *Dickens: The Novelist*, p. 34.
④ F. R. Leavis, *Dickens: The Novelist*, p. 35.
⑤ F. R. Leavis, *Dickens: The Novelist*, p. 56.

更斯的其他小说所不具备的,是完全严肃的一部艺术作品。"①而在《〈艰难时世〉:边沁的世界》的首段,利维斯把对《艰难时世》的评价修正为:"它有着独特的力量,让狄更斯成为主要的艺术家,它简约凝练,其意义清晰丰盈且入木三分……是一部完全严肃、在其独创性上又是大为成功的一部艺术作品。"②

利维斯还对《小杜丽》给予了高度评价。他对《董贝父子》《艰难时世》以及《小杜丽》的评价与其夫人的研究一起构成了一个完整的整体,体现了"狄更斯力量的发展"③。利维斯对狄更斯成就与地位的评判是一个不断发展、修正并深化的过程。勇于修正自己的批评失误,在这一点上,利维斯无疑值得所有批评家尊敬。

七、评"彼岸"与"'言'外"小说家

利维斯小说批评的视野并没有囿于英伦岛屿的"经典"作家与经典作品(实际上他参与塑造了很多"经典"),也没有局限于英语语言之内。他对大西洋彼岸的美国文学也有着深刻的见解,同时对英语语言之外的某些作家如俄国的托尔斯泰的艺术也有着独到的把握。他对"彼岸"文学,尤其是小说的见解,主要体现在三个方面:其一是对"美国性"的认识,其二是对莎士比亚"美国传人"的判定,其三是对"美国性"与欧洲传统(尤其是英国传统)之间关系的把握。

美国文学评论家范·威克·布鲁克斯(Van Wyck Brooks,1886 – 1963)曾在其 5 卷系列丛书《创作者和发现者》(*Makers and Finders*)详尽地介绍和剖析了美国文学史,分别有《新英格兰:花开时节》(*The Flowering of New England*)、《新英格兰:小阳春》(*New England: Indian Summer*)、《华盛顿·欧文的世界》(*The World of Washington Irving*)、《梅尔维尔和惠特曼的时代》(*The Times of Melville and Whitman*)以及《自信的年月:1885—1915 年》(*The Confident Years: 1885 – 1915*)。利维斯认为《自信的年月》代表了当时主宰性的气候:该书语调颇为自大,有浮夸倾向,而且显示了对真正的美国成就的漠视。利维斯认为该书的精神气质正如书名所表明的那样,是一种"自信",即认为"美国文学正

---

① F. R. Leavis, Hard Times, in *Scrutinty* (XIV), Cambridge: CUP, 1963, p. 185.
② F. R. Leavis, *Dickens: The Novelist*, p. 251.
③ F. R. Leavis, *Dickens: The Novelist*, p. 11.

在兴起(1885—1905)"①。布鲁克斯反复提到,豪威尔斯(W. D. Howells)在美国文学史占有重要地位,甚至比亨利·詹姆斯更为重要。利维斯则认为根本不存在一个创造性的豪威尔斯,他的小说涵盖甚至不及特洛鲁普。然而布鲁克斯认为,豪威尔斯代表美国,他让美国小说进入主流,而詹姆斯却不能。有观点认为真正的美国传统源自美国西部,真正的美国文学也必定来自西部,来自那些足够遥远、能摆脱新英格兰及东部的"盎格鲁风"主宰的地区。对此,布鲁克斯说:"西奥多·罗斯福(Theodore Roosevelt)寄望阿利根尼山脉(Alleghenies)以西的美国……他感到,美国西部越主宰民族的生活,对'每个人'就越有益处,在文学上这一愿望在20年内就能实现。"②利维斯认为事实并非如此,他以马克·吐温(Mark Twain)为例来分析。利维斯认为马克·吐温足够美国,也足够西部,他对人与世界有着非常广阔而丰富的体验,不但是一个敏锐的观察者,更是一个有着成熟智性的思考者。其经典作品《哈克贝利·芬历险记》(Adventures of Huckleberry Finn)的主题具有"伦理评判的复杂性"③。主人公哈克对黑奴吉姆极富同情心,但由于宗教的欺骗和种族歧视思想的毒害,他经常为"道德"难题而苦恼。当时的法律规定,发现逃跑黑奴者当把他送还给他的"主人"。但哈克认为,吉姆是一个人,不是一样"东西"或者财产,是人就应该享受人的基本权利,如温饱、自由、家庭生活等。几经挣扎,哈克决心帮助吉姆逃走,即使"下地狱"也在所不惜。利维斯说:"马克·吐温,作为一个毫无疑问的美国人,写作中却与欧洲的过去有着某种连续性。"④马克·吐温表现的生活是美国的,精神也有着浓厚的美国性,但对道德问题的强烈关注却显然是来自"旧世界"的传统。利维斯说:"如果我们以惠特曼(Walt Whitman, 1819 - 1892)、德莱塞(Theodore Dreiser, 1871 - 1945)、司各特·菲茨杰拉德(Francis Scott Fitzgerald, 1896 - 1940 年)和海明威(Ernest Miller Hemingway, 1899 - 1961)的组合来界定美国特色,并且认为真正的美国特色就在那里,那就是把马克·吐温排除在外了,他和库珀、霍桑、梅尔维尔以及詹姆斯一起属于欧洲的过去。"⑤利

---

① F. R. Leavis, *Anna Karenina and Other Essays*, p. 139.
② 转引自 F. R. Leavis, *Anna Karenina and Other Essays*, p. 146.
③ F. R. Leavis, *Anna Karenina and Other Essays*, p. 148.
④ F. R. Leavis, *Anna Karenina and Other Essays*, p. 148.
⑤ F. R. Leavis, *Anna Karenina and Other Essays*, pp. 154 - 155.

维斯并不否认美国有了自己的文学,他自己也从海明威等人身上发现了鲜明的美国特色,但是在当时的年代,"新世界"和"旧世界"之间的文学关联却不是可以一刀切断的。利维斯说:"《自信的年代》应该是一个机会,借此来回顾美国已经有了自己的文学,具有强烈而鲜明的美国特色,也预示了美国式的发展,但与共同的过去有着完全的延续性。"①

利维斯在美国文学和欧洲传统之间建立起的这种连续性并非表明他认为在文学上美国是英国的附庸。事实上,这恰恰表明他有着更为宏大的视野,从更广阔的文学天地看待"伟大的传统"。首先,他认为,伟大的小说家总有相同之处,美国的文化很大程度上脱胎于母国英国,其文学的发展也是如此,因此英美的小说家很难不表现出某种显著的共性。利维斯认为,"在简·奥斯汀、狄更斯、霍桑、梅尔维尔、乔治·爱略特、亨利·詹姆斯、康拉德、D. H. 劳伦斯的身上,我们发现他们是莎士比亚的继承者……如果呈现人类体验的标准是深度、广度、细腻,在简·奥斯汀和劳伦斯之间的小说家的创造性成就是无可比拟的,文学史上任何伟大的章节和时期都无法与之相提并论。"②显然,利维斯把某些美国作家如霍桑、梅尔维尔等也纳入了"伟大的传统"。在这里,"伟大的传统"已经超越了国家界限,因而也更加包容了。另外,从英语语言上讲,美国文学与英国文学必定有其天然的姻亲。"霍桑、林肯、马克·吐温的语言同样也是莎士比亚的语言,而莎士比亚属于英国,也同样属于美国。"③

利维斯对美国文学"美国性"的判定是非常深刻的。一方面,美国文学在19世纪末、20世纪初的确有了自己更为鲜明的特色与精神气质,但它与欧洲传统的关联却是不能割裂的。另一方面,利维斯把同属英语语言的特定时期内的美国文学与英国文学合并起来看,从而呈现了英语世界文学的更大的图景,其渊源、互相影响、某些作家的民族身份问题(如亨利·詹姆斯)也因此有了全新的视角。

除了对"彼岸"的关注,利维斯同样也关注"'言'外"。利维斯对英语语言之外的小说家的评价涉及也较广,主要包括法国作家莫泊桑、福

---

① F. R. Leavis, *Anna Karenina and Other Essays*, p. 151.
② F. R. Leavis, *Anna Karenina and Other Essays*, p. 146.
③ F. R. Leavis, *Anna Karenina and Other Essays*, p. 146.

楼拜、普鲁斯特等以及俄国作家托尔斯泰。利维斯对法国作家多为一笔带过，或者作为评论英国作家的某种对比与参照。但他对托尔斯泰用墨颇多、评价甚高，显然已把这位伟大的小说家列入超越语言界限的"伟大的传统"之内了。

利维斯认为《安娜·卡列尼娜》的重要性包含两个方面：伟大（greatness）并且宏大（largeness），而且前者往往要求要有后者的支撑。前者指的是该小说的艺术力量，而后者则表明了小说是一部鸿篇巨制。如果语言简约且意义丰盈，那么这样的谋篇无疑更能呈现人类体验的广度与厚度，而托尔斯泰的著作正是这样，而且还有着惊人的多样性与生动性。然而，利维斯认为，对"伟大"本质的把握不能仅仅从人生体验的广度与厚度出发，这并不能让人满意，因为利维斯关注的是托尔斯泰才华具有独特的本质。他强调说："《安娜·卡列尼娜》所展现的艺术和人生之间的关系是最高类别的创造性的特征。"①利维斯认为小说是迄今为止最为高级的人类表达形式，而"人类表达"必然关乎对人类生活的本质、意义以及根本问题的思考。一方面，利维斯借此来说明，托尔斯泰的小说便是这样的作品；另一方面，利维斯意在表明托尔斯泰在文学史上应有的地位。

利维斯发现，《安娜·卡列尼娜》也在深刻地"探讨道德感与真诚的本质，同时细微精妙地探索个人的道德责任与其社会环境之间的关系"②。他认为该书关注个人的道德感由社会塑造的方式，而道德情感往往是消极意义上的"社会性的"；意义表达的不是任何个人的道德理解和判断，而是一种社会风气。另一方面，该书也并不鼓励人们考虑孤立的个人的道德判断。利维斯说："对人性的研究是对社会人性的研究，心理学家、社会学家、社会历史学家都不如伟大的小说家深刻。"③对此，利维斯认为托尔斯泰的理解非常恰当，而且入木三分，这与他的"人与社会的相关性"的理解息息相关。例如，小说中的人物列文、安娜等人对事物的看法颇为复杂，他们眼中的是非对错或与其道德情感契合，或有差异，总是随着从熟悉的环境到陌生环境的改变而改变：莫斯科到匹兹堡，城市到乡村，一个社会现实到另一个社会现实。

---

① F. R. Leavis, *Anna Karenina and Other Essays*, p.10.
② F. R. Leavis, *Anna Karenina and Other Essays*, p.131.
③ F. R. Leavis, *Anna Karenina and Other Essays*, p.131.

值得注意的是，利维斯还从小说的结局看到了托尔斯泰对现代文明即科技进步所持有的一种审慎甚至不乐观的态度，在利维斯看来，这是一种隐性的文明批判，对当代也具有现实意义。小说的结局处，安娜在铁轮下结束了自己的生命。吓坏安娜的那个背口袋的小农民的幽灵很奇怪地和铁轮与铁路联系到了一起，成为一个丰盈的象征与不祥之兆，从而作用于我们的想象。利维斯认为，"书中的不和谐、对立与矛盾具有挑战性，这使得托尔斯泰不可能对进步持乐观态度——如真诚而热心肠的列文无法看到参与地方自治议会的义务。《安娜·卡列尼娜》关注人类，给我们呈现了现代人；而托尔斯泰所关注的根本问题，不管是道德的还是精神的，也是我们的根本问题。"①

综合以上阐述，利维斯认为托尔斯泰的伟大之处主要包括四个方面，即艺术的"伟大"与"宏大"、艺术与人生之关系创造性的表达、对道德与环境关系的关注以及对人类根本问题的思考，而这足以让托尔斯泰进入超越语言界限的"伟大的传统"。

---

① F. R. Leavis, *Anna Karenina and Other Essays*, p. 32.

第五章 利维斯批评的定性、贡献、历史地位及当下意义

> 死了,但不会放弃,至少他的剑不会甘休。①
> ——题记

第一节 利维斯批评的定性、贡献与历史地位

至此,我们已基本了解了利维斯文学批评的大图景。由此,一个新的命题随之出现:利维斯的文学批评具有何种性质?有何贡献?该怎样进行历史定位?这一命题颇为宏大,而且很容易引起争议。要回答这一问题,必须考察利维斯文学批评的得失以及对他的种种误读,并进行必要的匡正、还原,最后结合其文学批评的基础即文化批评做出全面的判定。

一、利维斯批评的长处与缺憾

利维斯的文学批评曾主宰英国的批评界长达几十年,影响十分深远。围绕其批评的争议更是让他成为一个近乎永恒的话题。正如《安娜·卡列尼娜及其他论文》(*Anna Karenina and Other Essays*)的封底上特里林所说的那样,"他是现代最为杰出的批评家之一……利维斯博士有一半的批评论断你或许不赞同,但你知道他仍是最具重要性的批评

---

① 分别化自 Michael Bell 撰写的评论文章 "The Afterlife of F. R. Leavis: Dead but Won't Lie Down" 以及利维斯的著作名 *Nor Shall My Sword*(《我的剑不会甘休》)。

家。"①这一评论虽颇为夸张,但实际上涉及了利维斯批评的得失问题。利维斯文学批评有一些独到的特点,也是其难能可贵之处,主要包括以下六大方面:

第一,关注"传统"并大胆构建新的传统。前文提及,利维斯的《英诗新方向》与《重估》就是对英国三百年"诗路"的梳理与重构,在臧否诗人的同时,重新发现了他们真正的价值,进而寻出足以引领英国诗歌发展的新方向来。利维斯把英国的小说史看成一个延续体,像语言自身一样,承载着远古的记忆与历史、书写并滋生着广阔而深厚的人类体验,同时映照着时代的气息、精神、困境与诉求。在利维斯看来,英国业已有伟大的传统"存在"那里(there)。这说明,传统隐性地存在着,英国的诸位小说大师默然从之但并未知之,最起码并未了然于胸。到了利维斯那里,他发现了这个"伟大的传统",并且赋予了这个传统更多的内容,因此"伟大的传统"既是本已存在的,又是"构建"的。这一"伟大的传统"颇具包容性,有着多重内涵,它回答了伟大的小说和伟大的小说家所必须具有的特质;发现了英国小说发展的一条主要脉络;厘清了"伟大的传统"之内小说家的创作思想与手法;同时,它作为反制工业文明的一种方式,强烈地关注人类目的与文化健康。这些都有着深刻的价值。利维斯通过对"伟大的传统"的构建,让某些作品与某些小说家因此获得了"经典性"。他的"伟大的传统"的构建同时带给我们很多启示意义,它促使我们思考一些重大的问题。一个国家同时代作家是否往往表现出共同的精神气质与风尚?个体与群体、个人与传统到底有着怎样的关联?更为重要的是,我们怎样构建自己民族文学研究的体系?如何进行文学史的书写?在这些问题上,利维斯显然具有借鉴意义。

第二,文学批评与文化研究相结合。利维斯的文学批评是以其文化批评为基石的,大多数批评家都忽视了这一点。他的文学批评的出发点和归宿都与文化健康息息相关。文化研究兴起于20世纪60年代的英国,批评家多会提及霍加特(Richard Haggart)、雷蒙·威廉斯等人,却鲜有人注意到利维斯其实才是英国文化研究开风气之先的人物,深刻地影响了威廉斯等人。我们不能说利维斯的批评代表了文学批评的"文化研究"转向,但他已经成了明显的预兆,而且这一预兆过于超

---

① 见 F. R. Leavis, *Anna Karenina and Other Essays* 封底评论。

前,以至于没有被批评界注意到。他的文学批评关注时代的文化健康、健全的人类目的;他热切地渴望文学与文学批评能够对抗"技术功利主义"和抵制大工业文明、消费主义、物质主义与虚无主义。这与今天所谓的文学批评的文化研究有某些相似之处,同时又有着显著的区别。当然,对文学批评与文化研究,今天批评界有着不同的声音。有人认为文学批评当回归"文学"本身,文化研究就是"泛文学化"或者把研究重心转移了,如性别、同性恋、族裔、移民、身份等话题;有人认为二者本应当进入彼此的疆域,而且应密切结合,从而研究更宏大语境中的"文学"及相关命题。利维斯若活在当世,他一定拥护并践行文学批评的文化研究。不可否认的是,利维斯把文学批评和文化研究相结合的批评方法在当时堪称一项创举,它极大地开拓了文学批评的疆域,从传统的围绕经典的"做法"与"读法"中解放了出来,这间接地促成了20世纪90年代文学批评的文化研究的兴盛。

第三,作家与作品的重估与发现影响了公众趣味与阅读选择。利维斯赋予了文学以塑造情感与"成人"的功能,而文学批评则培养公众的审慎的辨别与批判意识,避免在大工业文明时代被各种信号所淹没。利维斯的小说批评并没有循规蹈矩地围绕着既有的"经典"说些无关痛痒的赞辞,而是把旧有的秩序打乱,然后营造新的秩序,在自己构建的体系里臧否英国几个世纪的诗人、英国及"彼岸"、英语内与"'言'外"的小说家。利维斯发现了诸多伟大诗人与伟大小说家成就其伟大的特质,而这些特质往往是之前的批评家所没有把握的,如:艾略特、庞德与霍普金斯共同的"口语运用";简·奥斯汀超出个人意味的强烈的道德关注与兴味关怀;乔治·爱略特作品那让人震撼的"真实感"与"具体性";亨利·詹姆斯作为"诗人小说家"的身份特征;康拉德的"身份"问题以及对他最伟大的作品的认定;劳伦斯作为最伟大的创造性作家之一的预言式的定位,以及他的作品所体现出的平等意识与对生活的崇敬;狄更斯对时代的映照以及对文明的关注的伟大特质;托尔斯泰呈现的生活的宽度、厚度以及他所关注的人类根本问题的当代意义。这让读者开始以一种全新的视角来阅读这些作家。同时,利维斯还重新评估了作品,颠覆了传统的座次排序,同样大大影响了公众的阅读选择与阅读趣味。①由此,他通过文学批评塑造了当代情感,让阅读大众更为恰当地"成人",并在此过程中反思我们的文化与文明。

第四,独特而深刻的文学观与批评维度,把"文内"和"文外"结合了起来。利维斯认为小说艺术的本质特征是"虚构",同时他把小说看作"对生活的肯定""戏剧之诗"与"道德寓言"。这些观念基本决定了利维斯小说批评实践中的评价维度,如艺术、技巧、语言、道德与人性关注、现实、人生、成熟性等。传统的文学研究(如传记研究)方法,探讨作者与作品的必然关系,即某一作者缘何写出某一作品;社会学研究则侧重研究某一特定时期或社会缘何产生某一作家或作品。这种研究多停留在经验层面和宏观层面,属于韦勒克所说的文学的"外部研究",因而无法把握作家和作品的艺术特质,更无法对作品的价值进行判断。利维斯的小说批评一方面抛弃了传记研究,但同时把作家最为重要的身份特征和其写作建立起某种关联,如亨利·詹姆斯与康拉德各自的民族和职业身份与其小说创造的必然联系。另外,利维斯认为文学研究有着社会学研究的某些功能,但绝不等同于社会学。他所关注的艺术性、技巧、语言以及"人生—人性—道德"都属于"文学内"的问题,因为这些问题都与"小说是什么、它通过何种方式发生过作用"相关;而利维斯认为文学作品本身并非一个完全孤立的自我,它必然通向文外。由此,小说在其自身内部时,我们关注其艺术性、谋篇、技巧与语言的创新;当我们把小说引向外部的时候,我们便开始关注小说的主题、真实感和它所呈现的生活,也因此才能把握作家的时代责任与情怀、对文化和文明健康的关注。利维斯把小说的"文内"与"文外"结合起来,融为一体,在当时的英国无疑大大增强了小说批评的活力及其现实的影响力。

---

① 在欧美,尤其是20世纪上半叶,批评家与文学读者的关系是颇为紧密的。批评家的评论在读者中往往有着巨大的影响力,能在很大程度上左右公众的阅读趣味与选择。批评家的批评途径很多,如知名报纸的文学副刊、英国的《泰晤士报》《新政治家》《旁观者》、美国的《纽约时报》以及欧美众多的文学杂志、广播电台。英美人大多是报纸杂志与小说的忠诚阅读者,公交车上、火车里、飞机上、清静的酒吧里、广场的排椅上和自己家的花园里都是阅读的场所。即使是今天,得到著名批评家或者知名人士推介的书往往会很快登上畅销书的榜单,如美国著名的非洲裔脱口秀主持人奥普拉·温弗莉(Oprah Winfrey)自从1996年开设"奥普拉读书会",经她推选的书无一不成为畅销书,当然这与现代传媒与她个人的影响力分不开的。但是,我们必须承认,在当下中国,文学批评家与文学阅读者的关系是疏离的,他们如果能形成真正的"协作",无论是对文学创作还是文学批评本身,都将是巨大的福祉。

第五，在批评中坚持独特的语言观，深刻地把握了语言与体验的关系，同时揭示了英语语言传统在英语小说界的传承。利维斯颇为注重在文学批评中从语言的角度进行分析，主要包括两个方面：其一是语言作为把握人生体验的视角，其二是对语言传统传承的观察。利维斯曾以语言为切入点分析大众文化，以语言的创新、口语的运用等方面来分析诗歌，他在小说批评中也常常对作品进行语言分析，但这种分析已经超越了"语言是否精妙"或"是否有创新"的层次，而是把语言和人生与人类体验相关联：语言不但是研究对象本身，同时也成了研究视角，即通过语言看呈现的人类体验，而富有创造力的语言无疑更能滋生体验。关于语言传统的传承，利维斯认为莎士比亚时代代表了最为理想的语言传统，它生动精妙、植根土壤，和生活、上层和下层之间没有根本的疏离，同时承载着远古的体验、过往的记忆与最佳的思想。当某位小说家的语言体现出这种倾向的时候，利维斯便会说他的语言是"莎士比亚式的"（Shakespearean）。利维斯在论述"美国性"时认为，莎士比亚既属于英国，同样也属于美国，因此"美国性"在特定的时期注定与欧洲的过去紧密相连。

第六，利维斯在批评中有了"影响研究"和"平行研究"的自觉，其实质是以比较文学的方法和视野来研究"民族文学"，这样可以把英国文学置于更为宏大的背景，从而更好地把握它"伟大的传统"。前文已提到，"伟大的传统"的其中一层含义是影响脉络，该脉络不但描述了英国小说家之间的影响脉络，还描述了法国文学及其作家如莫泊桑、福楼拜等以及美国文化对英国小说家的影响。这很容易理解，欧洲是一个开放的大陆，早在一战前欧洲人就深信"欧洲统一体"，欧洲各国尤其是英法之间的文化与文学长久以来一直互相影响，这是一个事实。另外，英国是美国的母国，又同属于英语世界，这种"影响研究"便是十分自然的事情了。另外，利维斯把美国伟大小说家如霍桑、马克·吐温、梅尔维尔等人都纳入从奥斯汀到劳伦斯这一时间段合并研究，认为他们都继承了莎士比亚的语言传统，这也可视为"平行研究"。当然，我们也必须承认，利维斯小说批评中的"影响研究"和"平行研究"并不系统，而且多为印象式的、基于主观经验的散论，缺乏强有力的支撑，但考虑到利维斯的目的并非"比较文学"，他在民族文学研究中能融进"比较文学"的方法已经显示了他的批评大视野。

上文所论是利维斯的文学批评所具有的长处，但并不是说他的文学批评之"得"就仅限于此。由于利维斯的批评是"细读式"地关注细节与具体性,所以其批评往往只能结合原文文本来阅读。但是,我们也必须清楚,利维斯文学批评的方法及具体的判断也有一些缺陷和偏颇之处。主要包括以下几个方面:

第一,经验式的批评及其"反哲学"和"反理论"的倾向造成了其批评姿态和批评实践之间的某种隔阂。利维斯的批评判断往往基于个人经验,他排斥理论框架或特定模式,这容易导致对不同作家和作品进行判断时视角差异很大,甚至对价值的判断前后也容易出现矛盾。出现这一状况的原因主要有两点:其一,利维斯排斥哲学,他甚至自称是"反哲学家",这从20世纪30年代他与韦勒克关于文学与哲学的论战中便可窥见一斑。他在文学中拒绝哲学,就是拒绝理论化。其二,利维斯小说批评的重要关注点是在艺术性的基础上的"人生—人性—道德"等,在他看来文学是具体的,与此相应,文学批评也必须具体化。从本质上说,利维斯的文学批评拒绝理论化就是拒绝把"具体"抽象化。这种缺乏理论体系的批评方式的另一缺陷是它难以复制,对小说的普遍解释力往往不够。而且,在批评中,利维斯常常变换着使用"艺术性"、"具体性"、"人生—人性—道德"关注、技巧、"真实感"等标准,对不同作品的批评往往有着不同的切入点。但是,我们同时还必须承认,在利维斯自己的批评体系内,这种方式是自给自足的、可行的,其批评成就和影响已经证明了这一点。另外,必须指出,从本质上讲,"反理论"与"反哲学"只是利维斯的批评姿态或者批评策略;他的批评思想和实践中体现了他自成体系的理论与哲学思辨,如"有机统一体"理论、"大众文明"批评、"少数人"文化、反技术功利主义思想;英国诗歌的发展历程体系、完整的小说观、自成体系的批评维度都体现了利维斯深刻的理论素养。他虽自称"反哲学",但在实践上同样走向了哲学:他有着深刻的语言哲学,他也借助哲学术语如"先验""存在"等去阐释文学问题;他的"第三域"理论关乎抽象意义的存在方式,是一种彻底的哲学论断。所以,把利维斯看成"反哲学"的哲学家和"反理论"的理论家并非失当。

第二,对"审美"的强调不够,他认为作品不存在独立的"审美价值",但同时强调"艺术"与"感染力"(impressiveness),实际上又隐性地诉诸"审美"。利维斯认为,对任何了解自己工作的批评家来说,根本不存在"纯粹审美的领域"(purely aesthetic realm)①。"对利维斯夫妇而言,美学考虑必然涉及道德,真正重要的小说家不是玩弄文字技巧的匠人,而是人类价值的传播者。"②我们必须清楚,利维斯排斥"审美主义",但并不排斥"审美"本身。他所谓的"纯粹的审美领域",即"审美"本身或者作品的"美学价值"独立存在,不与其他价值发生关系。但事实上,在利维斯看来,作品的"审美价值"即"艺术性"总是与其他的价值判断相关联,如作品的代表性意义、"真实感"、"具体性"、对人生体验的深度和厚度、对道德与人生的关注等。但同时,利维斯意识到,这些都必须以一种文学的方式进行。如果说无功利的"审美"是文学的本质特征,那么作品中对"人生—人性—道德"的呈现就必然转化为"审美过程"和"审美体验",否则便谈不上具有"感染力",因此也就不成其为伟大的作品了。利维斯对小说的审美可以概括为"甜美"与"功用"的结合,也就是前文提及的韦勒克所主张的"审美的严肃性"。利维斯在态度上不欢迎"审美",甚至认为批评家应戒掉该词,但是在实践上他把作品的"审美价值"和"审美"外的价值联系在一起,它们彼此依存,共同在文学创作与阅读中发生作用。笔者把利维斯对"审美"的轻视看成其批评的缺陷,主要是从批评态度而言的,其实践反倒给我们一些有益的启示:一味地强调"审美"容易走向"审美主义",那也意味着走向空洞和虚无;而忽视"审美"则意味着忽视文学的本质,文学就可能走向"照相""法庭笔录""实验分析"或者"道德说教"与梦呓,一言以蔽之,文将不"文"了。

第三,对"大众文学"的隐性排斥。前文提及,利维斯认为在当代世界存在着"少数人文化"与"大众文明"的对立。后者的表现有广告、电影、通俗杂志等,利维斯认为它们要诉诸大众的"廉价情感"。利维斯希望文学要担当起塑造当代情感的责任,因此它就不能简单地诉诸"廉价情感"。因此,他所认为的小说大家鲜有被广泛认可为通俗小说家的。司各特没能位列"伟大的传统",其原因在利维斯看来似乎他过于"通俗",艾米丽·勃朗特的《呼啸山庄》流于"消遣"(sport),狄更斯在20世纪40年代没有得到利维斯的高度认可,其原因是他在利维斯的眼中是"大众娱乐者"。这都说明,利维斯对"大众文学"缺乏好感,更

---

① F. R. Leavis, *The Common Pursuit*, p. 114.
② P. J. M. Robertson, *The Leavises on Fiction*, London: The Macmillan Press, 1981, Preface.

缺乏清醒的认识。但是,利维斯对狄更斯的态度转变却是一个十分积极的信号,到了20世纪60年代,狄更斯在他眼中已经从一位"公众娱乐者"变成"公众艺术家"了,这表明利维斯正在重新审视所谓的"大众文学"。我们可以想象,如果利维斯再清醒、健康地活五年,"大众文学"或者"通俗小说"或许会正式进入批评视野并获得较之以前更高的评价。

第四,比较判定法在让读者直观地把握诗人和小说家特质与价值的同时,容易走向简单化,从而造成批评失当。利维斯认为弥尔顿的诗歌语言凝滞晦涩,对其评价与弥尔顿的实际影响并不相称;他认为简·奥斯汀是英国小说"伟大"(great)传统的奠基者,而艾米丽·勃朗特则开启了一个"次级"(minor)传统;他比较了乔治·爱略特与亨利·詹姆斯的"真实感",在具体性、生动性和感染力上,利维斯认为爱略特不输詹姆斯;他比较福楼拜和劳伦斯,认为前者"疏离生活",而后者"崇敬"生活;他比较奥斯汀、爱略特、詹姆斯和康拉德对艺术的兴味,发现他们都是形式和方法的创新者;他认为康拉德在某些方面像狄更斯;他认为萨克雷是大一号的特罗洛普;他认为狄更斯是莎士比亚的语言传人。比较判定已经成了利维斯深入骨髓的批评习惯。以上的这些判断都是十分准确和深刻的,这种方法的优点不容忽视,正如不能忽视其缺陷一样。这种比较判定法的"简单化"与"绝对化"倾向容易走向判断失误。另外,在批评中,他有时一笔带过,语焉不详。他没有解释哈代、菲尔丁、梅瑞狄斯等人缘何无法进入"伟大的传统";菲尔丁的《大伟人江奈生·魏尔德传》(*Jonathan Wild the Great*)在他看来是"笨拙之作"(hobbledehoydom);他认为《吉姆老爷》很难称得上杰作,却没有给出充足的理由;他也没详细解释他为何宁愿读两遍《克拉丽莎》(*Clarissa, or the Hisotry of a Young Lady*)而不读一遍《追忆似水年华》。凡此种种,都让他的批评论断显得武断而专横,这着实让人扼腕叹息。凯瑟琳·贝尔塞认为,利维斯式的解读是偏颇的,存在着先入之见,同时在解读过程中损失了原作的多元性。她认为,利维斯"评论中的区别意识构筑了一幅文学图景,不无权威地区分了小说的主次、成熟与幼稚,此种评价伴随着微调已渗透进整个文学界及国家的教育体系……(应当)创造一种新的批评,重释伟大的传统,不是为了维护其地位,而是借此释放它的多元性"①。

但是,尽管利维斯的文学批评有着种种缺陷和失当之处,但其批评中"伟大的传统"的构建、文学批评与文化批评的结合、独特而深刻的小说观与语言观、自成体系的批评维度、比较文学的大视野、对作家和作品深刻的有创见的判定,让他的实际影响力在20世纪的英国批评界无人可及。归根到底,利维斯"所关注的是英国文学在任何时代作为活生生的现实而存在的方式和存在的必要:它在我们时代的文明中应是真实和巨大的力量……我们文化作为长久的创造性的连续体,从中衍生来的人们对目的、价值以及人性的充分意识必须要保证其鲜活、有力、发展"②。由此,文学、文化、传统、民族、人类目的、价值以及人性融为一体,从而让他的文学批评有了更广阔的疆域与价值,也因此获得了更为持久的魅力。

二、对利维斯文学批评的重大误读与"定性"

对利维斯批评的种种误读

利维斯的前辈与同时代的批评家往往有着双重身份,既是作家,同时又是批评家,如德莱顿、阿诺德、柯勒律治、亨利·詹姆斯、劳伦斯、T. S. 艾略特、W. H. 奥登等人。利维斯则是一个纯粹的文学批评家,文学批评非但是他的职业,更成为一种习惯和生活方式。职业批评家的评论往往更容易遭受非议和误解,原因是显而易见的。首先,他们没有自己创作文学作品,在进行评论时,人们往往认为他们仅仅是空谈的理论家。其次,正如翻译界流行的"能者翻译,次者教翻译,再下者操翻译理论"的偏见一样,在英国的文学界也有着"能者写作,不能者批评"的误解。正如乔治·斯坦纳所发现的,大多文学家"转向批评,或是为了辩护或阐述他们自己的诗歌见解,或是由于创作才能已枯竭。大多批评家(也许甚至包括约翰逊)都是失败的作家。"③这种偏见在英国曾经根深蒂固。利维斯作为纯粹的文学批评家所取得的成就与影响力大大提升了文学批评与文学批评家的地位。尽管如此,利维斯的整个批

---

① Catherine Belsy, Re-Reading the Great Tradition, in Peter Widdowson, ed., *Re-Reading English*, London: Methuen, 1980, pp. 121–135.
② F. R. Leavis, *English Literature in Our Time and the University*, p. 2.
③ 乔治·斯坦纳:《弗·雷·李维斯》,参见戴维·洛奇:《二十世纪文学评论》(下),葛林等译,上海:上海译文出版社,1993,第413页。

评生涯不得不面对各种争议与误读，如《批评书信集》(*Letters in Criticism*)就集中体现了对利维斯的种种误读，尽管"利维斯的这些文学批评书信发挥了其作用，在某种程度上重新引导了文学趣味"①。误读甚至纯粹的嘲讽曾让利维斯颇为苦恼，正如他自己描述的那样，"从1932年到1948年，我的著作在《新政治家》上没有任何评论，但我的名字时常出现供人嘲讽……《细察》编辑的头六个年头，我没有职位，没有薪水，难以谋生。《细察》的合作者也没有任何职位和影响。"②让他似乎成了一个悲剧英雄般的批评斗士。1948年，随着《伟大的传统》的发表，他的影响更加巨大，名字也频繁出现在报纸、杂志与广播节目上，但对他的误读非但没有减少，反而大大增加了。对利维斯的误读主要体现为对其文学批评性质的判定以及对其本人的定位上。要还原真实的利维斯，我们必须厘清那些重大误读。

1. 误读一：利维斯式批评即"道德批评"

前文已经详细阐述了利维斯的三大批评体系，即他的文化研究、诗歌批评及小说批评。利维斯在其文学批评尤其是小说批评中对道德的强烈关注以及"道德关注"作为小说批评的维度之一让很多人产生了误读。

约翰·比佛（John Beever）曾认为利维斯是"法西斯主义者"③。这着实是一个危险与荒唐的论断。如果说"法西斯主义者"是文学指控而非政治指控，那么它只能是一个隐喻，意在说明利维斯的"专横"与"破坏性"。这恰恰说明了作者忽视了利维斯巨大的"构建性"意义；如果是一个政治指控，那无疑是"莫须有"的罪名。利维斯还经常被人描述成"清教徒"（puritan），或者"清教徒批评家（puritan critic）"④。与"法西斯主义者"一样，他是一个隐喻，它不具有宗教标签意味，而意在表明利维斯对道德有着清教徒般的痴狂。

韦勒克认为利维斯继承了T.S.艾略特的文学趣味与瑞恰兹的分析技巧，但利维斯与此二人的差别主要在于利维斯有着"对道德主义的人文主义有着阿诺德式的关注……是社会与道德批评家坚持语言与伦理

---

① F. R. Leavis, *Letters in Criticism*, p. 11.
② F. R. Leavis, *Letters in Criticism*, p. 54.
③ 转引自 George Watson, The Messiah of Modernism: F. R. Leavis (1895 – 1978), in *The Hudson Review*, Vol. 50, No. 2 (Summer, 1997), p. 235.
④ F. R. Leavis, *Letters in Criticism*, p. 67.

的延续性、坚持形式的道德"①。斯戴芬·柯里尼(Stefan Collini)认为他是一个公共道德家。②盖里·沃森(Garry Watson)认为利维斯是社会道德批评家。③拉塞尔继承了韦勒克的观点,其立场也更加鲜明,认定利维斯的批评就是"道德形式主义",夏志清也认为利维斯代表"道德主义"。这些观点逐渐在批评界成了主流性的判断,这也成了英国公众对利维斯的最为普遍的认知。

上述批评家对利维斯的评判不够准确。韦勒克的判断几乎等同于说利维斯的批评就是"道德主义",而拉尔登的判断更为偏颇。"道德主义"认为道德至高无上,世界和人类之生存完全以道德为目的,为道德而存在。正如本研究业已表明的那样,利维斯的确对道德有着强烈的关注,但是利维斯没有表现出真正意义上"道德主义"的思想。利维斯关注道德的基础有二,即人生与道德的必然关系以及文学与道德内在关联。在利维斯的文化批评中,虽偶有提及,但他对道德的关注并不显著;在其诗歌批评中,"道德"是其批评的维度之一,其小说批评亦是如此。道德是与"人生"(生活)、"人性"等同等重要的关注点,而对成就伟大文学作品的特质之中,"道德关注"并非唯一重要的内容,这一点从利维斯对诸位小说大家的批评便可一目了然。"道德形式主义"的判断意在说明利维斯的批评关注道德形式胜过关注道德内容。实际上,利维斯的道德往往体现在对文化健康、人类命运、时代责任与人生意义的关注中,这便是韦勒克所谓的"人文主义"的关注。此种关注无处不在,如利维斯在对劳伦斯的批评中特别关注劳伦斯体现出来的对生活的"崇敬"与人类健康目的。另外,从利维斯的"小说作为对生活的肯定"这一论断中也可看出,关注道德是关注生活的必然要求。

更有甚者,有批评家认为利维斯的小说批评体现出来的思想即"道德即艺术",如贝尔曾说:"利维斯关于小说的三本著作是对'艺术'与'道德'的复杂的等同(identification)"④。贝尔此处所谓的三部著作即《伟大的传统》《小说家劳伦斯》与《小说家狄更斯》。利维斯在评价小说家的艺术本质或魅力时并没有简单地诉之道德,而是走向了"具体

---

① Rene Wellek, *Concepts of Criticism*, p.358.
② Stefan Collini, *Public Moralists: Political Thought and Intellectual Life in Britain*, Oxford: Clarendon Press, 1991.
③ Garry Watson, *The Leavises, the "Social", and the Left*, Brynmill: Swansea, 1977.
④ Michael Bell, *F. R. Leavis*, p.95.

性""真实感""呈现生活的广度与厚度"等。上文笔者对"伟大的传统"的分析表明了伟大小说家和作品应具有的特质,"道德关注"仅仅是众多特质中的一项;劳伦斯的伟大来自对"生活"和人性的崇敬与呈现;狄更斯则是对功利世界的揭露以及因此体现出来的时代情怀与责任。而且,值得注意的是,利维斯还着重用"艺术"或"艺术性"来评价小说,即小说也要关注"审美",但"审美"不能单独存在,它必须与其他的关注相结合。细读利维斯关于小说的著作,我们会发现利维斯关于艺术和思想或道德的观点:1.艺术作品不等同于说教;2."人生—人性—道德"关注必须以一种艺术的方式呈现;3.艺术体现思想。利维斯反对把艺术品作为道德说教的工具,也反对创作时的说教目的。利维斯明确说:"把一件艺术品称为说教并不贴切,除非意在贬损。如此,我们就是在说作家有意传达一种态度,这种意图尚未完全超越意图本身;换言之,它无法证明自身是寓于形象、自证自明并实现(enact)自身道德意义的艺术。"①利维斯意在说明:其一,艺术作品是艺术,而附有道德功能,但"塑造情感""成人"等功用是文学作品本身客观具有的,是与文学作品相伴而生的,这并非文学创作的目的,更非文学创作的本质;其二,"人生—人性—道德"关注以及其他关注,如文化健康与人类目的等,必须以一种艺术的、文学的方式呈现,才会获得"具体性""真实感""宽度与厚度",因此才能具有"感染力",从而达到"严肃性的审美"或者"审美的严肃性",否则文学将失去作为自身存在的依据;其三,小说家的创作艺术体现他的思想,如利维斯认为劳伦斯的小说艺术就表明了他自身对生活的"崇敬"和人性的礼赞。

在评价阿诺德时,利维斯说:"阿诺德认为诗歌评判就是'人生批评'与诗歌作为诗歌是不可分割的;关涉批评家的道德判断必须同时是微妙相关的情感反应。"②

让人欣慰的是,近年来学者已经真正地在重读并还原利维斯。K. M. 牛顿(K. M. Newton)用"利维斯主义批评"代替传统的"道德批评"。③这表明,学界已经逐渐认识到用"道德批评"作为利维斯批评思

---

① F. R. Leavis, *The Great Tradition*, p. 31.
② F. R. Leavis, Arnold as Critic, in *A Selection from Scrutiny*, Volume I, p. 263.
③ K. M. Newton, ed., *Twentieth-Century Literary Theory: A Reader*, Basingstoke: Macmillan, 1988, pp. 65 – 73.

想的标签是错误的,至少是不全面的。利维斯研究的著名学者克丽丝·乔伊斯认为,"把利维斯称为'道德形式主义者'甚至是"自由人文主义者"(liberal humanist)都是对他的误解。"①这无疑加速颠覆了先前关于利维斯"道德批评"的成见。

认为利维斯的文学批评就是道德批评的人显然是在文学批评和道德关注之间划了一条清晰的分界线。但在利维斯看来,这条线十分模糊,双方都会进入彼此的疆域。认为利维斯式批评即"道德主义"的观点夸大了利维斯文学批评中的"道德"地位,忽视了与道德并列而同等重要的艺术性、具体性、人生、人性等兴味关怀,因此是片面的,是贴在利维斯批评体系上一张方便而错误的标签。

2. 误读二:利维斯的批评基于"表现现实主义"

凯瑟琳·贝尔塞认为利维斯的批评基于"表现现实主义"(expressive realism)②这一前提。她把"利维斯归结为'表现现实主义者',即相信艺术是人生和作者体验的反映"③。贝尔塞对利维斯的误解在于她认为利维斯混淆了艺术和外在世界的关系,或者认为他把艺术世界和外在世界作了浅薄的等同。

利维斯在描述艺术对外在世界的表达时通常使用"呈现"(represent)、"实现"(enact)等词汇,其核心是"实现",这是非常有深意的。"呈现"一词表明,利维斯认可艺术家对外部世界、人生体验的文学化的表达;"实现"一词让我们更加清楚地看到,利维斯认为外部世界、人生体验等通过语言得以在作品中"实现",而实现的具体途径就是"具体性""真实感""感染力",以及呈现的人生体验的广度、厚度等。贝尔认为,"《伟大的传统》处于传统的'模仿观'与浪漫主义的'表现说'之间。我对体验的创造性的探索所持的观点是倾向于消解这种二元划分。对利维斯而言,模仿并不仅仅是外部世界的文学的反映,而是语言内部的类比的动作过程。"④贝尔的观点颇为中肯,同时又颇为圆滑。实际上,利维斯的批评早已表明,他并没有纠结于"摹仿"还是

---

① Chris Joyce, Meeting in Meaning: Philosophy and Theory in the Work of F. R. Leavis, in *Modern Age* (June 22), 2005, p. 240.
② Ian Makillop and Richard Storer, *F. R. Leavis, Essays and Documents*, London and New York: Continuum, 2005, p. 174.
③ Gary Day, *Rereading Leavis*, p. xi.
④ Michael Bell, *F. R. Leavis*, p. 90.

"表现"或是二者的中间地带,而是走向了"实现"。"实现"一词具有两大深意:其一,它避免了"摹仿"和"表现"说的种种局限;其二,它深刻把握了"艺术"与外在生活以及所谓"真实(价值)"的关系。

与"表现现实主义"具有同种性质的是,有学者认为利维斯主张文学要真实,如中国学者陆扬认为利维斯"强调文学必须具有真实的生活价值"①,而代显梅则认为利维斯甚至区分不清"真实"和"真实感"。詹姆斯作为小说家,位居利维斯认为的伟大小说家之列,而作为批评家,他对利维斯影响也颇深。詹姆斯在《小说的艺术》中说:"要尽可能捕捉生活自身的色彩。""自身"在这里似乎有一个着重号,它强调了生活本身才是小说的中心。代显梅认为利维斯对詹姆斯存有种种误解,她说:"我认为利维斯对詹姆斯的误解关键在于他没有区分'真实'(the real)与'真实的氛围',或者'生活的幻觉'(the illusion of life)……当利维斯批评詹姆斯的后期作品缺乏'生活'时,他似乎并没有区别现实生活与艺术生活,他更多指的是爱略特作品中的那种客观现实,而不涉及精神层面的感受。"②这一指控缺乏根据。正相反,利维斯区分了外在的"真实"与小说的"真实感"。他说:"诗歌把事物理想化,追求更高的真实(Poetry idealizes and seeks higher truth)。"③小说同样如此。所以历史场景或准历史场景要摆脱任何严肃的真实性检验。当利维斯说某一作品"缺少生活"时,他并非是混淆了现实生活与艺术生活,而是说某一作品呈现的体验不广阔、不深刻,因而也就不具有利维斯十分强调的"感染力"(impressiveness)。

利维斯在评价爱略特的《教区生活场景》时说,该小说透过对童年的回忆与想象而看到了美好的往昔,这颇为契合利维斯的怀旧心态与追忆"有机统一体"的倾向。利维斯认为,该小说之所以值得关注,是由于它"预示了一个伟大的小说家,而这一点往往却是与笨拙而非魅力联系在一起的"④。但是,利维斯说:"在起步阶段,她对自己的艺术家身份尚无把握。她的故事是直接取自生活的:她没有虚构——她对手中艺术的理解还没有达到促使她去虚构的程度。"⑤毫无疑问,利维斯

---

① 陆扬、王毅:《文化研究导论》,第71页。
② 代显梅:《传统与现代之间:亨利·詹姆斯的小说理论》,第110—111页。
③ F. R. Leavis, *The Great Tradition*, p. 81.
④ 利维斯:《伟大的传统》,第60页。
⑤ 利维斯:《伟大的传统》,第61页。

早已认识到,小说的艺术本质在于"虚构",而此时的爱略特还不够成熟,即对"虚构"的艺术并不谙熟。

由此可见,认为利维斯批评基于"表现现实主义",认为他主张文学要有"真实的生活价值",认为利维斯混淆"文内现实"和"外在世界",这些显然误读了利维斯。

3. 误读三:利维斯的批评为"实用批评"

"实用批评"(practical criticism)是由瑞恰兹在20世纪20年代创立的一种学术批评方法,其思想集中体现在其1929年出版的《实用批评》一书中。在批评训练中,学生们被要求分析一些诗歌,他们不知作者姓甚名谁、作品的发表日期以及创作的环境等"附加"信息。因此,学生们必须关注于"纸上的文字"而不是作品的作者和历史语境,其批评风格是"细读"。利维斯深受瑞恰兹的影响,他也践行"细读",但是他的批评根本无法贴上"实用批评"的标签。

勒纳(L. D. Lerner)把为《细察》撰稿的批评家的批评归结为"实用批评"(practical criticism)①,认为从《细察》创立伊始,他们就把自己的方法成体系地应用到整个英国文学领域。利维斯认为勒纳是从艾略特、格雷夫斯(Graves)、理查德、米德尔顿·默里和美国新批评等人那里得出了这一结论。利维斯回应说:"我必须对勒纳所说的'实用批评'的概念(如果可称其为概念的话)做出评论……我从来不喜欢这一术语,它只是为方便起见而使用的术语。就其普遍接受的意义而言,它指的是判断、分析、典范以及作品实质方面的最基本的操练。"②"坚持文学批评是或者理应是一门独立的学科并不是说,对文学的真正兴趣必须局限于跟'实用批评'相关的深刻的局部分析,如考量词汇及彼此间的细微关系、词汇的意象效果等。对文学的真正兴趣应当在人类、社会与文明,其边界不能断然划出。"③在利维斯看来,"实用批评"过于关注技巧、修辞、文字本身的局部分析,而利维斯的文学批评关注的重点则是更为宏大的层面,如"人生—人性—道德"、文化健康与人类目的。即使到了晚年身体状况欠佳的时候,利维斯仍在努力地为自己的批评做出澄清。他说:"有些说法把我等同于'实用批评',对于此我首先要

---

① F. R. Leavis, *Letters in Criticism*, p. 46.
② F. R. Leavis, *Letters in Criticism*, p. 46.
③ F. R. Leavis, *The Common Pursuit*, p. 200.

说的是这一'方法'不是我的,我一直强调(数百学生可以证明)我所谓的 practical criticism 就是'批评实践'(criticism in practice)。"①

5. 误读四:利维斯的批评有"民族主义"特征

出生于英国的澳大利亚著名文化理论家与文学批评家安德鲁·米尔纳(Andrew Milner, 1950 –)曾阐述了利维斯批评的特点,其中包括"有机审美论"(organic Aesthetics)、"历史主义"(historicism)、"激进主义"(radicalism)、"民族主义"(nationalism)。②笔者对"民族主义"这一判断难以认同。

"民族主义"(nationalism)是一个不断发展的概念,它在不同的历史时期有着不同的定义和内涵。它可以指一种思想状态、群体与个人意识、原则、诉求、价值观或运动。根据《斯坦福哲学百科辞典》(*Stanford Encyclopedia of Philosophy*)的解释,"民族主义"一般用来描述两种现象:"其一是一个民族的成员在关涉民族身份时的态度,其二是一个民族的成员在争取(维持)自主时所采取的行动。"③一般意义上的"民族主义"将自我民族作为政治、经济、文化的主体而置于至上至尊价值观考虑的思想或运动,如争取民族国家、民族自治、领土主权、文化自主的运动,或者认为自我民族是最优秀民族(之一)的民族中心论。"民族主义"的极端形式即为"国家主义"(Statism),即将国家的权威作为政治、社会、经济单位置于最优先考虑的思想和理论;而"国家主义"的极端形式即为"超国家主义"(ultra-nationalism),基本等同于"法西斯主义"与"军国主义"。

米尔纳对利维斯的批评具有"民族主义"特征的论断,十分具有误导性,它扭曲了利维斯批评的性质。

首先,利维斯从未有过"民族中心论"这样的意识和价值观念。"民族主义"从根本上讲是排他性的,但利维斯恰恰相反。利维斯对"伟大的传统"中的亨利·詹姆斯和约瑟夫·康拉德的民族身份的处理就颇具代表性。利维斯认为詹姆斯既是美国人又是英国人,与英美共同的文学过去发生关联;前文也提及,康拉德籍贯是波兰,做了英国

---

① F. R. Leavis, *Letters in Criticism*, p. 148.
② A. Milner, *Contemporary Cultural Theory: An Introduction*, London: University College London Press, 1994.
③ 《斯坦福哲学百科辞典》,http://plato.stanford.edu/entries/nationalism/

商船的船长，师法法国文学巨匠福楼拜，后以英文写作，位列"伟大的传统"。就其"民族身份"而言，利维斯认为康拉德是一个"世界主义者"（cosmopolitan）①。在利维斯那里，"世界主义者"是一个褒扬性的词汇，可以说它正是"民族主义者"的对立面。"世界主义者"意味着要超越"民族"和"国家疆域"去思考更为宏观与普世的价值和问题。利维斯关注美国的作家，欣赏俄罗斯的现实主义写作，崇尚波德莱尔，赞美意大利诗人，认为莎士比亚的遗产既属于英国，也属于美国，其批评有何"民族主义"色彩呢？

其次，利维斯主张批评家的时代情怀和责任，其着眼点固然是英国，但更是全人类。利维斯批评英国当代的文化与文明，同时认为美国的文化与文明也不比英国强。利维斯说："我们面前正发生着迅速而巨大的变革。谁能预测几十年后，文化传统的维持与民族国家有何关系？……人类要发展新的组织形式和模态。我们的任务和基本需求是维持生命，并保持这种认识：文化传统是通过现在创造性的更新而保持鲜活的遗产……无论如何，我不相信美国比英国有更多的'目的感'（sense of purpose），或者比英国处在更让人满意的状态，虽然美国拥有财富、实力，有可能第一个登上月球，其运动成绩也无与伦比。认为美国在此方面强于英国的假设是我们所处的文化的一种典型幻觉或症候。"②这或许成了指控他"民族主义"的口实。实际上，利维斯批评美国的文化更为堕落，其原因是美国的文化更具大工业文明的特征，更体现出"技术功利主义"色彩，距离"有机共同体"那样的理想社会也就更远，因此它与英国文化一样，是同样需要疗救的。在利维斯的小说批评中，他一直使用"人性的潜能""人类的潜能""人类目的"等词，人性具有普世性，而"人类"更非独指英国人。利维斯的小说批评最终走向文化健康关注与人类的目的关怀，这些都是超越"民族"和"国家"的。也正因为如此，利维斯认为托尔斯泰的小说关注的核心问题对整个人类都具有价值。当然了，利维斯的小说批评关注的主要是"民族文学"，但我们不能因为一个批评家的研究对象是"民族文学"而称其为"民族主义者"，正如不能把"地方文学"的研究者称为"地方主义者"一样。

最后，利维斯所体现的"民族意识"与"民族主义"有着本质的区

---

① F. R. Leavis, *The Great Tradition*, p.189.
② F. R. Leavis, *English Literature in Our Time and the University*, p.184.

别。利维斯关注本土文化的健康,关注英国诗歌的发展方向,关注英国伟大小说传统的传承,期望塑造读者的情感,这些都体现了利维斯对"民族"所负有的责任和情怀,而且都是健康的理性的价值,是具有普世性的人类情感。它不具有"民族中心主义"色彩,是完全值得赞扬的。显然,这种"民族意识"并不等同于"民族主义"。陆扬认为,"F.R.利维斯主张文学要有社会使命感,能够解决 20 世纪的社会危机,因此民族意识、道德主义和历史主义以及一种侧重文学自身美感的有机审美论成为利维斯文学批评的鲜明特征。"①这一论断与米尔纳的观点颇为相似,但陆扬使用"民族意识"而非"民族主义"则表明他已经意识到了这二者之间的本质差别。

上文所涉及的仅仅是对利维斯最具误导性的论断,但这并不是说,批评界对他的误读仅限于此。例如,《纽约时报》(1962 年 3 月 15 日)把利维斯称为"文学声望最伟大的粉碎机之一",这是具有戏谑意味的论断,虽不乏合理性,但它忽视了利维斯批评的"建构性"。有不少人认为"我(利维斯)是剑桥英文学院的声音,我的作品代表学院的精神和影响"②。诚然,利维斯在"剑桥学派"中完成了学徒工时期,从瑞恰兹等人那里受益匪浅。但利维斯认为自己的批评方法与剑桥大学并不存在任何体制上的认可支持,而其中的批评家虽有相似之处,但彼此却大不相同。更有甚者,有人把"英国小说家中除简·奥斯汀、乔治·爱略特、亨利·詹姆斯和约瑟夫·康拉德外无人值得一读"这种观点强加到了利维斯头上。客观上,这些误读的出现给我们提供了还原利维斯的切入点,让我们得以更为深刻、全面地把握其思想。

对利维斯文学批评的定性

通过前文对利维斯的小说观、他的小说家批评、他的批评得失的全面阐述,以及对他的种种误读的匡正,我们可以较为从容地对利维斯文学批评的重要特点做出以下简要判定:

1. "细读"式的经验批评

利维斯重视"纸上的文字",主张批评基于文本本身,阅读其批评最好把相关的文学作品打开放置眼前,因此具有新批评家共同的"细读"倾向。利维斯"细读法"不是一种自我感兴趣的印象式批评,而是一种

---

① 陆扬:《利维斯主义与文化批判》,载《外国文学研究》,2002(1).
② F.R. Leavis, *Letters in Criticism*, p.94.

细致的阐释,是对作品作详尽分析和解释的批评方式。利维斯捕捉着字里行间的意义、意象、色彩、联想,以及各种修辞如隐喻、反讽等。但是,正如前文指出的那样,利维斯的"细读"超越了细读文本,因为他没有局限于文本之内,而是走向了"文本"之外,即关注文本与"外在"的关系,在关注作品本身艺术价值的同时,走向了作品的"人生—人性—道德"关注。其批评判断是评判式的,基于个人经验,因此难以复制。从这个意义上讲,利维斯既是"新批评家",但同时又从根本上不同于"新批评家"。

2. 反"精英"的"精英主义"批评

"对新批评家们来说,伟大的文学作品是人类价值能够存活的容器;可是对利维斯来说,它们还可以在道德—社会的、文化的政治中积极部署调遣。那么,具有吊诡意味的是,正因为如此,利维斯的道德形式主义既是精英主义的,又是文化悲观主义的。"①赛尔登对利维斯"精英主义"的判定是准确的。利维斯式批评具有"精英主义"倾向,他排斥"大众文明",主张"少数人文化";他也具有"文学精英主义"思想,即要甄别真正的经典,并在实质上把"大众文学"排斥在"伟大的传统"之外。但是,批评家们忽视的是,利维斯的"精英主义"批评中包含着"反精英"的因素。这主要体现在三个方面:反文学的"趣味精英"、反技术功利主义精英、反精英文化与文学体制。利维斯反文学"趣味精英",主要体现在他对布卢姆斯伯里文学圈的反对;他反技术功利主义精英,主要体现在他和斯诺爵士关于"两种文化"的论战中,而且利维斯期望文学以及文学批评可以担当起反制技术功利精英的责任;利维斯反对"英国文化协会",他认为该协会代表了一种精英体制,无益于文化与文学的发展,这深刻体现了他反"精英体制"的倾向。

不可忽视的是,利维斯除了具有排斥"大众文明"倾向,还有着某种"大众意识"。例如,他呼唤"受教育的大众",赞扬狄更斯是"公众艺术家"(popular artist)等。其实,利维斯所渴望的理想社会的特点就是大众文化与"精英文化"之间的有机关系,"它们之间的紧密关系对利维斯所憧憬的社会是至关重要的"②。这也意味着,在这样的文化体系中,文学没有"大众文学"与"正统文学"之间的割裂,文化是"有机的",文

---

① 拉曼·赛尔登等:《当代文学理论导读》,第30页。
② R. P. Bilan, *The Literary Criticism of F. R. Leavis*, p.9.

学同样也是"有机的"。然而,利维斯或许没有意识到的是,文化代表着一种霸权。文化理论家约翰·斯道雷(John Storey)曾以19世纪曼彻斯特歌剧从"大众娱乐"被变成"少数人文化"为例,说明文化的"霸权"。他说"听歌剧的性质已经被改变,不再是去某个社交场合——贵族体验;它的性质已经被改变,不再仅仅是一种形式的娱乐——早期中产阶级及工人的体验;听歌剧已经成为人们去消费伟大的音乐艺术作品及其被消费的方式——中产阶级审美体验。"①作为"霸权"的文化自然与相应的文学密切关联。因此,利维斯的"精英主义"注定在"大众化"和"反精英"的文化—文学体系里日益失宠,而其自身竟然包含了解构自我的因素。

3. 具有时代情怀与责任的"人文主义"批评

像瑞恰兹、T. S. 艾略特、D. H. 劳伦斯、叶芝等人一样,利维斯也认为我们生活在一个文化沦丧的时代,"解体"已成为时代特征。21世纪已不再是诗歌的世纪,因此利维斯迫切地要寻找出代表英国诗歌发展方向的领军人物,于是他发现了T. S. 艾略特、庞德和霍普金斯。他渴望这三人的特质能够成为英国诗歌的普遍特征。在小说批评领域,利维斯希望借助"传统"以及对英国小说传统的重构来塑造读者的情感与趣味,从而引领英国文学的发展,并最终走向健全的人类目的。这不无深刻地体现出了强烈的"人文主义"关怀。英国哲学家科廷汉说:"那些迫使人类在各自的生活中寻找意义的原因,部分依赖于感性,部分依赖于理性。这里没有必要袒护两个哲学家——以情感作为道德基础的大师大卫·休谟和理性主义的先知康德——之间的论战。休谟问道:'一个有良知的人会心安理得地踩踏在一个风湿病人的脚趾上,就像走在坚硬的柏油马路一样吗?'就这个事例来说,没有人能够割断人类的情感共性却丝毫不在乎同类的感受。"②利维斯对社会文明的弊病、对人间的苦痛、对同类的体验都感同身受。他主张文学的"人性—人生—道德"关注,其"人性"不以共性压制"自我",其"人生"不以群体生活抹杀个人体验,其"道德"不以公众绑架个体,更不以道德绑架

---

① (美)约翰·斯道雷:《记忆与欲望的耦合——英国文化研究中的文化与权力》,徐德林译,桂林:广西师范大学出版社,2007,第220页。
② (英)约翰·科廷汉:《生活有意义吗?》,王楠译,桂林:广西师范大学出版社,2007,第45页。

艺术。利维斯认为"小说是对生活的肯定",其批评体现了对生命的"崇敬"、对人生意义的追问,它给我们以启迪,引领着我们去寻找精神家园,正如科廷汉所说的那样,"因为想象生命是有意义而生活在世界上,我们一定会发现人生的确充满意义"①。

4. 反技术功利主义的"文化—文学主义"批评倾向

前文已经阐述了利维斯的"反技术功利主义"的文化思想,而这一思想也清晰地体现在他的文学批评中。利维斯曾追问:"为什么《四个四重奏》在技术功利主义时代很重要?"②利维斯反对技术功利主义,主张弘扬"文学主义",因为文学代表着传统与美好的过往,为我们走向健康的未来提供参照。因此,他在文学批评中也特别关注以文学抵制功利主义,如他曾以《〈艰难时世〉:功利主义的世界》为题评论狄更斯的著作,并赞扬作者呈现"功利主义世界"的意识极其深刻性。另外,利维斯积极为"批评"本身摇旗呐喊。他说,目前追切需要的是"英语"应当证明自身的正当性,因为它提供某种真实的不可替代的东西,是一门真正的学科,值得科学家尊重。实质上,这是对技术功利主义的反制、对文学主义的弘扬。因此,我们可以说,利维斯的小说批评具有"文化—文学主义"倾向。

另外,本研究对利维斯文学批评还有一些定性,但这些判定已经隐含在前文之中了,因此在此仅简明列出,如现实主义的"人生—人性—道德"批评、具有哲学思辨和理论意识的"反理论"批评、具有比较文学批评视野的批评等。另外,利维斯的文学批评(尤其是小说批评)还具有"历史主义""社会学"以及"心理分析"的特征。总之,利维斯的文学批评是一个复杂的思想与实践体系,我们必须以多维视角进行解读。或许,对利维斯的文学批评最准确、也最具概括力的术语就是"利维斯式批评"。

三、利维斯批评的贡献与历史地位

利维斯处在英国的文学批评从传统走向现代的过渡时期,他本人也成了一个具有标杆式参照意义的人物。他的名字频繁地出现于报纸、杂志与广播,"利维斯主义"(Leavisite)成为一个耳熟能详的名字;

---

① (英)约翰·科廷汉:《生活有意义吗?》,第160页。
② 此为利维斯对艾略特的《四个四重奏》组诗的评论文章的标题。

第五章　利维斯批评的定性、贡献、历史地位及当下意义 ‖ 253

其批评在大学课堂里广受欢迎,而在批评家中又广受争议,在引起巨大影响的同时又遭受着种种误解。利维斯的文学批评始于文化研究,然后转向了诗歌,之后再通向小说,并最终指归文化健康、人类目的与人性关注。他不仅决定性地影响了20世纪30年代以后英国近半个世纪的批评图景,即使在今天他仍然有着重大意义。纵观利维斯的批评事业,其贡献包括以下方面:

　　在文化研究方面,利维斯是英国文化研究的开拓者之一,他实际上间接促成了文学批评的文化转向。玛格丽特·马西森(Margaret Mathieson)曾把利维斯看成一位"文化传道士"①。这一略带嘲讽的评论也道出了一个事实,即利维斯对维护英国文化传统尤其是文学文化有着莫大的热情。陆建德的判断入木三分。他说:"近年来,'文化研究'成为显学,热心传播者突然发现……利维斯竟然是'文化研究'的先驱!"②他深刻影响了雷蒙·威廉斯等批评家。可以毫不夸张地说,利维斯之后的英国文化批评家无一不受益于他。利维斯创立了"有机共同体"思想。"有机共同体"是一个乌托邦,是对过往社会想象性的构建,以此匡正大工业文明的种种弊端,并由此走向更加健康的未来。这一思想既是利维斯的政治与文化姿态,又是现实诉求,更是他文学批评的参照。利维斯推动的关于"两种文化"论战让"文学文化"和"科学文化"广为人知,他极大地反制了"技术功利主义",弘扬了"文学文化",同时让世人开始反思何为"进步"与"幸福",在科技主义与消费主义盛行的今天尤其具有借鉴意义。

　　在诗歌批评方面,利维斯审慎而大胆地重新书写了英国的诗歌史,勾勒了其中的诸多传统,包括17世纪的"智性之线"、18世纪的"奥古斯都传统"、19世纪诗歌的"梦的世界"、20世纪诗歌的新方向等,是以现代视角书写英国诗歌史的第一次系统尝试。利维斯认为T. S.艾略特、庞德与霍普金斯代表20世纪初以来英国诗歌发展的新方向,这在很大程度上塑造了读者的阅读选择与趣味,同时给英国的诗歌发展和批评提供了极为有益的参照。另外,利维斯的"第三域"思想探讨了诗歌意义乃至文学中意义的存在方式,给后世批评家提供了借鉴。后世

---

① Margaret Mathieson, *The Preachers of Culture: A Study of English and Its Teachers*, Unwin Education Books series. London: George Allen & Unwin, 1974.
② 利维斯:《伟大的传统》,北京:三联书店,2002,序,第29页。

批评家所认为的文学意义的"建构性"等思想中就有"第三域"的影子。

在小说批评领域,利维斯构建了英国小说"伟大的传统",重估了众多小说家,实质上重新书写了英国的小说史。贝尔的观点颇具代表性:"利维斯的小说批评对英国文学的批评图景产生了重要的影响……他对英国小说的叙述更具有了一种开创性的修正性的价值,成了被广泛征引的参照点,即使对那些不认可其观点的人亦是如此。"①利维斯坚持独特而深刻的小说观,把小说作为"对生活的肯定""戏剧之诗"以及"道德寓言";在批评实践中坚持小说艺术性与小说的"人生—人性—道德"关注相结合,综合运用"艺术性""具体性""真实感""成熟性""道德"等评价维度,以一种"细读"却又通向"文外"的方式开创了"利维斯式批评"。

就文学批评本身而言,利维斯的文学批评实践及成就让文学批评成为"显学",文学批评能取得如此的地位,利维斯功不可没。他大大提升了"英语"在大学中的地位,对英国文学的教授影响至深,促成了英国文学作为独立学科的地位,同时提升了小说的地位。在20世纪30年代初,利维斯创办《细察》,使得该杂志成为20世纪上半叶全球文学批评的中心舞台,培养了批评读者,影响了众多批评家,直接地塑造了英国的文学批评界,其影响波及了美国及其他地方。大卫·洛奇认为,"该杂志的成就与影响是现代英语文学文化中不可回避的事实"②。弗朗西斯·穆尔罕(Francis Mulhern)把《细察》的遗产总结为三方面:"批评—历史的经典界定了英国文学的主要传统,批评实践采用了松散的方法,以及围绕文学本质及其在社会生活中地位的一系列思想。"③

毋庸讳言,利维斯的批评也有着种种不足,如他在诗歌批评中过于关注细节,其小说批评也有诸多缺陷(前文已论述)。然而,如果我们把利维斯放置到英国的批评从传统走向现代这一历史语境中,我们就会更加容易地理解利维斯的重要历史地位。对于利维斯的历史地位,学界有着较为统一的看法,尽管其批评有种种缺憾,其个性也多为人诟病,但大多认为,他如果不是20世纪英国最伟大的批评家,那肯定是最

---

① Michael Bell, *F. R. Leavis*, p. 86.
② David Lodge, Untitled, in *The Modern Language Review*, Vol. 65, No. 2 (Apr., 1970), pp. 414-415.
③ Mulhern, Francis. *The Moment of "Scrutiny"*. London: New Left Books, 1979, p. 328.

伟大的批评家之一。

就文化批评而言,威廉斯认为利维斯的"少数人文化"思想有着种种缺憾甚至危险,但他"无疑是伟大的批评家和杰出的导师"①;罗伯特·鲍耶斯(Robert Boyers)认为,利维斯"已成为其同代人最有影响力的英国批评家,在本世纪(指20世纪),可以说只有T.S.艾略特在同样的程度上塑造了公众观点并激起了如此的争论"②;菲利浦·弗伦茨(Philip French)认为利维斯是那个时代"作为批评家、编辑、论战者和教师最具影响力和争议的人物"③;威廉·沃尔士把利维斯看成"一个完整的批评家,是一个抗争的人文主义者"④。

英国当前最具影响力的大批评家伊格尔顿(Terry Eagleton)认为利维斯"具有杰出的美德——他坚定严肃,不主故常,既傲然独步,又秉持社会良心"⑤,是"最伟大的英国批评家之一"⑥。最具总结意味的当属韦勒克的评价。韦勒克认为利维斯有"傲气"⑦,而且"是一个咄咄逼人的人,是一个信念顽强的人,甚至是一个耿耿于怀而又论战态度粗暴的人,他不懂圆滑,有时甚至不讲普通礼貌。在气质和处境上虽然存在这些障碍,他还是成功地确立了本世纪(20世纪)继艾略特之后最有影响力的英国批评家的地位。"⑧韦勒克甚至把利维斯与阿诺德相提并论。韦勒克说:"他(利维斯)在英国批评史上的地位与更加温文尔雅的马修·阿诺德不会相去甚远,甚至不相上下。"⑨

值得注意的是,当前的英美媒体围绕利维斯的"散论"或"附带点评"依然颇为频繁。《泰晤士报》的代表性评论有:"创立了英国文学研究的流派,关注细节与真诚的道德目的"(2010年9月5日)、"文学趣味的伟大仲裁者"(2009年2月6日)、"主宰性的人物"(2008年1月24日)、"剑桥高耸的英国文学批评家"(2003年7月13日)等。《纽约

---

① Raymond Williams, *Culture and Society 1780 – 1950*, pp. 252 – 263.
② Robert Boyers, *F. R. Leavis: Judgment and the Discipline of Thought*, London: University of Missouri Press, 1978, p. 1.
③ Fhilip French, *Three Honest Men*, Manchester: Carcanet New Press, 1980, p. 45.
④ William Walsh, *F. R. Leavis*, London: Chatto & Windus, 1980, p. 153.
⑤ 特里·伊格尔顿:《沃尔特·本雅明:或走向革命批评》,郭国良等译,南京:译林出版社,2005,第10页。
⑥ 见2007年2月3日伊格尔顿在《泰晤士报》的评论。
⑦ 勒内·韦勒克:《近代文学批评史》(第5卷),第48页。
⑧ 勒内·韦勒克:《近代文学批评史》(第5卷),第398页。
⑨ 勒内·韦勒克:《近代文学批评史》(第5卷),第391页。

时报》同样没有丢弃对利维斯的传统敏感,认为他是"伟大的批评家"(2008年11月30)。

简言之,利维斯是英国文学研究的伟大开拓者之一,重写了英国的诗歌史与小说史,开创了新的批评模式与批评维度,代表了从传统批评向现代批评的过渡,是英国20世纪最具争议和影响力的批评家,同时又是英国历史上最为伟大的批评家之一。

第二节 利维斯批评的当下意义

利维斯的文学批评兴起于英国批评传统,有着强烈的英国印记,其发生、发展、强盛、衰落与英国其至整个欧洲的整体思潮、文化和文明现状以及文学和文学批评的发展大势息息相关。利维斯的文学批评经历了萌芽发展期(20世纪30年代—1948)、成熟与辉煌期(1948至20世纪60年代)、消弭期(20世纪70年代末以后)三大阶段。利维斯登上批评舞台的标志是1930年发表的《大众文明与少数人文化》;1932年《英诗新方向》的发表与《细察》的创立进一步确立了利维斯在英国批评界的地位;1948年《伟大的传统》发表标志着利维斯已经牢牢站在了英国批评舞台的中心位置。利维斯在20世纪中期主宰英国批评界,其原因之一或许是佩里·安德森(Perry Anderson)认为的那样,"利维斯式的文学批评在20世纪中期的英国填补了英国马克思主义或社会学发展失败留下的空白"①。然而,"20世纪60年代初以来,《细察》的批评影响已经开始式微,而马克思主义分析的影响开始增长。1956年匈牙利的起义并没有宣告马克思主义的灭亡,而是宣告粗俗马克思主义的灭亡。自此,马克思主义日益融进所有文化学科包括文学批评的主流"②。20世纪80年代以后,各种批评思潮互相激荡,形成了一个多元混响的状态,譬如"结构主义与解构主义同样把文学的意义置于语言的运用中,但同时最大限度地排除个人道德身份或者作者的目的等预设"③,这都加速了利维斯式批评走向衰落。然而,衰落并不意味着死

---

① 转引自拉曼·赛尔登等:《当代文学理论导读》,第30页。
② Michael Bell, *F. R. Leavis*, p.21.
③ Michael Bell, *F. R. Leavis*, p.24.

亡，更不意味着它已经失却当下意义。

利维斯从一开始就是勇敢的论争者，其使命是培养一代人的批评思维，使之在大工业文明社会中保持清醒以及情感和智性的统一。他的文化批评是对20世纪英国文化的深刻而严肃的思考，他关注时代的问题与人类的根本困境，意欲从文化构建中寻找发展的出路，其情怀、使命与勇气都值得我们尊敬。他所提供的疗救的道路，即建立衡量"进步"与"幸福"的真正标准、弘扬民族的传统（尤其是文学传统）、倡导文学文化、抵制技术功利主义、匡正大工业文明的种种弊端、深刻地追问人类目的，为当前世界包括当下中国的文化与文明构建、寻找摆脱困境的出路都提供了极好的借鉴。在"两种文化"论战中，利维斯坚决捍卫了人文传统，关注人性、人类的目的与意义追求，这在当下依然具有积极的现实意义。"两种文化"论争从未止息，这一意识已深入文化与文学批评界的集体意识。罗杰·金博尔（Roger Kimball）认为，"那一辩论在当下的相关性怎么强调都不过分。我们生活的时代，'科技成果'每天都带给我们最极端的道德挑战，从堕胎到基因工程的前景……C. P. 斯诺代表的是这一困境的微笑而快乐的脸庞，而阿诺德、利维斯等批评家则提供了我们另一种选择的起点。"[1]菲利普·凯彻（Philip Kitcher）以21世纪的视角审视"两种文化问题"，认为过分强调两者之一都是一种"盲目"行为，它们本质上互相依存。作者认为，"只有我们真正认识到两种文化的重要性，弥合各自成就，我们才能克服我们目前面临的各种盲目行为。"[2]约瑟夫·费斯（Joseph Fins）的观点与此类似，他渴望一种能融合二者的"第三种文化"[3]。利维斯文化批评的种种缺陷也促使着我们进行更加深刻的思考：在当下中国的文化批评中，我们该如何看待"精英主义"与"大众趋向"？我们该采取怎样的批评姿态，是保守主义还是激进抑或是其他？同时，利维斯的批评从文化走向文学，这同样促使我们反思：我们在当下如何进行文学批评的文化研究？这二者之间是否存在着清晰的疆域，还是不分彼此？

利维斯的诗歌批评在当下依然有着重要的启示意义。他坚持甄别

---

[1] Roger Kimball, The Two Cultures Today, in *The New Criterion*, Vol. 12, No. 6, Feb., 1994.

[2] Philip Kitcher, Two Forms of Blindness: On the Need for Both Cultures, in *Technology and Society* 32(2010), p. 48.

[3] Joseph J. Fins, C. P. Snow at Wesleeyan: Liberal Learning and the Origins of the "Third Culture", in *Technology and Society* 32(2010), pp. 10–17.

区分与基于个体的经验判断,以比较判定的方式重建了英国的诗歌史,勾勒了其中的诸多传统,这为以后的英国批评家书写诗歌史提供了不可或缺的参照。在当下,我们也必须思考,在书写民族的诗歌史时,我们怎样构建其内在的体系与延续性?我们该采用评价性的方法还是描述性的方法?我们怎样寻找或者构建民族诗歌发展的方向?我们怎样在大工业时代保持诗歌传统的鲜活?21世纪并非诗歌的世纪,在中国尤其如此。"诗人"的梦想与追求已被时代压得粉碎,我们该思考,这是诗人的凄凉宿命,还是诗歌与诗人必将得到拯救?利维斯对英国诗歌发展的新方向的带有预言性、规定性和描述性的阐述中指出了疗救的方向,那么中国当下呢?

利维斯的批评中体现出来的具有理论意识的"反理论"意识也值得当代的批评家反思。文学批评该走向哲学与"纯理论",还是该走向利维斯所主张的"具体性"?文学批评拥抱"具体性"意味着它往往缺乏普遍的解释力,造成文学判定的极端个人化,并且在很大程度上阻碍了"跨学科"的视角;文学批评走向"纯理论"则意味抽象化、程式化与标准化,这与文学的审美性、具体性、情感性等特征产生了鸿沟。"具体性"与"理论化"该怎样完美地融合?利维斯的"反理论"意识对中国文论话语的构建也有启示意义。中国传统的文化话语具有"非理论"的特点,多为印象式、经验式、断定式与直觉式的散语。然而,自20世纪90年代以来的很长一段时间,面对西方舶来的种种批评理论,中国文论突然患上了"失语症"。文学研究的目的在于阐释与理解文学,"而不是让文学成为玄学"[1]。然而,有些批评者开始迫不及待地套用西方的理论来评判或洋或中的作品,甚至生吞活剥、故弄玄虚。这进一步拉大了文学批评与文学阅读之间的鸿沟。

利维斯的批评中所体现出的强烈的责任感与时代情怀值得今天的批评家学习。文学批评关乎文化构建、情感塑造与人类目的。"利维斯献身于文学与文学批评,超越了职业或者学术,到达了道德与精神层面,成了一种生活方式与思考方式。"[2]利维斯对批评的热忱及其所负有的责任感由此可见一斑。威廉·凯恩(William E. Cain)说:"婚姻、政治、传统、英国的历史、人类生活的境况,这些都是劳伦斯关注的对

---

[1] 聂珍钊等:《英国文学的伦理学批评》,第3页。
[2] G. Singh, The Achievement of F. R. Leavis, in *Modern Age*, (Fall 1998) Volume 40, Issue 4.

象,而在利维斯看来,真正'负责任的'批评家必须本着劳伦斯的精神来探讨这些问题,拥抱'生命'与'健康',拒绝向二流或者时尚让步。"① 我们必须反思,在当下,批评家如何通过文学批评担起时代的责任,成为民族的良心? 又如何参与塑造公众的情感,使其达到情感与智性的统一?

利维斯式批评最重大的当下意义之一或许是其强烈的"人生—人性—道德"关注。当下的批评越来越脱离文学的实际,"泛文学化""多元主义""判断悬置"等思潮日益风行,甚至出现了"零度写作""远离道德"等主张,认为文学仅关乎"个体表达"。我们不由得担心文学与批评似乎出现了脱离道德、疏离人生、背离人性的倾向。就中国现代的批评发展历程来看,"从人的文学的被提出,到纯美文学思想的被提出,再到政治文学统领中国现代文学批评之完成,中国现代批评不是走向宏大与精深,而是走向极端与片面,在极端与片面的追求中完成了它的近期目标,却失去了它的远期目标。"② 而当下虽没有极端和片面的主宰性的潮流,但众声喧哗里批评本身又陷入了"纯理""多元""粗暴移植"的窘境。而这种状况就更突显了利维斯的当下意义。韦勒克对利维斯的意义有着清晰的认识。韦勒克说:"利维斯认为价值评判不能脱离描述与阐释,这十分正确。利维斯的价值可以总结为现实主义、乐观主义、人的良善、文学的道德、少数人文化的群体以及对英国文学的选集反应敏感的学生……利维斯以文化与(工业)文明冲突为视角,把批评作为一种情感与道德洞察力的训练,这对每一个人文主义者都有吸引力。"③

利维斯的小说批评实质上表明了文学批评中"伦理"视角的可能性,其批评的巨大成就又让"伦理"视角一度深入人心。利维斯去世之后,伊格尔顿逐渐"取代利维斯成为英国最有影响的学术批评家"④。他说:"恰如哥白尼重新塑造了我们的天文学信念一样,以利维斯为代表的潮流已经流入英国的文学研究的血管,并且已经成为一种自然而

---

① William E. Cain, *The Crisis in Criticism: Theory, Literature, and Reform in English Studies*, London: Johns Hopkins, 1984, p.275.
② 刘锋杰:《中国现代六大批评家》,北京,北京大学出版社,2005,第367页。
③ Rene Wellek, Untitled, in *The Modern Language Review*, Vol. 79, No. 1 (Jan., 1984), p.176.
④ 见2007年12月7日英国《泰晤士报》评论。

然的批评智慧,其根深蒂固的程度不亚于我们对地球环绕太阳转动这一事实的坚信。"①其实,利维斯的批评不止流入了英国的文学研究的血管,也或浅或深地融入了整个西方文学批评的意识之中。正如捷那韦芙·亚伯拉维纳尔(Genevieve Abravanel)所感受到的那样,"利维斯的理论超越了英伦诸岛,促进了美国新批评的兴起。事实上,他把文学研究发展成人文学科的核心,他对细读的贡献在今天的美国依然可以感受到。"②伊恩·麦基罗普(Ian MacKillop)与斯德若(Richard Storer)认为,"对意欲了解20世纪英国批评历史与理论的人来说,利维斯是无法回避的人物。他已经成了一个地标、一个至关重要的参照点,对意欲沿着另一方向发展的批评家来说同样至关重要。"③利维斯对沿着"另一方向"发展的批评家尚且如此,对沿着同一方向发展的批评家当然更具引导意义。其"伦理"视角显然已经融合到了如今再度勃兴的伦理批评中。

麦太尔金(Alasdair Macintyre)的《德行之后》(After Virtue)被誉为20世纪80年代最重要的哲学著作,他是伦理学研究的转折点,标志着西方美德伦理学的复兴。在该书中,他认为传统依然鲜活,"因为它们继续着一个未完成的叙述而面对一个未来"④。麦太尔金的研究中融进了社会学、心理学、文学、宗教、历史等,正如利维斯的文学批评融合了伦理、社会学、心理学、宗教与历史一样。麦太尔金同利维斯一样,认为传统不是过去,而是历史的延续;他们都强调对社会的责任。《德行之后》成书于1981年,而此时利维斯的影响早已到了美国。我们无法准确判断麦太尔金是否受到了利维斯的直接影响以及影响程度如何,但有一点可以肯定,"伦理批评"因利维斯和麦太尔金获得了更大的发展。近年来批评家试图再次确立文学的伦理道德功能的努力颇为引人注目。他们基于哲学伦理的传统,大多认为在探索自我知识的价值以及与其他知识的相关性方面,文学不仅提供了一个道德行为的模式,而

---

① Terry Eagleton, *Literary Theory*, Minneapolis: University of Minnesota Press, 1983, p.27. 中文译文采用特里·伊格尔顿:《二十世纪西方文学理论》,第31页。
② Genevieve Abravanel, English by Example: F. R. Leavis and the Americanization of Modern England, in *Modernism/Modernity*, Vol. 15, No. 4, (nov., 2005), p.698.
③ Ian Mackillop and Richard Storer, eds., *F. R. Leavis: Essays and Documents*, p.1.
④ 麦金太尔:《德行之后》,龚群译,北京:中国社会科学出版社,1995,第281页。笔者认为,After Virtue 的真实含义是"追寻道德"。

且提供了参与道德推论的体验。

美国哲学家玛莎·纳斯博姆(Martha Nussbaum)于 1983 年在《新文学史》(New Literary History)中发表题为《白璧微瑕:詹姆斯的〈金碗〉与文学作为道德哲学》的论文①。利维斯曾论述过《金碗》,而纳斯博姆的"文学作为道德哲学"与利维斯的"小说作为道德寓言"的言说方式完全一致,其思想也有相同之处。J. 米勒(J. Hillis Miller)1987 年出版的专著《阅读的伦理:康德、德曼、艾略特、特罗洛普与本雅明》(Ethics of Reading: Kant, de Man, Eliot, Trollope and Benjamin)没有弘扬传统道德,而意在说明解构主义的阅读也具有伦理性。美国批评家韦恩·布斯(Wayne C. Booth)1988 年的专著《我们所交的朋友:小说伦理学》(The Company We Keep: An Ethics of Fiction)构建了一种伦理学的小说批评理论。②弗兰克·帕尔默(Frank Palmer)著有《文学与道德理解》(Literary and Moral Understanding);戴维·帕克(David Parker)著有《伦理学、理论与小说》(Ethics, Theory and the Novel);亚当·牛顿(Adam Zachary Newton)著有《叙事伦理学》(Narrative Ethics);考林·迈克金(Colin McGinn)出版专著《伦理、邪恶与小说》(Ethics, Evil and Fiction)。这些批评家的共同之处在于"他们旨在揭示文学作为道德引导手段的价值"③。

20 世纪 90 年代的伦理批评家更为活跃,成果也更为显赫。克里斯托弗·诺里斯(Christopher Norris)的《真理与批评的伦理》(Truth and the Ethics of Criticism)、杰欧弗雷·哈普曼(Geoffrey Harpham)的《伦理学的影子:批评与公正社会》(Shadows of Ethics: Criticism and the Just Society)、安德鲁·吉布森(Andrew Gibson)的《后现代性、伦理学与小说:从利维斯到列维纳斯》(Postmodernity, Ethics and the Novel: From Leavis to Levinas)、西蒙·克里特雷(Simon Critchley)的《结构之伦理学》(The Ethics of Deconstruction)、吉格蒙·鲍曼(Zygmunt Bauman)的

---

① Martha Nussbaum, Flawed Crystals: James's *The Golden Bowl* and Literature as Moral Philosophy, in *New Literary History*, Vol. 15, No. 1(Autumn, 1983), pp. 25–50.

② 布斯的母校芝加哥大学在布斯逝世后的第二天,即 2005 年 10 月 12 日,在学校公告里称《我们所交的朋友:小说伦理学》一书已"成为文学研究中伦理批评的试金石",称布斯是"文学批评家的批评家"。当天的《纽约时报》也载文悼念布斯,称他为"20 世纪后半叶杰出的批评家之一"。

③ Astrid Erll, etl. (eds.), *Ethics in Culture: The Dissemination of Values through Literature and Other Media*, Berlin: Walter de Gruyter GmbH & Co. KG, 2008, p. 2.

《后现代伦理》(Postmodern Ethics)、安德鲁·海德菲尔德(Andrew Hadfield)等人编著的《文学中的伦理学》(The Ethics in Literature)等著作可视为该时期的代表性作品。这些批评家的共同之处是,他们深入文学,尤其是小说的深层,审视文学中的伦理、解构的伦理特征等重要问题,形成了颇为壮观的文学的伦理批评学。

21世纪以来,有更多的批评家开始深入思考文学与伦理道德之间的关系。克里斯蒂娜·考特(Christina Kotte)著有《英国历史编纂元小说的伦理维度:朱丽安·巴恩斯、格雷汉姆·斯威夫特与帕尼洛普·拉弗雷》(Ethical Dimensions in British Historiographic Meta-fiction: Julian Barns, Graham Swift, Penelope Lively),以英国三位当代小说家为对象,深入研究身份虚构与创作过程的伦理特征;德力克·阿特里奇(Derek Attridge)的《库切与阅读伦理学》(J. M. Coetzee and the Ethics of Reading)研究了南非作家、2003年诺贝尔文学奖得主库切①的作品,旨在表明阅读本身的伦理性以及文学作品具有的深层的道德力量;道格玛·克劳塞(Dagmar Krause)的《伦理学与后现代之间的蒂莫西·芬得利的小说》(Timothy Findley's Novels between Ethics and Postmodernism)考察了加拿大小说家蒂莫西·芬得利的《战争》(The Wars)等小说作品的伦理与后现代性特征;芭芭拉·施瓦德菲格(Barbara Schwerdtfeger)在其著作《后现代小说中的伦理:康纳德·巴塞姆和威廉·加斯》(Ethics in Postmodern Fiction: Donald Barthelme and William Gass)中研究了以后现代风格短篇小说闻名的美国作家唐纳德·巴塞姆和元小说践行者威廉·加斯二人隐性的伦理关注。

利维斯的文化批评中也有着明显的伦理道德维度,而这一方法并未退出批评舞台。恰恰相反,如今的批评家更加关注文化研究与伦理批评的结合,"20世纪90年代中期伦理转向也开始影响到了文化理论"②,进而形成了"文化伦理学",代表性的著作有塞缪尔·弗雷舍克(Samuel Fleischacker)的《文化的伦理》(The Ethics of Culture)、凯斯·泰斯特(Keith Tester)的《媒体、文化与道德》(Media, Culture, and

---

① 即使身居伦敦,后移居美国,可他一直书写着故乡南非的故事,呈现种族隔离下的人们的生活状态、政治与历史的力量,思索在历史中的地位,其作品"精准地刻画了众多假面具下的人性本质"。2003年被授予"诺贝尔文学奖"。

② Astrid Erll, etl. (eds.), Ethics in Culture: The Dissemination of Values through Literature and Other Media, p. 3.

Morality)与《道德文化》(Moral Culture)、伯纳德·安德内(Bernard Adeney)的《奇怪的美德:多元文化世界中的伦理》(Strange Virtues: Ethics in a Multi-cultural World)、华裔学者周雷(Rey Chow)的《理想主义之后的伦理:理论、文化、民族与阅读》(Ethics after Idealism: Theory, Culture, Ethnicity, Reading)等。

值得一提的是,利维斯的批评也影响到了中国的学者。聂珍钊曾在剑桥访学,谙熟"剑桥批评传统",曾发表论文两次论述该传统,对利维斯的小说批评给予了高度评价。他受了利维斯批评的启发,发展出了自己的伦理学批评思想与方法论,在其著作《英国文学的伦理学批评》中,我们可以清晰地看到比利维斯的小说批评更加凸显的伦理道德维度,他纵向梳理了英国诗歌、小说与戏剧的道德关注与伦理思想,是21世纪国内学者进行的文学的伦理学批评的重要尝试,其标志性意义不可忽视。

由此可见,在当下小说的伦理道德关注、现代与后现代批评的伦理阐释、文化伦理、文学与道德哲学以及元小说、叙事、解构、阅读的伦理性等都成为批评界颇受关注的问题。"对诺斯罗普·弗莱来说,文学的伦理影响在于解放读者的想象力,而文学批评本身就其认可多元阐释来说也是伦理性的。"①博吉特·纽曼(Birgit Neumann)甚至还发现了"记忆"的伦理性特征②,而艾斯瑞德·厄尔(Astrid Erll)认为,"伦理层面从一开始就是女性主义与性别研究(gender studies)的重要特征"③。当下的很多批评理论(如后殖民批评)本身就包含着"伦理道德预设";"生态批评"同样如此,它的核心可以总结为"人类对自然所负有的道德责任"。由此可见,利维斯批评的遗产,尤其是其批评中的道德关注,已经融进了当代批评之中,同时也为审视当代的批评提供了一个或许并未过时的参照。

另外,批评家依然在不断地发掘利维斯的批评遗产,试图从新的视角释放其价值可能,并作为理解或构建更新批评的资源。与此同时,有

---

① Edward Quinn, *A Dictionary of Literary and Thematic Terms*, New York: Checkmark Books, 2000, p.111.

② 见 Birgit Neumann 的颇有影响力的论文"What Makes Literature Valuable: Fictions of Meta-Memory and the Ethics of Remembering"。

③ Astrid Erll, etl. (eds.), *Ethics in Culture: The Dissemination of Values through Literature and Other Media*, p.2.

组织性、机构性的研究群体正在形成。2003年9月22日剑桥唐宁学院举行了"重读利维斯"会议,重点关注利维斯后期的思想;2006年与2009年都有类似的会议召开。2010年10月15—16日,利维斯研究国际会议在英国约克大学举行,重点有利维斯与法国文学、利维斯晚期对叶芝的批评、利维斯与哲学问题、利维斯晚期的大学思想等。值得一提的是,约克大学设有利维斯研究基金,而"唐宁利维斯研究会"也于2010年10月正式成立。这些虽然不能看成是利维斯批评的"复活",但谁也无法否认其标志意义:它意味着利维斯式批评向当代批评思想和模式的融合,而这也正是利维斯的当下意义之一。因此,在当下借鉴利维斯式批评未必就是一个良善而瑟缩、未圆且难圆的梦。

结　语

利维斯是顶着许多头衔走向天堂的——我相信他会进天堂。他以讲师身份退休,但一直被人以"利维斯博士"相称,乔治·斯坦纳不无夸张地说:"缪斯只授予过两个博士头衔,一个是利维斯博士,另一个是约翰逊博士。"[①]在文化批评层面,他被人们看作"文化斗士""文化传道士""文化保守主义的大佬""技术功利主义的敌人""精英主义者""理想主义者""虚幻主义者""文化悲观主义者""有机统一体的代言人";在诗歌与小说批评方面,他被人们看作"剑桥的批评声音""趣味鉴赏家""文学声望的粉碎机""预言家""道德主义者""反哲学家""现实主义者""文学秩序的重构者"以及"伟大的批评家";他个人被视为"正直良善""有责任感"的人,同时还是"偏执狂""清教徒",甚至被某位知名的中国学者称为"反动文人"。如此多的头衔,或深刻,或浅薄,或中肯,或荒谬,都表明了利维斯思想体系的宏大复杂,以及对其进行判定的艰难,而其巨大的影响力与当下意义又促使着研究者去"细读"、阐释、还原、判定并借鉴。

在西方,从20世纪30年代初利维斯登上英国文学批评的大舞台开始,围绕他的短评、争议与学术研究就开始了,到今天已80年,研究逐步深入与系统化,"重估"与反思已成为研究中的主导意识;新的视角不断融合,力图释放利维斯批评的各种可能性。但同时,即使在欧美,研究者对利维斯"伟大的传统"把握得也不全面,对其文学批评的得失评判也缺乏体系性,对他的误读也依然存在。由于种种原因,国内对利维斯的译介最近十几年才真正开始,国内对他的研究也刚起步,缺乏深度、全面性与系统化,对他的误解更是屡见不鲜。这一现状决定了

[①] George Steiner, F. R. Leavis, in David Lodge, ed., *20th Century Literary Criticism*, London: Longman, 1972, p.624.

本研究的目的,即全面系统地呈现利维斯的文学批评思想,并探讨其当下的意义。

要"全面"而"系统",就必须涵盖利维斯的文化批评、诗歌批评与小说批评,并把握它们之间的内在联系。我们必须寻找一个恰当的起点。尽管"道德批评"是贴在利维斯清瘦额头的一张伪标签,但它凸显了利维斯批评的"道德关注"。本研究还原了历史语境,把利维斯置于英国文学的传统之中,分析了其"尚德"与"求真"倾向以及"个人"与"传统"的关系,作为理解其文学批评的必要的大背景。进而,我们发现,利维斯的文学批评始于"文化研究",利维斯作为英国"文化研究"的先驱之一,其贡献巨大,影响深远。他追忆乡村,创造了"有机统一体"思想,反对大工业文明;他弘扬传统,坚持"文学文化"与"文学主义",反对"技术主义",更反对当今世界日益盛行的"技术功利主义";他坚守"少数人文化"。利维斯的文化批评思想有助于反思我们自身所面临的种种困境。

要探讨利维斯的文学批评,就必须首先考察他对批评的本质、功能与标准的把握,也必须明白批评与理论和哲学的关系以及利维斯的语言观,并在此基础上过渡到他的文学批评。利维斯的诗歌批评是"细读式"的,也是"反理论"和"反哲学"的,但同时又具有理论思辨与哲学考量;利维斯重新书写了英国的诗歌史,发现了 17 世纪的"智性之线",论述了 18 世纪的奥古斯都传统,把握了 19 世纪英国诗歌的"梦的世界";阐述了伟大诗人的共同特点,并认为 T. S. 艾略特、庞德和霍普金斯代表着英国诗歌在 20 世纪初的发展方向;他开创性地以"传统""现实""真诚""非个性化""情感""意义""道德"以及语言、修辞、音韵、意象等维度综合评价诗歌。

利维斯的小说批评很大程度上决定了利维斯的影响力、成就和历史地位。他最广为人知的思想贡献是他构建的英国小说的"伟大的传统"。笔者论述了"伟大的传统"的多重意义,认为它既指代伟大小说家及作品的特质、小说家的传承关系与影响脉络以及小说创作思想,还是一个层级系统,是利维斯进行小说评价的总参照系。利维斯的小说批评实践是建立在其小说观基础上的,后者包括"小说作为戏剧之诗""小说作为对生活的肯定"以及"小说作为道德寓言",这同时又包含了利维斯小说批评的重要维度,与其他要素,如"艺术性""具体性""现实""人生""人性""成熟性""完整性"等一起构成了利维斯小说批评的核心语汇。在具体的批评实践中,利维斯发现了奥斯汀、爱略特、詹姆斯、康拉德、劳伦斯、狄更斯、托尔斯泰等人的艺术本质,甄别了他们的小说作品,分析了他们各自不同的创作阶段;同时他还把握了美国文学的"美国性",以及美国文学与欧洲过去的关联。利维斯的小说批评成就巨大,同时缺憾明显,而关于利维斯的种种误读,如认为他是"道德主义者""表现现实主义者""实用批评""民族主义者"等,都必须匡正,否则便无法对利维斯进行准确定性。笔者对利维斯小说批评的基本判定包括"细读式的经验批评""反精英的'精英主义'批评""具有时代情怀与责任的'人文主义'批评""反技术功利主义的'文化—文学主义'批评""现实主义的'人生—人性—道德'批评"等。

利维斯的文学批评以"文化研究"为基础,从诗歌批评过渡到小说批评,其内在联系是"小说作为戏剧之诗",而他的文学批评又最终以文化健康和健全的人生—人性以及人类目的为旨归。基于对利维斯三大批评体系的论述,我们方可较为从容地对利维斯的批评贡献和历史定位做出客观的把握,并由此探讨他的当下意义。利维斯是英国"文化研究"的先驱、"有机共同体"的创立者、"反技术功利主义"的代表与"文学文化"的倡导者;他重新书写了英国的诗歌史,界定了英国诗歌发展的新方向;他构建了英国小说"伟大的传统",实质上重写了英国的小说史,其批评模式也具有方法论的意义。另外,他创办《细察》,提升"英文"教育,大大提高了文学批评的地位。因此,可以说,利维斯在20世纪英国最具争议和影响力,同时又是继艾略特之后最为伟大的批评家。利维斯的遗产必须得到继承。实际上,利维斯式批评的某些要素已经逐渐融汇到了现代批评之中。而他独特的"道德关注"也为今天中兴的伦理批评以及新兴的后殖民批评、女性批评、生态批评等现代与后现代批评思想提供着有益的参照。

研究利维斯是一件有意义而颇为艰巨的工作。"意义"在于利维斯的文学批评或许可为中国文论话语的建设甚至"重构"提供可资借鉴的视角与参照系,也可反制当下批评"纯理"与"玄学"的不良风气;"艰巨"在于利维斯自身的"争议性"以及笔者本人学术素养的浅薄。

作为文学批评家,其思想具有"争议",对批评家个人而言固然令人苦恼,但对文学批评事业而言却是一件值得期待和庆幸的事情。如果某一批评思想毫无争议,那么要么表明它已经变成常识——这意味着衰落,要么表明整个批评界是死水一潭——这又意味着整体的沉沦。

利维斯饱受争议这一事实本身就是对英国批评的一种推动,它促进了各种思想与批评方法的激荡交流,为新思想与新方法的诞生带来了无限可能。然而,对研究者来说,"争议"却意味着繁重的厘清工作。笔者要不停地追问:争议为何产生,争议点是什么,争议双方或多方是什么视角,何种文化与文学姿态,持何种目的?利维斯排斥"理论",因此其批评谈不上有完整的成体系的"理论"框架,这也让研究者只能深潜历史与文本语境,"细读"他蔚然大观的著作,甚至是只言片语,并最终形成体系化的研究。可以说,这不但艰巨,而且还有点"冒险"。

利维斯重点论述英国的诗人与小说家,同时又评点法国、美国、俄罗斯等国家的代表性作家。在利维斯的批评中,作家与作品信手拈来,臧否杀伐、纵横捭阖,让人叹为观止。然而,笔者深知自己对英国文学史把握不深,对数十位诗人的诗作以及数十位小说家的一百多部小说也难以全面把握。因此,每有疑点,便翻检资料,多方求证,生怕曲解了利维斯的本意,伤害了他的精神。

尽管笔者力求全面系统,同时又奢望深刻而中肯,但本研究依然留有诸多遗憾。举例说,利维斯夫人对利维斯的批评影响巨大,但难以条分缕析,在本书中也没有清晰体现;利维斯的文学评判涉及百余人,本文只能择其有代表性的论述;影响利维斯的"传统"之网错综复杂,本书因此也没能详尽地探讨利维斯与"剑桥传统"中的其他批评家如瑞恰兹、燕卜荪等人的相似与不同。这些遗憾正代表了笔者下一步的研究工作。

当下的文学批评逐渐走向了阐释而非判定;批评界理论更迭,多元混响;"泛文学化"倾向似乎正在消弭文学的疆域。而同时大工业文明愈发昌盛、物质主义与消费主义愈发盛行,文学也因此日益陷入困境,"诗人"与"作家"在很多人那里甚至被赋予了某种消极与嘲讽的意味。因此,对道德、生命、人生、人性、人类目的等的关注,无论是在文学外,还是在文学内,较之以前都显得更为迫切,也更具相关性。就当下中国而言,徘徊在都市与乡村之间的中国文学日益艰难,急需寻找救赎的道路,而在"众声喧哗"的批评神坛,也应当让批评回归文学、回归读者、回归健康的文化、人生与人性关照。当然,文学批评的救赎似乎不需要再为老旧的人物招魂。但是,中国当下的现实,如大工业化、技术主义、环境危机、道德淡漠、精神虚空、社会与情感的割裂等,都不由得让人怀念利维斯式的"异见"与"反制"。同样,在当下中国文论话语的构建中，以及在批评意识与实践中，融合利维斯式批评，吸收并发扬其优秀遗产，不但可能，而且必要。正如塞缪尔·约翰逊所说的那样，"未来是用现在换来的"，而过去有着"当下性"。为了赢得健康碧绿的批评未来，我们何必厚今薄古，又何必区分中洋？利维斯的参照意义对世界如此，对中国又何尝不是？对现在如此，对未来又何尝不是？

参考文献

一、利维斯原文著述（按出版先后排序）

[1] *Mass Civilization and Minority Culture*. Cambridge: Minority Press, 1930.

[2] *D. H. Lawrence*. Cambridge: Minority Press, 1930.

[3] *New Bearings in English Poetry: A Study of the Contemporary Situation*. London: Chatto & Windus, 1932.

[4] *How to Teach Reading: A Primer for Ezra Pound*. Cambridge: Minority Press, 1932.

[5] (With Denys Thompson) *Culture and Environment: The Training of Critical Awareness*. London: Chatto & Windus, 1933.

[6] *For Continuity*. Cambridge: Minority Press, 1933.

[7] *Revaluation: Tradition and Development in English Poetry*. London: Chatto & Windus, 1936.

[8] *Education and the University: A Sketch for an "English School"*. London: Chatto & Windus, 1943.

[9] *The Great Tradition: George Eliot, Henry James, Joseph Conrad*. London: Chatto & Windus, 1948.

[10] *New Bearings in English Poetry: A Study of the Contemporary Situation*, (New edition with Retrospect). London: Chatto & Windus, 1950.

[11] *The Common Pursuit*. London: Chatto & Windus, 1952.

[12] *D. H. Lawrence: Novelist*. London: Chatto & Windus, 1955.

[13] *Two Cultures? The Significance of C. P. Snow*. London: Chatto & Windus, 1962.

[14] *Scrutiny: A Retrospect*. Cambridge: Cambridge University Press, 1963.

[15] *"Anna Karenina" and Other Essays*. London: Chatto & Windus, 1967.

[16] (With Q. D. Leavis) *Lectures in America*. London: Chatto & Windus, 1969.

[17] *English Literature in Our Time and the University*, the Clark Lectures, 1967. London: Chatto & Windus, 1969.

[18] (With Q. D. Leavis) *Dickens the Novelist*. London: Chatto & Windus, 1970.

[19] *Gerard Manley Hopkins: Reflections after Fifty Years*, The Second Annual Hopkins Lecture. London: The Hopkins Society, 1971.

[20] *Nor Shall My Sword: Discourses on Pluralism, Compassion and Social Hope*. London: Chatto & Windus, 1972.

[21] *Letters in Criticism* (Edited and with an Introduction by John Tasker). London: Chatto & Windus, 1974.

[22] *The Living Principle: "English" as a Discipline of Thought*. London: Chatto & Windus, 1975.

[23] *Thought, Words and Creativity: Art and Thought in Lawrence*. London: Chatto & Windus, 1976.

[24] *Reading Out Poetry and Eugenio Montale: A Tribute*. Belfast: The Queen's University of Belfast, 1979. [Posthumously published]

[25] *The Critic as Anti-Philosopher, Essays and Papers*. Edited by G. Singh. London: Chatto & Windus, 1982. [Posthumously published]

[26] *Valuation in Criticism and Other Essays*. Edited by G. Singh. Cambridge: Cambridge University Press, 1986. [Posthumously published]

[27] *More Letters in Criticism*. Edited by M. B. Kinch. Bradford-on-Avon: M. B. Kinch, privately printed, 1992. [Posthumously published]

二、英文文献

[1] Abravanel, Genevieve. English by Example: F. R. Leavis and the Americanization of Modern England, in *Modernism/Modernity*. Vol. 15, No. 4, 2005.

[2] Alloway, Ross. Selling the Great Tradition: Resistance and Conformity in the Publishing Practices of F. R. Leavis, in *Book History*. Vol. 6, 2003.

[3] Alvarez, A. Lawrence, Leavis, and Eliot, in *The Kenyon Review*. Vol. 18, No. 3, 1956.

[4] Arthur, Anthony. *Literary Feuds: A Century of Celebrated Quarrels from Mark Twain to Tom Wolfe*. New York: Thomas Dunne Books, 2002.

[5] Bell, Michael. *F. R. Leavis*. London: Rutledge, 1988.

[6] Bell, Michael. The Afterlife of F. R. Leavis: Dead but Won't Lie Down in *The Cambridge Quarterly*. XXVI. ii, 1997.

[7] Bilan, R. P. D. H. Lawrence, in *Contemporary Literature*. Vol. 19, No. 1, 1978.

[8] Bilan, R. P. *The Literary Criticism of F. R. Leavis*. Cambridge: Cambridge University Press, 1979.

[9] Boyers, Robert. *F. R. Leavis: Judgment and the Discipline of Thought*. Columbia & London: University of Missouri Press, 1978.

[10] Bradbury, M. A Matter for Serious Scrutiny: F. R. Leavis in the 1950's, in *No, Not Bloomsbury*. London: Andre Deutsch, 1987.

[11] Bunnin, Nicholas & Yu, Jiyuan. *Dictionary of Western Philosophy*. Beijing: People's Press, 2001.

[12] Cain, William. F. R. Leavis, in Kastan, David. (eds.). *The Oxford Encyclopedia of British Literature*. Oxford: Oxford University Press, 2006.

[13] Cain, William. *The Crisis in Criticism: Theory, Literature, and Reform in English Studies*. London: Johns Hopkins, 1984.

[14] Collini, Stefan. *Public Moralists: Political Thought and Intellectual Life in Britain*. Oxford: Clarendon Press, 1991.

[15] Cordner, Christopher. F. R. Leavis and the Moral in Literature, in Freadman, Richard *et al.* (eds.). *On Literary Theory and Philosophy*. New York: St Martins, 1991.

[16] Cox, Carole. *The Significance of F. R. Leavis: The Philosophical and Educational Context of the Critic as "Anti-philosopher"*. London: University of London, 1994.

[17] Cunningham, Anthony. *The Heart of What Matters: The Role of Literature in Moral Philosophy*. Los Angeles: University of California Press, 2001.

[18] Davenport, Morgan. Criticism from England, in *The Hudson Review*. Vol. 1, No. 1, 1947.

[19] Day, Gary. *Re-Reading Leavis: Culture and Literary Criticism*. London: Macmillan, 1996.

[20] Defoe, Daniel. *Robinson Crusoe*. Harmondsworth: Penguin Books, 1965, Preface.

[21] Eagleton, Terry. *Literary Theory*. Minneapolis: University of Minnesota Press, 1983.

[22] Erll, Astrid et al. (eds.). *Ethics in Culture: The Dissemination of Values through Literature and other Media*. Berlin: Walter de Gruyter GmbH & Co. KG, 2008.

[23] Ferns, John. *F. R. Leavis*. New York: Twayne Publishers, 2000.

[24] Fielding, Henry. *Tom Jones*. Harmondsworth: Penguin Books, 1966.

[25] Fins, Joseph. C. P. Snow at Wesleeyan: Liberal Learning and the Origins of the "Third Culture", in *Technology and Society* 32, 2010.

[26] Freadman, Richard et al. *Re-thinking Theory: A Critique of Contemporary Literary Theory and an Alternative Account*. Cambridge: Cambridge University Press, 1998.

[27] French, Fhilip. *Three Honest Men*. Manchester: Carcanet New Press, 1980.

[28] Greenwood, Edward. *F. R. Leavis*. Burnt Mill: Longman House, 1978.

[29] Hartman, Geoffrey. Placing Leavis, in *London Review of Books*. 24 January, 1985.

[30] Heyl, Bernard. The Absolutism of F. R. Leavis, in *Journal of Aesthetics and Art Criticism*. 13, 1954.

[31] Hoftman, M. J. *Essentials of the Theory of Fiction*. New York: Duke University Press, 2005.

[32] Jacobson, Dan. *F. R. Leavis*. Washington D. C.: Phi Beta Kappa, 1985.

[33] James, Henry. The Art of Fiction, in Morris Shapira, *Henry James: Selected Literary Criticism*. Harmondsworth: Penguin Books, 1968.

[34] Johnson, Claudia. F. R. Leavis: The "Great Tradition" of the English Novel and the Jewish Part, in *Nineteenth-Century Literature*. Vol. 56, No. 2, 2001.

[35] Joyce, Chris. Meeting in Meaning: Philosophy and Theory in the Work of F. R. Leavis, in *Modern Age*. June 22, 2005.

[36] Joyce, Chris. The Idea of "Anti-Philosophy" in the Work of F. R.

Leavis, in *The Cambridge Quarterly*. Vol. 38, No. 1, 2009.

[37] Keys, Kevin. F. R. Leavis: The Development of a Critical Vocabulary. Unpublished PhD thesis University of Edinburgh, 1984.

[38] Kimball, Roger. The Two Cultures Today, in *The New Criterion*. Vol. 12, No. 6, 1994.

[39] Kitcher, Philip. Two Forms of Blindness: On the Need for Both Cultures, in *Technology and Society*. Vol. 32, 2010.

[40] Lawford, Paul. Conservative Empiricism in Literary Theory: A Scrutiny of the Work of F. R. Leavis, in *Red Letters*. I & II, 1976.

[41] Lodge, David. Untitled, in *The Modern Language Review*. Vol. 65, No. 2, 1970.

[42] Lu, Jian-De. F. R. Leavis: His Criticism in Relation to Romanticism. Unpublished PhD thesis. Cambridge: University of Cambridge, 1989.

[43] MacCabe, Colin. The Cambridge Heritage: Richards, Empson and Leavis, in *Southern Review*. 19.3, 1986.

[44] MacKillop, Ian. *F. R. Leavis: A Life in Criticism*. London: The Penguin Press, 1995.

[45] Makillop, Ian & Storer, Richard. (eds.). *F. R. Leavis, Essays and Documents*. London & New York: Continuum, 2005.

[46] Mason, H. A. F. R. Leavis and Scrutiny, in *Critic*. Vol. 1, 1947.

[47] Mathieson, Margaret. *The Preachers of Culture: A Study of English and Its Teachers*. London: George Allen & Unwin, 1974.

[48] Matthews, David. *Memories of F. R. Leavis*. Herefordshire: Edgeways Books, 2010.

[49] Matthews, Sean. The Responsibilities of Dissent: F. R. Leavis after Scrutiny, in *Literature and History*. third series, 13/2, 2004.

[50] Milner, A. *Contemporary Cultural Theory: An Introduction* (second edition). London: University College London Press, 1994.

[51] Mulhern, Francis. *The Moment of "Scrutiny"*. London: New Left Books, 1979.

[52] Needham, John. Leavis and Language, in *PN Review*. 48, 1985.

[53] Newton, K. (ed.). *Twentieth-Century Literary Theory: A Reader*. Basingstoke: Macmillan, 1988.

[54] Nussbaum, Martha. Flawed Crystals: James's *The Golden Bowl* and Literature as Moral Philosophy, in *New Literary History*. Vol. 15, No. 1, 1983.

[55] Pateman, Trevor. Key Concepts in Aesthetics, in *Criticism and the Arts in Education*. London: Falmer Press, 1991.

[56] Pease, Allison. *Modernism, Mass Culture, and the Aesthetics of Obscenity*. Cambridge: Cambridge University Press, 2000.

[57] Quinn, Edward. *A Dictionary of Literary and Thematic Terms*. New York: Checkmark Books, 2000.

[58] Ralph, Johnson. The Criticism of F. R. Leavis. Doctoral Dissertation of Denver University, 1969.

[59] Robertson, P. J. M. *The Leavises on Fiction: An Historic Partnership*. London: Macmillan, 1981.

[60] Robinson, Ian. *The Survival of English*. Cambridge: Cambridge University Press, 1973.

[61] Robson, W. Untitled, in *The Review of English Studies*. New Series, Vol. 1, No. 4, 1950.

[62] Samson, Anne. *F. R. Leavis*. Hemel Hempstead: Harvester Wheatsheaf, 1992.

[63] Scherr, Barry. Leavis's Revolt against Eliot: The Lawrence Connection, in *Recovering Literature*. 15, 1987.

[64] *Scrutiny* (I – XX). Cambridge: Cambridge University Press, 1963.

[65] Selden, Raman. *Practicing Theory and Reading Literature: An Introduction*. Hemel Hempstead: Harvester Wheatsheaf, 1989.

[66] Simon, Irene. Early Theories of Prose Fiction: Congreve and Fielding, in Mack, Maynard. (eds.). *Imagined Worlds*. Metheun, 1968.

[67] Singh, G. *F. R. Leavis, A Literary Biography*. Duckworth: 1995.

[68] Singh, G. The Achievement of F. R. Leavis, in *Modern Age*. Vol. 40, Issue 4, 1998.

[69] Singh, G. *The Critic as Anti-philosopher: Essays and Papers*. University of Georgia Press, 1983.

[70] Smith, Sheila. Untitled, in *The Review of English Studies*. New Series, Vol. 29, No. 113, 1978.

[71] Snow, C. P. The Case of Leavis and the Serious Case, TLS. 1970.

[72] Sridhar, M. *Language Criticism and Culture: "Organic Community" in F. R. Leavis*. New Delhi: Prestige Books, 1999.

[73] Steiner, George. F. R. Leavis, in *Language and Silence*. New York: Atheneum, 1967.

[74] Stewart, Stanley. Was Wittgenstein a Closet Literary Critic? in *New Literary History*. Vol. 34, No. 1, 2003.

[75] Storer, Richard. *English, Education and the University: A Historical Study of the Work and Significance of F. R. Leavis*. Unpublished PhD thesis. Sheffield: University of Sheffield, 1993.

[76] Storer, Richard. *F. R. Leavis*. London and New York: Routledge, 2009.

[77] Trilling, Lionel. Leavis and the Moral Tradition, in *A Gathering of Furgitives*. 1956.

[78] Thompson, Denys. (ed.). *The Leavises: Recollections and Impressions*. Cambridge: Cambridge University Press, 1984.

[79] Walsh, William. *F. R. Leavis*. London: Chatto & Windus, 1980.

[80] Watson, Garry. *The Leavises, the "Social", and the Left*. Swansea: Brynmill, 1977.

[81] Watson, George. *The Literary Critics: A Study of English Descriptive Criticism*. Mondsworth: Penguin, 1962.

[82] Watson, George. The Messiah of Modernism: F. R. Leavis (1895 – 1978), in *The Hudson Review*. Vol. 50, No. 2, 1997.

[83] Wellek, René. *Concepts of Criticism*. New Haven: Yale University Press, 1963.

[84] Wellek, René. F. R. Leavis and the Scrutiny Group, in *A History of Modern Criticism, 1750 – 1950*, Vol. 5. New Haven and London: Yale University Press, 1986.

[85] Wellek, René. Literary Criticism and Philosophy, in *Scrutiny* (V, 1936 – 1937). London: Cambridge University Press, 1963.

[86] Wellek, René. Untitled, in *The Modern Language Review*. Vol. 79, No. 1, 1984.

[87] Williams, Raymond. *Culture and Society: 1780 – 1950*. London: Chatto

& Windus, 1958.

[88] Young, Vernon. Tradition and Mr. Leavis Talent, in *The Hudson Review*. Vol. 2, No. 4, Winter, 1950.

三、中文文献

[1] （英）马修·阿诺德. 文化与无政府状态：政治与社会批评. 韩敏中译. 北京：三联书店，2002.

[2] （英）T. S. 艾略特. 关于文化的定义的札记. 杨民生等译. 基督教与文化. 成都：四川人民出版社，1989.

[3] 曹莉. 剑桥批评传统的形成和演变. 外国文学，2006(3).

[4] 曹莉，陈越. 鲜活的源泉——再论剑桥批评传统及其意义. 清华大学学报（哲学社会科学版），2006(5).

[5] 程巍. 中产阶级的孩子们——60年代与文化领导权. 北京：三联书店，2006.

[6] （法）丹纳. 艺术哲学. 傅雷译. 北京：人民文学出版社，1983.

[7] 代显梅. 传统与现代之间：亨利·詹姆斯的小说理论. 北京：社会科学文献出版社，2006.

[8] 韩震. 西方哲学史导论. 济南：山东人民出版社，1992.

[9] （加）诺斯罗普·弗莱. 批评的解剖. 陈慧等译. 天津：百花文艺出版社，2006.

[10] （加）诺斯罗普·弗莱. 神力的语言. 吴持哲译. 北京：社会科学文献出版社，2004.

[11] 傅泽. 文化想象与人文批评——市场逻辑下的中国大众文化发展研究. 北京：中国传媒大学出版社，2007.

[12] 高兰. 谈弗·雷·利维斯小说批评中的非个性化原则. 北华大学学报（社科版），2007(5).

[13] 高兰. 利维斯与英国小说传统的重估. 吉林大学博士论文，2009.

[14] 高兰，杨冬. 利维斯与文学传统的重估. 文艺争鸣，2007(9).

[15] 江玉琴. 文化批评：当代文化研究的一种视野. 雪鸿集. 合肥：安徽大学出版社，2008.

[16] （英）约翰·科廷汉. 生活有意义吗？王楠译. 桂林：广西师范大学出版社，2007.

[17] （美）罗伯特·勒纳等. 西方文明史 II. 王觉非等译. 北京：中国青

年出版社,1994.
- [18] (荷)彼德·李伯庚.欧洲文化史.赵复三译.上海:上海社会科学院出版社,2004.
- [19] 利维斯.伟大的传统.袁伟译.北京:三联书店,2002.
- [20] 刘锋杰.中国现代六大批评家.北京:北京大学出版社,2005.
- [21] 刘进.文学与"文化革命":雷蒙德·威廉斯的文学批评研究.成都:巴蜀书社,2007.
- [22] (美)安妮特·鲁宾斯坦.英国文学的伟大传统.陈安全等译.上海:上海译文出版社,1998.
- [23] 陆建德.过去的现在性——读钱锺书先生"少作".中华读书报,2001年1月23日。
- [24] 陆扬,王毅.文化研究导论.上海:复旦大学出版社,2007.
- [25] 陆扬.利维斯主义与文化批判.外国文学研究,2002(1).
- [26] (德)马克思,恩格斯.马恩选集(第一卷).北京:人民出版社,1995(第2版).
- [27] (美)麦金太尔.德行之后.龚群译.北京:中国社会科学出版社.
- [38] 聂珍钊等.英国文学的伦理学批评.武汉:华中师范大学出版社,2007.
- [29] (西)费尔南多·萨尔瓦特.哲学的邀请.林经纬译.北京:北京大学出版社,2007.
- [30] (瑞)荣格.心理学与文学.北京:三联书店,1987.
- [31] (英)拉曼·赛尔登等.当代文学理论导读.刘象愚译.北京:北京大学出版社,2006.
- [32] (英)拉曼·赛尔登.文学批评理论:从柏拉图到现在.刘象愚、陈永国等译.北京:北京大学出版社,2000.
- [33] 沈弘.米尔顿的撒旦与英国文学传统.北京:北京大学出版社,2010.
- [34] (英)弗兰克·史德普.叶芝谁能看透.傅广军等译.大连:大连理工大学出版社,2008.
- [35] (美)约翰·斯道雷.记忆与欲望的耦合——英国文化研究中的文化与权力.徐德林译.桂林:广西师范大学出版社,2007.
- [36] (英)乔治·斯坦纳.弗·雷·李维斯.参见:戴维·洛奇.二十世纪文学评论》(下).葛林等译.上海:上海译文出版社,1993.

[37] 孙盛涛.政治与美学的变奏——西方马克思主义文艺基本问题研究.北京:社会科学文献出版社,2005.

[38] (美)莱昂内尔·特里林.诚与真.刘佳林译.南京:江苏教育出版社,2006.

[39] (英)伊恩·瓦特.小说的兴起.高原等译.北京:三联书店,1992.

[40] (英)王尔德.王尔德全集(第1卷).荣如德译.北京:中国文学出版社,2000.

[41] (美)勒内·韦勒克.近代文学批评史(第5卷).杨自伍译.上海:上海译文出版社,2009.

[42] (美)勒内·韦勒克,奥斯汀·沃伦.文学理论.刘象愚等译.南京:江苏教育出版社,2005.

[43] (德)维特根斯坦.哲学研究.陈嘉映译.上海:上海世纪出版集团,2005.

[44] (美)理查德·沃林.文化批评的观念.周宪、许钧译.北京:商务印书馆,2007.

[45] (英)彼得·沃森.20世纪思想史(上).朱进京等译.上海:上海译文出版社,2008.

[46] 伍蠡甫.西方文论选(上卷).上海:上海译文出版社,1979.

[47] 夏志清.文学杂谈.文学的前途.陈子善编.北京:三联书店,2002.

[48] 谢冕等编.新诗评论.北京:北京大学出版社,2009(2).

[49] (英)安东尼·亚瑟.明争暗斗:百年文坛的八对冤家.苗华建译.上海:上海远东出版社,2004.

[50] 叶胜年.西方文化史鉴.上海:上海外语教育出版社,2002.

[51] (英)特里·伊格尔顿.二十世纪西方文学理论.伍晓明译.北京:北京大学出版社,2007.

[52] (英)特里·伊格尔顿.沃尔特·本雅明:或走向革命批评.郭国良等译.南京:译林出版社,2005.

[53] 殷企平等.英国小说批评史.上海:上海外语教育出版社,2001.

[54] 赵一凡.利维斯:伟大的传统.中国图书评论,2007(10).

[55] 朱光潜.朱光潜全集(第4卷).合肥:安徽教育出版社,1988.

附录一　利维斯大事年谱

1895　　　　　生于剑桥
1914—1918　　在英军"友谊急救队"任担架手
1919　　　　　在剑桥大学伊曼纽尔学院学习历史
1920　　　　　在剑桥大学新成立的英文学院攻读英文
1924　　　　　完成博士论文《新闻与文学的关系：英格兰报业的兴起与早期发展》(The Relationship of Journalism and Literature: The Origin and Early Development in England Press)
1925—1926　　成为自由撰稿人
1927—1936　　任剑桥大学英语助教，不隶属于任何学院
1929　　　　　在课堂结识昆·多·罗斯，并于当年成婚
1930　　　　　发表《大众文明与少数人文化》(Mass Civilization and Minority Culture)与《劳伦斯》(D. H. Lawrence)
1932　　　　　进入唐宁学院；发表《英诗新方向》(New Bearings in English Poetry)及《怎样教授阅读：庞德入门》(How to Teach Reading: A Primer for Ezra Pound)；创办《细察》(Scrutiny)
1933　　　　　发表《薪火传承》(For Continuity)与《文化与环境》(Culture and Environment)，并编辑出版《通向批评的标准》(Towards Standards of Criticism)
1934　　　　　发表《判定：评论文集》(Determinations: Critical Essays)
1936　　　　　晋升讲师，同年成为唐宁学院院士；发表《重估》(Revaluation: Tradition and Development in English Poetry)
1943　　　　　发表《教育与大学》(Education and the University)
1948　　　　　发表《伟大的传统》(The Great Tradition)
1952　　　　　发表《共同的追求》(The Common Pursuit)；《细察》停刊

1955	发表《小说家劳伦斯》(D. H. Lawrence: Novelist)
1962	从剑桥大学以讲师身份退休;发表《两种文化？C. P. 斯诺的意义》(Two Cultures? The Significance of C. P. Snow)
1965—1967	担任约克大学客座教授
1966	赴美演讲
1967	发表《安娜·卡列尼娜及其他论文》(Anna Karenina and Other Essays)
1969	担任威尔士大学客座教授;发表《美国讲稿》(Lectures in America)与《我们时代的英国文学与大学》(English Literature in Our Time and the University)
1970	任布里斯托大学的丘吉尔客座教授;发表与利维斯夫人的合著《小说家狄更斯》(Dickens: The Novelist)
1972	发表《我的剑不会甘休》(Nor Shall My Sword)
1975	发表《活用原理》(The Living Principle: "English" as a Discipline of Thought)
1976	发表《思想、语言与创造性：劳伦斯的艺术与思想》(Thought, Words and Creativity: Art and Thought in Lawrence)
1978	被英国王室册封为荣誉勋爵(Companion of Honor);去世

附录二　弗兰克·雷蒙德·利维斯讣告

1978 年 4 月 18 日　《卫报》　作者：John Ezard

20 世纪 50 年代，利维斯曾把剑桥磨坊巷的讲堂作为自己思想的散兵壕。他经常点射："弥尔顿十分机械，类似砌砖匠。"他有时投掷手雷："T. S. 艾略特那儿有问题（指着自己的腰部），或者再往下一点。"他偶尔也会冒险用刺刀全力冲杀主要的批评敌人：文化官僚、新柏拉图主义者，或者任何人，只要他对文学与人生之间的滋养化生关系不如他自己那般虔诚笃信。

当一切想象的狼烟与战火消弭，他因其辛辣批评而憔悴，怅然伫立，头无发盖，身形清削，让人动容；其衬衣领永远敞开着，似与世有争，领下皮肤晒久而变，好似吉卜赛人的手。在讲座的剧场，他就是麦克斯·米勒（喜剧天才，译者注），是一语惊人的大师。

在我们就读的利维斯的敌人所供职的各个学院的学生中，有一些每周总会在某个上午溜过无人闲地，去聆听他在唐宁学院的免费公开讲座，也因此发现了他一个更为真实的秘密武器，即他有着出于本能的学术民主，这不为他的同代大师所有。

他视特莱弗·南恩（Trevor Nunn）、西蒙·格雷（Simon Gray）、约翰·克里斯（John Cleese）等毛头小辈与己等同，或者必将比肩。这不是当时的风尚，也不是他自身不成熟。他深信，健康的文学能滋养理智社会的根基，反之亦然；通过教员、批评家以及公众之间的"协作"而进行的文学研究是大宜完人的一项活动。

他鼓励学生用这一标准去衡量文学以及报纸、电视、广告、书信和普通演讲。他使用此标准堪称无情。他对莎翁的大多作品十分崇敬，但在讲座中他对《奥赛罗》和《安东尼与克莉奥佩特拉》大部分都不认可，认为它们意在激起人们对剧中青年的行为的兴奋之情，在当时这是异端。十年之后，其注解便通过间接的渠道在奥列佛（Oliver Parker）执导的《奥赛罗》中浮出水面,而享受补贴的影院则挤满了利维斯以前的学生。

他遭受的最沉重的反击或许来自C. S. 刘易斯（C. S. Lewis）。刘易斯说"成熟""相关性"等崇高宏大的词汇扯出了一个永远没有道明以供人细绎的价值体系。还有人说他是秘密的马克思主义者。利维斯从未回答,当引为一憾。他身处剑桥的英文同事中,一生受辱良多,他的武器就包括沉默、内心放逐以及些许黠智。他最具杀伤力也最为人所低估的武器是嘲讽,他在讲座中运用嘲讽就像音乐厅中明星一样技艺高超,同时又麻木异常,近乎偏执。与他同时代的某公正派果敢,受着严重的腿伤,其步伐流露出想用力而又吃力的样子。利维斯说:"60岁就老态龙钟可不是我家的时尚。"学生们哄堂大笑。

他还让几代学生远离西瑞尔·康纳利（Cyril Connolly）和菲利普·托恩比那（Philip Toynbeena）那样正直的批评家的报刊文评,因为他似乎有理由憎恶他们主宰评论版。如今,每位对儿童或者校园之外大众的演讲和写作真正敏感关注的小学教员都要为此首先感谢利维斯。

尽管其文风辛辣有怨、思想浓杂,但他依然是继维多利亚时期的楷模马修·阿诺德之后最具创造力、最严肃、最有影响力的文学批评家。在其晚期,他想当牛津的诗歌教授,因为阿诺德曾执此牛耳。但让他痛苦的是,W. H. 奥登在评选中击败了他。也许,他个人的悲剧是他从未真正走出牛津与剑桥的毁伤,从而意识到像他那样伟大的文化美酒并不需要酒旗飘扬。

后 记

我发现,夜晚真的是思想的天堂。

我的书房前没有芭蕉、梧桐或者梨花,无从听见雨点打落其上的声音,因此也很难寻出像样的诗意来。这个写作的夏天颇为闷热,但如果窗子留下一条恰到好处的缝隙,并把房门打开,风吹来的时候便会发出一种声响,就像冬日里北风吹过窗扉与檐角的那种声音,呜呜作响,冷酷、萧索,心底便自欺地生出一丝凉意来。有时还会发现斑鸠优雅地栖在我的透明天窗上。但更多的时候,脑中是杂乱的思想,或者什么也没有。我知道,杂乱并没什么不好,杂乱往往孕育生命,而秩序只会带来习惯。

酝酿写作题目的时候,我天真地以为,利维斯文学批评研究是简单而纯粹的:一个老旧而犀利的人物,数十部著作,读完便也就有了想法。然而,我发现,大陆仅有利维斯的《伟大的传统》的汉译本,其他著述十分鲜见。2007 年末,我几经辗转,从中国国家图书馆得来 5 本研究利维斯的专著,欣喜不已。隔夜之后,资料收集陷入了死寂。图书馆里与网络上,我满怀希望,每每尝试,但每每铩羽而归,落魄至极。

2008 年秋,我在意大利的米兰及附近的几个小城小住十几天,看倦了大理石的宏伟教堂、中世纪的雕刻以及白雪覆盖的阿尔卑斯山,心里总想着能否搜罗些"可用"的资料回来。一日在米兰的街头,端详了一个雕刻红萝卜花的落魄艺术家之后,来到了一个旧书摊。先是看见了意大利诗人埃乌杰尼奥·蒙塔莱(Eugenio Montale,1896 – 1981)的诗集,因为他的意大利语名字我倒认得。他是 1975 年诺贝尔文学奖得主,这与我不甚相干。但让我心动的是,旁边的介绍上赫然印着利维斯的英文评价,可惜没有诉诸纸笔,早已忘却了。利维斯曾于 1969 年在米兰与蒙塔莱见面,他去的咖啡馆我兴许也去过呢。意大利的一位学者朋友告诉我,亚马逊新书较多,但旧书难沽,我试过,的确如此。我忖度,既然去了米兰的同一条街道,那我与利维斯或许真的有那么点俗称缘分的东西在吧。

后来我听从了英国朋友的建议,从"利维斯研究中心"入手,得到了利维斯的著述清单以及研究利维斯的重要著作清单。然后开始联系该领域内有重要影响的英国学者,如 Chris Joyce 博士等人,他们又告知我寻找利维斯著作的途径,即英国的旧书联盟 Abebooks,我一时欣喜若狂,竟不惧囊中羞涩,先后数次从英伦购书。书多分散于英伦各书商,因盼书心切,我都会选择航空运输,但总价暴涨;匆忙间竟有重复订购,更费银两,前后花费甚巨。我敬重英伦卖书人的诚实。有书商会告诉我订购的某一本旧书某一页有缺损,可选择退货,也可部分退款。在国内购书我没享受过这种待遇,竟一时感动,奋笔疾书,言不必退款,书照单全收,唯盼早日交割云云。一月之后,利维斯的数十部作品及研究他的诸多著作带着十数家书商的新鲜印铃来到了我的书桌上。

于是,在午后习惯泡一杯茶,欣喜地读它个地暗天昏。眼睛涩了,大脑钝了,便停下来,欣赏玻璃杯中碧螺春芳香的细绒与旧书中蠹虫那清白浅嫩的小脚。不知不觉间,利维斯的形象逐渐清晰生动起来。我常常想,如果我是导演,可以用电影叙事镜头来呈现利维斯,我会这样拍:当众人乘着列车自信地驶向城市,利维斯正朝相反的方向徒步走向乡村;蒙太奇的手法呈现教堂与高楼、农耕与机器、玫瑰园与香水制造商、家庭诵读会与广场的狂欢、对着花园的巨幅广告牌,还有从书房窗子向外张望的迷惑却又坚毅的双眼。镜头晃过伦敦的布卢姆斯伯里区,那个圈子里有不加"道德"的下午茶(而利维斯显然不会是访客);晃过烟囱高耸的工厂,腐朽的大地依然冒着嫩绿的新芽;展望明天,利维斯为未来而怀旧;乘着诗歌与小说的翅膀,利维斯拿起一支笔,而此时远方亮起了地平线……兴之所至,我为利维斯撰联两幅,其一曰:

细绎二十载,著述几多卷,文化、文学、文字、文明,文殊人异,立人无数,贬损何多,传弟子、育读者、论各家,一脉传统问道德;

神交四五个,臧否百余家,心伤、心醉、心倾、心冷,位卑望高,出语惊人,诟病匪少,引趣味、养精神、逐理想,半世批评向人生。①

另一曰:

牵缠已去,英伦从此失评者;

魂魄常有,天堂因之多判官。

---

① 该联中,利维斯的"心伤、心醉、心倾、心冷"分别对应其"文化、文学、文字、文明"。

我知道,利维斯的形象需要更加细致、丰润、传神,而且其批评并不止于道德与人生,我只能继续读他。2010年夏天,在美国西北部的波特兰州立大学短访,资料收获颇丰。在玫瑰城波特兰的市中心,有一家书店,名为"鲍威尔书店",据说是全球最大的私人书店。当地人夸张地说,周末有半城的人在飘荡着书香和咖啡香的鲍威尔书店里读书或者看读书人。在那里,韦勒克的售价一美元的过气书《批评的观念》竟与售价10美元的旅行指南与烹调入门摆在一起,乍看突兀,想想便也释然。我在那里购得数本利维斯的旧作。之后在波特兰大学的图书馆里,通过全球馆际查询,又下载了数十篇利维斯研究重要论文。于我,白水漂流、大峡谷、太平洋岸边的帐篷露营都没有我的优盘重要了。

后来边读边写,一晃期年。从利维斯的文化批评写到诗歌批评时,在理性的写作中多了诗歌的感性与柔和,让我稍稍舒缓了一下神经;后来写到小说批评,又顺着利维斯的思路走向宏大、多维、深邃与独特的情怀和关注。"累寸不已,遂成丈匹!"文成笔就,我并未因此顿感轻松。循着利维斯的精神,我不由得悲情地追问,当下的中国,批评该向何处去?文学该怎样救赎?民众如何"流着道德的血液"?工业文明是否会把中国的农业文明与文化逼上绝路?科技主义与消费主义能否解决中国人的精神危机?文化健康如何维持?人类健全的目的又在何方?

回首整个写作历程,首先感谢导师刘锋杰教授。刘先生慧眼识珠,建议我选了这个题目,并时时鼓励,切切指导,无刘先生则无今日之著作;感谢剑桥大学的Chris Joyce博士,她提供了不少研究信息,发来与会邀请;感谢英国的Hedy Cohen女士,她为我提供了《泰晤士报》不少关于利维斯的评论;感谢英国的Nora Crook教授,她与我通过电子邮件就利维斯展开讨论,给了我很多灵感;感谢美国南卡福尔曼大学的Catherine Kaup教授,她从《纽约时报》帮我查找关于利维斯的旧闻;感谢波特兰州立大学图书馆的诸位同仁,为我查找资料提供方便,甚至提供免费复印;感谢同窗陈胜利,他当时身在剑桥大学(利维斯的读书与工作地)访学,辗转数家书店给我淘书,回国后送来了利维斯夫人的著作;感谢文学院的鲁枢元、朱志荣、李勇、侯敏、季进等诸位先生以及外国语学院的朱新福等教授,其教书、其治学、其为人,都让我受益匪浅。

写作过程中,杂事牵缠,从酝酿到成稿,花了五年多的时间。我曾形容利维斯夫妇"一檐两笔,经文同心"。妻子的付出,其情状非文字可达。

　　作结时,已是清晨,虫声渐隐,街上飙车的轰鸣早已消逝,我似乎已听得到市声。此时,眼睛干涩,已看不真切碧螺春芳香的细绒,但我能闻见细绒的芳香;也看不清旧书蠹虫那清白浅嫩的小脚,但我能想象它们弱弱的存在。我有种亢奋般的困倦,像是要睡去,又像是刚从大梦中醒来。

孟祥春

2011 年夏初稿

2018 年夏修改于"最是春风斋"